GOLDMANN

Autor

Terry Pratchett, geboren 1948, verkaufte seine erste Geschichte mit dreizehn Jahren und ist heute einer der erfolgreichsten Fantasy-Autoren überhaupt. Neben Douglas Adams und Tom Sharpe gilt er als Großbritanniens scharfsinnigster und pointensicherster Komik-Spezialist. *Time Out* schrieb über ihn: »Terry Pratchett wird mit jedem Buch besser und besser. Er ist auf dem Höhepunkt seines Schaffens, und es gibt heute keinen einzigen Humoristen, der es auch nur annähernd mit ihm aufnehmen kann.«

TERRY PRATCHETT

Voll im Bilde

Ein Roman von der bizarren Scheibenwelt

Ins Deutsche übertragen
von Andreas Brandhorst

GOLDMANN VERLAG

Die englische Originalausgabe erschien unter dem Titel
»Moving Pictures« bei Victor Gollancz Ltd., London

Umwelthinweis
Alle bedruckten Materialien dieses Taschenbuches
sind chlorfrei und umweltschonend.
Das Papier enthält bereits Recycling-Anteile.

Der Goldmann Verlag
ist ein Unternehmen der Verlagsgruppe Bertelsmann

First published by Victor Gollancz Ltd., London

Umschlaggestaltung: Design Team München
Umschlagillustration: Josh Kirby
Satz: Uhl + Massopust, Aalen
Druck: Graphischer Großbetrieb Pößneck GmbH
Verlagsnummer: 41543
SN · Redaktion: Andreas Helweg
Herstellung: Martin Strohkendl
Made in Germany
ISBN 3-442-41543-8

1 3 5 7 9 10 8 6 4 2

Ich möchte all den
wundervollen Leuten danken,
die dieses Buch ermöglichten.
Danke. Danke. Danke …

Seht nur...

Dies ist der Weltraum. Manchmal wird er auch als letzte Grenze bezeichnet.

(Obwohl es natürlich keine *letzte* Grenze geben kann, denn dahinter befände sich gar nichts, und deshalb wäre eine solche Grenze völlig sinnlos. Nennen wir's also eine *vor*letzte Grenze...)

Vor dem kosmischen Gemälde aus Sternen und Nebeln auf schwarzem Grund hängt ein roter Riese und glüht wie göttlicher Wahnsinn...

Dann zeigt sich das Glühen als Funkeln in einem riesigen Auge, und die Dunkelheit bewegt einen flossenförmigen Fuß, und die Sternenschildkröte Groß-A'Tuin schwimmt durchs Nichts.

Auf ihrem Rücken stehen vier gewaltige Elefanten. Und auf deren Rücken ruht die Scheibenwelt, Spiegel aller Welten. Das Wasser an ihrem Rand schimmert im Licht einer winzigen orbitalen Sonne, während sich die Scheibe majestätisch um die hohen Berge in ihrem eisumhüllten Zentrum dreht.

Sie erscheint fast unwirklich.

Die Wirklichkeit ist nicht digital und funktioniert nicht nach dem Ein-Aus-Prinzip. Sie ist vielmehr analog und stellt etwas Fließendes dar. Anders ausgedrückt: Die Dinge besitzen Wirklichkeit als Eigenschaft so wie, na ja, Gewicht. Um ein Beispiel zu nennen: Gewisse Personen sind wirklicher als andere. Man schätzt, daß es auf jedem beliebigen Planeten nur etwa fünfhundert *wirkliche* Personen gibt –

kein Wunder, daß sie sehr überrascht sind, weil sie sich dauernd über den Weg laufen.

Die Scheibenwelt ist so unwirklich, wie sie nur sein kann. Gleichzeitig hat sie sich gerade genug Wirklichkeit bewahrt, um zu existieren.

Doch sie ist wirklich genug, um wirklich in Schwierigkeiten zu stecken.

Etwa dreißig Meilen drehwärts von Ankh-Morpork donnerte die Brandung an eine windumtoste Landzunge, die nur aus wogendem Seegras und langen Sanddünen zu bestehen schien. Sie erstreckte sich dort, wo das Runde Meer in den Randozean überging.

Den Hügel konnte man über viele Meilen hinweg sehen. Er war nicht besonders hoch und lag wie ein umgedrehtes Boot oder ein gestrandeter Wal zwischen den Dünen. Dort wuchsen nur verkrüppelte Bäume. Der Regen vermied es, an dieser Stelle zu fallen. Zwar gab der Wind den nahen Dünen immer neue Formen, doch auf der Kuppe des Hügels herrschte ewige laute Stille.

Über Jahrhunderte hinweg hatte sich hier nur der Sand verändert.

Bis jetzt.

Eine primitive Hütte aus Treibholz war auf dem langen, bogenförmigen Strand erbaut worden, obgleich das Wort »erbaut« einer Beleidigung aller Architekten primitiver Hütten gleichkam. Wenn man es dem Meer überlassen hätte, einen Haufen aus Treibholz zu bilden, so wäre das Ergebnis vielleicht besser gewesen.

Im Innern der Hütte war gerade ein alter Mann gestorben.

»Oh«, sagte er, öffnete die Augen und blickte sich um. Zum erstenmal seit zehn Jahren konnte er wieder ganz deutlich sehen.

Er schwang nicht seine Beine, sondern die *Erinnerung* daran über den Rand der aus Heidekraut bestehenden Pritsche und stand auf. Anschließend trat er nach draußen, in den diamantklaren Morgen. Interessiert stellte er fest, daß er noch immer den geisterhaften Schatten eines Zeremonienumhangs trug, obwohl er tot war. Der Talar mochte fleckig und an vielen Stellen zerfranst sein, aber es ließ sich noch immer erkennen, daß er einst aus rotem Plüsch mit goldenem Schnurbesatz bestanden hatte. Entweder stirbt die Kleidung ebenfalls und begleitet ihren Träger in den Tod, oder man zieht sich auch im Jenseits an, aus reiner Gewohnheit, dachte er.

Eine weitere Gewohnheit veranlaßte ihn dazu, sich dem Treibholzstapel neben der Hütte zu nähern. Als er nach einigen Stücken greifen wollte, glitten seine Hände hindurch.

Er fluchte.

Dann bemerkte er eine Gestalt, die am Wasser stand und übers Meer starrte. Sie stützte sich auf eine Sense, und der Wind zerrte an ihrem schwarzen Mantel.

Er humpelte ihr entgegen, erinnerte sich plötzlich daran, tot zu sein – und ging mit langen, gemessenen Schritten. Seit Jahrzehnten war er nicht mehr mit langen, gemessenen Schritten gegangen, doch nun fiel es ihm überhaupt nicht schwer. Erstaunlich.

Auf halbem Wege zu der dunklen Gestalt hörte er ihre Stimme.

DECCAN RIBOBE, sagte sie.

»Das bin ich.«

LETZTER HÜTER DER TÜR.

»Nun, ich glaube schon.«

Der Tod zögerte.

ENTWEDER BIST DU ES, ODER DU BIST ES NICHT, sagte er.

Deccan kratzte sich an der Nase. Natürlich, dachte er. Man muß in der Lage sein, sich selbst zu berühren. Sonst fiele man einfach auseinander.

»*Eigentlich* sollte der Hüter von einer Hohepriesterin ins Amt eingeführt werden«, erwiderte er. »Aber schon seit vielen tausend Jahren gibt's keine Hohepriesterinnen mehr. Ich hab alles vom alten Tento gelernt, der hier vor mir lebte. Eines Tages sagte er zu mir: ›Deccan, ich glaube, ich sterbe jetzt. Du mußt meine Nachfolge antreten, denn wenn sich niemand daran erinnert, beginnt alles noch einmal von vorn, und du weißt ja, was das bedeutet.‹ Tja, mir blieb gar nichts anderes übrig. Aber von einer richtigen Amtseinführung kann wohl kaum die Rede sein, wenn du mich fragst.«

Er sah den sandigen Hügel hinauf.

»Es gab nur ihn und mich«, fuhr Deccan fort. »Und dann war nur noch ich hier, um mich an den Heiligen Wald zu erinnern, an Holy Wood. Und jetzt...« Er hob die Hand zum Mund.

»Oh-oh«, stöhnte er.

JA, bestätigte der Tod.

Es wäre falsch zu sagen, daß Panik über Deccan Ribobes Gesicht huschte, denn das lag in diesem Augenblick mehrere Meter entfernt in der Hütte und zeigte ein erstarrtes Grinsen, als hätte es endlich einen komplizierten Witz verstanden. Doch in Deccans Geist keimte Besorgnis und reifte schnell heran.

»Weißt du, die Sache ist die«, sagte er hastig. »Hier kommt nie jemand vorbei, außer den Fischern aus der nächsten Bucht, weißt du, und die bringen nur Fisch und verschwinden sofort wieder, wegen des Aberglaubens, weißt du, und ich konnte doch nicht losziehen, um einen Lehrling zu suchen, weil ich mich um das Feuer kümmern und Beschwörungen singen mußte...«

JA.

»Es ist eine ganz schöne Verantwortung, wenn man Pflichten erfüllt, die niemand anders wahrnehmen kann...«

JA, sagte der Tod.

»Nun, *du* kennst das ja...«

IN DER TAT.

»Ich meine, ich habe mir den einen oder anderen Schiffbrüchigen erhofft, vielleicht auch einen Schatzsucher oder so. Ich hätte sie alles gelehrt, was mich der alte Tento damals gelehrt hat. Ich hätte ihnen die Beschwörungsgesänge beigebracht und vor meinem Tod alles geregelt...«

JA?

»Äh, ich nehme an, es ist nicht möglich, daß ich...«

NEIN.

»Dachte ich mir«, murmelte Deccan niedergeschlagen.

Er sah zu den Wellen, die unermüdlich an den Strand rollten.

»Dort unten gab's eine große Stadt, vor Jahrtausenden«, sagte er. »Ich meine, wo sich jetzt das Meer erstreckt. Wenn's stürmisch ist, kann man hören, wie die alten Glocken läuten, unten am Grund.«

ICH WEISS.

»Wenn abends der Wind wehte, bin ich manchmal nach draußen gegangen, um zu lauschen. Habe mir vorgestellt, wie tief unten im Meer Tote die Glocken läuteten.«

UND JETZT MÜSSEN WIR GEHEN.

»Der alte Tento meinte, im Hügel lauere etwas, das die Leute beeinflußt, ihnen Flausen in den Kopf setzt«, brummte Deccan. Widerstrebend folgte er der schwarzen Gestalt. »Ich hatte nie irgendwelche Flausen im Kopf.«

Weil du Beschwörungen gesungen hast, entgegnete der Tod und schnippte mit den Fingern.

Ein Pferd wandte sich vom spärlichen Dünengras ab und trabte dem Tod entgegen. Deccan nahm verblüfft zur Kenntnis, daß die Hufe Spuren im Sand zurückließen. Er hatte Funken erwartet, oder zumindest geschmolzenen Fels.

»Äh«, begann er. »Kannst du mir sagen, was, äh, jetzt passiert?«

Der Tod verriet es ihm.

»Dachte ich mir«, kommentierte er kummervoll.

Auf dem niedrigen Hügel brannte ein Feuer, aber die Flammen wurden immer kleiner. Einige glühende Holzreste blieben übrig.

Sicher dauerte es nicht mehr lange, bis nur noch Asche daran erinnerte.

....

...

..

.

Die letzte Glut erlosch.

.

..

...

....

Einen Tag lang geschah überhaupt nichts. Dann bewegte sich etwas an der Seite des unheilvollen Hügels: Einige Sandkörner rieselten nach unten, und ein winziges Loch entstand.

Etwas kam daraus hervor. Etwas Unsichtbares. Etwas Fröhliches, Selbstsüchtiges und Wundervolles. Etwas, das ebensowenig Substanz hatte wie eine Idee. Und genau darum handelte es sich: um eine ungebändigte Idee.

Sie war so alt, daß sich ihr Alter mit menschlicher Zeitmessung nicht bestimmen ließ. Von Erinnerungen und Bedürfnissen begleitet kroch sie aus der kleinen Öffnung. Die Idee entsann sich des Lebens in anderen Epochen und anderen Universen. Sie brauchte... Personen.

Sie stieg auf, den Sternen entgegen, veränderte ihre Gestalt und kräuselte sich wie Rauch.

Lichter schimmerten am Horizont.

Die Idee *mochte* Lichter.

Sie beobachtete eine Zeitlang das Funkeln, bevor sie sich streckte und wie ein unsichtbarer Pfeil zur Stadt sauste.

Sie mochte nämlich auch Action...

Und mehrere Wochen verstrichen.

Es heißt, alle Straßen führen nach Ankh-Morpork, der größten Stadt auf der Scheibenwelt.

Nun, man *erzählt* sich zumindest, daß es heißt, alle Straßen führten nach Ankh-Morpork.

Es stimmt nicht. Alle Straßen führen von Ankh-Morpork *fort,* doch ab und zu gehen manche Leute in die falsche Richtung.

Die Dichter gaben schon vor langer Zeit den Versuch auf, Ankh-Morpork zu beschreiben, und die schlaueren unter ihnen bemühen sich nun um Rechtfertigungen. Sie sagen zum Beispiel: Na schön, die Stadt riecht *tatsächlich* nicht sehr angenehm, und sie *hat* zu viele Bewohner, und sie *ist* so, wie die Hölle wäre, wenn man dort alle Feuer löscht und dann lange genug Kühe in ihr einsperrt, die weder Stuhl noch Harn zurückhalten können; aber man muß zugeben, daß sie voller vitalem, pulsierendem, dynamischem *Leben* ist. Das entspricht der Wahrheit, obwohl es die Dichter sagen. Doch jene Leute, die keine Dichter sind, halten dem entgegen: Na und? Matratzen neigen ebenfalls dazu, sehr lebendig zu sein, aber niemand schreibt Oden über sie. Die Bürger verabscheuen es, in der Stadt zu leben. Wenn sie Ankh-Morpork verlassen müssen, um woanders ihrem Beruf nachzugehen, Abenteuer zu suchen oder um, wie in den meisten Fällen, das Ende einer Verjährungsfrist abzuwarten, kehren sie so rasch wie möglich zurück, um mit großem Enthusiasmus erneut das Leben in der Stadt zu hassen. Sie schmücken ihre Karren mit Aufklebern wie: »Ankh-Morpork – verachte die Stadt oder verlaß sie.« Sie nennen sie auch *Die Große Wahooni,* nach der bekannten Frucht.*

Gelegentlich geben Herrscher die Anweisung, Ankh-Morpork mit einem Wehrwall zu umgeben, der angeblich zur Abwehr von Feinden dient. Aber die Stadt fürchtet keine Angreifer, heißt sie sogar willkom-

* Die Wahooni wächst nur in gewissen Regionen des heidnischen Wiewunderlands. Sie ist sechs Meter lang, hat Dornen in der Farbe von Ohrenschmalz und riecht wie ein Ameisenbär, der ranzige Ameisen verdaut.

men – vorausgesetzt, sie haben Geld in den Taschen.* Ankh-Morpork hat Überschwemmungen, Brände, Horden, Revolutionen und Drachen überstanden. Manchmal nur durch Zufall, zugegeben, aber das spielt keine Rolle. Wichtig ist nur, daß die Metropole noch immer existiert. Das fröhliche und unheilbar korrupte Wesen der Stadt hat sie vor allem geschützt...

Bis jetzt.

Bumm.

Der Explosion fielen mehrere Fenster, eine Tür und der größte Teil des Kamins zum Opfer.

Mit so etwas rechnete man immer in der Alchimistenstraße. Den Nachbarn waren Explosionen *lieber,* denn sie waren schnell vorüber. Als viel schlimmer empfanden sie jene seltsamen Gerüche, die manchmal durch die Gegend krochen.

Explosionen gehörten zur Szenerie beziehungsweise zu dem, was davon übrig war.

Diese war besonders gut, selbst nach den Maßstäben eines Kenners. In der dichten schwarzen Wolke aus wogendem Qualm glühte ein dunkelrotes Herz, und so etwas sah man nur selten. Die halb geschmolzenen Splitter von Ziegelsteinen schienen diesmal fast flüssig zu sein und beeindruckten das Publikum.

Bumm.

Ein oder zwei Minuten nach der Explosion taumelte eine Gestalt durchs große Loch, das zuvor eine Tür gewesen war. Sie hatte keine Haare mehr, und halb verbrannte Kleidungsfetzen hingen an ihrem Leib.

Der Alchimist wankte zu der kleinen Menge, die sich eingefunden hatte, um das Chaos zu bewundern. Rein zufällig legte er seine rußige

* Die berühmte Publikation der Kaufmannsgilde *Willkommen in Ankh-Morpork, Stadt der tausend Überraschungen* enthält jetzt einen ganz neuen Abschnitt unter dem Titel *Du bist also ein barbarischer Eroberer?* Darin wird nicht nur das Nachtleben beschrieben, sondern auch die folkloristischen und sehr günstigen Angebote des Basars. Unter der Rubrik *Nach der Steppe eine Abwechslung* findet der interessierte Leser eine Liste von Restaurants, auf deren Speisekarten auch Eselsmilch und Jak-Pudding stehen. Wenn die verwegenen Nomaden später zu ihren kalten Jurten zurückkehren, fragen sie sich häufig,warum sie viel ärmer sind als vorher und weshalb sie folgende Dinge mit sich schleppen: einen schlecht gewebten Teppich, einen Liter ungenießbaren Wein und einen ausgestopften purpurnen Esel mit Strohhut.

Hand auf die Schulter eines Mannes, der Treibe-mich-selbst-in-den-Ruin Schnapper hieß. Er verkaufte Fleischpasteten und heiße Würstchen in Brötchen und zeichnete sich durch die nahezu magische Fähigkeit aus, überall dort zu erscheinen, wo er Geld verdienen konnte.

»Suche nach einem Wort...«, sagte der Alchimist verträumt. »Liegt mir auf der Zunge.«

»Brandblase?« vermutete Schnapper.

Sein Geschäftssinn erholte sich von der Überraschung. »Nach einem solchen Erlebnis...«, fuhr er fort und holte ein Teigstück hervor, in dem so viele organische Abfälle steckten, daß es fast intelligent war. »Nach einem solchen Erlebnis brauchst du eine leckere Fleischpastete im Magen.«

»Neinneinnein«, erwiderte die qualmende Gestalt. »Nicht ›Brandblase‹, nein. Man sagt so etwas nach einer wichtigen Entdeckung. Man läuft auf die Straße und ruft... ein spezielles Wort.« Unter dem Ruß bildeten sich Falten in der Stirn.

Die Zuschauer fanden sich enttäuscht damit ab, daß es bei der einen Explosion bleiben würde. Sie näherten sich dem Alchimisten; diese Sache versprach, ebenso interessant zu werden.

»Ja, das stimmt«, meinte ein älterer Mann und stopfte seine Pfeife. »Man läuft auf die Straße und ruft: ›Feuer! Feuer!‹« Er sah sich triumphierend um.

»Es heißt anders...« ächzte die Gestalt.

»Oder ›Hilfe!‹ oder...«

»Nein, er hat recht«, sagte eine Frau. Sie trug einen Korb mit Fischen auf dem Kopf. »Ein spezielles Wort. Ausländisch.«

»Ja, genau«, bestätigte der Mann neben ihr. »Ein spezielles ausländisches Wort für Leute, die etwas entdeckt haben. Es wurde von einem Ausländer erfunden, während er in der Badewanne lag...«

»Nun...«, brummte der Pfeifenraucher und entzündete den Tabak am schwelenden Hut des Alchimisten. »*Ich* verstehe gar nicht, warum die Leute in dieser Stadt herumlaufen und heidnisches Kauderwelsch schreien, nur weil sie in der Badewanne gelegen haben. Seht ihn euch an. Er hat nicht gebadet. Er *braucht* ein Bad, ja, aber er hat noch keins genommen, das steht fest. Weshalb will er irgend etwas Ausländisches rufen? In unserer Sprache gibt's genug Wörter, wenn jemand etwas rufen möchte.«

»Zum Beispiel?« fragte Treibe-mich-selbst-in-den-Ruin Schnapper.

Der Pfeifenraucher zögerte. »Nun... ›Ich habe etwas entdeckt!‹ Oder: ›Hurra!‹«

»Nein, ich dachte dabei an den Burschen in Tsort oder so. Er lag in der Badewanne, hatte plötzlich eine Idee, rannte nach draußen und rief etwas.«

»Was rief er denn?«

»Keine Ahnung. Vielleicht ›Gebt mir ein Handtuch!‹«

»Ich schätze, hier bei uns müßte er ziemlich lange schreien, bis er ein Handtuch bekommt«, sagte Schnapper fröhlich. »Nun, meine Damen und Herren, ich habe einige Würstchen mit Brötchen, die...«

»Heureka«, sagte der rußbedeckte Alchimist. Er schwankte vor und zurück.

»Was ist damit?« fragte Schnapper.

»So heißt das Wort – heureka.« Das schwarze Gesicht zeigte ein besorgtes Grinsen. »Es bedeutet: Ich hab's gefunden.«

»Was hast du gefunden?« fragte der Würstchenverkäufer.

»*Es.* Ich *hatte* es. Okto-Zellulose. Eine erstaunliche Substanz. Hielt sie in der Hand. Und *dann* hielt ich sie zu nahe ans Feuer«, fügte die Gestalt im verwirrten Tonfall eines Mannes hinzu, der an einer mittelschweren Gehirnerschütterung leidet. »Sehr wichtige Sache. Muß es unbedingt aufschreiben. *Laß sie nicht zu heiß werden.* Sehr wichtig. Muß sofort eine sehr wichtige Sache notieren.«

Er eilte ins qualmende Haus zurück.

Schnapper sah ihm nach.

»Ich frage mich, was das alles zu bedeuten hat«, murmelte er. Dann zuckte er mit den Schultern und hob die Stimme. »Fleischpasteten! Heiße Würstchen! In Brötchen! So frisch, daß die Schweine noch gar nicht gemerkt haben, daß ihnen was fehlt!«

Die glitzernde, wirbelnde Idee aus dem Hügel hatte alles beobachtet. Der Alchimist hingegen ahnte nichts von ihr. Er wußte nur, daß er heute ungewöhnlich erfinderisch war.

Jetzt entdeckte sie Schnappers Gedanken.

Sie kannte solche Gedanken und mochte sie sehr. Wer die Leute dazu brachte, für entsetzliche Fleischpasteten zu bezahlen, konnte auch Träume verkaufen.

Die Idee sprang.

Auf einem weit entfernten Hügel strich der Wind über kalte graue Asche.

Unten am Hang wuchs ein kleiner Wacholderbusch in einem Spalt zwischen zwei Felsen, und dort geriet nun der Sand in Bewegung.

Bumm.

Mörtelstaub rieselte auf den Schreibtisch von Mustrum Ridcully, dem neuen Erzkanzler der Unsichtbaren Universität. Er war gerade damit beschäftigt, eine besonders schwierige Fliege zu binden.

Ridcully blickte aus dem Fenster und sah eine Rauchwolke über einem gewissen Viertel von Morpork.

»*Quäää*stor!«

Der Quästor trat einige Sekunden später keuchend ein. Laute Geräusche brachten ihn immer aus der Fassung.

»Es sind die Alchimisten, Herr«, schnaufte er.

»Dies ist schon die dritte Explosion in dieser Woche«, brummte der Erzkanzler. »Dauernd spielen sie mit Sachen herum, die *Bumm* machen können.«

»Ja, Herr«, antwortete der Quästor.

»Was haben sie diesmal angestellt?«

»Ich weiß es nicht, Herr«, erwiderte der Quästor und schnappte nach Luft. »Alchimie hat mich nie sehr interessiert. Sie ist zu ... zu ...«

»Gefährlich«, betonte der Erzkanzler. »Diese Alchimisten sind immer nur damit beschäftigt, irgendwelches Zeug zu mischen und sich zu fragen, ›He, was passiert, wenn wir einen Tropfen von diesem gelben Zeug hinzutun?‹ Und dann laufen sie zwei Wochen lange ohne Augenbrauen herum.«

»Unpraktisch«, warf der Quästor ein. »Ich wollte ›unpraktisch‹ sagen. Sie versuchen, Dinge auf eine schwierige Weise zu bewerkstelligen, obgleich uns dafür ganz normale Magie zur Verfügung steht.«

»Ich dachte, sie wollen die Steine der Weisen räuchern oder so«, entgegnete der Erzkanzler. »Ein Haufen Unsinn, wenn du mich fragst. Wie dem auch sei: Ich gehe jetzt.«

Ridcully trat zur Tür, und der Quästor winkte hastig mit einigen Papieren.

»Bevor du uns verläßt, Herr ...«, stieß er verzweifelt hervor. »Vielleicht könntest du einige Dokumente unterschreiben.«

»Nicht jetzt«, schnappte Ridcully. »Muß zu einem Pferdehändler. Wegen eines Pferds. Was?«

»Was?«

»Genau.« Die Tür schloß sich.

Der Quästor blinzelte und seufzte.

Im Lauf der Jahre hatten viele Erzkanzler die Unsichtbare Universität geleitet. Große, kleine, schlaue, ein wenig verrückte und vollkommen übergeschnappte. Sie kamen und gingen. Sie erfüllten ihre Aufgabe – manche allerdings blieben nicht lange genug im Amt, bis das offizielle Gemälde für den Großen Saal fertig war –, und sie starben. Der oberste Zauberer in einer Welt der Magie hatte etwa die gleiche Lebenserwartung wie ein Pogostock-Tester in einem Minenfeld.

Doch aus der Perspektive des Quästors gesehen spielte das kaum eine Rolle. Der Name mochte sich ab und zu ändern, wichtig war nur, daß es immer einen Erzkanzler *gab*. Und die wichtigste Aufgabe des Erzkanzlers bestand – nach Ansicht des Quästors – darin, Dokumente zu unterzeichnen. Ohne sie zu lesen, wenn sich das vermeiden ließ.

Dieser Erzkanzler war ganz anders. Zuerst einmal: Er hielt sich eher selten in der Unsichtbaren Universität auf, kam meistens nur, um seine schmutzige Kleidung zu wechseln. Und er schrie Leute an, vor allem den Quästor.

Zunächst schien es eine gute Idee gewesen zu sein, jemanden zum Erzkanzler zu wählen, der die Unsichtbare Universität seit vierzig Jahren nicht betreten hatte.

Zwischen den verschiedenen thaumaturgischen Bruderschaften fanden seit einiger Zeit so erbitterte Auseinandersetzungen statt, daß sich die älteren Magier auf einen Kompromiß einigten: Die Universität brauchte einige Monate der Stabilität, damit sie in aller Ruhe neue Intrigen planen konnten. Bei der Suche in den Aufzeichnungen fanden sie den Namen »Ridcully der Braune«. Schon im Alter von nur siebenundzwanzig Jahren war er zu einem Magus der siebten Stufe geworden und hatte die Universität verlassen, weil er sich um den Bauernhof seiner Eltern kümmern wollte.

Der ideale Kandidat.

»Genau der richtige Bursche«, meinten alle. »Neue Besen kehren gut. Ein Zauberer vom Land. Zurück zu den Dingsbums, den *Ursprüngen* der Magie. Ein freundlicher alter Knabe mit Pfeife und humorvoll blickenden Augen. Jemand, der die einzelnen Kräuter voneinander unterscheiden kann, Wälder durchstreift und alle Tiere für Freunde des Menschen hält und so. Schläft vermutlich unter freiem Himmel. Weiß bestimmt, was der Wind flüstert, es sollte uns nicht überraschen. Kennt die Namen aller Bäume, kein Zweifel. Und sicher spricht er auch mit den Vögeln.«

Man schickte einen Kurier. Ridcully der Braune seufzte, fluchte, holte seinen Zauberstab aus dem Gemüsegarten – zusammen mit einigen alten Kleidungsstücken diente er dort als Vogelscheuche – und machte sich auf den Weg.

»Und wenn er irgendwelche Probleme macht...«, fügten die Zauberer in der privaten Welt ihrer Gedanken hinzu. »Es sollte überhaupt nicht schwer sein, jemanden loszuwerden, der mit Bäumen redet.«

Und dann kam Ridcully der Braune, und es stellte sich heraus, daß er tatsächlich mit den Vögeln sprach. Meistens schrie er sie an und benutzte dabei Ausdrücke wie: »Verdammte Flügelbiester!«

Alle Tiere der Erde und der Luft kannten Ridcully den Braunen. Im Bereich des Bauernhofes hatten sie so unangenehme Erfahrungen gesammelt, daß in einem Umkreis von zwanzig Meilen der Anblick eines spitz zulaufenden Huts genügte, um sie zu veranlassen, sofort zu fliehen, sich irgendwo zu verstecken oder – in besonders verzweifelten Fällen – anzugreifen.

Innerhalb von zwölf Stunden nach seiner Ankunft brachte Ridcully folgendes fertig: Er verwandelte die Speisekammer des Dieners in einen Stall für Jagddrachen; er schoß mit seiner schrecklichen Armbrust auf die Raben im alten Kunstturm; er trank ein Dutzend Flaschen Rotwein; um zwei Uhr morgens rollte er aus dem Bett und sang ein Lied mit Wörtern drin, die einige der älteren und vergeßlichen Zauberer in einem Lexikon nachschlagen mußten.

Um fünf stand er auf, um im nächsten Sumpf Enten zu jagen.

Als er zurückkehrte, klagte er darüber, daß es weit und breit keinen Fluß mit Forellen gab. (Im Ankh konnte man nicht angeln; wer dort zu angeln versuchte, mußte Gewichte an den Haken hängen, damit er nach unten sank.)

Und er bestellte Bier zum Frühstück.

Und er erzählte *Witze*.

Andererseits..., dachte der Quästor. Wenigstens mischte er sich nicht in die Verwaltung der Unsichtbaren Universität ein. Ridcully der Braune zeigte kein Interesse daran, irgend etwas zu verwalten. Viel lieber lauschte er dem Bellen von Jagdhunden. Er sah kaum einen Sinn in Dingen, die man nicht mit Pfeilen beziehungsweise Armbrustbolzen erlegen oder mit Ködern und Fallen fangen konnte.

Bier zum Frühstück! Der Quästor schauderte. Normalerweise krochen Zauberer erst gegen Mittag aus dem Bett, und das Frühstück im Großen Saal war eine recht stille Angelegenheit, bei der man nur leises Husten, das Schlurfen der Diener und ein gelegentliches Stöhnen hörte. Leute, die laut Nieren, Blutwurst und Bier verlangten, stellten ein völlig neues Phänomen dar.

Nur der greise Windle Poons reagierte nicht mit Entsetzen auf den gräßlichen neuen Erzkanzler. Windle war hundertdreißig Jahre alt und taub. Er galt als Experte für uralte magische Schriften, doch den aktuellen Ereignissen hinkte er immer etwas hinterher, wenn man ihm nicht alles genau erklärte. Er hatte sich inzwischen an die Vorstellung gewöhnt, daß Ridcully der Braune aus der Provinz kam, aber wahrscheinlich brauchte er noch ein oder zwei Wochen, bis er die allgemeinen Veränderungen zu verstehen begann. Unterdessen versuchte er, höfliche und taktvolle Gespräche mit dem Erzkanzler zu führen, rief sich dabei ins Gedächtnis zurück, was er über die Natur wußte.

Er wählte Bemerkungen wie:

»Ich nehme an, ähm, es ist ganz neu für dich, nicht mehr unter, ähm, freiem Himmel zu schlafen, sondern in einem richtigen, ähm, Bett.« Und: »Diese Dinge hier, ähm, nennt man Messer und Gabel.« Und: »Das, ähm, grüne Zeug auf dem Rührei – handelt es sich vielleicht um, ähm, Petersilie?«

Nun, Ridcully der Braune achtete kaum auf jemanden, wenn er frühstückte, und der taube Poons merkte nie, daß er keine Antworten erhielt. Deshalb kamen sie gut miteinander zurecht.

Der Quästor hatte ganz andere Probleme.

Zum Beispiel die Alchimisten. Man konnte ihnen nicht trauen. Sie nahmen alles viel zu ernst.

Bumm.

Die letzte Explosion. Während der nächsten Tage krachte es nicht mehr. Ruhe kehrte in die Stadt zurück, aber sie sollte sich als trügerisch erweisen.

Der Quästor hielt das Ausbleiben von weiteren Explosionen für einen Hinweis darauf, daß die Alchimisten ihre Experimente aufgegeben hatten. Er irrte sich. Die Stille bedeutete nur, daß sie es jetzt *richtig* anstellten.

Mitternacht. Die Brandung donnerte an den Strand und glühte phosphoreszierend in die Nacht. Doch am Hügel klang das Rauschen so leise wie durch einen mehrlagigen Samtvorhang.

Das Loch im Sand war jetzt recht groß.

Wer dort horchte, hätte vielleicht so etwas wie Applaus gehört.

Noch immer Mitternacht. Der Vollmond kroch über der Dunstglocke von Ankh-Morpork am Himmel entlang, dankbar dafür, daß ihn einige tausend Meilen von der Stadt trennten.

Die Gildenhalle der Alchimisten wirkte neu, und dieser Eindruck täuschte nicht. Sie wurde nie alt. Während der vergangenen zwei Jahre war sie viermal mit Hilfe von Explosionen abgerissen und anschließend wiederaufgebaut worden. Bei der letzten Totalrenovierung verzichtete man darauf, ihr ein Vortrags- und Experimentierzimmer hinzuzufügen, in der Hoffnung, damit eine kluge Entscheidung getroffen zu haben.

An diesem Abend trafen einige vermummte Gestalten ein und betraten verstohlen das Gebäude. Ein oder zwei Minuten später ging hinter einem Fenster im obersten Stock das Licht an und wieder aus.

Nun, nicht ganz.

Etwas geschah dort oben. Es flackerte kurz, gefolgt von jubelnden Stimmen.

Und es erklang ein Geräusch. Nein, kein Krachen, sondern ein seltsames mechanisches Schnurren, wie von einer glücklichen Katze in einer Blechtrommel.

Klickaklickaklickaklicka … Klick.

Es klickte auch weiterhin, und das Jubeln wiederholte sich mehrmals. Dann sagte jemand:

»Das wär's, Jungs.«

»Das wäre was?« fragte der Patrizier von Ankh-Morpork am nächsten Morgen.

Der Mann vor ihm zitterte voller Furcht.

»Keine Ahnung, Euer Exzellenz«, erwiderte er. »Sie ließen mich nicht ins Zimmer. Ich mußte vor der Tür warten, Euer Exzellenz.«

Seine Finger zuckten nervös. Der Blick des Patriziers schien ihn zu durchbohren. Es war ein Blick, der sowohl durchbohrte als auch schweigende Leute dazu brachte, ihr Schweigen zu beenden – selbst wenn sie glaubten, alles gesagt zu haben.

Nur der Patrizier wußte, wieviele Spione in der Stadt für ihn arbeiteten. Dieser besondere Spitzel war Diener in der Alchimistengilde. Vor einigen Monaten hatte man ihn des arglistigen Herumlungerns bezichtigt und in den Palast des Patriziers gebracht, wo er sich aus freiem Willen dazu bereit erklärte, fortan ein Spion zu sein.*

»Das ist *alles,* Euer Exzellenz«, wimmerte er. »Ich habe nur ein komisches Klicken gehört und eine Art *Flackern* unter der Tür gesehen. Und, äh, jemand sagte, das Tageslicht sei verkehrt.«

»Verkehrt? Wieso?«

»Äh, ich weiß es nicht, Herr. Einfach nur verkehrt. Und sie beschlossen, einen Ort aufzusuchen, wo das Tageslicht besser ist. Äh. Und sie forderten mich auf, ihnen eine Mahlzeit zu holen.«

Der Patrizier gähnte. Er empfand das sonderbare Verhalten von Alchimisten als überaus langweilig.

»Ach, tatsächlich?« fragte er.

»Obwohl sie erst eine Viertelstunde vorher etwas gegessen hatten«, fuhr der Diener und Spion fort.

»Vielleicht haben sie sich mit irgend etwas beschäftigt, das appetitanregend wirkt«, spekulierte der Patrizier.

»Ja, und die Küche war bereits geschlossen, und ich mußte heiße Würstchen in Brötchen kaufen. Von Treibe-mich-selbst-in-den-Ruin Schnapper.«

»Interessant.« Der Patrizier betrachtete die Papiere auf seinem Schreibtisch. »Danke. Du kannst jetzt gehen.«

»Und weißt du was, Euer Exzellenz? Sie haben ihnen geschmeckt. Sie fanden die Würstchen lecker!«

* Die Alternative bestand darin, freiwillig in die Skorpiongrube geworfen zu werden.

Es war erstaunlich genug, daß die Alchimisten überhaupt eine Gildenhalle hatten. Zauberer verabscheuten die Zusammenarbeit, aber sie wußten Hierarchien zu schätzen und neigten zu ausgeprägtem Ehrgeiz. Sie *brauchten* Organisation. Was nützte es, ein Magus der siebten Stufe zu sein, wenn man nicht auf sechs andere Stufen hinabsehen und die achte anstreben konnte? Die Zauberer benötigten andere Zauberer, um sie zu hassen und zu beneiden.

Alchimisten hingegen zeichneten sich durch sehr individualistische Einstellungen aus. Sie arbeiteten allein in dunklen Zimmern oder finsteren Kellern und hofften die ganze Zeit über, den großen Durchbruch zu erzielen, indem sie den Stein der Weisen oder das Elixier des Lebens entdeckten. In den meisten Fällen handelte es sich um dünne Männer mit blutunterlaufenen Augen und Bärten, die eigentlich gar keine richtigen Bärte waren, sondern Gruppen einzelner Haare: Sie bildeten Büschel, um sich gegenseitig zu schützen. Darüber hinaus trugen viele von ihnen jenen verträumten und entrückten Gesichtsausdruck, den man bekommt, wenn man zuviel Zeit in der Nähe von kochendem Quecksilber verbringt.

Alchimisten begegneten anderen Alchimisten nicht etwa mit Haß. Oft übersahen sie ihre Kollegen einfach oder hielten sie für Walrosse.

Ihre kleine, oft verspottete Gilde hatte nie versucht, den Status der anderen und viel einflußreicheren Gilden zu erreichen, in denen sich zum Beispiel Diebe, Bettler und Assassinen zusammenschlossen. Statt dessen beschränkten sie sich darauf, den Witwen und Familien verstorbener Alchimisten zu helfen, die zu sorglos mit Kaliumzyanid – auch Zyankali genannt – umgegangen waren oder interessante Pilze destilliert und das Ergebnis ihrer Arbeit getrunken hatten, um anschließend vom Dach zu springen und mit den Feen zu tanzen. Natürlich gab es nicht sehr viele Witwen und Waisen, denn in der Regel fanden Alchimisten nur wenig Zeit für die Pflege zwischenmenschlicher Beziehungen. Wenn sie heirateten, so gab es dafür häufig nur einen Grund: Sie brauchten jemanden, der ihre Schmelztiegel hielt.

Im großen und ganzen hatten die Alchimisten von Ankh-Morpork nichts anderes gelernt, als Gold in weniger Gold zu verwandeln.

Bis jetzt...

Jetzt waren sie so aufgeregt wie Leute, die auf ihrem Bankkonto völlig unerwartet ein Vermögen finden und überlegen, ob sie sich nach dem Grund dafür erkundigen oder das Geld abheben und damit verschwinden sollen.

»Den Zauberern gefällt es bestimmt nicht«, sagte einer von ihnen, ein hagerer, unschlüssiger Mann namens Lully. »Bestimmt nennen sie es Magie. Und ihr wißt, wie sehr sie sich ärgern, wenn jemand magische Kunststücke vollbringt, ohne Zauberer zu sein.«

»Magie hat überhaupt nichts damit zu tun«, erwiderte Thomas Silberfisch, Präsident der Gilde.

»Und die Kobolde?«

»Das ist keine Magie, sondern gewöhnlicher Okkultismus.«

»Und die Salamander?«

»Eine ganz natürliche Sache. Niemand kann Einwände dagegen erheben.«

»Nun, mag sein. Aber sicher *bezeichnen* sie es als Magie. Ihr kennt sie ja.«

Die Alchimisten nickten niedergeschlagen.

»Reaktionäre«, kommentierte Sendivoge, Sekretär der Gilde. »Aufgeblasene Thaumokraten. Was verstehen sie vom Fortschritt? Sie hätten schon vor Jahren so etwas erfinden können, aber *haben* sie es erfunden? Nein! Denkt nur daran, wie sehr wir das Leben der Leute... nun, verbessern können. Die Möglichkeiten sind enorm.«

»Bildung«, schlug Silberfisch vor.

»Geschichte«, meinte Lully.

»Und natürlich Unterhaltung«, sagte Peavie, Schatzmeister der Gilde. Er war ein kleiner, nervöser Mann. Die meisten Alchimisten neigten dazu, sehr nervös zu sein – weil sie nie wußten, welche Überraschungen die blubbernde Masse im Schmelztiegel für sie parat hielt.

»Oh, ja«, murmelte Silberfisch. »Auch etwas Unterhaltung.«

»Einige der großen historischen Dramen«, fuhr Peavie fort. »Stellt es euch vor! Man besorgt sich einige Schauspieler, die es einmal vorführen, und dann können es die Leute so oft sehen, wie sie wollen. Überall auf der Scheibenwelt!« Er überlegte kurz. »Dadurch spart man eine Menge Geld.«

»Aber es muß geschmackvoll sein«, mahnte Silberfisch. »Wir tragen schließlich die Verantwortung dafür. Wir müssen ein gewisses... ihr wißt schon...« Er sucht nach dem richtigen Wort. »Niveau. Wir müssen ein gewisses Niveau gewährleisten.«

»Sie werden es nicht zulassen«, sagte Lully düster. »Die Zauberer, meine ich.«

»Ich habe darüber nachgedacht«, verkündete Silberfisch. »Hier ist das Licht ohnehin schlecht. Darin sind wir uns einig. Wir brauchen einen klaren Himmel, und wir sollten ein ganzes Stück von der Stadt entfernt sein. Ich glaube, ich kenne einen geeigneten Ort.«

»Meine Güte, ich kann es noch immer nicht fassen«, sagte Peavie. »Vor einem Monat war es nur eine verrückte Idee, und jetzt funktioniert es schon. Es ist wie Magie! Allerdings keine *magische* Magie, wenn ihr versteht, was ich meine«, fügte er hastig hinzu.

»Nicht nur Illusion, sondern *echte* Illusion«, erklärte Lully.

»Ich weiß nicht, ob ihr euch das schon überlegt habt, aber . . .« Peavie zögerte kurz. »Wir könnten damit Geld verdienen. Äh?«

»Darauf kommt es nicht an«, entgegnete Silberfisch.

»Nein«, sagte der Schatzmeister. »Nein, natürlich nicht.« Er blickte zu den anderen.

»Sollen wir es uns noch einmal ansehen?« fragte er schüchtern. »Es macht mir nichts aus, die Kurbel zu drehen. Und, und . . . Ich bin kaum an diesem Projekt beteiligt gewesen, aber ich habe, äh, das hier mitgebracht.«

Peavie holte eine große Tüte unter seinem Mantel hervor und legte sie auf den Tisch. Sie kippte zur Seite; einige kleine, weiße und seltsam geformte Brocken rutschten daraus hervor.

Die Alchimisten starrten darauf hinab.

»Was ist das?« fragte Lully.

»Nun . . .«, begann Peavie unsicher. »Wenn man Körner nimmt und sie in einen Schmelztiegel tut, zum Beispiel in ein Modell Drei, ja, und wenn man dann Öl hinzufügt, wie man es in der Küche verwendet, und wenn man dann einen Deckel drauflegt und die Körner erhitzt, bis es knallt – nein, es *kracht* nicht, es knallt nur, ohne daß etwas explodiert –, und wenn man dann den Deckel hebt, haben sich die Körner in dieses, äh, Zeug verwandelt . . .« Er musterte verwirrte, verständnislose Mienen. »Man kann es essen«, sagte er kleinlaut. »Wenn man Butter und Salz hinzugibt, schmeckt's wie salzige Butter.«

Silberfisch streckte eine Hand aus, an der diverse Chemikalien Flekken hinterlassen hatten. Er wählte einen kleinen Brocken, steckte ihn sich in den Mund und kaute vorsichtig.

»Es ist mir ein Rätsel, was mich zu einem derartigen Experiment veranlaßte.« Peavie errötete. »Ich hatte nur so eine Idee. Aus irgendeinem Grund schien es *richtig* zu sein.«

Silberfisch kaute auch weiterhin.

»Schmeckt wie Pappe«, sagte er schließlich.

»Entschuldigung.« Peavie beugte sich vor, um den Rest des Haufens in die Tüte zu schaufeln. Silberfisch legte ihm die Hand auf den Arm.

»Oh, laß nur.« Er griff noch einmal zu. »Die Dinger *haben* ein gewisses Etwas, nicht wahr? Sie scheinen *tatsächlich* richtig zu sein. Wie heißen sie?«

»Ich weiß nicht«, erwiderte Peavie. »Ich nenne sie Knallkörner.«

Silberfisch nahm noch eins. »Komisch, daß man immer mehr essen möchte. Man kriegt nicht genug davon. Knallkörner? Na schön. Nun, meine Herren... Drehen wir die Kurbel noch mal.«

Lully spulte den Film in der Laterna unmagica zurück.

»Du hast eben gesagt, daß du einen geeigneten Ort kennst«, erinnerte er den Präsidenten der Gilde. »Wo wir unser Projekt fortsetzen können, ohne Schwierigkeiten mit den Zauberern befürchten zu müssen?«

Silberfisch stopfte sich Knallkörner in den Mund.

»An der Küste«, antwortete er. »Eine hübsche Landzunge, zu der sich heutzutage kaum jemand verirrt. Dort gibt's nur Wind, Wald, einen Tempel und Dünen.«

»Einen Tempel?« wiederholte Peavie besorgt. »Götter können ausgesprochen *sauer* werden, wenn ...«

»Hör mal...«, brummte Silberfisch. »Die Gegend ist schon seit Jahrhunderten verlassen. Dort stören uns weder Götter noch irgendwelche Leute. Nur ödes Land und viel Sonnenschein, weiter nichts. Unsere große Chance, Jungs. Wir dürfen keine Magie anwenden, wir sind außerstande, Blei – oder sonst etwas – in Gold zu verwandeln, und wir können kaum unseren Lebensunterhalt verdienen. Deshalb schlage ich vor: Laßt uns *bewegliche Bilder* herstellen. Laßt uns mit einer neuen Ära beginnen!«

Die Alchimisten lehnten sich zurück, und einige von ihnen lächelten.

»Ja«, sagte Lully.

»Meinetwegen«, pflichtete ihm Peavie bei.

»Auf die beweglichen Bilder.« Sendivoge hob eine Handvoll Knallkörner. »Übrigens: Wie hast du von dem Ort an der Küste erfahren?«

»Oh, ich ...« Silberfisch unterbrach sich und runzelte verwirrt die Stirn. »Ich ... ich weiß nicht. Kann mich nicht daran erinnern. Wahrscheinlich habe ich irgendwann mal davon gehört und es vergessen. Tja, und dann fiel's mir wieder ein. Ihr wißt ja, wie das ist.«

»Ja«, sagte Lully. »So erging's mir auch mit dem Film. Ich hatte den Eindruck, mich zu erinnern, worauf es dabei ankommt. Das Gedächtnis kann einem seltsame Streiche spielen, nicht wahr?«

»Ja.«

»Und ob.«

»Die Zeit war reif für eine solche Idee.«

»Stimmt.«

»Genau.«

»Das ist die Erklärung.«

Eine von vager Besorgnis geprägte Stille senkte sich auf den Tisch herab – das Geräusch von Gehirnen, die versuchten, konzentriert nachzudenken und herauszufinden, was sie beunruhigte.

Die Luft schien zu glitzern.

»Und wie heißt der Ort?« fragte Lully nach einer Weile.

»Ich habe keine Ahnung, wie er früher hieß.« Silberfisch lehnte sich zurück und zog die Tüte mit den Knallkörnern näher. »Heute heißt er Heiliger Wald oder Holy Wood.«

»Holy Wood«, murmelte Lully. »Klingt ... vertraut.«

Wieder folgte nachdenkliche Stille.

Sendevoge beendete sie.

»Also gut«, sagte er fröhlich. »Holy Wood, wir kommen.«

»Ja.« Der Gildenpräsident schüttelte den Kopf, als wollte er auf diese Weise einen unangenehmen Gedanken daraus verscheuchen. »Seltsam. Ich habe das Gefühl, als ... als wären wir schon die ganze Zeit über dorthin unterwegs.«

Mehrere tausend Meilen unter Silberfisch glitt die Sternenschildkröte Groß-A'Tuin träge durch eine immerwährende Nacht.

Die Wirklichkeit ist eine Kurve.

Doch das Problem liegt woanders. Das *eigentliche* Problem läßt sich so beschreiben: Es gibt nicht soviel Wirklichkeit, wie es eigentlich geben sollte. Einige besonders mystische Texte in den Archiven der Unsichtbaren Universität...

– sie ist das wichtigste Lehrinstitut für Zauberei auf der ganzen Scheibenwelt, und ihre Bibliothek enthält eine so riesige Menge magischer Bücher, daß sich dadurch Raum und Zeit krümmen –

...weisen darauf hin, daß sich mindestens neun Zehntel der ursprünglich erschaffenen Wirklichkeit außerhalb des Multiversums erstrecken. Doch da das Multiversum per definitionem absolut *alles* enthält, erscheint hier zumindest Verwunderung angebracht.

Außerhalb der Universen befindet sich die rohe, formlose Wirklichkeit, bestehend aus zahllosen Es-könnte-gewesen-sein und Vielleicht-kommt-es-einmal-so und Das-ist-völlig-ausgeschlossen. Gemeint sind wilde Ideen, im Chaos entstanden und vergangen, wie die Elemente im nuklearen Brodeln einer Supernova.

Ab und zu, wenn die Wände der Welten an einer bestimmten Stelle dünn und durchlässig werden, können sie *herein*sickern.

Dann läuft ein Teil der Wirklichkeit aus.

Der Effekt gleicht dem eines Tiefseegeysirs: In seiner Nähe finden sonderbare Geschöpfe genug Wärme und Nahrung, um eine Oase des Lebens zu schaffen – obwohl in einer solchen Umwelt überhaupt kein Leben existieren dürfte.

Die Idee von Holy Wood sickerte mit unschuldigem Enthusiasmus in die Scheibenwelt hinein. Wirklichkeit drang auf die *andere* Seite.

Und wurde entdeckt. Dort draußen warten *Dinge,* die auf winzige Ansammlungen von Wirklichkeit noch schneller reagieren als Haie auf eine Blutspur im Wasser.

Sie sammelten sich.

Ein Sturm toste über die Dünen, doch als er den niedrigen Hügel erreichte, wichen die Wolken zur Seite. Nur einige wenige Regentropfen fielen auf den ausgedörrten Boden, und aus den heulenden Böen wurde eine sanfte Brise.

Sie blies Sand über die Reste eines längst erloschenen Feuers.

Weiter unten am Hang, neben einem Loch, das jetzt für einen Dachs groß genug war, löste sich ein Stein und rollte fort.

Ein Monat rauschte vorüber. Er wollte nicht zuviel Zeit verlieren.

Der Quästor klopfte respektvoll an die Tür des Erzkanzlers und öffnete sie.

Ein Bolzen nagelte seinen Hut ans Holz.

Ridcully ließ die Armbrust sinken und starrte den Besucher finster an.

»Das war verdammt gefährlich, nicht wahr?« knurrte er. »Jemand hätte verletzt werden können. Du zum Beispiel.«

Der Quästor stünde kaum dort, wo er jetzt stand – besser gesagt, wo er vor zehn Sekunden gestanden hatte, als ruhiger, selbstsicherer Mann, der nicht ahnte, daß ihn dicht hinter der Tür ein (wenn auch nur leichter) Herzanfall erwartete –, wenn er unfähig gewesen wäre, sich schnell von unliebsamen Überraschungen zu erholen.

Er zog den Bolzen aus der mit Kreide an die Tür gemalten Zielscheibe und griff nach seinem Hut.

»Mir ist nichts passiert«, sagte er. Keine Stimme konnte so ruhig klingen. »Und das Loch sieht man nur, wenn man genau hinguckt. Warum, äh, schießt du auf die Tür, Herr?«

»Das fragst du noch, Mann? Draußen ist es dunkel, und die verdammten Mauern bestehen aus Stein. Soll ich etwa auf die verdammten Mauern schießen?«

»Äh«, sagte der Quästor. »Äh, die Tür ist fünfhundert Jahre alt«, fügte er mit mildem Tadel hinzu.

»So sieht sie auch aus«, brummte der Erzkanzler. »Ein verdammt großes und schwarzes Ding. Weißt du, was wir hier brauchen, Mann? Weniger Stein und Holz, dafür mehr Fröhlichkeit. Ein paar Jagdbilder. Die eine oder andere Verzierung.«

»Das erledige ich gleich«, log der Quästor und erinnerte sich an das unter den Arm geklemmte Papierbündel. »In der Zwischenzeit könntest du vielleicht diese Dokumente unterzeichnen, Herr...«

»In Ordnung.« Ridcully setzte seinen spitz zulaufenden Hut auf. »Guter Mann. Muß mich jetzt um einen kranken Drachen kümmern. Der arme kleine Kerl hat sein Teeröl schon seit Tagen nicht mehr angerührt.«

»Zwei oder drei Unterschriften würden genügen...«, sagte der Quästor hastig.

Der Erzkanzler winkte ab. »Kann mich nicht mit dem Kram aufhalten. Hier gibt's nicht nur zuviel Stein, sondern auch zuviel verdammtes

Papier. Und...« Er starrte den Quästor an, schien sich an etwas zu erinnern.

»Heute morgen hab ich was Komisches gesehen«, fuhr er fort. »Auf dem Platz war ein Affe. Frech wie Oskar.«

»Oh, ja.« Der Quästor nickte und lächelte. »Du meinst den Bibliothekar.«

»Hält sich ein Tier, wie?«

»Nein, nein, Herr, du hast mich falsch verstanden. Das Tier *ist* der Bibliothekar.«

Ridcully musterte den Quästor, dessen Lächeln daraufhin verblaßte.

»Der Bibliothekar hat die Gestalt eines *Affen*?«

Es dauerte eine Weile, bis der Quästor alles genau erklärt hatte. »Soll das heißen, der Bursche hat sich durch Magie in einen Affen verwandeln lassen?« vergewisserte sich der Erzkanzler.

»Ja. Ein Unfall in der Bibliothek. Eine magische Explosion. Im einen Augenblick war er ein Mensch, im nächsten ein Orang-Utan. Und er mag es nicht, wenn ihn jemand als Tier bezeichnet. Mit ›Affe‹ findet er sich ab, doch das T-Wort...«

»Affen sind doch Tiere, oder?«

»Äh, ja, ich denke schon. Aber der Bibliothekar wird sehr, äh, aggressiv, wenn ihn jemand ›Tier‹ nennt.«

»Zeigt er einem etwa den Hintern?«

Der Quästor schloß die Augen und schauderte. »Nein, Herr. Ich glaube, du meinst Gibbons.«

»Ah.« Ridcully dachte darüber nach. »Hier arbeiten doch keine von den Biestern, oder?«

»Nein, Herr. Nur der Bibliothekar, Herr.«

»Ich kann es nicht erlauben«, sagte der Erzkanzler fest. »Ich kann es auf keinen Fall erlauben. Große haarige Tiere, die hier herumschlurfen...« Er atmete tief durch. »Schick ihn fort.«

»O nein! Er ist der beste Bibliothekar, den wir je hatten. Und er leistet enorm viel für sein Geld.«

»Ach? Was bezahlen wir ihm denn?«

»Erdnüsse«, antwortete der Quästor sofort. »Außerdem gibt es sonst niemanden, der sich in der Bibliothek auskennt.«

»Dann sorg dafür, daß er zurückverwandelt wird. Ist doch kein Leben für einen Menschen, ein Tier zu sein.«

»Ein *Affe,* Herr. Und er scheint sich als Orang-Utan recht wohl zu fühlen.«

»Woher willst du das wissen?« fragte der Erzkanzler argwöhnisch. »Er spricht, wie?«

Der Quästor zögerte. Manchmal verursachte der Bibliothekar gewisse Schwierigkeiten. Alle hatten sich so an ihn gewöhnt, daß kaum jemand an die Zeit zurückdachte, als die Bibliothek *nicht* von einem Affen geleitet wurde, der lange gelbe Zähne und die Kraft von drei sehr kräftigen Männern hatte. Wenn das Ungewöhnliche lange genug andauert, wird es normal. Allerdings: Es fiel schwer, so etwas zu erklären. Der Quästor räusperte sich nervös.

»Er sagt ›ugh‹, Erzkanzler.«

»Und was bedeutet das?«

»Es bedeutet ›ja‹, Herr.«

»Und was für ein Geräusch gibt er von sich, wenn er ›nein‹ sagen will?«

Diese Frage hatte der Quästor befürchtet. »›Ugh‹, Herr«, antwortete er.

»Es klang genauso wie das andere Ugh!«

»Oh, nein. Nein. Ganz bestimmt nicht. Die Betonung ist anders. Ich meine, wenn man es öfter hört...« Der Quästor zuckte mit den Achseln. »Ich schätze, wir haben schließlich gelernt, ihn zu verstehen, Erzkanzler.«

»Nun, wenigstens hält er sich in Form«, sagte Ridcully gehässig. »Im Gegensatz zu dir und den anderen. Als ich heute morgen den Ungemeinschaftsraum betrat, lagen dort überall schnarchende Burschen!«

»Du meinst sicher die älteren Meister«, erwiderte der Quästor. »Ich glaube, sie sind ausgezeichnet in Form.«

»In *Form?* Der Dekan sieht aus, als hätte er ein Brett verschluckt!«

»Nun...« Der Quästor lächelte nachsichtig. »Der Ausdruck ›in Form sein‹ bedeutet doch soviel wie ›gut geeignet für einen bestimmten Zweck‹, und meiner Ansicht nach ist der Körper des Dekans bestens dazu geeignet, den ganzen Tag zu sitzen und üppige Mahlzeiten zu verspeisen.« Der Quästor lächelte erneut.

Ridcully musterte ihn, und sein Blick war so *alt*modisch wie der eines Ammoniten.

»Soll das ein Scherz sein?« fragte er in dem mißtrauischen Tonfall eines Mannes, der selbst dann nicht in der Lage gewesen wäre, die Wörter »Sinn für Humor« zu verstehen, wenn es ihm jemand eine Stunde lang mit Diagrammen erklärt hätte.

»Nur eine schlichte Bemerkung, Herr«, sagte der Quästor vorsichtig.

Der Erzkanzler schüttelte den Kopf. »Ich kann Scherze nicht ausstehen. Ich halte nichts von Burschen, die dauernd versuchen, witzig zu sein. Das kommt davon, wenn man den ganzen Tag in irgendwelchen Zimmern hockt. Nach einem Zanzig-Meilen-Dauerlauf wäre der Dekan ein ganz anderer Mann.«

»Äh, ja«, bestätigte der Quästor. »Er wäre tot.«

»Nein, gesund.«

»Gesund und tot.«

Ridcully rückte verärgert die Papiere auf seinem Schreibtisch zurecht.

»Nachlässige Schlampigkeit«, brummte er. »Davon gibt's hier zuviel. Alles kommt auf den Hund. Die Leute schlafen den ganzen Tag über und verwandeln sich immerzu in Tiere. Während meines Studiums hat niemand auch nur daran *gedacht,* sich in einen Affen zu verwandeln.« Er sah mürrisch auf.

»Was wolltest du?« fragte er.

»Was?« entgegnete der verunsicherte Quästor.

»Du wolltest etwas von mir, nicht wahr? Deshalb bist du gekommen. Weil ich hier der einzige bin, der nicht schnarcht oder am Morgen in Bäumen herumklettert und schnattert«, fügte der Erzkanzler hinzu.

»Äh. Ich glaube, das sind Gibbons, Herr.«

»Was? Was? Kannst du nicht vernünftig reden, Mann?«

Der Quästor straffte die Gestalt. Seiner Meinung nach hatte er es nicht verdient, auf diese Weise behandelt zu werden.

»Nun, *eigentlich* bin ich gekommen, um mit dir über einen der Studenten zu sprechen, Herr«, sagte er kühl.

»Studenten?« wiederholte der Erzkanzler laut.

»Ja, Herr. Du weißt schon... Diese dünnen Leute, meistens sehr blaß. Immerhin ist dies eine *Universität.* Die Studenten gehören dazu, wie Ratten...«

»Wir haben doch Leute, die sich um sie kümmern, oder?«

»Die Lehrer. Ja. Aber manchmal... Nun, vielleicht solltest du dir diese Prüfungsergebnisse ansehen...«

Es war Mitternacht – nicht die gleiche Mitternacht wie vorher, aber eine ähnliche. Der Alte Tom, die stumme Glocke im Turm der Unsichtbaren Universität, hatte gerade zwölfmal lautlos geläutet.

Regenwolken quetschten ihre letzten Tropfen über der Stadt aus. Ankh-Morpork breitete sich unter einigen feuchten Sternen aus, so real und massiv wie ein Ziegelstein.

Ponder Stibbons, thaumaturgischer Student, ließ das Buch sinken und rieb sich die Augen.

»Na schön«, sagte er. »Frag mich. Los. Frag mich alles ab.«

Victor Tugelbend, ebenfalls Student der Zauberei, griff nach seiner zerfledderten Ausgabe des *Nekrotelicomnicon für Studenten, mit praktischen Experimenten* und blätterte darin. Er lag auf Ponders Bett. Besser gesagt: Seine Schulterblätter lagen auf Ponders Bett. Der Rest des Körpers reichte an der Wand nach oben. Diese Haltung ist völlig normal für einen jungen Zauberer, der sich zu entspannen versucht.

»Also gut«, erwiderte er. »Also gut. Bist du soweit? Wie heißt das aus einer fernen Dimension stammende Ungeheuer, dessen Schrei wie ›Schnappdichschnappdichschnappdich‹ klingt?«

»Yob Soddoth«, antwortete Ponder sofort.

»Ja. Welche Methode benutzt das Monstrum Tshup Aklathep, die gräßliche Sternenkröte mit einer Million Jungen, um seine Opfer zu Tode zu foltern?«

»Es... es... Nein, verrat's mir nicht... Es hält sie fest und zeigt ihnen Bilder seiner Kinder, bis die Gehirne der Hilflosen implodieren.«

»Stimmt. Habe mich immer gefragt, wie das möglich ist.« Victor blätterte wieder. »Ich schätze, wenn man zum tausendsten Mal ›Ja, es hat deine Augen‹ gesagt hat, sehnt man sich nach einer Möglichkeit, Selbstmord zu begehen.«

»Du weißt enorm viel, Victor.« Bewunderung erklang in Ponders Stimme. »Ich staune, daß du immer noch Student bist.«

»Äh, ja«, murmelte Victor. »Äh. Habe Pech bei den Prüfungen.«

»Frag mich weiter«, bat Ponder.

Victor öffnete das Buch an einer anderen Stelle.

Einige Sekunden lang herrschte Stille.

Dann: »Wo befindet sich Holy Wood?«

Ponder schloß die Augen und klopfte sich an die Stirn. »Warte... warte... ich hab's gleich...« Die Lider klappten auf. »Was soll das heißen, ›wo befindet sich Holy Wood‹?« entfuhr es ihm. »Ich kann mich nicht daran entsinnen, jemals etwas über Holy Wood gelesen zu haben.«

Victor starrte auf die Seite. Nirgends wurde Holy Wood erwähnt.

»Ich hätte schwören können... Hab' scheinbar irgend etwas durcheinandergebracht«, sagte er verwirrt. »So was passiert, wenn man den ganzen Lehrstoff noch einmal durchkaut.«

»Es ist wirklich sehr anstrengend, nicht wahr? Aber es lohnt sich auch, Zauberer zu sein.«

»Ja«, bestätigte Victor. »Ich kann es gar nicht abwarten.«

Ponder schloß sein Buch.

»Es regnet nicht mehr«, stellte er fest. »Laß uns über die Mauer klettern. Wir haben den einen oder anderen kräftigen Schluck verdient.«

Victor hob den Zeigefinger. »Nur ein Glas. Ich muß nüchtern bleiben. Morgen findet die Abschlußprüfung statt, und dafür brauche ich einen klaren Kopf.«

»Natürlich«, sagte Ponder.

Es ist immer wichtig, vor einer Prüfung nüchtern zu sein. Viele Karrieren als Straßenfeger, Obstpflücker und Gitarrenspieler-an-der-Ecke haben begonnen, weil diese bedeutsame Tatsache unberücksichtigt blieb.

Doch für Victor gab es einen ganz besonderen Grund, um wachsam zu sein.

Ihm durfte kein Fehler unterlaufen, der dafür sorgte, daß er die Abschlußprüfung *bestand.*

Sein verstorbener Onkel hatte ihm ein kleines Vermögen hinterlassen, unter der Voraussetzung, daß er kein Zauberer wurde. Darauf lief es hinaus, obgleich der alte Mann etwas ganz anderes beabsichtigte, als er das Testament verfaßte. Er *dachte,* seinem Neffen einen Anreiz zu geben, damit er beim Studium gute Leistungen erbrachte. Aber Victor Tugelbend war auf seine Art ein intelligenter junger Mann, der sich folgendes überlegte:

Welche Vor- und Nachteile hat ein Zauberer? Nun, man bekommt ein gewisses Prestige, aber man gerät häufig in gefährliche Situationen und riskiert dauernd, von einem anderen Magus umgebracht zu werden. Victor hielt es nicht für erstrebenswert, eine geachtete Leiche zu sein.

Andererseits...

Welche Vor- und Nachteile hat ein *Student* der Zauberei? Es mangelt ihm nicht an Freizeit, und niemand erhebt Einwände, wenn er viel Bier trinkt und unzüchtige Lieder singt. Ihm droht auch nicht die Gefahr, ermordet zu werden, sieht man einmal von den üblichen Risiken in Ankh-Morpork ab. Bei Victor kam ein Erbe hinzu, das ihm ein recht komfortables Leben ermöglichte. Natürlich durfte er sich kein Prestige erhoffen, aber wenigstens lebte er, um das zu wissen.

Aufgrund dieser Erkenntnisse hatte Victor ziemlich viel geistige Energie darauf verwendet, die Klauseln des Testaments zu prüfen und sich mit den überaus komplexen Prüfungsvorschriften der Unsichtbaren Universität zu beschäftigen. Darüber hinaus machte er sich mit den Prüfungsunterlagen der letzten fünfzig Jahre vertraut.

Man mußte mindestens 88 Punkte erzielen, um zu bestehen.

Das Durchfallen war einfach. Jeder Narr konnte *durchfallen.*

Victors Onkel war kein Narr gewesen. Eine der testamentarischen Bedingungen lautete: Wenn Tugelbend jemals weniger als 80 Punkte bekam, trocknete seine Geldquelle ebenso schnell wie Spucke auf einem heißen Ofen.

In gewisser Weise hatte er sein Ziel erreicht. Es gab keinen anderen Studenten, der so hingebungsvoll studierte wie Victor. Es hieß, sein magisches Wissen übertreffe sogar das einiger der besten Zauberer. Stundenlang saß er in der Bibliothek und las Grimoires. Er befaßte sich mit Prüfungstechniken und fand heraus, wie man Antworten die richtige Formulierungsstruktur gab. Er hörte den Vorlesungen so oft zu, daß er sie schließlich auswendig kannte. Das Lehrerkollegium hielt ihn für den klügsten und fleißigsten Schüler seit Jahrzehnten. Und bei jeder Abschlußprüfung schaffte er es mit kompetentem Geschick, 84 Punkte zu erhalten.

Es war unheimlich.

Der Erzkanzler las die letzte Seite.

»Hm«, sagte er schließlich. »Ich verstehe. Du hast Mitleid mit dem Jungen, wie?«

»Ich glaube, dir ist noch nicht ganz klar, worauf ich hinauswill«, erwiderte der Quästor.

»Liegt doch auf der Hand«, brummte Ridcully. »Der Bursche besteht immer nur *fast.*« Er hob ein Blatt. »Wie dem auch sei: Hier steht, daß es ihm vor drei Jahren gelang, die Hürde der Abschlußprüfung zu überwinden. Mit 91 Punkten.«

»Ja, Herr. Aber er erhob Einspruch.«

»Er erhob *Einspruch?* Gegen die bestandene Prüfung?«

»Er meinte, offenbar hätten die Prüfer übersehen, daß er bei Frage sechs die falschen Allotrope fürs Oktiron nannte. Er fügte hinzu, es sei den besseren und würdigeren Studenten gegenüber nicht fair, ihn zum Zauberer zu ernennen, obgleich ihm die notwendige Anzahl von Punkten fehlte. Angeblich wollte er sich nicht für den Rest seines Lebens mit einem schlechten Gewissen belasten. Wie du siehst, bekam er bei den nächsten beiden Abschlußprüfungen nur 82 und 83 Punkte.«

»Warum?«

»Ich glaube, er wollte auf Nummer Sicher gehen.«

Die Finger des Erzkanzlers klopften auf den Schreibtisch.

»Ich kann es nicht erlauben«, sagte er. »Ich kann auf keinen Fall erlauben, daß hier ein *Fast*-Zauberer herumläuft und lacht, weil... weil... Warum sollte er lachen?«

»Das finde ich auch«, schnurrte der Quästor.

»Wir nehmen ihn auf den Arm«, sagte der Erzkanzler fest.

»Tritt«, entgegnete der Quästor. »Wir geben ihm einen Tritt. Ihn auf den Arm zu nehmen... Es würde bedeuten, ihn zu verspotten.«

»Verspotten, ja. Guter Vorschlag. Ich bin einverstanden.«

»Nein, Herr«, sagte der Quästor mit erzwungener Geduld. »*Er* nimmt *uns* auf den Arm, und deshalb geben *wir* ihm einen Tritt.«

»Gut«, ließ sich der Erzkanzler vernehmen. »Schafft einen gewissen Ausgleich.« Der Quästor rollte mit den Augen. »Nun, du möchtest also, daß ich ihm den Marschbefehl gebe, wie?« fuhr Ridcully fort. »Wir setzen den Burschen bei Nacht und Nebel vor die Tür...«

»Nein, Herr. Das können wir nicht machen.«

»Das können wir nicht? Ich dachte, wir geben hier die Anweisungen.«

»Ja, aber man muß sehr vorsichtig sein, wenn es um den jungen Meister Tugelbend geht. Er kennt sich mit den Vorschriften aus, sogar noch besser als einige von uns. Nun, morgen findet wieder eine Abschlußprüfung statt, und wir sollten ihm *diesen* Prüfungsbogen geben.«

Der Erzkanzler nahm das Dokument entgegen, und seine Lippen bewegten sich stumm, als er las.

»Nur eine Frage?«

»Ja. Entweder besteht er, oder er fällt durch. *Diesmal* dürfte es ihm sehr schwer fallen, nur vierundachtzig Prozent zu schaffen.«

Auf eine Weise, die seinen Tutoren zu ihrem großen Verdruß rätselhaft blieb, war Victor Tugelbend nicht nur ein kluger und fleißiger Student, sondern auch die faulste Person in der ganzen Geschichte der Scheibenwelt.

Bei ihm handelte es sich nicht um schlichte, gewöhnliche Faulheit. Schlichte und gewöhnliche Faulheit ist nur das Fehlen von Anstrengung. Dieses Stadium hatte Victor längst hinter sich. Schon vor Jahren hatte er den Pfad normalen Müßiggangs beschritten und sein *Ende* erreicht: Er wandte mehr Mühe für das Vermeiden von Arbeit auf als andere Leute für schweißtreibendes Schuften.

Es war nie sein Wunsch gewesen, Zauberer oder irgend etwas anderes zu werden. Er hatte sich immer nur gewünscht, bis mittags zu schlafen und anschließend auszuruhen. Damals, als er anderen Leuten höchstens bis zur Gürtellinie reichte, stellte man ihm Fragen wie: »Und was möchtest *du* sein, wenn du groß bist?« Woraufhin er antwortete: »Keine Ahnung. Was schlägst du vor?«

Leider fanden sich die Erwachsenen nur für kurze Zeit mit so etwas ab. Es genügte nicht, daß Victor einfach nur Victor war – sie hielten es für erforderlich, daß er etwas anderes wurde.

Er versuchte es. Eine Zeitlang bemühte er sich, Schmied sein zu wollen, weil ihm das interessant und romantisch erschien. Aber die Tätigkeit des Schmieds brachte harte Arbeit und unnachgiebiges Metall mit sich. Daraufhin versuchte er, sich eine Zukunft als Assassine vorzustellen, was ihm verwegen und romantisch erschien. Doch auch dabei ließ sich harte Arbeit kaum vermeiden, und außerdem mußte man ab und zu jemanden umbringen. Der Beruf des Schauspielers lockte mit dramatischer Romantik. Allerdings: Schauspieler mußten staubige Strumpfhosen tragen, in kleinen, muffigen Zimmern übernachten und – zu Victors großem Erstaunen – hart arbeiten.

Er hatte es zugelassen, zur Universität geschickt zu werden – weil die Ablehnung mühsamer gewesen wäre.

Er schmunzelte viel, und oft deutete sein Lächeln auf vage Verwirrung hin. Was in anderen Leuten den Verdacht weckte, daß er etwas intelligenter war als sie. Nun, meistens versuchte er gerade zu verstehen, was sie gesagt hatten.

Ein dünner Schnurrbart zierte seine Oberlippe. Dadurch wirkte er flott – oder so, als hätte er gerade eine Tasse Kakao getrunken. Es hing von der jeweiligen Perspektive ab.

Victor war stolz auf seinen Schnurrbart. Von Zauberern erwartete man, daß sie sich Bärte wachsen ließen, die einen Vergleich mit Stechginstersträuchern nicht zu scheuen brauchten. Die alten Magier schienen imstande zu sein, mit ihren langen Bärten Nährstoffe aus der Luft zu filtern, so wie Wale.

Es war jetzt halb zwei. Victor verließ die Geflickte Trommel, eine Schenke, die großen Wert auf ihren Ruf als schlechteste Taverne in der ganzen Stadt legte. Er schlenderte durch die Nacht. Es hatte immer den Anschein, daß Victor Tugelbend schlenderte – selbst dann, wenn er rannte.

Er war nüchtern und deshalb ziemlich überrascht, als er sich plötzlich auf dem Platz der Gebrochenen Monde wiederfand. Er hatte zur kleinen Gasse hinter der Universität zurückkehren wollen, zu der Mauer, wo einige bewegliche Ziegelsteine den thaumaturgischen Studenten seit Jahrhunderten die Möglichkeit gaben, das abendliche Ausgehverbot zu umgehen beziehungsweise darüber hinwegzuklettern.

Der Weg dorthin führte nicht an diesem Platz vorbei.

Victor drehte sich um, schlenderte einige Schritte in die Richtung, aus der er kam – und blieb erneut stehen. Etwas Ungewöhnliches war hier im Gange.

Normalerweise traf man auf dem Platz der Gebrochenen Monde Geschichtenerzähler, Musikanten oder Makler, die versuchten, Käufer für einige der überschüssigen Wahrzeichen von Ankh-Morpork zu finden, zum Beispiel für den Kunstturm oder die Messingbrücke.

Jetzt waren einige Leute damit beschäftigt, eine Art großes Laken zwischen zwei Pfosten zu spannen.

Victor schlurfte zu ihnen. »Was macht ihr hier?« fragte er freundlich.

»Hier findet bald eine Vorstellung statt.«

»Oh, Theater«, sagte Tugelbend ohne großes Interesse.

Er wandte sich ab und latschte durch die feuchte Dunkelheit. Kurz darauf verharrte er noch einmal, als er in der Finsternis zwischen zwei Gebäuden eine Stimme hörte.

»Hilfe«, sagte sie leise.

Und eine andere Stimme, etwas lauter: »Rück's endlich raus!«

Victor trat näher und spähte in die Schatten.

»Hallo?« fragte er. »Alles in Ordnung?«

Einige Sekunden lang blieb es still, und dann knurrte jemand: »Willst dir unbedingt Ärger einhandeln, Bürschchen, wie?«

Er hat ein Messer, dachte Victor. Er greift mich mit einem Messer an. Das bedeutet: Wenn ich nicht erstochen werden möchte, muß ich weglaufen, wodurch ich viel Kraft verschwende.

Vielleicht hat der Leser falsche Vorstellungen von Victor Tugelbend gewonnen. Vielleicht hält er ihn für dick und schwächlich. Aber das stimmt nicht. Er war zweifellos der athletischste aller Studenten. Er hielt es für viel zu mühsam, zusätzliche Pfunde mit sich herumzuschleppen, und aus diesem Grund achtete er darauf, kein Fett anzusetzen und fit zu bleiben. Außerdem: Wenn man ordentliche Muskeln anstelle von Speck hatte, fiel es wesentlich leichter, sich zu bewegen.

Er beschränkte sich auf einen Rückhandschlag, der den Angreifer nicht nur traf, sondern ihn auch von den Beinen riß.

Im Anschluß daran hielt Victor nach dem Opfer Ausschau, das noch immer in einer Ecke kauerte.

»Ich hoffe, du bist nicht verletzt«, sagte er.

»Bleib so stehen!«

»Oh, ich wollte ohnehin stehenbleiben«, erwiderte Victor.

Die Gestalt löste sich aus den Schatten. Der Mann hatte ein Paket unter den Arm geklemmt und machte eine seltsame Bewegung: Mit

Daumen und Zeigefinger beider Hände bildete er einen Rahmen, durch den seine kleinen, wieselartigen Augen starrten.

Vielleicht wehrt er damit den Bösen Blick ab, dachte Victor. Mit den vielen Symbolen am Mantel sah er aus wie ein Zauberer.

»Faszinierend!« stieß der Mann hervor und spähte durch das von den Fingern geformte Quadrat. »Könntest du den Kopf ein wenig nach links drehen, ja? Großartig! Tja, das mit der Nase ist bedauerlich, aber vielleicht können wir da was dran machen.«

Er kam näher und versuchte, den Arm um Victors Schultern zu legen. »Ein wahres Glück für dich, daß du mir begegnet bist«, behauptete er.

»Tatsächlich?« fragte Tugelbend, der bisher angenommen hatte, daß es genau andersherum sei.

»Ich habe nach jemandem wie dir gesucht.«

»Ach?« Victor zögerte kurz. »Bist du vielleicht gar nicht überfallen worden?«

»Oh, doch. Der Kerl war auf dies hier scharf.« Die Gestalt klopfte an das Paket, und es dröhnte leise, wie ein Gong. »Aber es hätte ihm überhaupt nichts genützt.«

»Völlig wertlos?« vermutete Victor.

»Es hat einen unschätzbaren Wert.«

»Um so besser.«

Der Mann gab den Versuch auf, seinen freien Arm um Victors ziemlich breite Schultern zu legen. Er begnügte sich mit einer davon.

»Aber viele Leute wären sehr enttäuscht gewesen«, sagte er. »Nun, hör mal... Du hast genau die richtige Erscheinung. Und ein gutes Profil. Was hältst du davon, bei den beweglichen Bildern einzusteigen?«

»Äh«, antwortete Victor. »Nein, ich glaube, das ist nichts für mich.«

Der Mann riß die Augen auf.

»Du hast mich doch verstanden, oder?« vergewisserte er sich. »Bewegliche Bilder.«

»Ja.«

»Wenn's um bewegliche Bilder geht, möchten alle dabei sein!«

»Nein, danke«, sagte Victor höflich. »Es ist sicher eine lohnende Aufgabe, Bilder zu bewegen, aber ich bin nicht daran interessiert.«

»Ich spreche von *beweglichen Bildern*!«

»Ja«, entgegnete Victor sanft. »Ich habe es gehört.«

Der Mann schüttelte den Kopf. »Na, das haut mich glatt um. Zum erstenmal seit Wochen treffe ich jemanden, der nicht wild darauf ist, bei den beweglichen Bildern anzufangen. Ich dachte, alle Leute wünschen sich einen Job bei den beweglichen Bildern. Als ich dich sah, dachte ich sofort: Bestimmt ist er ganz versessen auf die beweglichen Bilder.«

»Trotzdem vielen Dank«, sagte Victor. »Ich glaube, es wäre nichts für mich.«

»Nun, ich stehe in deiner Schuld.« Der kleine Mann holte eine Karte hervor. Victor nahm sie entgegen und las:

Thomas Silberfisch

Interessante und lehrreiche Kinematographie
Ein oder zwei Rollen – fast gar nicht explosiv
Holy Wood, 1

»Falls du es dir anders überlegst«, erklärte er. »In Holy Wood kennen mich alle.«

Victor betrachtete die Karte. »Danke«, sagte er unbestimmt. »Äh. Bist du Zauberer?«

Silberfisch starrte ihn an.

»Wie kommst du darauf?« fragte er scharf.

»Du trägst einen Mantel mit magischen Symbolen...«

»Mit *magischen Symbolen?* Sieh mal genau hin, Junge! Dies sind gewiß nicht die lächerlichen Symbole eines absurden und längst überholten Glaubenssystem! Es handelt sich vielmehr um die Merkmale einer aufgeklärten Kunst, deren neue und strahlende Morgendämmerung gerade, äh... dämmert. Magische Symbole!« zischte der kleine Mann voller Verachtung. »Und es ist ein Umhang, kein Mantel«, fügte er hinzu.

Victor beobachtete das Durcheinander aus Sternen, sichelförmigen Monden und anderen Darstellungen. Die Merkmale einer aufgeklärten Kunst, deren neue und strahlende Morgendämmerung gerade dämmerte, wirkten genauso wie die lächerlichen Symbole eines absurden und längst überholten Glaubenssystems, aber dies war vermutlich nicht der geeignete Zeitpunkt, um darauf hinzuweisen.

»Entschuldige«, erwiderte er. »Hab sie nicht genau gesehen.«

»Ich bin Alchimist«, verkündete ein nur teilweise besänftigter Silberfisch.

»Oh, du verwandelst Blei in Gold und so«, sagte Victor.

»Nicht Blei, Junge. *Licht.* Mit Blei funktioniert's nicht. Ich sorge dafür, daß *Licht* zu Gold wird...«

»Im Ernst?« erkundigte sich Victor höflich, als Silberfisch mitten auf dem Platz ein Stativ montierte.

Eine kleiner Menschenauflauf bildete sich. In Ankh-Morpork geschah es häufig, daß sich irgendwo kleine – oder auch große – Menschenaufläufe bildeten. Die Bewohner dieser Stadt gehörten zu den besten Zuschauern im Universum. Sie schauten immer zu, vor allem dann, wenn die Möglichkeit bestand, daß irgend jemand auf eine amüsante Art verletzt wurde.

»Bleib hier und sieh dir die Vorstellung an«, sagte Silberfisch und eilte fort.

Ein Alchimist, dachte Victor. Nun, jeder weiß, daß Alchimisten ein wenig verrückt sind. Das ist ganz normal für sie.

Und er überlegte: Wer möchte seine Zeit damit verbringen, Bilder zu bewegen? Die meisten von ihnen befinden sich doch genau am richtigen Ort.

»Würstchen in Brötchen!« erklang eine Stimme neben dem Studenten. »Kauft sie, solange sie noch heiß sind!«

Victor drehte sich um. »Oh, hallo, Herr Schnapper.«

»Guten Abend, Junge. Dein Magen hätte sicher nichts gegen ein heißes Würstchen einzuwenden, oder?«

Tugelbend blickte auf die glänzenden, röhrenförmigen Objekte in dem Behälter, der an Schnappers Hals hing. Sie dufteten verlockend. Es ging *immer* ein appetitanregender Geruch von ihnen aus. Doch wenn man hineinbiß... Dann stellte man fest, daß Treibe-mich-selbst-in-den-Ruin Schnapper für organische Teile Verwendung fand, von deren Existenz die entsprechenden Tiere überhaupt nichts wußten. Schnapper hatte folgendes herausgefunden: Mit genug gebratenen Zwiebeln und Senf aßen die Leute praktisch *alles.*

»Sonderpreis für Studenten«, flüsterte der Verkäufer in einem verschwörerischen Tonfall. »Nur fünfzehn Cent, und damit treibe ich mich selbst in den Ruin.« Listig hob er den Deckel, und Dampf quoll darunter hervor.

Pikanter Zwiebelduft verrichtete sein heimtückisches Werk.

»Na schön«, sagte Victor. »Gib mir eine.«

Schnapper fischte ein Würstchen aus dem Behälter und schob es ins Brötchen, offenbarte dabei das gleiche Geschick wie ein Frosch, der eine Eintagsfliege fängt.

»Du wirst es nicht bereuen«, versprach er fröhlich.

Victor knabberte an einem Zwiebelring, der keine unmittelbare Gefahr darzustellen schien.

»Was geht da vor?« fragte er und deutete mit dem Daumen zum großen Laken zwischen den beiden Pfosten.

»Eine Art Unterhaltung«, antwortete Schnapper. »Heiße Würstchen! Besonders lecker!« Erneut senkte er die Stimme zu dem für ihn typischen Verschwörerraunen.

»Der letzte Schrei in den anderen Städten, wie ich hörte«, verriet er. »Bilder, die sich bewegen. Die Leute haben sie erst woanders ausprobiert, bevor sie nach Ankh-Morpork kamen.«

Sie beobachteten, wie Silberfisch und einige Assistenten an einem Kasten auf dem Stativ hantierten. Weißes Licht glänzte durch eine runde Öffnung in dem Gebilde und fiel aufs breite Laken. Vom Publikum her ertönte zurückhaltender Applaus.

»Oh«, sagte Victor. »Ich *verstehe.* Das ist alles? Nur ganz gewöhnliches Schattenspiel. Mehr steckt nicht dahinter. Mein Onkel hat's mir gezeigt, als ich noch ein Kind war. Du weißt schon ... Man bewegt die Hand vor dem Licht, und die Schatten formen ein Bild.«

»Oh, ja«, erwiderte Schnapper unsicher. »Wie ›großer Elefant‹ oder ›Seeadler‹. Ich kenne es von meinem Großvater her.«

»Mein Onkel hatte eine Vorliebe für ›mißgestaltetes Kaninchen‹«, berichtete Victor. »Allerdings kam er nicht gut mit dem Schattenspiel zurecht. Es war immer ziemlich peinlich. Wir saßen an der Wand und rieten mit wachsender Verzweiflung Dinge wie ›überraschter Igel‹

oder ›tollwütiges Wiesel‹, und schließlich ging mein Onkel schmollend zu Bett, weil wir nicht erraten hatten, daß die Schemenbilder ›Lord Henry Skipps und seine Mannen gegen die Trolle bei der Schlacht von Pseudopolis‹ bedeuteten. Ich weiß gar nicht, warum Leute Schatten auf einem Laken interessant finden.«

»Angeblich soll's ganz anders sein«, sagte Schnapper. »Vorhin habe ich einem der Männer eine Riesenwurst Mit Extra Viel Senf verkauft, und er meinte: Es läuft alles darauf hinaus, Bilder schnell hintereinander zu zeigen. Man klebt sie zusammen und läßt sie schnell aufeinander folgen. Sehr, sehr schnell, meinte er.«

»Aber nicht zu schnell«, wandte Victor ernst ein. »Wenn sie zu schnell aufeinander folgen, erkennt man die einzelnen Bilder gar nicht mehr.«

»Genau darin besteht das Geheimnis, meinte er«, fuhr Schnapper fort. »Man sieht nicht die einzelnen Bilder, sondern alle zusammen. Oder so.«

»Aber dann wäre alles verschwommen«, sagte Victor. »Hast du ihn nicht danach gefragt?«

»Äh, nein«, gab Schnapper zu. »Ich bekam keine Gelegenheit dazu, weil der Mann fort mußte. Fühlte sich plötzlich seltsam.«

Victor sah nachdenklich auf den Rest seines Würstchens, als er sich auf einmal angestarrt fühlte.

Er senkte den Kopf. Ein Hund saß direkt vor ihm.

Es war ein kleiner und krummbeiniger Hund mit drahtigem Fell, das überwiegend grau zu sein schien, jedoch auch braune, weiße und schwarze Flecken aufwies. Das Tier starrte ihn an.

Nie zuvor hatte jemand einen so durchdringenden Blick auf Victor Tugelbend gerichtet. Darin kamen weder Drohungen noch stummes Flehen zum Ausdruck. Es war nur ein stummes Starren, geprägt von einer alles andere ausschließenden Aufmerksamkeit: Der Hund schien sich jedes Detail zu merken, um den Behörden später eine genaue Beschreibung zu geben.

Als kein Zweifel mehr daran bestehen konnte, daß Victor den Hund bemerkt hatte, richtete das Tier den Blick aufs Würstchen.

Profundes Mitleid erfaßte den Studenten, und er ließ das Würstchen fallen. Der Hund schnappte sofort danach und verschlang es.

Mehr Leute strömten auf den Platz. Treibe-mich-selbst-in-den-

Ruin Schnapper wanderte umher und gewann zahlreiche Kunden unter den Nachtschwärmern, die so betrunken waren, daß Optimismus über Erfahrung siegte. Nun, wer um ein Uhr nachts nach einer mehrstündigen Zechtour etwas zu essen kaufte, mußte ohnehin damit rechnen, am nächsten Morgen ausgiebig zu leiden. Allem Anschein nach vertraten viele von ihnen die Ansicht, daß sich die Mühe lohnen sollte.

Aus dem kleinen Menschenauflauf wurde allmählich ein großer. Einige Meter entfernt erkannte Victor die massige, langgliedrige Gestalt des Trolls Detritus, den alle Studenten gut kannten – er arbeitete häufig dort, wo man Geld dafür bezahlte, irgendwelche Leute hinauszuwerfen. Der Troll sah ihn und versuchte zu zwinkern, indem er beide Augen schloß. Es mangelte Detritus an Begabung, wenn es um komplizierte Dinge ging. Man erzählte sich: Wenn Detritus gut genug schreiben und lesen lernen könnte, um einen Intelligenztest abzulegen, so stellte sich vermutlich heraus, daß der Stuhl, auf dem er saß, intelligenter wäre.

Silberfisch griff nach einem Sprachrohr.

»Meine Damen und Herren«, begann er. »Ihr erlebt jetzt einen Wendepunkt in der Geschichte dieses Jahrhunderts, das unter...« Er ließ das Sprachrohr wieder sinken, und Victor hörte, wie er einem Assistenten zuflüsterte: »Unter welchem Zeichen steht dieses Jahrhundert? Ach, tatsächlich?« Dann hob er den Trichter erneut an die Lippen und fuhr mit sonorer Begeisterung fort: »...das unter dem Zeichen des Flughunds steht! Werdet Zeugen der Geburt von beweglichen Bildern! Ja, genau: Bilder, die sich bewegen! Ohne Magie!«

Er wartete auf Applaus, erntete jedoch nur Stille. Die Zuschauer beobachteten ihn. Beim Publikum von Ankh-Morpork braucht es mehr als ein Ausrufezeichen hinter einem Satz, um es zu Applaus zu veranlassen.

»Sehen und glauben, so heißt es!« Silberfischs Stimme klang jetzt ein wenig entmutigt. »Aber meine Damen und Herren – ihr werdet euren Augen nicht trauen! Was ihr gleich beobachten könnt, ist ein Triumph der Naturwissenschaft! Ein Wunder! Eine Entdeckung, die unsere Welt – das ganze Universum! – verändert!«

»Schlimmer als diese verdammten Würstchen wird's schon nicht werden«, grummelte jemand vor Victors Knie.

»...die Nutzbarmachung natürlicher Mechanismen, um Illusionen zu erzeugen! Illusionen, meine Damen und Herren, für die keine Magie notwendig ist!«

Victors Blick glitt langsam nach unten und fiel auf den kleinen Hund, der sich hingebungsvoll kratzte. Das Tier sah auf und sagte: »Wuff?«

»... enorme Möglichkeiten im Bereich der Bildung! Denkt nur an Kunst und Geschichte! Ich danke euch, meine Damen und Herren! Meine Damen und Herren, bisher habt ihr noch gar nichts gesehen...!«

Erneut legte Silberfisch eine Pause ein und erhoffte sich Applaus.

Jemand in der vordersten Reihe brummte: »Da hast du völlig recht. Bisher haben wir noch nichts gesehen.«

»Ja«, pflichtete ihm eine Frau bei. »Warum bist du nicht endlich still und fängst mit dem Schattenspiel an?«

»Genau!« rief eine andere Frau. »Zeig uns das ›mißgestaltete Kaninchen‹. Meine Kinder finden das am besten.«

Eine Zeitlang beobachtete Victor die Menge, um den Argwohn des Hunds zu zerstreuen. Dann drehte er ruckartig den Kopf und starrte noch einmal nach unten.

Das Tier blickte gelassen zum Publikum und schien dem thaumaturgischen Studenten überhaupt keine Beachtung zu schenken.

Victor stocherte mit einem Finger im Ohr. Wahrscheinlich nur ein sonderbares Echo, dachte er. Das »Wuff« des Hunds hatte nicht nur deshalb seltsam geklungen, weil es sich wie »wuff« anhörte. Die meisten Hunde im Multiversum gaben nie ein *Wuff* von sich, sondern weitaus komplexere Geräusche, zum Beispiel *Wuouff* oder *Hwwauh*. Nein, wirklich irritierend war, daß dieser Hund gar nicht *gebellt*, sondern »Wuff« *gesagt* hatte.

Tugelbend runzelte verwirrt die Stirn und wandte sich wieder Silberfisch zu, der jetzt vom Podest vor dem Laken herunterkletterte und einem seiner Assistenten zuwinkte. Der Mann nickte und drehte eine Kurbel am Kasten. Etwas knirschte, und dann hörte Victor ein rhythmisches Klicken. Erste vage Schatten tanzten über die Leinwand, und dann...

Zu den letzten Dingen, an die sich der Student erinnerte, gehörte eine Stimme, die vor seinem Knie brummte: »Wäre es dir vielleicht lieber gewesen, wenn ich ›miau‹ gesagt hätte?«

Holy Wood träumt ...

Und jetzt war es acht Stunden später.

Ponder Stibbons litt noch immer an den Nachwirkungen diverser »kräftiger Schlucke« und sah schuldbewußt zu dem leeren Platz an seiner Seite. Bisher hatte Victor noch nie eine Abschlußprüfung versäumt. Angeblich mochte er die Herausforderung.

»Bereitet euch darauf vor, das Blatt umzudrehen«, sprach der Aufsichtführende zur Rückwand des Zimmers. In den sechzig Brüsten der sechzig angehenden Zauberer klopften sechzig Herzen noch schneller als vorher. Ponder griff nervös nach seiner Glücksbringer-Schreibfeder.

Der Magier auf dem Podium kippte die Sanduhr. »Ihr könnt beginnen.«

Einige eingebildete Studenten drehten die Prüfungsbögen um, indem sie mit den Fingern schnippten. Ponder haßte sie sofort.

Er streckte die Hand nach seinem Glücksbringer-Tintenfaß aus. Die Finger verfehlten es, und der zitternde Ellenbogen stieß es um. Eine schwarze Welle ergoß sich über das Blatt mit den Fragen.

Panik und Scham stiegen in Ponder auf. Er versuchte, die Tinte mit dem Saum seines Umhangs fortzuwischen, wodurch es ihm gelang, sie gleichmäßig auf dem Pult zu verteilen. Der ausgestopfte Frosch, wichtigster aller Glücksbringer, war fortgespült worden.

Schwarze Tinte tropfte von Ponders Ärmeln, und Verlegenheit glühte in seinem Gesicht, als er flehentlich zum Magier blickte und dann wie beschwörend zum leeren Tisch sah, an dem eigentlich Victor sitzen sollte.

Der Zauberer nickte. Ponder seufzte dankbar, nahm auf der anderen Seite des Gangs Platz und wartete, bis sein Puls nicht mehr raste, bevor er das Blatt ganz vorsichtig umdrehte.

Zehn Sekunden später drehte er es gegen alle Vernunft noch einmal um, falls die Fragen in diesem besonderen Fall auf der Rückseite standen.

Um ihn herum herrschte angespannte Stille, in der neunundfünfzig Gehirne ihre ganze geistige Kraft mobilisierten.

Ponder drehte den Bogen zum dritten Mal.

Ein Versehen? Nein ... Das Universitätssiegel fehlte ebensowenig wie die Unterschrift des Erzkanzlers. Vielleicht handelte es sich um einen speziellen Test. Vielleicht beobachtete man ihn, um festzustellen, wie er reagierte ...

Verstohlen blickte er nach rechts und links. Die anderen Studenten schienen hart zu arbeiten. Möglicherweise war doch jemandem ein Fehler unterlaufen. Ja. Je mehr Ponder darüber nachdachte, desto logischer erschien es ihm. Der Erzkanzler hat die Papiere unterzeichnet, und als die Schreiber damit begannen, sie zu kopieren, kam einer von ihnen nicht weiter als bis zur ersten und wichtigsten Frage, und dann mußte er sich dringend mit einer anderen Angelegenheit befassen und vergaß die übrigen Fragen, und niemand bemerkte etwas, und der Prüfungsbogen landete auf Victors Pult, und Ponder hatte ihn bekommen, vielleicht göttlicher Wille oder so. Jedenfalls war es eindeutig nicht seine Schuld, und wenn das Schicksal ihm eine solche Chance bot, wäre es da nicht ein Sakrileg, sie nicht zu nutzen.

Erneut las er die Frage: »Wie heißt du?«

Er schrieb die Antwort.

Nach einer Weile nahm er sein Glücksbringer-Lineal und unterstrich sie mehrmals.

Kurze Zeit später, um seinen Eifer zu beweisen, schrieb er darüber: »Die Antwort auf Frage Eins lautet:«.

Nach zehn Minuten fügte er in der Zeile darunter hinzu: »So heiße ich.« Er unterstrich den Hinweis.

Der arme Victor wird es sehr bedauern, ausgerechnet diese Abschlußprüfung verpaßt zu haben, dachte Ponder.

Und: Wo mag der jetzt eigentlich stecken?

Noch gab es keine Straße nach Holy Wood. Wer den Ort erreichen wollte, mußte den Weg nach Quirm nehmen, ihn an einer nicht gekennzeichneten Stelle verlassen und zu den Dünen wandern. Wilder Lavendel und Rosmarin säumten die Böschung. Man hörte nur summende Bienen und das ferne Zwitschern einer Feldlerche, wodurch die Stille noch stiller erschien.

Victor Tugelbend verließ die Straße dort, wo sich Wagenräder und Füße bereits eine breite Schneise durch die Böschung gegraben hatten.

Viele Meilen lagen noch vor ihm. Er stapfte weiter.

Irgendwo in seinem Hinterkopf flüsterte eine Stimme Fragen wie »Wo bin ich?« und »Warum bin ich hier?« Ein anderer Teil von ihm wußte, daß er gar nicht *hier* zu sein brauchte. Er war wie das Opfer eines Hypnotiseurs, das glaubt, nicht in Trance zu sein, und jederzeit erwachen zu können, wenn es den Wunsch dazu verspürt. Auch Victor glaubte, niemandem gehorchen zu müssen, während sich seine Füße von ganz allein bewegten.

Er überlegte, was da mit ihm passierte. Irgend etwas ging vor sich, etwas, das sich vielleicht nie wiederholte – und er wollte daran teilhaben.

Ein ganzes Ende hinter dem Studenten zurück versuchte Treibe-mich-selbst-in-den-Ruin Schnapper, ein Pferd zu reiten. Er war kein erfahrener Reiter und fiel immer wieder zu Boden – ein Grund dafür, daß er Victor nicht längst überholt hatte. Ein anderer bestand darin, daß er in der Stadt zunächst sein Würstchen-in-Brötchen-Geschäft verkauft hatte, an einen Zwerg, der für wenig Geld zu Schnappers Nachfolger wurde und sich daraufhin für den glücklichsten Bewohner von Ankh-Morpork hielt. Nachdem er selbst eins der Würstchen verspeist hatte, bekam er nie wieder Gelegenheit, unglücklich zu sein.

Irgend etwas rief Treibe-mich-selbst-in-den-Ruin Schnapper, und zwar mit goldener Stimme.

Weit hinter ihm wankte der Troll Detritus durch den Sand. Es läßt sich kaum feststellen, was er dachte; vermutlich gingen ihm ähnliche Gedanken durch den Kopf wie einer heimkehrenden Brieftaube. Er wußte nur, daß er nicht dort war, wo er sein sollte.

Den Abschluß bildete schließlich ein großer Karren, von acht Pferden gezogen und mit Holz für Holy Wood beladen. Der Mann auf dem Kutschbock dachte an nichts, war nur ein wenig verwirrt angesichts eines Zwischenfalls, der sich kurz vor dem Morgengrauen ereignet hatte, als er Ankh-Morpork verlassen wollte. Er erinnerte sich ... Im Halbdunkel neben der Straße erklang eine Stimme und rief: »Halt, im Namen der Stadtwache!« Er hielt an, doch es passierte gar nichts, und als er sich umblickte, war weit und breit niemand zu sehen.

Der Karren rumpelte vorbei und zeigte dem Auge des phantasievollen Beobachters die kleine Gestalt des Wunderhunds Gaspode, der es sich hinten zwischen den Holzbalken bequem zu machen versuchte. Auch er reiste nach Holy Wood.

Auch er wußte nicht, was ihn dazu veranlaßte.

Auch er wollte es herausfinden.

In den letzten Jahren des Jahrhunderts des Flughunds hätte niemand geglaubt, daß die Angelegenheiten der Scheibenwelt mit aufmerksamer Ungeduld von Intelligenzen beobachtet wurden, die intelligenter waren als Menschen – oder zumindest viel scheußlicher. Jene Wesen beobachteten das Diesseits mit dem gleichen Interesse, das ein Verhungernder der Alles-was-du-für-einen-Dollar-verdrücken-kannst-Speisekarte vor Hargas Rippenstube entgegenbringt ...

Nun, ganz stimmt das nicht. Die meisten Zauberer wären bereit gewesen, es zu glauben, wenn es ihnen jemand erzählt hätte.

Das galt auch für den Bibliothekar.

Frau Marietta Kosmopilit, Quirmstraße 3, Ankh-Morpork, hätte es ebenfalls geglaubt. Allerdings ... Sie glaubte an viele Dinge. Sie glaubte, die Welt sei rund. Sie glaubte, eine Knoblauchknolle in der Schublade mit ihrer Unterwäsche hielte Vampire fern. Sie glaubte, in jedem Menschen verberge sich etwas Liebenswertes: Man mußte nur an der richtigen Stelle danach suchen. Und sie glaubte, daß sie jeden Abend drei gräßliche Zwerge beobachteten, wie sie sich auszog.*

Holy Wood! ...

... war noch nicht sehr viel. Nur ein Hügel, mit dem Meer auf der einen Seite und Dünen auf der anderen. Es handelte sich um jene Art von reizvoller Gegend, die nur dann reizvoll ist, wenn man sie für kurze Zeit bewundern kann, um anschließend zu einem Ort mit heißen Bädern und kalten Drinks zurückzukehren. Es kommt einer Strafe gleich, dort länger verweilen zu müssen.

Wie dem auch sei: Eine Stadt entstand. Wenn man in diesem Zusammenhang die Bezeichnung »Stadt« verwenden durfte. Hütten wurden gebaut, wo jemand Bauholz abgeladen hatte, und sie wirkten primitiv: Wer sie baute, schien den Hauptteil seiner Zeit wichtigeren Dingen zu widmen. Man konstruierte schlichte Kästen aus Brettern.

Bis auf die Vorderfronten ...

Wenn man Holy Wood verstehen wollte, meinte Victor Jahre später, mußte man wissen, was es mit den Gebäuden auf sich hatte.

Man sah einen Kasten im Sand, ausgestattet mit einem spitz zulau-

* In diesem Punkt hatte sie recht, wenn auch nur zufällig.

fenden Dach – was jedoch keine Rolle spielte, da es in Holy Wood *nie* regnete. Risse und Fugen in den Wänden waren mit alten Lappen zugestopft. Die Fenster stellten nur Löcher dar, denn es gelang niemandem, Glas über viele Meilen hinweg zu transportieren, ohne daß es unterwegs zerbrach. Von hinten betrachtet erwies sich die Vorderfront als eine große, von Latten gestützte Reklametafel.

Aber wenn man sie von vorn sah... Vorn war sie ein barockes, mit Verzierungen, Schnitzereien und bunten Bildern geschmücktes Architekturkunstwerk. In Ankh-Morpork bemühten sich vernünftige Leute um ein möglichst unauffälliges Erscheinungsbild ihrer Häuser, um keine Aufmerksamkeit zu erregen, und die Dekoration beschränkte sich aufs Innere. In Holy Wood schien man Innen und Außen miteinander zu verwechseln.

Victor wankte benommen über die sogenannte Hauptstraße. Vor einigen Stunden war er zwischen den Dünen erwacht. *Warum?* fragte er sich erneut. Er hatte beschlossen, nach Holy Wood zu wandern, aber warum? Er wußte es nicht, erinnerte sich nur daran, daß Hunderte von guten Gründen für diese Entscheidung gesprochen hatten.

Jetzt fiel ihm keiner mehr ein.

Hinter seiner Stirn gab es ohnehin kaum Platz für Erinnerungen. Victors Gehirn war viel zu sehr damit beschäftigt, ihn auf Hunger und Durst hinzuweisen. Bei einer gründlichen Suche in den Hosentaschen entdeckte er insgesamt sieben Ankh-Morpork-Cents. Damit konnte er nicht einmal einen kleinen Teller Suppe bezahlen, ganz zu schweigen von jener üppigen Mahlzeit, die sein Magen verlangte.

Er brauchte eine gute Mahlzeit. Nach einer guten Mahlzeit konnte er sicher wieder klar denken.

Tugelbend bahnte sich einen Weg durch die Menge. Die meisten Leute schienen Tischler zu sein, aber es gab auch andere, die Korbflaschen oder geheimnisvolle Kisten trugen. Alle schritten eilig vorbei und erweckten den Eindruck, ein besonders wichtiges Ziel zu verfolgen.

Victor bildete die einzige Ausnahme.

Er wandte sich hierhin und dorthin, starrte zu den Gebäuden und fühlte sich wie eine Heuschrecke in einem Ameisenhaufen. Vergeblich hielt er nach etwas Vertrautem Ausschau...

»He, paß doch auf!«

Er prallte wie von einer Wand ab, doch als er das Gleichgewicht wiederfand, war die andere, an dem Zusammenstoß beteiligte Person bereits in der Menge verschwunden. Er blinzelte mehrmals und rannte ihr verzweifelt hinterher.

»Hallo!« rief er. »Tut mir leid! Entschuldige bitte!«

Die junge Frau blieb stehen und wartete ungeduldig auf ihn.

»Nun?« fragte sie scharf.

Sie mochte etwa dreißig Zentimeter kleiner sein als Victor, und ihre Figur blieb Mutmaßungen überlassen, da sie ein langes, weites und ziemlich lächerliches Rüschengewand trug. Es war jedoch nicht annähernd so lächerlich wie die blonde Perücke aus zahllosen Ringellokken. Weißes Make-up überzog ihr Gesicht wie eine dicke Patina und sparte nur die mit schwarzer Wimperntusche und schwarzem Lidschatten geschminkten Augen aus. Die junge Dame ließ sich mit einem Lampenschirm vergleichen, der an ausgeprägtem Schlafmangel litt.

»Nun?« wiederholte sie. »Ich habe keine Zeit! In fünf Minuten wird wieder gedreht!«

»Äh...«

Die Namenlose seufzte. »Nein, sag's nicht. Du bist gerade eingetroffen. Hier ist alles so neu für dich. Du weißt nicht, was du jetzt anfangen sollst. Du hast Hunger und kein Geld. Stimmt's?«

»Ja! Woher *weißt* du das?«

»Alle fangen so an. Und du möchtest einen Job bei den Streifen, habe ich recht?«

»Bei den Streifen?«

Die Augen der jungen Frau rollten in ihren schwarzen Ringen.

»Bei den beweglichen Bildern!«

»Oh...« Ja, *das* ist es, fuhr es ihm durch den Sinn. Bis eben wußte ich es nicht, aber jetzt ist es mir plötzlich klar. Ja. Deshalb bin ich hier. Warum komme ich jetzt erst drauf?

»Ja«, sagte er. »Ja, das möchte ich. Einen Job. Bei den Streifen. Äh, wie geht man dabei vor?«

»*Man* wartet und wartet. Bis *man* entdeckt wird.« Die Frau musterte Victor mit unverhohlener Verachtung. »Wie wär's, wenn du es zunächst als Tischler versuchst? Holy Wood braucht Leute, die Holz zusammennageln.«

Dann wirbelte sie herum und verschwand in der Menge der geschäftig hin und her eilenden Leute.

»Äh, danke!« rief ihr Tugelbend nach. »Danke.« Er hob die Stimme und fügte hinzu: »Ich hoffe, das mit deinen Augen wird bald besser!«

Er tastete nach den Münzen in seiner Tasche.

Nun, Tischlerei kam nicht in Frage – das klang nach Arbeit. Er hatte es einmal ausprobiert, und schon nach kurzer Zeit hatten das Holz und er eine Übereinkunft getroffen: Er rührte es nicht mehr an, und es verzichtete darauf, immer wieder zu splittern.

Warten schien hingegen auch auf Dauer gar nicht so schlecht zu sein, doch es erforderte Geld.

Victors Finger berührten einen kleinen, rechteckigen Gegenstand in seiner Tasche. Er zog das Objekt hervor und betrachtete es erstaunt.

Silberfischs Karte.

Die Adresse Holy Wood, 1, bezog sich auf zwei Schuppen hinter einem hohen Zaun. Eine lange Schlange hatte sich vor dem Tor gebildet, bestand aus Trollen, Zwergen und Menschen. Einige Anzeichen deuteten darauf hin, daß sie schon seit einer ganzen Weile vor dem Zaun standen. Einige von ihnen strahlten eine so natürliche Deprimiertheit aus, daß es sich vielleicht um direkte Nachkommen der ersten prähistorischen Schlangensteher handelte.

Am Tor wachte eine große, kräftig gebaute Gestalt und beobachtete die Schlange mit der Selbstgefälligkeit eines Mannes, der – zumindest ein bißchen – Macht ausüben konnte.

»Entschuldige bitte...«, begann Victor.

»Heute morgen stellt Herr Silberfisch niemanden mehr ein«, knurrte der Mann aus dem Mundwinkel. »Verzieh dich.«

»Aber er hat mich hierher eingel...«

»Habe ich nicht gesagt, daß du dich verziehen sollst, Freundchen?«

»Ja, aber...«

Die Tür im Zaun öffnete sich einige Zentimeter weit, und ein blasses Gesicht spähte nach draußen.

»Wir brauchen einen Troll und zwei Menschen«, verkündete es. »Für einen Tag. Das übliche Honorar.« Die Tür schloß sich wieder.

Der Torwächter straffte die Gestalt und wölbte zwei narbige Hände trichterförmig vor dem Mund.

»Also gut, ihr Narren!« donnerte er. »Ihr habt's gehört!« Er blickte an der Schlange entlang, wie ein Viehzüchter, der seine Auswahl traf. »Du, du und du«, brummte er und streckte die Hand aus.

»Entschuldige«, sagte Victor freundlich. »Ich glaube, der Mann dort steht weiter vorn...«

Er wurde zur Seite geschoben, und die drei Glücklichen hasteten zum Zaun. Tugelbend glaubte zu beobachten, wie glitzernde Münzen den Besitzer wechselten. Dann wandte ihm der Torhüter ein zorniges rotes Gesicht zu.

»Du«, grollte er. »Ans Ende der Schlange mit dir. Und da bleibst du!«

Victor starrte ihn mit großen Augen an. Er sah zur Tür. Und er sah zu den vielen niedergeschlagen wartenden Leuten.

»Äh, nein«, erwiderte er. »Lieber nicht. Trotzdem herzlichen Dank.«

»Hau ab!«

Victor lächelte, wanderte am Zaun entlang und folgte seinem Verlauf. Die Lattenbarriere endete an einer schmalen Gasse.

Tugelbend suchte im Müll, der in der Gasse herumlag, fand ein Stück Papier und krempelte die Ärmel hoch. Anschließend begann er mit einer sorgfältigen Inspektion des Zauns und entdeckte schon nach kurzer Suche zwei lose Bretter, die er weit genug beiseite schieben konnte, um durch die Lücke zwischen ihnen zu schlüpfen.

Er gelangte auf ein Gelände, wo Bauholz und Stoffballen lagerten. Niemand hielt sich hier auf.

Victor ging los, in eine Aura der Entschlossenheit gehüllt. Soviel hatte er schon gelernt: Wenn man die Ärmel hochgekrempelt hatte, einen Zettel in der Hand hielt und entschlossen wirkte, brauchte man keine unangenehmen Fragen zu befürchten. Mit dieser Erkenntnis brach er auf, um das aus Holz und Leinen bestehende Wunderland der interessanten und lehrreichen Kinematographie zu erforschen.

Er sah Gebäude, auf deren Rückwände man andere Gebäude gemalt hatte. Er sah Bäume, die vorn Bäume waren und hinten nur Streben. Hektische Aktivität herrschte überall, doch soweit Victor das feststellen konnte, schien niemand wirklich etwas zu produzieren.

Ein Mann, der einen langen schwarzen Mantel, einen großen schwarzen Hut und außerdem einen ebenfalls schwarzen, bürstenartigen Schnurrbart trug, war gerade damit beschäftigt, eine junge Frau zu fesseln. Niemand versuchte, ihn daran zu hindern, obwohl sich die Frau zur Wehr setzte. Zwei Personen beobachteten das Geschehen gleichgültig; neben ihnen drehte jemand die Kurbel eines Kastens, der auf einem Stativ ruhte.

Das Opfer streckte wie beschwörend den Arm aus. Lautlos klappte der Mund auf und zu.

Einer der beiden Zuschauer stand auf, kramte in einem Haufen aus Schildern und hielt eins vor den Kasten.

Es war schwarz, und darauf standen weiße Worte: »Nein! Nein!«

Der Mann trat zur Seite, woraufhin die schwarze Gestalt besonders finster dreinblickte und an ihrem Schnurrbart zupfte. Ein zweites Schild wurde vor den Kasten gehalten, diesmal mit der Aufschrift: »Ahar! Meine stolze Schönheit!«

Der andere Zuschauer griff nach einem Sprachrohr.

»Gut, ausgezeichnet«, sagte er. »Fünf Minuten Pause, und dann drehen wir die Kampfszene.«

Der Schurke löste die Fesseln der jungen Frau und ging mit ihr fort. Der Kurbeldreher hörte auf, die Kurbel zu drehen, zündete sich eine Zigarette an und öffnete den Deckel des Kastens.

»Alles mitgekriegt?« fragte er.

Mehrstimmiges Quieken antwortete ihm.

Victor trat näher und tippte dem Mann mit dem Sprachrohr auf die Schulter.

»Ich habe eine wichtige Nachricht für Herrn Silberfisch«, sagte er.

»Er ist in seinem Büro dort drüben«, entgegnete der Mann und deutete mit dem Daumen über die Schulter, ohne sich umzuwenden.

»Danke.«

In der ersten Hütte standen lange Reihen aus kleinen Käfigen in einem diffusen Halbdunkel. Schemenhafte Wesen warfen sich gegen die Gitterstäbe, heulten und kreischten. Victor schloß rasch wieder die Tür.

Hinter der nächsten Pforte sah er Silberfisch, der vor seinem mit Reagenzgläsern und Papierbergen bedeckten Schreibtisch stand. Der kleine Mann kehrte ihm den Rücken zu.

»Leg es dort drüben hin«, sagte er geistesabwesend.

»Ich bin's«, erwiderte Victor.

Silberfisch wandte sich um und blickte den Besucher so an, als sei es allein Victors Schuld, daß er sich nicht erinnerte.

»Ja?«

»Ich komme wegen der Stelle, die du mir angeboten hast«, sagte Tugelbend. »Allerdings bin ich nicht ganz sicher – vielleicht ist es auch eine Rolle.«

»Stelle?« wiederholte Silberfisch. »Rolle? Wovon redest du da? Und wie bist du hereingekommen?«

»Durch die Tür«, erklärte Victor. »Das heißt, erst bin ich durch eine Lücke im Zaun geklettert.«

Vage Besorgnis manifestierte sich in Silberfischs Gesicht. Tugelbend holte die Karte hervor und gab sich alle Mühe, damit auf eine beruhigende Weise zu winken.

»In Ankh-Morpork?« fuhr er fort. »Vor zwei Nächten? Du bist überfallen worden?«

Silberfisch horchte der Stimme seines Gedächtnisses und nickte langsam. »Oh, ja«, murmelte er. »Du hast mir ein wenig geholfen.«

»Und *du* hast mir angeboten, bei den beweglichen Bildern mitzumachen«, betonte Victor. »Vorgestern wollte ich noch nichts davon wissen, aber inzwischen habe ich's mir anders überlegt.« Er lächelte strahlend.

Und er dachte: Er wird versuchen, sich irgendwie rauszuwinden. Jetzt bereut er sein Angebot. Bestimmt schickt er mich zurück zur Schlange.

»Nun, natürlich«, sagte Silberfisch. »Viele junge und talentierte Leute möchten bei den beweglichen Bildern mitarbeiten. Es dauert nicht mehr lange, bis wir auch Ton haben. Ich meine, bist du vielleicht Tischler? Verfügst du über alchimistische Erfahrungen? Hast du jemals Kobolde ausgebildet? Was kannst du mit den Händen anstellen?«

»Nicht viel«, gestand Victor ein.

»Wie steht's mit dem Singen?«

»Oh, ich singe. Ja. In der Badewanne. Aber leider nicht sehr gut.«

»Tanzt du?«

»Nein.«

»Und Schwerter? Weißt du, wie man mit einem Schwert umgeht?«

»Äh, kommt darauf an«, antwortete Victor. Manchmal hatte er eins benutzt, in der Turnhalle, doch er war nie gegen jemanden angetreten, und das aus einem ganz einfachen Grund: Zauberer verabscheuten körperliche Ertüchtigung und verirrten sich nie in die Sporthalle; das einzige andere Universitätsmitglied, das gelegentlich dort auftauchte, war der Bibliothekar, und er interessierte sich nur für die Seile und Ringe. Nun, Victor hatte eine sehr eindrucksvolle Schwertkampftechnik vor dem Spiegel geübt – und dabei immer den Sieg errungen.

»Ich verstehe«, sagte Silberfisch bedrückt. »Du kannst nicht singen. Du kannst nicht tanzen. Und du kannst nicht mit dem Schwert umgehen, es sei denn, es kommt darauf an.«

»Andererseits...«, wandte Victor ein. »Ich habe dir zweimal das Leben gerettet.«

»Zweimal?« fragte Silberfisch verwundert.

»Ja«, bestätigte Tugelbend. Er holte tief Luft und wußte, daß er ein Risiko einging. »In Ankh-Morpork. Und jetzt.«

Stille folgte.

»So etwas halte ich eigentlich nicht für nötig«, meinte Silberfisch schließlich.

»Es tut mir leid.« Victor sprach nun in einem flehentlichen Tonfall. »Ich drohe nicht gern, aber du hast mich aufgefordert, hierher nach Holy Wood zu kommen, und ich bin den ganzen weiten Weg gegangen, und ich habe kein Geld und großen Hunger, und ich wäre mit allem zufrieden, *bitte*!«

Silberfisch musterte ihn skeptisch.

»Selbst damit, Schauspieler zu sein?«

»Was?«

»Ein Schauspieler«, sagte Silberfisch und suchte nach den richtigen Worten. »Schauspieler, äh, tun so, als ob sie gewisse Dinge tun.«

»Ja!«

»Eigentlich schade, ein so intelligenter und gebildeter Junge wie du«, kommentierte Silberfisch. »Was hast du gelernt?«

»Ich studiere, um Za...«, begann Victor und erinnerte sich gerade noch rechtzeitig an Silberfischs Abneigung der Zauberei gegenüber. »...Kanzlist zu werden.«

»Zakanzlist?«

»Ich weiß nicht, ob ich ein guter Schauspieler sein kann«, sagte Victor kleinlaut.

Silberfisch hob überrascht die Brauen. »Oh, du eignest dich bestimmt. Bei den beweglichen Bildern ist es sehr schwer, ein *schlechter* Schauspieler zu sein.«

Er fummelte in der Tasche und entlockte ihr einen Dollar.

»Hier. Das dürfte genügen, um eine Mahlzeit zu bezahlen.«

Silberfisch musterte Victor erneut streng von Kopf bis Fuß.

»Auf was wartest du noch?« fragte er.

»Nun...«, entgegnete Tugelbend. »Ich habe gehofft... Kannst du mir erklären, was los ist?«

»Worauf willst du hinaus?«

»Vorgestern habe ich deinen, äh, *Streifen* gesehen...« Er war stolz darauf, sich an den Fachausdruck zu erinnern. »In der Stadt. Und plötzlich wünschte ich mir nichts sehnlicher, als hier zu sein. Noch nie zuvor in meinem Leben habe ich mir etwas so sehr gewünscht!«

Silberfischs Miene zeigte ein erleichtertes Lächeln.

»Oh, *das* meinst du«, sagte er. »Es ist nur die Magie von Holy Wood. Natürlich keine *Zauberei*«, fügte er hastig hinzu. »Die besteht nur aus Aberglauben und Mumpitz. Nein. Hier handelt es sich um Magie für gewöhnliche Leute. In deinem Kopf *brodelt* es sicher, wenn du an die vielen Möglichkeiten denkst. Bei mir war das genauso.«

»Ja«, erwiderte Victor unsicher. »Und wie funktioniert es?«

In Silberfischs Gesicht schien eine Sonne aufzugehen.

»Du möchtest Bescheid wissen?« stieß er hervor. »Du möchtest wissen, wie es *funktioniert*?«

»Ja, ich...«

»Die meisten Leute enttäuschen mich«, sagte Silberfisch. »Man zeigt ihnen etwas wahrhaft Wundervolles wie zum Beispiel den Bilderkasten, und man hört nur ›Oh‹ und ›Ah‹ von ihnen. Nie fragen sie, wie es funktioniert. Herr Vogel!«

Das letzte Wort schrie er. Einen Moment später öffnete sich eine andere Tür des Schuppens, und ein Mann kam herein.

Um seinen Hals war ein Riemen geschlungen, daran baumelte ein Bilderkasten. Mehrere Werkzeuge hingen am Gürtel. Die Hände wiesen Chemikalienflecken auf, und ihm fehlten Brauen – ein sicheres Merkmal, daß jemand sich häufig in der Nähe von Okto-Zellulose befindet, wie Victor später erfuhr. Darüber hinaus trug der Mann eine Mütze, deren Schirm nach hinten gedreht war.

»Das ist Gaffer Vogel«, stellte Silberfisch vor. »Der Erste Kurbeldreher. Gaffer, das ist Victor. Er wird für uns schauspielern.«

»Ach.« Gaffer starrte Victor so an wie ein Metzger, der einen Rumpf betrachtet. »Tatsächlich?«

»Und er möchte wissen, wie die Dinge funktionieren!« entfuhr es Silberfisch.

Gaffer warf Tugelbend noch einen feindseligen Blick zu.

»Mit Schnüren«, sagte er düster. »Und mit Bindfäden. Ohne meine Schnüre und Bindfäden fiele hier alles auseinander.«

In dem Kasten vor seiner Brust rappelte etwas. Gaffer schlug mit der flachen Hand darauf.

»Gebt Ruhe«, brummte er und nickte Victor zu.

»Sie werden aufsässig, wenn man ihren normalen Tagesablauf durcheinanderbringt«, erläuterte er.

»Was ist in dem Kasten drin?« fragte Tugelbend.

»Das möchtest du gern wissen, wie?« Gaffer zwinkerte Silberfisch zu.

Victor erinnerte sich an die kleinen Geschöpfe in den Käfigen.

»Hört sich an wie gewöhnliche Dämonen«, sagte er vorsichtig.

Gaffer warf ihm einen anerkennenden Blick zu, wie einem Hund, dem gerade ein schwieriges Kunststück gelungen war.

»Ja, das stimmt.«

»Und wie hinderst du sie daran zu fliehen?« erkundigte sich Victor.

Gaffer grinste. »Mit Schnüren und Bindfäden kann man eine Menge bewerkstelligen«, antwortete er.

Treibe-mich-selbst-in-den-Ruin Schnapper gehörte zu den wenigen Personen, die imstande sind, geradeaus zu denken.

Die meisten Leute denken im Zickzack. Sie beginnen zum Beispiel mit folgendem Gedanken: Wie kann ich sehr reich werden? Im Anschluß daran schlagen sie einen recht wechselhaften mentalen Kurs ein, der sie zu dem Gedanken führt: Ich frage mich, was es heute abend zu essen gibt? und Wer könnte mir fünf Dollar leihen?

Schnapper hingegen hatte die einzigartige Fähigkeit, den Gedanken am Ende dieses Vorgangs zu lokalisieren – in diesem Fall: Ich bin jetzt sehr reich –, um dann eine Linie zur ursprünglichen Frage zu ziehen und sich geduldig daran entlangzudenken.

Allerdings klappte es nicht. Irgendwo und irgendwann stieß er immer auf gewisse Schwierigkeiten, unter anderem deshalb, weil sich einige Leute weigerten, die von ihm angebotenen Waren zu kaufen.

Seine Ersparnisse ruhten nun in einem Lederbeutel unter dem Wams. Seit einem Tag hielt er sich in Holy Wood auf und während dieser Zeit hatten sich die erfahrenen Augen des Würstchenverkäufers ein umfassendes Bild von dieser Ansammlung von Baracken gemacht. Hier schien es nirgends Platz für ihn zu geben, außer – und genau dort wollte er hin – ganz oben.

Die sorgfältigen Beobachtungen hatten ihn auf die »interessante und lehrreiche Kinematographie« gebracht. Jetzt stand er auf der anderen Straßenseite und betrachtete die Dinge gründlich.

Er betrachtete die Schlange. Er betrachtete den Mann am Tor. Er traf eine Entscheidung.

Der ehemalige Würstchenverkäufer schlenderte an den Wartenden vorbei. Er war klug. Er *wußte,* daß es ihm nicht an Verstand mangelte. Aber jetzt brauchte er zudem auch Muskeln. Bestimmt gab es hier irgendwo ...

»Guten Tag, Herr Schnapper.«

Flacher Kopf, lange Arme, dicke Unterlippe, krächzende Stimme – alles deutete auf den IQ einer Walnuß hin. Es konnte niemand anders sein als ...

»Ich bin's, Detritus«, sagte der Troll. »Komisch, wir uns wiedersehen hier, hä?«

Sein Grinsen wirkte wie ein tiefer Riß im tragenden Pfeiler einer Brücke.

»Hallo, Detritus«, erwiderte Schnapper. »Bist du jetzt bei den beweglichen Bildern?«

»Fast«, lautete die verlegene Antwort.

Schnapper musterte ihn nachdenklich. Bei Prügeleien führten die granitenen Fäuste des Trolls für gewöhnlich zum K. O.

»Das finde ich sehr bedauerlich«, sagte er und entnahm seinem Geldbeutel fünf Dollar. »Möchtest du für mich arbeiten?«

Detritus hob respektvoll die Hand zum weit vorgewölbten Brauenwulst.

»Sofort, Herr Schnapper.«

»Dann komm mit.«

Treibe-mich-selbst-in-den-Ruin ging zum Zaun, und der Mann am Tor streckte die Hand aus.

»He, wohin willst du, Bursche?« fragte er.

»Ich bin mit Herrn Silberfisch verabredet«, sagte Schnapper.

»Und weiß er das auch?« erkundigte sich der Wächter. Sein skeptischer Tonfall teilte folgendes mit: Er hätte es nicht einmal dann geglaubt, wenn es am blauen Himmel geschrieben stände.

»Noch nicht«, entgegnete Schnapper.

»Nun, Freundchen, in dem Fall schlage ich dir vor, dich zu verziehen . . .«

»Detritus?«

»Ja, Herr Schnapper?«

»Schlag diesen Mann.«

»In Ordnung, Herr Schnapper.«

Die Faust des Trolls schwang in einem weiten Bogen herum und verhieß Bewußtlosigkeit. Der Wächter wurde von den Beinen gerissen, zerschmetterte die Tür und blieb sechs Meter entfernt zwischen ihren Resten liegen. Die Wartenden in der Schlange applaudierten.

Schnapper bedachte seinen neuen Assistenten mit einem anerkennenden Blick. Detritus trug nur einen fransigen Lendenschurz, der bedeckte, was es bei einem Troll zu bedecken galt.

»Gut gemacht, Detritus.«

»Danke, Herr Schnapper.«

»Nun, bei Gelegenheit sollten wir dir anständige Kleidung beschaffen«, sagte Treibe-mich-selbst-in-den-Ruin. »Halt jetzt hier am Tor Wache. Und laß niemanden herein.«

»In Ordnung, Herr Schnapper.«

Zwei Minuten später trippelte ein kleiner grauer Hund durch die kurzen und krummen Beine des Trolls, sprang über die zerfetzte Tür hinweg. Detritus unternahm nichts dagegen, denn alle wußten, daß Hunde niemand waren.

»Herr Silberfisch?« fragte Schnapper.

Der Alchimist durchquerte das Studio gerade mit einem Kasten, der frische Filme enthielt. Er zögerte, als er eine dürre Gestalt sah, die sich ihm mit der gleichen Zielstrebigkeit näherte wie ein heimkehrendes Wiesel. Schnappers Gesichtsausdruck wirkte wie etwas Langes, Geschmeidiges und Weißes, das übers Riff gleitet und dorthin schwimmt, wo die Kinder planschen.

»Ja?« erwiderte Silberfisch. »Was willst du? Wie bist du hier hereinge...«

»Ich heiße Schnapper«, sagte der Besucher. »Aber du kannst mich ruhig Ruin nennen.«

Er griff nach Silberfischs Hand, die keinen Widerstand leistete, schüttelte sie wie den Hebel einer Pumpe, während sich seine freie Hand um die Schulter des kleinen Mannes schloß. Es war eine Geste akuter Freundlichkeit – und sie bedeutete auch, daß sich Silberfisch den Arm auskugelte, wenn er zurückwich.

»Du solltest wissen, daß wir alle mächtig beeindruckt sind von dem, was ihr Jungs hier anstellt«, fuhr Schnapper fort.

Silberfisch beobachtete, wie seine Hand Freundschaft mit einer anderen schloß – ihr blieb auch gar nichts anderes übrig –, und er lächelte unsicher.

»Tatsächlich?« kam es zaghaft von seinen Lippen.

»Das alles hier... Schnapper ließ Silberfischs Schulter lange genug los, um auf das hektische Chaos zu deuten, das sie umgab. »... Es ist phantastisch!« behauptete er. »Einfach wunderbar! Und dein letzter Streifen, wie heißt er noch...«

»Im Laden geht's drunter und drüber«, sagte Silberfisch. »Der Dieb schnappt sich die Würstchen, und der Ladenbesitzer verfolgt ihn?«

»Ja«, bestätigte Schnapper. Sein Grinsen erstarrte einige Sekunden lang, bevor es wieder aufrichtig erschien. »Ja, genau. Toll! Ein wahres Kunstwerk! Eine geniale Metapher!«

»Hat uns fast zwanzig Dollar gekostet«, sagte Silberfisch mit schüchternem Stolz. »Und noch einmal vierzig Cents für die Würstchen.«

»Bemerkenswert!« entfuhr es Schnapper. »Und Hunderte haben den Film gesehen, nicht wahr?«

»Tausende«, meinte Silberfisch.

Diesmal gab es keinen passenden Vergleich, um Schnappers Gesichtsausdruck zu beschreiben. Wenn er noch breiter gegrinst hätte, hätten sich die Lippen am Hinterkopf wieder berührt.

»Tausende?« wiederholte er. »Im Ernst? So viele? Und sie alle bezahlen dir, äh...?«

»Oh, derzeit bitten wir nur um Spenden«, erklärte Silberfisch. »Damit wir die Kosten decken können. Immerhin sind wir noch im Versuchsstadium.« Er sah nach unten. »Äh, wenn du jetzt damit aufhören würdest, mir die Hand zu schütteln...«

Schnapper senkte den Blick. »Natürlich!« erwiderte er und ließ los. Ein Muskelkrampf sorgte dafür, daß Silberfischs Hand noch eine Zeitlang in Bewegung blieb.

Treibe-mich-selbst-in-den-Ruin schwieg und schien dabei einer göttlichen Stimme zu lauschen. Schließlich sagte er: »Nun, Thomas – darf ich dich Thomas nennen? –, als ich dein Meisterwerk sah, dachte ich mir: Schnapper, dies ist das Meisterwerk eines extrem kreativen Künstlers...«

»Woher kennst du meinen Vornamen...?«

»...eines extrem kreativen Künstlers, der imstande sein sollte, sich ganz auf die Kunst zu konzentrieren, ohne sich mit den lästigen Details der Verwaltung und so auseinandersetzen zu müssen, stimmt's?«

»Nun, der Papierkram steht mir tatsächlich bis...«

»Ja, genau das dachte ich mir«, sagte Schnapper. »*Und* ich dachte: Schnapper, geh sofort zu ihm und biete ihm deine Hilfe an. Du weißt schon. Verwalten. Das Geschäft führen. Dir die Last des Banalen abnehmen. Du sollst endlich die Möglichkeit bekommen, dich mit den Dingen zu befassen, die dir wirklich am Herzen liegen. Na, was hältst du davon, Tom?«

»Ich, ich, ich, ja, du hast recht, ich bin viel mehr daran interessiert...«

»Genau, genau!« intonierte Schnapper. »Und weißt du was, Tom? Ich nehme dein Angebot an!«

Silberfischs Augen trübten sich.

»Äh«, sagte er.

Schnapper klopfte ihm kumpelhaft auf den Rücken. »Zeig mir den Papierkram. Anschließend kannst du nach draußen gehen und dich ganz den Dingen widmen, denen du dich schon immer widmen wolltest.«

»Äh, ja«, sagte Silberfisch.

Schnapper ergriff den Alchimisten und Produzenten von beweglichen Bildern an beiden Armen.

»Dies ist ein sehr wichtiger Augenblick für mich«, brachte er heiser hervor. »Du ahnst gar nicht, wieviel er mir bedeutet. Um ganz ehrlich zu sein: Noch nie zuvor bin ich so glücklich gewesen. Und das meine ich ernst, Tommy.«

Leises Kichern beendete die ehrfürchtige Stille.

Schnapper drehte sich langsam um. Es stand niemand hinter ihm, abgesehen von einem kleinen grauen Köter, der neben einem Holzstapel hockte. Das Tier spürte die ihm geltende Aufmerksamkeit und neigte den Kopf zur Seite.

»Wuff?« sagte es.

Treibe-mich-selbst-in-den-Ruin Schnapper blickte sich nach einem Gegenstand um, der sich als Wurfgeschoß verwenden ließ, doch dann begriff er, daß er durch ein solches Verhalten aus der Rolle fiel. Er wandte sich wieder dem hilflosen Silberfisch zu.

»Weißt du«, vertraute er ihm an, »ich kann mich wirklich glücklich schätzen, dir begegnet zu sein.« Es war ehrlich gemeint.

Das Mittagessen in einer Taverne kostete Victor Silberfischs Dollar und außerdem zwei Cents. Dafür bekam er einen Teller Suppe. Der Suppenverkäufer erklärte die hohen Preise mit dem Transportproblem – alles mußte aus Ankh-Morpork oder anderen Orten herbeigeschafft werden. In der Nähe von Holy Wood existierten keine Bauernhöfe. Wer begnügte sich damit, irgend etwas anzupflanzen, wenn er bei den beweglichen Bildern arbeiten konnte?

Anschließend meldete sich Tugelbend bei Gaffer, damit die ersten Probeaufnahmen stattfinden konnten.

Dabei ging es nur darum, eine Minute lang ganz still zu stehen, während der Kurbeldreher über den Bilderkasten hinwegstarrte. Schließlich brummte Gaffer: »Gut. Du bist ein Naturtalent, Junge.«

»Aber ich habe doch gar nichts gemacht«, erwiderte Victor. »Ich sollte nur stillstehen.«

»Ja, haargenau richtig«, knurrte Gaffer. »Das brauchen wir: Schauspieler, die wissen, wie man richtig stillsteht. Das Herumgehopse überlassen wir den Leuten vom Theater.«

»Du hast mir noch nicht gesagt, was es mit den Dämonen im Kasten auf sich hat«, erinnerte Victor den Kurbeldreher.

»Damit hat es *dies* auf sich«, antwortete Gaffer und öffnete einige kleine Luken. Mehrere winzige, böse blickende Augen starrten nach draußen.

Gaffer Vogel deutete auf sie und achtete darauf, daß sein Zeigefinger den kleinen Klauen nicht zu nahe kam. »Diese sechs Dämonen spähen durchs Loch vorn im Kasten und malen das, was sie sehen. Es müssen sechs sein, klar? Zwei malen die Bilder, und vier pusten sie trocken. Weil sofort das nächste Bild heranrückt. Wenn ich die Kurbel hier drehe, schiebt sich ein transparenter Streifen weiter.« Er drehte die Kurbel. *Klickaklicka* flüsterte es im Kasten, und die Kobolde schnatterten.

»Und warum malen die Dämonen?« erkundigte sich Victor.

»Weil die Kurbel ebenfalls dieses kleine Rad mit Peitschen dran bewegt. Nur so kann man die Bürschchen dazu bringen, schnell genug zu arbeiten. Der durchschnittliche Kobold ist verdammt faul. Nun, natürlich muß alles gut aufeinander abgestimmt sein. Je schneller man die Kurbel dreht, desto schneller streicht der durchsichtige Streifen vorbei und desto schneller müssen die Dämonen malen. Tja, es kommt auf die richtige Geschwindigkeit an. Eine sehr wichtige Tätigkeit, das Kurbeldrehen.«

»Aber ist es nicht, äh, *grausam*?«

Gaffer wirkte überrascht. »O nein. Eigentlich nicht. Nach jeweils dreißig Minuten habe ich Anspruch auf eine Pause. So verlangen es die Vorschriften der Kurbeldrehergilde.«

Er wanderte über den Strand und näherte sich einem anderen Kasten, dessen rückwärtige Klappe geöffnet war. Diesmal fiel Victors Blick auf einige träge anmutende und wie vorwurfsvoll blinzelnde Eidechsen.

»Wir sind zwar nicht sehr glücklich damit, aber leider haben wir nichts Besseres«, sagte Gaffer. »Nun, der normale Salamander liegt den ganzen Tag über im Wüstensand und nimmt das Sonnenlicht auf. Und wenn man ihn erschreckt, sondert er es wieder ab. Das nennt man Selbstverteidigungsreflex. Stell dir vor, wie der Streifen in Bewegung gerät, wie sich diese Klappe hier schließt und öffnet ... Das Salamanderlicht scheint *durch* den Streifen und die Linsen *hier* und auf die Leinwand. Im Grunde genommen ganz einfach.«

»Und wie erschreckst du die Salamander?« fragte Victor.

»Siehst du diese Kurbel?«

»Oh.«

Tugelbend klopfte nachdenklich auf den Bilderkasten.

»Na schön«, sagte er. »Man bekommt viele kleine Bilder. Und sie werden schnell hintereinander gezeigt. Man sollte also nur etwas Verschwommenes sehen, aber das ist nicht der Fall.«

»Ah«, brummte Gaffer, hob den Zeigefinger und hielt ihn an die Nase. »Das Geheimnis der Kurbeldrehergilde. Wird von einer Generation an die nächste überliefert«, fügte er bedeutungsvoll hinzu.

Victor musterte ihn erstaunt. »Ich dachte, es werden erst seit einigen Monaten bewegliche Bilder produziert.«

Gaffer war anständig genug, verlegen zu sein. »Nun, derzeit überliefern wir das Geheimnis *innerhalb* einer Generation«, gab er zu. »Aber es ist nur eine Frage der Zeit, bis wir es auch an die nächste weiterreichen – *rühr das nicht an*!«

Victors Hand zuckte schuldbewußt von einigen Behältern auf dem Tisch zurück.

»Sie enthalten unbemaltes Material.« Gaffer schob die Büchsen vorsichtig beiseite. »Man muß sehr vorsichtig damit sein. Das Zeug darf nicht zu heiß werden, weil es aus Okto-Zellulose besteht, und es verträgt auch kein energisches Klopfen.«

»Was würde dann damit passieren?« fragte Victor und starrte auf die Behälter hinab.

»Wer weiß? Bisher hat niemand lange genug überlebt, um Bericht zu erstatten.« Gaffer sah Victors Gesichtsausdruck und lächelte.

»Mach dir *deshalb* keine Sorgen. Du wirst *vor* dem Bilderkasten stehen.«

»Allerdings weiß ich gar nicht, wie man richtig schauspielert«, sagte Tugelbend.

»Kannst du Anweisungen entgegennehmen und sie ausführen?« fragte Gaffer.

»Was? Oh, ja, ich glaube schon.«

»Mehr ist gar nicht notwendig, Junge. Abgesehen von Muskeln, und die hast du.«

Sie traten in den grellen Sonnenschein und schritten zu Silberfischs Schuppen.

Wo sie eine Überraschung erwartete.

Die beweglichen Bilder lernten gerade Treibe-mich-selbst-in-den-Ruin Schnapper kennen.

»Ich dachte mir ...«, begann Schnapper. »Nun, seht es euch an. Etwas in dieser Art.«

Er hob ein Schild.

Krakelige Buchstaben bildeten folgende Worte:

Und nach dieser Vorschtellunk ...
Besucht Hargas Rippenstube
Das Beste für den Gurrmäh

»Was bedeutet Gurrmäh?« erkundigte sich Victor.

»Ein ausländischer Fachausdruck«, sagte Schnapper und warf dem jungen Mann einen finsteren Blick zu. Jemand wie Victor Tugelbend mit in dieser Besprechung – das paßte Schnapper *besonders* gut. Er hatte gehofft, allein mit Silberfisch reden zu können. »Für gutes Essen«, erläuterte er.

Silberfisch starrte auf das Schild.

»Was ist damit?« fragte er verwirrt.

Schnapper wählte seine Worte mit besonderer Sorgfalt. »Wäre es nicht eine gute Idee, dieses Schild am Ende jeder Vorstellung zu zeigen.«

»Warum?«

»Weil jemand wie Sham Harga möglicherweise eine Menge, äh, etwas Geld dafür bezahlt«, antwortete Schnapper.

Sie starrten weiter auf das Schild.

»Ich kenne Hargas Essen«, sagte Victor nach einer Weile. »Habe selbst in seiner Rippenstube gegessen. Dort bekommt man nicht das Beste. Nein, nicht das Beste. Das Beste ist besser.« Er überlegte einige Sekunden lang. »Das Beste ist sogar *viel* besser.«

»Spielt keine Rolle«, erwiderte Schnapper scharf. »Darauf kommt es nicht *an*.«

»Aber wenn wir behaupten, in Hargas Rippenstube gäbe es das beste Essen der ganzen Stadt ...«, wandte Silberfisch ein. »Was denken dann die Besitzer der anderen Restaurants?«

Schnapper beugte sich über den Tisch vor.

»Sie werden folgendes denken: Warum haben *wir* nicht daran gedacht?«

Er lehnte sich zurück. Silberfisch sah ihn an und versuchte ohne Erfolg, Schnappers Hinweis zu verstehen.

»Könntest du das noch einmal wiederholen?«

»Die anderen Restaurants werden mit der Bitte an uns herantreten, auch für sie zu werben«, betonte Treibe-mich-selbst-in-den-Ruin.

»Oh, ja«, ließ sich Victor vernehmen. »Vermutlich möchten sie, daß wir Schilder zeigen, auf denen geschrieben steht: ›Eigentlich bietet nicht etwa Hargas Rippenstube das Beste für den Gurrmäh, sondern wir‹.«

»Aber, aber...« Silberfisch bemühte sich, nicht den Faden zu verlieren. »Das dürfte Harga kaum gefallen, oder? Wenn er uns bezahlt, weil wir sagen, daß die bei ihm servierten Mahlzeiten besonders lekker sind, und wenn wir dann Geld von anderen Leuten nehmen und behaupten, bei ihnen sei alles viel leckerer... Ich meine, dann wird Harga...«

»Uns noch mehr Geld bezahlen«, beendete Schnapper den Satz. »Um erneut für ihn zu werben, mit noch größeren Schildern.«

Sie starrten ihn an.

»Und du glaubst wirklich, daß das klappt?« vergewisserte sich Silberfisch.

»Ja«, antwortete Schnapper schlicht. »Hast du noch nie einen Straßenhändler gehört? Der ruft nicht: ›Fast frische Orangen, kaum verfault.‹ Statt dessen ruft er: ›Erstklassige Orangen, besonders saftig.‹ So etwas nennt man guten Geschäftssinn.«

Erneut beugte er sich über den Tisch.

»Der euch offenbar fehlt«, sagte er.

»Vielleicht hast du recht«, räumte Silberfisch ein.

»Und mit dem Geld...« – Schnappers Stimme war nun wie ein Brecheisen in den Fugen der Realität –, »... könntest du deine Kunst weiterentwickeln.«

Silberfischs Miene hellte sich auf. »Das stimmt. Vielleicht fänden wir eine Möglichkeit, den Bildern Ton hinzuzufügen...«

Schnapper hörte ihm nicht zu, sondern deutete auf einige andere Schilder, die an der Wand lehnten.

»Was ist das denn da?« fragte er.

»Oh, das war *meine* Idee.« Silberfisch strahlte. »Wir hielten es für, äh, guten Geschäftssinn...« – er genoß dieses Wort wie eine Delikatesse –, »... das Publikum über die neuen beweglichen Bilder zu informieren, die wir demnächst zeigen.«

Schnapper nahm eins der Schilder und betrachtete es kritisch. Die Aufschrift lautete:

Und in der nächsten Woche:

PELIAS UND MELISANDE

Eine romantische Tragödie in zwei Rollen.
Danke.

»Oh«, kommentierte Treibe-mich-selbst-in-den-Ruin tonlos.

»Ist was nicht in Ordnung damit?« fragte ein überaus enttäuschter Silberfisch. »Ich meine, steht doch alles drauf, was der Zuschauer wissen muß?«

»Laß mich mal!« Schnapper nahm ein Stück Kreide von Silberfischs Schreibtisch, kritzelte etwas auf die Rückseite des Schilds, das er dann umdrehte.

Jetzt verkündete es:

Götter und Mänschen waren dagegen, aber *SIE* schärten sich nicht darum!

PELIAS UND MELISANDE

Die Geschichte ainer verbohtenen Liebe!
Eine Sage foller Leidenschaft, die Raum und Zeit überschpannt!
Ein Schock für das Pupplikum!
Mit tausend Elefanten!

Victor und Silberfisch lasen das Schild so aufmerksam wie eine in fremder Sprache verfaßte Speisekarte. Es war tatsächlich eine fremde Sprache und – wodurch alles noch schlimmer wurde – gleichzeitig ihre eigene.

»Nun«, sagte Silberfisch schließlich. »Nicht übel... Ich bin mir nicht ganz sicher, ob es dabei um etwas *Verbotenes* geht. Äh. Es ist alles sehr historisch. Ich dachte, es würde lehrreich für die Leute sein, für Kinder und so. Wegen der Bildung. Weißt du, sie sind sich nie begegnet, und deshalb war alles so tragisch. Gewissermaßen, äh, traurig.« Er blickte auf die seltsamen Worte. »Obwohl, obwohl... Das klingt nicht schlecht. Äh.« Irgend etwas schien ihm Unbehagen zu bereiten. »Allerdings, an Elefanten kann ich mich gar nicht erinnern«, sagte er, und es hörte sich so an, als sei es seine eigene Schuld. »Wir haben einen ganzen Nachmittag gebraucht, um den Streifen zu drehen, und ich war die ganze Zeit dabei, aber Elefanten habe ich keine gesehen. Elefanten wären mir sicher aufgefallen.«

In Schnappers Augen funkelte es. Er wußte nicht, woher die plötzlichen Ideen stammten, doch als er jetzt darüber nachdachte, hatte er eine ziemliche klare Vorstellung davon, was einen Streifen zu einem erfolgreichen Streifen macht. Tausend Elefanten waren ein guter Anfang.

»Keine Elefanten?« fragte er.

»Ich glaube nicht.«

»Vielleicht tanzende junge Frauen?«

»Äh, nein.«

»Was ist mit wilden Verfolgungsjagden und Leuten, die sich mit den Fingerspitzen am Rand einer hohen Klippe festhalten?«

Silberfisch lächelte unsicher. »In einer Szene gibt es einen Balkon.«

»Und? Hält sich jemand mit den Fingerspitzen am Geländer fest?«

»Nein, ich fürchte, das ist nicht der Fall«, antwortete Silberfisch. »Ich glaube, Melisande beugt sich darüber.«

»Ja, aber wird das Publikum den Atem anhalten, weil sie herunterfallen könnte?«

»Ich *hoffe*, daß die Zuschauer Pelias' Rede lesen«, sagte Silberfisch trotzig. »Wir mußten fünf Schilder vollschreiben. In *kleiner* Schrift.«

Schnapper seufzte.

»Ich glaube, du verstehst nicht ganz, was die Leute wollen. Die haben bestimmt keine Lust, lange Monologe in kleiner Schrift zu lesen. Sie wollen Action!«

»Warum denn?« warf Victor ein. »Ich dachte immer, die Leute sehnen sich nach Ruhe.«

»Sie wollen tanzende junge Frauen! Sie wollen Abenteuer! Sie wollen Elefanten! Sie wollen Leute sehen, die von Dächern fallen! Sie wollen Träume! Die Welt ist voll von kleinen Leuten mit großen Träumen!«

»Meinst du Zwerge und Gnome und so?« fragte Victor.

»Nein!«

»Äh, Herr Schnapper ...«, begann Silberfisch. »Was bist du eigentlich von Beruf?«

»Ich verkaufe Waren.«

»Hauptsächlich Würstchen«, fügte Victor hinzu.

»*Und* Waren«, sagte Schnapper scharf. »Ich verkaufe nur dann Würstchen, wenn auf dem allgemeinen Warenmarkt Flaute herrscht.«

»Und aufgrund deiner Erfahrungen im Würstchengeschäft glaubst du, bessere bewegliche Bilder als ich produzieren zu können?« erkundigte sich Silberfisch. »*Würstchen* verkaufen kann jeder. Habe ich recht, Victor?«

»Nun ...« Tugelbend zögerte. Was Schnappers Würstchen betraf ... Wahrscheinlich gab es außer ihm niemanden, der die Leute dazu bringen konnte, ihm Geld dafür zu bezahlen.

»Na bitte«, sagte Silberfisch.

»Weißt du, Herr Schnapper ist sogar imstande, seine Würstchen an die zu verkaufen, die sie schon einmal probiert haben.«

»Stimmt!« Treibe-mich-selbst-in-den-Ruin strahlte.

»Und jemand, der Herr Schnappers Würstchen zweimal verkaufen kann, der bringt alles an den Mann«, sagte Victor.

Der nächste Tag war sonnig und wolkenlos, wie alle Tage in Holy Wood. Schon am frühen Morgen begannen sie mit den Dreharbeiten zu *Die interessanten und seltsamen Abenteuer des Barbaren Cohen.* Schnapper meinte, er hätte den ganzen Abend daran gearbeitet.

Der Titel stammte allerdings von Silberfisch. Zwar hatte ihm Schnapper versichert, daß Cohen der Barbar eine historische Figur darstellte und somit dem Bildungsanspruch genügte, aber der Alchimist sträubte sich hartnäckig gegen *Tal des Blutes!*

Victor bekam einen Gegenstand, der wie eine lederne Tasche aussah, sich jedoch als sein Kostüm herausstellte. Er verschwand hinter einem Felsen, um sich umzuziehen.

Anschließend drückte man ihm ein langes und stumpfes Schwert in die Hand.

Schnapper saß auf einem Klappstuhl. »Nun, ich stelle mir die Szene folgendermaßen vor: Du kämpfst gegen die Trolle, rennst zu dem Pfahl, bindest die junge Frau los, kämpfst gegen die anderen Trolle und läufst dann hinter den Felsen dort drüben. Was meinst du, Tommy?«

Silberfisch holte tief Luft. »Äh, ich...«

»Großartig«, sagte Schnapper. »In Ordnung. Ja, Victor?«

»Du hast Trolle erwähnt. Welche Trolle?«

Die beiden Felsen bewegten sich.

»Unbesorgt sein!« knirschte einer von ihnen. »Alter Galenit dort drüben und ich – wir genau wissen, worauf's ankommt.«

»Trolle!« entfuhr es Victor. Er wich zurück.

»Da hast du recht«, bestätigte Galenit. Er hob eine Keule mit einem Nagel drin.

»Aber, aber...«, stieß Tugelbend hervor.

»Ja?« fragte der andere Troll.

Eigentlich wollte Victor folgendes sagen: Aber ihr seid *Trolle,* schreckliche lebende Felsen, die in Bergen hausen und Reisende mit Keulen verdreschen, die ebenso aussehen wie eure Knüppel, und als von Trollen die Rede war, dachte *ich,* damit seien gewöhnliche Menschen gemeint, die – was weiß ich – grau bemaltes Sackleinen oder so tragen.

Statt dessen sagte er: »Oh, gut. Äh.«

»Du doch nich glauben dumme Geschichten, in denen es heißt, wir Menschen essen«, riet Galenit dem vormaligen thaumaturgischen Studenten. »Alles erstunken und erlogen, jawohl. Wir bestehen doch aus Stein. Warum wir irgendwelche Menschen essen sollten...«

»Fressen«, verbesserte der andere Troll. »Du meinst fressen.«

»Ja. Was uns daran gelegen sein sollte, Menschen zu fressen? Nachher wir müssen die Knochen immer ausspucken. Außerdem haben wir das alles längst hinter uns«, fügte Galenit rasch hinzu. »Was nicht heißen soll, daß wir jemals Menschen gegessen oder gefressen haben.« Er gab Victor einen freundlichen Stoß, der ihm fast eine Rippe brach. »Wir uns hier recht wohl fühlen«, vertraute er ihm an. »Drei Dollar pro Tag, plus einen Dollar Schutzcremegeld, weil wir tagsüber arbeiten.«

»Schutzcreme verhindern, daß wir im Sonnenlicht zu Stein erstarren«, erklärte der erste Troll. »Mit erstarrten Trollen hier kann niemand etwas anfangen.«

»Ja, ermöglicht uns, die Rolle von Trollen zu spielen«, fuhr Galenit fort. »Und hält Leute davon ab, Streichhölzer an uns zu entzünden.«

»Wenn wir jetzt anfangen könnten...«, drängte Silberfisch.

»Warum haben wir nur zwei Trolle?« klagte Schnapper. »Was ist so heldenhaft daran, gegen zwei Trolle zu kämpfen? Ich habe doch zwanzig verlangt?«

»Mir genügen zwei!« rief Victor.

Silberfisch wandte sich an Schnapper. »Hör mal, ich weiß, daß du es gut meinst, aber die Kosten...«

Ein Streit begann. Der Kurbeldreher Gaffer seufzte und öffnete eine Klappe des Bilderkastens, um die schnatternden Kobolde zu füttern.

Victor stützte sich auf das Schwert.

»Seid ihr schon lange im Geschäft?« fragte er die Trolle.

»Ja«, antwortete Galenit. »Von Anfang an. In *Geisel des Königs* ich einen Troll spielen, der plötzlich erscheinen und Menschen schlagen. Und in *Der Dunkle Wald* ich einen Troll spielen, der plötzlich erscheinen und Menschen schlagen. Und in *Berg der Geheimnisse* ich einen Troll spielen, der plötzlich erscheinen und auf Menschen herumspringen. Zahlt sich nicht aus, auf bestimmte Rollen festgelegt zu sein.«

»Und du?« Victor sah zu dem anderen Troll.

»Oh, Moräne ist Charakterdarsteller«, sagte Galenit. »Der beste weit und breit.«

»Und was für Rollen spielt er?«

»Felsen.«

Victor zog die Brauen hoch.

»Wegen seines kantigen Gesichts«, erläuterte Galenit. »Nicht nur auf Felsen beschränkt. Du solltest sehen, wie er uralten Monolithen spielen. Bestimmt wären du *sehr* erstaunt. Zeig ihm deine Inschrift, Mory.«

»Nein, lieber nicht«, erwiderte Moräne schüchtern.

»Habe daran gedacht, mir anderen Namen für die beweglichen Bilder zuzulegen«, fuhr Galenit fort. »Etwas mit Klasse. Zum Beispiel Flint.« Er warf Victor einen besorgten Blick zu. Victor glaubte zumindest, so etwas wie Besorgnis zu erkennen, obwohl er das Mienenspiel des Trolls kaum zu deuten vermochte: Galenits Gesicht sah aus, als hätte man es mit einem Vorschlaghammer aus einer Felswand herausgehauen. »Was hältst du davon?«

»Äh, hübsch.«

»Klingt *dynamischer* an, nicht wahr?« fragte er zukünftigen Flint.

Victor hörte seine eigene Stimme wie aus weiter Ferne. »Oder Rock. Ja, Rock ist ein guter Name.«

Der Troll starrte ihn groß an, und seine Lippen bewegten sich lautlos, als er das Pseudonym ausprobierte.

»Potzblitz«, sagte er. »Das mir nicht in den Sinn gekommen. Rock gefällt mir. Ich schätzen, mit solchem Namen kann man mehr als drei Dollar pro Tag verlangen.«

»Können wir jetzt endlich anfangen?« rief Schnapper streng. »Vielleicht sind wir in der Lage, uns mehr Trolle zu leisten, wenn dieser Streifen Erfolg hat. Aber er *kann* gar keinen Erfolg haben, wenn wir unser Budget überziehen. Mit anderen Worten: Wir müssen ihn bis heute mittag im Kasten haben. Mory, Galenit...«

»Rock«, sagte Rock.

»Ach? Nun, wie dem auch sei: Ihr erscheint plötzlich und greift Victor an. Alles klar? Wir... *drehen*...«

Der Kurbeldreher drehte die Kurbel des Bilderkastens. Es klickte, und die Kobolde quiekten leise. Victor versuchte, Hilfsbereitschaft und Wachsamkeit zu zeigen.

»Wir drehen«, wiederholte Silberfisch die beiden letzten Worte Schnappers. »Für dich bedeutet das: Die Trolle springen hinter den Felsen hervor, und du setzt dich tapfer zur Wehr.«

»Aber ich weiß doch gar nicht, wie man gegen Trolle kämpft!« jammerte Victor.

»Kein Problem«, entgegnete Galenit, der neuerdings Rock hieß. »Du parieren zuerst, und wir versuchen, nicht dich zu treffen.«

Dem jungen Mann ging ein Licht auf.

»Soll das heißen, man *tut nur so*?« fragte er.

Die Trolle wechselten einen kurzen Blick, der folgendermaßen übersetzt werden kann: *Erstaunlich, daß solche Wesen die Welt regieren.*

»Super«, bestätigte Rock. »Du es erfaßt. Es finden kein *echter* Kampf statt.«

»Wir dürfen nicht dich töten«, sagte Moräne in einem beruhigenden Tonfall.

»Stimmt«, pflichtete ihm Rock bei. »Es uns streng verboten, andere Schauspieler umzubringen.«

»Dann wir kriegen kein Geld mehr«, brummte Moräne verdrießlich.

Hinter dem Spalt im Gefüge der Wirklichkeit hockten *sie* und starrten mit etwas, das hier in Ermangelung eines besseren Wortes als »Augen« bezeichnet werden soll, zu jener Welt, in der es Licht und Wärme gab. Inzwischen hatten sich ziemlich viele von ihnen versammelt.

Einst war es möglich gewesen, zur anderen Seite zu wechseln. Es wäre falsch, darauf hinzuweisen, daß sie sich daran erinnerten, denn ihnen fehlte ein Gedächtnis. Sie konnten froh sein, überhaupt so etwas wie Köpfe zu haben. Aber sie hatten Instinkte und Gefühle.

Sie suchten einen Weg.

Und sie fanden einen.

Beim sechsten Mal klappte es ganz gut. Das größte Problem bestand in dem begeisterten Eifer, mit dem die Trolle von ihren Keulen Gebrauch machten. Sie schlugen Löcher in die Luft und in den Boden, droschen aufeinander ein und trafen sich manchmal selbst. Schließlich versuchte Victor nur noch, mit seinem Schwert auf die vorbeisausenden Knüppel zu zielen.

Schnapper schien damit recht zufrieden zu sein. Im Gegensatz zu Gaffer.

»Sie haben sich zuviel bewegt«, sagte er. »Häufig waren sie gar nicht im Bild.«

»Es hat ein *Kampf* stattgefunden«, erwiderte Silberfisch.

»Ja, aber wenn ich den Bilderkasten hin und her drehe, fallen die Kobolde um«, meinte der Kurbeldreher.

»Ist es nicht möglich, sie irgendwie festzubinden?« schlug Schnapper vor.

Gaffer kratzte sich am Kinn. »Ich könnte ihre Füße am Boden festnageln«, überlegte er laut.

»Nun, belassen wir's dabei«, sagte Silberfisch. »Wir beginnen jetzt mit der Rettungsszene. Wo ist die junge Frau? Ich habe ihr extra gesagt, daß sie pünktlich sein soll. Warum ist sie nicht hier? Warum werden meine Anweisungen dauernd ignoriert?«

Der Kurbeldreher nahm den Zigarettenstummel aus dem Mundwinkel.

»Sie dreht auf der anderen Seite des Hügels *Ein kühner Abenteurer*.«

»Aber der Streifen sollte doch schon gestern fertig sein!« heulte Silberfisch.

»Er ist explodiert«, sagte Gaffer.

»Verdammt!« fluchte der Alchimist. Grummelnd fügte er hinzu: »Na schön, dann nehmen wir uns eben die nächste Kampfszene vor – dabei brauchen wir die junge Dame nicht. Also los. Victor tritt jetzt gegen den schrecklichen Balgrog an.«

»Balgrog?« murmelte Tugelbend skeptisch.

Eine freundliche und sehr schwere Hand klopfte ihm auf die Schulter.

»Ein unheilvolles Ungeheuer«, erklärte Rock. »Besser gesagt: ein grün angestrichener Mory mit an den Rücken geklebten Flügeln. Ich ihm helfe, sich zu bemalen.«

Er wankte fort.

Derzeit schien Victor nicht gebraucht zu werden.

Er rammte das lächerliche Schwert in den Boden, wanderte umher und setzte sich in den Schatten einiger Olivenbäume. Felsen lagen in der Nähe. Er betastete sie vorsichtig; offenbar handelte es sich nicht um Trolle.

Der Boden neigte sich hier nach unten, formte eine Mulde, in der es fast angenehm kühl war, wenn man die Temperatur mit dem Backofen-Standard des Hügels verglich.

Victor spürte sogar einen leichten Luftzug. Als er sich an die Steine lehnte, fühlte er, daß der kalte Luftzug von ihnen kam, vermutlich aus verborgenen Höhlen.

... *Weit entfernt, in einem zugigen, von vielen Säulen gesäumten Flur in der Unsichtbaren Universität, ruhte ein Apparat, dem bisher niemand Aufmerksamkeit geschenkt hatte. Er verursachte nun ein Geräusch ...*

Dies war also Holy Wood. Auf der Leinwand hatte alles anders ausgesehen. Wenn man bei den beweglichen Bildern mitwirkte, mußte man oft warten, und außerdem wurde dabei der normale Zeitablauf durcheinandergebracht. Dinge geschahen vor den Dingen, nach denen sie passierten. Ungeheuer erwiesen sich als ein grün bemalter Mory, dem man Flügel an den Rücken geklebt hatte. Nichts war echt.

Seltsamerweise empfand Victor das als aufregend.

»Ich habe die Nase voll«, erklang eine Stimme in der Nähe.

Er sah auf. Eine junge Frau schritt den Weg entlang. Anstrengung rötete ihr Gesicht unter dem weißen Make-up, und das Haar bildete absurde Ringellocken über den Augen. Darüber hinaus trug sie ein Kleid, das zwar die richtige Größe hatte, jedoch für eine zehn Jahre jüngere Person bestimmt zu sein schien. Es war großzügig mit Spitzenbesatz ausgestattet.

Sie war recht attraktiv, wenn auch erst auf den zweiten Blick. Man mußte schon genauer hinsehen, um ihre Schönheit zu erkennen.

»Und weißt du, was sie einem erzählen, wenn man sich beschwert?« fragte sie. Eigentlich waren die Worte gar nicht für Victor bestimmt. Die Unbekannte brauchte nur zwei zum Zuhören bereite Ohren.

»Keine Ahnung«, erwiderte er höflich.

»Dann sagen sie: ›Es gibt genug andere Leute, die auf eine Chance warten, als Schauspieler vor einen Bilderkasten zu treten.‹ Ja, das sagen sie.«

Die junge Frau lehnte sich an einen knorrigen Baum und fächelte sich mit einem Strohhut Luft zu. »Und es ist zu heiß«, klagte sie. »Und jetzt muß ich einen lächerlichen Ein-Roller für Silberfisch drehen, der überhaupt keine Ahnung hat. Und mein Partner ist sicher irgendein Idiot mit Mundgeruch und Stroh im Kopf und mit einer Stirn, die man als Tisch benutzen könnte.«

»Und Trolle«, meinte Victor.

»Oh, bei den *Göttern*! Doch nicht Mory und Galenit?«

»Doch. Allerdings heißt Galenit jetzt Rock.«

»Ich dachte, er wollte sich Flint nennen.«

»Rock gefällt ihm besser.«

Irgendwo hinter den Felsen blökte ein mürrischer Silberfisch, fragte sich und den Rest der Welt, wohin die Leute verschwunden waren, die er brauchte. Die junge Frau rollte mit den Augen.

»Oh, bei den *Göttern!* Und dafür verpasse ich das Mittagessen?«

»Nun, du könntest meine Stirn als Tisch benutzen, um deinen Teller darauf abzustellen«, sagte Victor und erhob sich.

Zufrieden spürte er einen nachdenklichen Blick in seinem Rücken, als er das Schwert aus dem Boden zog. Er holte versuchsweise damit aus, schwang es mit mehr Kraft, als eigentlich nötig war.

»Du bist der Junge von der Straße, nicht wahr?« fragte die Namenlose.

»Ja. Ich habe deinen Rat nicht beherzigt.«

»Meinen Rat?«

»Du hast mir vorgeschlagen, Tischler zu werden.«

»Oh, ja.« Die junge Frau musterte Victor neugierig. »Wie hast du so schnell einen Job gefunden? Die meisten Leute müssen wochenlang warten, bis sie eine Chance bekommen.«

»Man muß es nur richtig anstellen, um eine Chance zu bekommen, sage ich immer«, erwiderte Tugelbend.

»Aber *wie* ...«

Victor ging mit hämischer Gelassenheit fort. Die Frau folgte ihm und schmollte.

Silberfisch hob den Kopf. »Ah«, sagte er sarkastisch. »Na bitte. Alle auf ihren Platz. Ausgezeichnet. Dann kann's ja losgehen. Wir drehen jetzt die Szene, in der der Held das an den Pfahl gebundene Opfer findet.« Er wandte sich an Victor. »Damit du Bescheid weißt ... Du bindest sie los, zerrst sie fort und kämpfst gegen den Balgrog. Und *du* ...« Er deutete auf Victors Begleiterin. »Du, du, du folgst ihm und versuchst, so *gerettet* wie möglich auszusehen, in Ordnung«

»Damit kenne ich mich aus«, seufzte die junge Dame.

»Nein, nein, nein.« Schnapper schlug die Hände vors Gesicht. »Nicht schon wieder!«

»So etwas willst du doch, oder?« fragte Silberfisch. »Kämpfe und Rettungen und dergleichen?«

»Aber das kann nicht alles sein«, stöhnte Schnapper. »Es muß noch mehr geben.«

»Zum Beispiel?« fragte Silberfisch.

»Oh, ich weiß nicht. Klamauk. Trubel, Remmidemmi.«

»Komische Geräusche? Wir haben noch keinen Ton.«

»Jeder dreht Streifen über Leute, die weglaufen, kämpfen und zu Boden fallen«, sagte Schnapper. »Wir müssen uns was Neues einfallen lassen. Ich habe mir deine Streifen angesehen – sie unterscheiden sich kaum voneinander.«

»Würstchen sehen auch alle gleich aus«, erwiderte Silberfisch scharf. »Die *sollen* gleich aussehen! Das *erwartet* man von ihnen!«

»Und ich gebe dem Publikum, was es von *mir* erwartet«, betonte der Alchimist. »Die Zuschauer wollen das sehen, was sie erwarten: Kämpfe, Verfolgungsjagden ...«

»Entschuldige bitte, Herr Silberfisch«, sagte der Kurbeldreher laut, um das Schnattern der Kobolde zu übertönen.

»Ja?« Schnapper drehte sich halb zu ihm um.

»Entschuldige bitte, Herr Schnapper, aber in einer Viertelstunde muß ich die Dämonen füttern.«

Treibe-mich-selbst-in-den-Ruin seufzte.

Später konnte sich Victor nicht genau daran erinnern, was während der nächsten Minuten geschah. Eigentlich kein Wunder: Jene Augenblicke, die das Leben verändern, kommen ganz plötzlich, wie der des eigenen Todes.

Ein weiterer falscher Kampf fand statt, gegen den grün angemalten Mory und etwas, das eine gräßliche Peitsche gewesen wäre, wenn sie sich nicht immer wieder um die Beine des Trolls geschlungen hätte. Als der besiegte Balgrog aus dem Bild schlurfte und versuchte, seine Flügel mit einer Hand festzuhalten, eilte Victor zum Pfahl, schnitt die Fesseln durch, um das Opfer nach rechts zu tragen. Doch plötzlich hörte er ...

... ein Flüstern.

Er vernahm keine Worte, sondern ihren reinen Sinn: Der erreichte seine Trommelfelle und wechselte von dort direkt zur Wirbelsäule, ohne einen Zwischenaufenthalt im Gehirn.

Er blickte in die Augen der jungen Frau und fragte sich, ob sie es ebenfalls hörte.

Von woanders her *erklangen* Worte, und sie kamen aus Silberfischs Mund. »Na los, bring sie fort, was starrst du sie so an?« Und der Kurbeldreher: »Die Kobolde werden widerspenstig, wenn sie eine Mahlzeit verpassen.« Und Schnapper, mit einer Stimme, die wie ein geworfenes Messer zischte: »Dreh die Kurbel, dreh die Kurbel!«

Vor Victors Augen legte sich ein Schleier, dahinter tauchten sonderbare Gestalten auf, die sofort wieder verschwanden, als er sie zu erkennen versuchte. Hilflos wie eine Fliege in einem Bernsteintropfen und das Schicksal ebenso in der Hand wie eine Seifenblase das ihre während eines Orkans, beugte er sich zu der jungen Frau hinab und küßte sie.

Jenseits des Rauschens in seinen Ohren ertönten andere Worte.

»Was *macht* er da? Habe ich ihn aufgefordert, das Opfer zu küssen? Niemand hat ihn aufgefordert, das Opfer zu küssen!«

»... und anschließend muß ich den Kasten ausmisten, und glaubt mir, das ist nicht gerade ein Vergnü ...«

»Dreh die Kurbel!« donnerte Schnapper. *»Dreh die Kurbel!«*

»Warum sieht er sie jetzt *so* an?«

»Donnerwetter!«

»Wenn du aufhörst, die Kurbel zu drehen, findest du in dieser Stadt nie wieder einen Job!«

»He, zufälligerweise gehöre ich zur Kurbeldrehergilde...«

»Dreh weiter, dreh weiter!«

Victor kehrte in die Wirklichkeit zurück. Das Flüstern und Raunen verklang, wich dem Grollen der Brandung. Die wirkliche Welt umgab ihn, heiß und hell. Am Himmel hing die Sonne wie im glänzenden Orden für eine Heldentat.

Das Opfer atmete tief durch.

»Äh, oh, es tut mir schrecklich leid«, stammelte Tugelbend und taumelte. »Ich weiß gar nicht, was über mich gekommen ist...«

Schnapper sprang begeistert umher.

»Das ist es, das *ist* es!« heulte er. Und zu Gaffer: »Wie lange brauchst du, um den Film zu kleben?«

»Nun, zuerst muß ich die Kobolde füttern und den Kasten ausmisten und...«

»Na schön, na schön«, keuchte Schnapper. »Dann bleibt mir genug Zeit, um Plakate vorzubereiten.«

»Ich habe bereits welche in Auftrag gegeben«, sagte Silberfisch kühl.

»Oh, natürlich, selbstverständlich«, erwiderte Treibe-mich-selbst-in-den-Ruin aufgeregt. »Kein Zweifel. Wahrscheinlich so was wie: ›Vielleicht interessiert ihr euch für diese neuen beweglichen Bilder.‹«

»Was soll verkehrt daran sein?« fragte Silberfisch. »Das ist immer noch besser als heiße Würstchen!«

»Meine Güte, wenn man Würstchen verkauft, wartet man nicht ab, bis die Leute Würstchen *wollen*. Man geht zu ihnen und sorgt dafür, daß sie hungrig werden. *Und* man macht ordentlich Senf drauf. Genau das hat Victor gerade getan.«

Er legte Silberfisch die eine Hand auf die Schulter und winkte mit der anderen.

»Ich sehe es deutlich vor mir...« Schnapper zögerte. Sonderbare Ideen wirbelten schneller in seinem Kopf herum, als er denken konnte. Endlose Möglichkeiten kamen ihm in den Sinn, und die Aufregung ließ ihn schwindeln.

»Schwert der Leidenschaft«, sagte er. »So nennen wir den Film, nicht

nach irgendeinem alten Narren, der wahrscheinlich längst das Zeitliche gesegnet hat. *Schwert der Leidenschaft*. Ja. Eine stürmische Saga des, des Begehrens und puren, puren, puren *Dingsbums*, in der ursprünglichen, sengenden Hitze eines gequälten Kontinents! Romantik! Pracht! In drei glühenden Rollen! *Zittert* beim tödlichen Kampf gegen alptraumhafte Ungeheuer! *Schreit* beim Anblick von tausend Elefanten...«

»Es ist nur eine Rolle«, brummte Silberfisch verärgert.

»Heute nachmittag drehen wir noch zwei weitere!« juchzte Schnapper. Die Augen quollen ihm aus den Höhlen. »Mit mehr Kämpfen und mehr Ungeheuern!«

»Und wir haben keine Elefanten«, schnappte Silberfisch.

Rock hob einen zerklüfteten Arm.

»Ja?« fragte der Alchimist.

»Wenn du graue Farbe hast, außerdem auch noch Dinge für Ohren und Rüssel – Mory und ich könnten bestimmt...«

»Noch *nie* hat jemand einen drei Rollen langen Streifen gedreht«, murmelte Gaffer. »Eine schwierige Sache. Ich meine, er wäre fast zehn Minuten lang.« Er wurde noch etwas nachdenklicher. »Nun, wenn wir größere Spulen nehmen...«

Silberfisch fühlte sich in die Enge getrieben.

»Jetzt *hört* mal...«, begann er.

Victor musterte die junge Frau. Niemand beachtete die beiden Schauspieler.

»Äh«, sagte er. »Ich glaube, wir haben uns noch nicht vorgestellt, nicht?«

»Das scheint dich eben kaum gestört zu haben.«

»Normalerweise hätte ich so etwas nie gewagt. Ich muß, äh, verrückt geworden sein. Oder so.«

»Oh, gut. Erwartest du, daß es mir jetzt besser geht?«

»Was hältst du davon, wenn wir uns in den Schatten setzen? Hier ist es ziemlich heißt.«

»In deinen Augen... war *Feuer*.«

»Tatsächlich?«

»Es sah sehr seltsam aus.«

»Ich habe mich auch sehr seltsam *gefühlt*.«

»Ja, ich weiß. Es liegt an diesem Ort. Er beeinflußt uns.« Sie ließen sich auf den Sand sinken. »Weißt du«, fuhr die junge Frau fort, »es gibt hier strenge Vorschriften in bezug auf die Kobolde und so. Man darf sie nicht überanstrengen und was weiß ich. Aber um uns kümmert sich niemand. Selbst die Trolle werden besser behandelt.«

»Weil sie mehr als zwei Meter groß sind und fünfhundert Kilo wiegen, nehme ich an«, sagte Victor.

»Ich heiße Theda Withel, aber meine Freunde nennen mich Ginger.«

»Ich bin Victor Tugelbend. Äh. Und meine Freunde nennen mich Victor.«

»Dies ist dein erster Film, nicht wahr?«

»Woher weißt du das?«

»Du hast den Eindruck erweckt, dich dabei zu vergnügen.«

»Nun, die Schauspielerei ist besser als Arbeit, oder?«

»Vielleicht änderst du deine Meinung, wenn du so lange im Geschäft bist wie ich«, sagte Ginger bitter.

»Seit wann bist du darin?«

»Praktisch von Anfang an. Seit fünf Wochen.«

»Donnerwetter. Es passiert alles so *schnell*.«

»Es ist das Herrlichste, das *jemals* passiert ist«, sagte Ginger kategorisch.

»Vielleicht hast du recht... Äh, ob wir fortgehen dürfen, um etwas zu essen?« fragte Victor.

»Nein«, erwiderte die junge Frau. »Bestimmt rufen sie gleich wieder nach uns.«

Victor nickte. Sein bisheriges Leben hatte er auf eine im großen und ganzen angenehme Weise verbracht, indem er mit lässiger Entschlossenheit seinen eigenen Willen durchsetzte. Er sah nicht ein, warum er damit in Holy Wood aufhören sollte.

»Dann sollen sie rufen«, sagte er. »Ich möchte eine Mahlzeit und ein kühles Getränk. Vielleicht bin ich zu lange in der Sonne gewesen.«

Ginger wirkte unsicher. »Nun, ich kenne da einen Speisesaal, aber...«

»Gut. Zeig mir den Weg.«

»Schauspieler, die einfach fortgehen, könnten gefeuert werden...«

»Was, vor der dritten Rolle?«

»Sie sagen immer: ›Es gibt genug andere Leute, die sofort bereit wären, vor den Bilderkasten zu treten...‹«

»Gut. In dem Fall haben Schnapper und Silberfisch den ganzen Nachmittag Zeit, um zwei andere Personen zu finden, die genauso aussehen wie wir.« Victor schlenderte an Mory vorbei, der im Schatten eines Felsens hockte.

»Wenn uns jemand sucht...«, wandte er sich an den Troll. »Wir gehen essen.«

»Was, jetzt?« fragte Moräne.

»Ja«, bestätigte Tugelbend mit fester Stimme und stapfte weiter.

Er sah, daß sich Schnapper und Silberfisch schon wieder stritten. Ihr Zank wurde ab und zu vom Kurbeldreher unterbrochen; Gaffer sprach im entspannten Tonfall eines Mannes, der weiß, daß er trotzdem seine sechs Dollar pro Tag bekommt.

»Wir bezeichnen es als Epos. Noch in vielen Jahren werden die Leute darüber reden.«

»Ja, noch in vielen Jahren werden sie sagen: Jenes Epos trieb sie in den Ruin.«

»Laß meinen Namen aus dem Spiel. Hör mal, ich kenne jemanden, der uns bunte Holzschnitte zu einem besonders günstigen Preis besorgen kann...«

»Wenn ich einige Schnüre und Bindfäden nehme, den Bilderkasten auf Rädern montiere, so daß er sich drehen läßt...«

»Die Leute werden sagen: He, jener Silberfisch... ein wahrer Künstler, was die beweglichen Bilder betrifft. Und er hatte den Mumm, uns zu zeigen, was wir wirklich sehen wollten. Er erkannte das wahre Dingsbums, die wahren Möglichkeiten des Mediums...«

»Und wenn man den Bilderkasten außerdem an einer langen waagerechten Stange befestigt, um ihn hin und her zu schieben, sind auch Nahaufnahmen möglich...«

»Was? Glaubst du wirklich, daß die Leute so etwas sagen werden?«

»Sicher. Vertrau mir, Tommy.«

»Na schön. In Ordnung. Aber keine Elefanten. Ist das klar? Keine Elefanten.«

»Sieht seltsam aus«, sagte der Erzkanzler. »Einige Elefanten aus Ton... Und das soll eine Maschine sein?«

»Eher eine Art... *Apparat*«, erwiderte der Quästor unsicher. Er klopfte an die Vorrichtung, woraufhin einige tönerne Elefanten hin und her schwangen. »Riktor der Bastler hat ihn konstruiert, glaube ich. Lange vor meiner Zeit.«

Das Ding wirkte wie ein großer, verzierter Topf und reichte einem hochgewachsenen Mann bis an die Schultern. Am Rand hingen acht tönerne Elefanten an kleinen Bronzeketten. Einer begann zu wippen, als der Quästor ihn berührte.

Erzkanzler Ridcully spähte ins Innere des Apparats.

»Viele Hebel und ein Blasebalg«, sagte er verächtlich.

Der Quästor drehte sich um und sah die Wirtschafterin der Unsichtbaren Universität an.

»Nun, Frau Allesweiß, was ist geschehen?« fragte er.

Frau Allesweiß – dick, das Gesicht rosarot, der massige Leib in ein Korsett gequetscht – rückte ihre kupferrote Perücke zurecht und stieß die zierliche Magd an, die wie ein Hochseeschlepper neben ihr wartete.

»Sag es Seiner Exzellenz, Ksandra«, befahl sie.

Ksandra erweckte den Eindruck, alles zutiefst zu bedauern.

»Nun, Herr, bitte, Herr, ich habe Staub gewischt, als...«

»Sie hat Hstaub gewischt«, betonte Frau Allesweiß. Wenn Frau Allesweiß an einem akuten Anfall von Klassenbewußtsein litt, fügte sie dort Hs hinzu, wo Grammatik und Rechtschreibung eigentlich keine Hs vorsahen.

»...und dann gab es plötzlich ein Geräusch von sich...«

»Hes hgab hein Hgeräusch von sich«, sagte Frau Allesweiß. »Deshalb kam Ksandra zu mir, um Bericht zu erstatten. Hbraves Hmädchen.«

»Was für ein Geräusch?« fragte der Quästor möglichst freundlich.

»Bitte, Herr, es klang ungefähr so...« Ksandra verdrehte die Augen. »Wumm... wumm... wumm... wumm... wummwumm-*wumm*WUMM*WUMM* – plib, Herr.«

»Plib«, wiederholte der Quästor ernst.

»Ja, Herr.«

»Hplib«, sagte Frau Allesweiß.

»Und dann hat es nach mir gespuckt, Herr«, fügte Ksandra hinzu.

»Hes hat *gespien*«, korrigierte Frau Allesweiß.

»Offenbar hat einer der Elefanten eine kleine Bleikugel ausgespuckt, Herr«, erklärte der Quästor. »Wobei es, äh, ›plib‹ machte.«

»Beidengöttern«, entgegnete Ridcully. »Unerhört. Ich kann nicht erlauben, daß hier irgendwelche Töpfe Leute anrotzen.«

Frau Allesweiß verzog andeutungsweise das Gesicht.

»Warum hat das Ding eine Bleikugel ausgespuckt?« fragte der Erzkanzler.

»Ich habe keine Ahnung, Herr. Ich dachte, du wüßtest vielleicht einen Grund. Wenn ich mich nicht sehr irre, hat Riktor hier gelehrt, als du Student warst, Herr. Frau Allesweiß ist sehr besorgt.« Bei diesen Worten wies der Tonfall des Quästors auf folgendes hin: Wenn Frau Allesweiß über irgend etwas besorgt war, so wagte es nur ein sehr dummer Erzkanzler, ihr keine Beachtung zu schenken. »Sie möchte nicht, daß ihre Mitarbeiter von, äh, Magie gestört werden.«

Ridcully pochte mit den Fingerknöcheln an die Vorrichtung. »Meinst du etwa den alten ›Numeri‹ Riktor?«

»Ja, Erzkanzler.«

»War total bekloppt. Dachte immer, man könnte alles messen. Nicht nur Längen und Gewichte und so, sondern alles. ›Wenn es existiert‹, sagte er, ›so kann man es messen.‹« Ridcullys Augen glitten erinnerungsvoll in die Ferne. »Baute dauernd komische Dinge. Hielt es für möglich, selbst Wahrheit, Träume, Schönheit und was weiß ich zu messen. Dies ist also eins von Riktors Spielzeugen, wie? Frage mich, was es mißt...«

»Hich glaube...«, begann Frau Allesweiß. »*Hich* glaube, man sollte es an einem sicheren Ort lagern, falls du nichts hdagegen hast.«

»Ja, ja, ja, natürlich«, pflichtete ihr der Quästor hastig bei. Das Personal der Unsichtbaren Universität neigte dazu, bei jeder Kleinigkeit zu kündigen.

»Wirf das Dingsbums weg«, sagte Ridcully.

Entsetzen zeigte sich in den Zügen des Quästors. »O nein, Herr. Wir werfen *nie* etwas weg. Außerdem: Wahrscheinlich ist der Apparat sehr wertvoll.«

»Hm«, antwortete der Erzkanzler. »Wertvoll?«

»Vermutlich handelt es sich um ein historisches Artefakt, Herr.«

»Dann bringt es in mein Arbeitszimmer. Habe ja schon darauf hingewiesen, daß hier die eine oder andere Dekoration notwendig ist, nicht wahr? So, ich bin jetzt mit einem Mann verabredet, der Greife dressiert. Schönen Tag noch, meine Damen...«

»Äh, Erzkanzler, wenn du eben diese Papiere unterzeichnen könntest...«, begann der Quästor, doch die Tür schloß sich bereits hinter Ridcully.

Niemand fragte Ksandra, welcher Elefant die Bleikugel gespuckt hatte. Niemand erkundigte sich danach, in welche *Richtung* sie gespuckt worden war. Mit solchen Auskünften hätten Ridcully und der Quästor ohnehin nichts anfangen können.

Am Nachmittag trugen zwei Diener den einzigen funktionierenden Resographen* des Multiversums ins Arbeitszimmer des Erzkanzlers.

In Holy Wood gab es ein charakteristisches Geräusch. Es wurde von Nägeln verursacht, die man in Bretter hämmerte.

Für die Stadt begann eine kritische Phase. Über Nacht entstanden neue Häuser, neue Straßen und neue *Viertel*. Und gelegentlich verschwanden sie auch wieder, in jenen Bereichen, wo hastig angelernte alchimistische Lehrlinge vergeblich versuchten, die ebenso komplizierte wie gefährliche Produktion von Okto-Zellulose zu meistern. Es spielte kaum eine Rolle. Meistens hatte sich der Rauch noch nicht ganz verzogen, als die Hämmer schon wieder hämmerten.

Holy Wood schien durch Zellteilung zu wachsen. Man brauchte nur: einen jungen Burschen, dessen Hände nicht zitterten und der alchimistische Symbole verstand; einen Kurbeldreher; mindestens sechs Dämonen; und viel Sonnenschein. Oh, und einige Leute. Doch davon gab's genug. Wenn man nicht imstande war, Kobolde zu züchten, Chemikalien zu mischen oder eine Kurbel zu drehen... Nun, dann konnte man die Zügel von Pferden halten oder an Tischen warten und interessant dreinschauen, während man hoffte. Oder man hämmerte Nägel ins Holz. Immer mehr baufällig anmutende Gebäude säumten den uralten Hügel, und schon nach kurzer Zeit ließ die erbarmungslose Sonne den Lack von den Brettern platzen. Ständig herrschte ein hoher Bedarf an Hütten und Schuppen.

Holy Woods Ruf hallte durch das Land. Jeden Tag trafen neue Leute ein. Sie kamen nicht, um Stallknechte, Kellnerinnen oder Wir-liefern-ein-schlüsselfertiges-Haus-in-zwei-Stunden-Tischler zu werden. Nein, sie kamen wegen der beweglichen Bilder.

* Wörtlich übersetzt: »Ding-Schreiber«. Der Resograph dient dazu, Verzerrungen im Raum-Zeit-Gefüge zu entdecken und zu messen.

Was sie im Innersten trieb, blieb für sie selbst ein Rätsel.

Tief in seinem Herzen wußte Treibe-mich-selbst-in-den-Ruin Schnapper allerdings etwas anderes: Wo sich zwei oder mehr Personen treffen, gibt es immer jemanden, der versucht, ihnen ein verdächtig wirkendes Würstchen zu verkaufen.

Schnapper war jetzt in einem anderen Geschäft tätig, und dadurch entstand eine Marktlücke im gastronomischen Sektor. Andere Leute versuchten, sie zu füllen.

Zu ihnen gehörte der Klatschianer Nodar Borgel. Sein großer und lauter Schuppen konnte nicht als »Restaurant« bezeichnet werden – es handelte sich vielmehr um eine Fütterungsanlage. Am einen Ende standen geradezu riesige Terrinen, und Tische beanspruchten den Rest des Platzes. An den Tischen saßen ...

Victor riß verblüfft die Augen auf.

... Trolle, Menschen und Zwerge. Und mehrere Gnomen und auch einige Elfen. Und viele andere Geschöpfe, von denen Tugelbend hoffte, daß es verkleidete oder angemalte Trolle waren – wenn nicht, konnte das für alle ziemlichen Ärger bedeuten. Und jeder aß, niemand dachte auch nur daran, jemand anders zu fressen.

»Man nimmt einen Teller, stellt sich an und bezahlt«, sagte Ginger. »Man nennt so etwas Selbstbediener.«

»Man bezahlt, bevor man gegessen hat? Und wenn's nicht schmeckt?«

Ginger nickte ernst. »Genau deshalb muß man vorher bezahlen.«

Victor zuckte mit den Schultern und beugte sich zum Zwerg hinterm Tresen hinab. »Ich möchte gern ...«

»Eintopf«, knurrte der Zwerg.

»Und was für eine Art von Eintopf?«

»Es gibt nur einen Eintopf, und deshalb heißt er *Ein*topf, klar?« schnappte der Zwerg.

»Ich meine, was ist drin?« erkundigte sich Victor.

»Wenn du danach fragst, bist du nicht hungrig genug«, antwortete Ginger. »Zweimal Eintopf, Fruntkin.«

Victor beobachtete das graubraune Zeug, das auf seinen Teller strömte. Geheimnisvolle Strudel brachten seltsame Brocken an die Oberfläche, dort schwammen sie einige Sekunden lang, bevor sie wieder versanken, hoffentlich für immer.

Borgel teilte Schnappers Einstellungen in Hinsicht auf die Kochkunst.

»Eintopf oder nichts, Bursche.« Der Koch grinste höhnisch. »Kostet nur einen halben Dollar. Spottbillig.«

Victor trennte sich widerstrebend von dem Geld und sah sich nach Ginger um.

»Hier drüben.« Die junge Frau nahm an einem der langen Tische Platz. »Hallo, Donnerfuß. Hallo, Brekzie, wie geht's? Das ist Vic. Neu hier. Hallo, Schleicher, hab dich glatt übersehen.«

Victor zwängte sich zwischen Ginger und einen Troll, der in ein Kettenhemd gehüllt zu sein schien. Doch wie sich herausstellte, war es nur ein Holy-Wood-Kettenhemd: silbergrau bemalte und nicht besonders geschickt zusammengeknüpfte Schnüre.

Ginger unterhielt sich mit einem zehn Zentimeter kleinen Gnom und einem Zwerg, der die Hälfte eines Bärenkostüms trug. Victor schwieg und fühlte sich ein wenig einsam.

Schließlich nickte ihm der Troll zu, starrte auf seinen Teller und schnitt eine Grimasse.

»Und fo waf foll Bimfftein fein«, lispelte er. »Fie machen fich keine Mühe, die Lava davon abzukratzen. Und den Fand man überhaupt fmecken nicht.«

Victors Blick wanderte zum Teller des Trolls.

»Ich wußte gar nicht, daß Trolle Stein essen«, sagte er bevor es ihm gelang, Lippen und Zunge unter Kontrolle zu bringen.

»Warum dich daf wundern?«

»Äh, du bestehst doch aus Stein, oder?«

»Ja. Und du auf Fleiff. Und waf du effen?«

Victor starrte auf seinen eigenen Teller. »Gute Frage«, erwiderte er.

»Vic dreht einen Streifen für Silberfisch«, verkündete Ginger. »Und es sollen drei Rollen werden.«

Interessiertes Murmeln erklang.

Victor schob etwas Gelbes und Schwabbeliges an den Tellerrand.

»Bei euren Aufnahmen«, begann er nachdenklich. »Hattet ihr jemals das, äh, Gefühl, von irgend etwas ... beeinflußt zu werden?« Tugelbend zögerte. Mehrere Blicke hingen an seinen Lippen. »Hattet ihr jemals den Eindruck, euch auf eine sehr überraschende Art und Weise zu verhalten? Ich kann es leider nicht besser ausdrücken.«

Die anderen entspannten sich.

»Daf fein einfach nur Holy Wood«, entgegnete der lispelnde Troll. »Ef liegen an der überall herumffwappenden Kreativität.«

»Du hattest einen schlimmen kreativen Anfall«, meinte Ginger.

»Es passiert dauernd«, sagte der Zwerg. »So ist das eben in Holy Wood. Letzte Woche haben die Jungs und ich an *Zwergengeschichten* gearbeitet, und plötzlich begannen wir zu singen. Einfach so. Von einem Augenblick zum anderen fiel uns das Lied ein. Was soll man davon halten?«

»Wie heißt das Lied?« fragte Ginger.

»Keine Ahnung. Wir nannten es ›Haiho‹. So lautete der Text. Haihihaiho. Haihihaiho.«

»Klingt wie ein typiffef Fwergenlied«, brummte der Troll.

Sie kehrten erst nach zwei Uhr nachmittags zum Drehort zurück. Der Kurbeldreher hatte die hintere Klappe des Bilderkasten geöffnet und reinigte den Boden mit einer kleinen Schaufel.

Schnapper schlief auf seinem Klappstuhl, das Gesicht unter einem Taschentuch verborgen. Doch Silberfisch war hellwach.

»Wo seid ihr gewesen?« rief er.

»Ich hatte Hunger«, sagte Victor.

»Und du wirst auch *weiterhin* Hunger haben, mein Junge. Weil ...«

Schnapper hob einen Zipfel des Taschentuchs.

»Laßt uns anfangen«, murmelte er.

»Aber wir können uns doch nicht von Schauspielern vorschreiben lassen, wann ...«

»Zuerst beenden wir den Film«, sagte Schnapper. »*Anschließend* kannst du ihn entlassen.«

»Ja, genau!« Silberfisch richtete einen drohenden Zeigefinger auf Victor und Ginger. »In dieser Stadt werdet ihr nie wieder arbeiten!«

Irgendwie brachten sie den Nachmittag hinter sich. Schnapper ließ ein Pferd holen und verfluchte den Kurbeldreher, weil der Bilderkasten noch immer nicht gedreht werden konnte. Die Dämonen beschwerten sich mit lautem Schnattern. Schließlich stellten sie den Kasten so auf, daß die runde Öffnung darin auf den Kopf des Pferds zielte, und Victor bewegte sich im Sattel auf und ab. Für den Film sei das gut genug, meinte Schnapper.

Am Abend bezahlte ein mürrischer Silberfisch den beiden Schauspielern jeweils zwei Dollar und schickte sie fort.

»Bestimmt erzählt er den anderen Alchimisten davon«, sagte Ginger niedergeschlagen. »Sie halten zusammen wie Pech und Schwefel.«

»Wir bekommen nur zwei Dollar pro Tag und die Trolle drei«, stellte Victor fest. »Warum?«

»Weil es nur wenige Trolle gibt, die bei den beweglichen Bildern mitmachen wollen«, erklärte Ginger. »Ein guter Kurbeldreher verdient sogar sechs oder sieben Dollar am Tag. Schauspieler sind nicht annähernd so wichtig.« Sie drehte den Kopf und warf ihrem Begleiter einen finsteren Blick zu.

»Ich konnte mich nicht beklagen«, fuhr sie fort. »Man hat mir keine besonderen Rollen angeboten, aber ich konnte mich nicht beklagen. Ich hatte immer Arbeit. Man hielt mich für zuverlässig. Ich war dabei, den Grundstein für eine Karriere zu legen...«

»In Holy Wood ist es gar nicht möglich, den Grundstein für eine Karriere zu legen«, sagte Victor. »Ebensogut könnte man versuchen, ein Haus in einem Sumpf zu bauen. Hier ist alles nur unwirklich!«

»Es gefiel mir! Und jetzt hast du alles verdorben! Vielleicht muß ich in mein entsetzliches Dorf zurück, von dem du wahrscheinlich nie etwas gehört hast! Um dort Kühe zu melken! Herzlichen Dank! Ich verspreche dir, an dich zu denken – immer dann, wenn ich den Hintern einer verdammten Kuh sehe!«

Ginger stürmte fort und ließ Victor bei den Trollen zurück. Nach einer Weile räusperte sich Rock.

»Weißt du schon, wo du bleiben?« fragte er.

Victor sah kummervoll nach oben. »Nein, ich fürchte nicht.«

»Man aber immer wissen sollen, wo man bleiben«, sagte Mory.

»Ich übernachte am Strand«, murmelte Tugelbend. »Immerhin ist es warm genug. Kann bestimmt nicht schaden, mich ordentlich auszuschlafen. Bis dann.«

Er verließ den Drehort.

Die Sonne ging unter, und vom Meer her wehte ein leichter Wind, der ein wenig Abkühlung brachte. An den dunkler werdenden Hängen des Hügels erstrahlten nun Lichter. Holy Wood kam erst nachts zur Ruhe. Wenn man bei der Arbeit auf Tageslicht angewiesen ist, nutzt man es bis zum Letzten aus.

Eigentlich war es recht angenehm am Strand. Nur selten verirrte sich jemand hierher. Das Treibholz, brüchig und von Salz verkrustet, eignete sich nicht für den Bau von Hütten. Es bildete eine lange, weiße Linie entlang des Wassers.

Victor sammelte genug für ein Lagerfeuer, legte sich hin und betrachtete die Brandung.

Auf der nächsten Düne, verborgen hinter einem Büschel aus vertrocknetem Gras, lag der Wunderhund Gaspode und betrachtete nachdenklich den jungen Mann.

Zwei Stunden nach Mitternacht.

Es dehnte sich aus, glitt fröhlich über den Hügel und goß seinen Glanz in die Welt.

Holy Wood träumt...

Holy Wood träumt für alle.

Ginger Withel schlief in der heißen Dunkelheit einer Hütte. Sie träumte von roten Teppichen und jubelnden Massen. Und von einem Gitter. In ihrem Traum kehrte sie immer wieder zu einem Gitter zurück, durch das warme Luft wehte und ihren Rock aufplusterte...

In der nicht viel kühleren Dunkelheit einer nur etwas besser ausgestatteten Hütte schlief Silberfisch. Er träumte ebenfalls von jubelnden Mengen und jemandem, der ihm einen Preis für die besten jemals gedrehten beweglichen Bidler verlieh: eine große Statue.

Zwischen den Dünen hockten Rock und Moräne. Sie schliefen nicht, sondern dösten nur, denn Trolle sind von Natur aus nachtaktive Geschöpfe – das Schlafen in der Dunkelheit stand im krassen Gegensatz zu äonenalten Instinkten. Sie träumten von Bergen.

Am Strand, unter den Sternen, träumte Victor von stampfenden Hufen, wehenden Mänteln, Piratenschiffen, Fechtkämpfen und Kronleuchtern...

Auf der nächsten Düne schlief der Wunderhund Gaspode und hielt ein Auge geöffnet, während er von Wölfen träumte.

Treibe-mich-selbst-in-den-Ruin Schnapper träumte nicht, weil er nicht schlief.

Es war ein langer Ritt nach Ankh-Morpork gewesen, und normalerweise zog er es vor, Pferde zu verkaufen, anstatt auf ihnen zu reiten, aber jetzt hatte er endlich die Stadt erreicht.

Jene Unwetter, die Holy Wood mieden, ließen Ankh-Morpork nicht aus: Es regnete in Strömen. Dadurch wurde das Nachtleben der Stadt nicht weniger lebendig, nur feuchter.

In Ankh-Morpork konnte man alles kaufen, selbst mitten in der Nacht. Schnapper brachte eine ziemlich lange Einkaufsliste mit. Plakate mußten gemalt werden, und er brauchte alle möglichen Sachen. Die meisten von ihnen hingen mit Ideen zusammen, die ihm unterwegs eingefallen waren, und er mußte sie nun ebenso behutsam wie schnell anderen Leuten erklären.

Der Regen bildete einen massiven Vorhang, als er schließlich ins graue Licht der Morgendämmerung wankte. Bäche flossen in den Rinnsteinen. Von den Dächern spuckten abscheuliche Steinfiguren zielsicher auf Passanten. Allerdings: Um fünf Uhr morgens waren auf den Straßen nicht mehr ganz so viele Leute unterwegs.

Schnapper atmete tief durch. *Echte* Luft. Man mußte lange suchen, um Luft zu finden, die echter war als jene in Ankh-Morpork. Wer sie atmete, wußte sofort, daß sie über Jahrtausende hinweg Myriaden von Lungen gefüllt hatte.

Zum erstenmal seit Tagen meinte Schnapper, klar zu denken. Das war seltsam an Holy Wood: Solange man sich im Bereich des Hügels aufhielt, hielt man alles für völlig normal. Aber wenn man aus einer gewissen Entfernung zurückblickte, zerplatzte alles wie eine hübsche Seifenblase. Sonderbar: Man konnte fast meinen, daß der Hügel *Veränderungen* hervorrief, daß die beweglichen Bilder Gewöhnliches in, nun, Ungewöhnliches verwandelten.

Nun, Holy Wood war Holy Wood, und Ankh-Morpork war Ankh-Morpork. Treibe-mich-selbst-in-den-Ruin Schnapper zweifelte nicht daran, daß der allgemeine Lebensstil in Ankh-Morpork eine sichere Barriere darstellte, an der das Sonderbare von Holy Wood wirkungslos abprallte.

Er platschte durch die Pfützen und lauschte dem Regen.

Nach einer Weile offenbarte ihm das Klopfen der Regentropfen einen Rhythmus.

Komisch. Da hatte man sein ganzes Leben in einer Stadt verbracht und mußte sie erst verlassen, um nach der Rückkehr herauszufinden, daß die Tropfen in einem bestimmten Rhythmus von den Dachrinnen fielen: DUMdi-dum-dum, dumdi-dumdi-DUM-DUM ...

Einige Minuten später traten Feldwebel Colon und Korporal Nobbs von der Nachtwache unter einen Torbogen, rauchten dort eine Zigarette und zeigten das für Angehörige der Nachtwache charakteristische Verhalten: Sie versuchten, es warm und trocken zu haben, ohne in irgendwelche Schwierigkeiten zu geraten.

Nur sie sahen den Irren, der durch die Pfützen tanzte, sich mehrmals um die eigene Achse drehte, an einem Abflußrohr pirouettierte, fröhlich die Hacken aneinanderklopfte und hinter einer Ecke verschwand.

Feldwebel Colon reichte seinem Kollegen den nassen Zigarettenstummel.

»War das nicht Treibe-mich-selbst-in-den-Ruin Schnapper?« fragte er schließlich.

»Ja«, bestätigte Nobby.

»Schien glücklich zu sein, oder?«

»Ist vermutlich übergeschnappt«, spekulierte Nobbs. »So im Regen zu singen ...«

Wumm ... wumm.

Der Erzkanzler brachte gerade sein Drachenzuchtbuch auf den neuesten Stand und genehmigte sich einen Schlaftrunk vor dem Kamin. Jetzt sah er auf.

Wumm ... wumm ... wumm ...

»Beidengöttern!« brummte er und schritt zu dem großen Topf. Das Ding zitterte von einer Seite zur anderen, als bebte das ganze Gebäude.

Ridcully beobachtete es fasziniert.

Wumm ... wummwumm*wumm* *WUMM.*

Der Apparat verharrte und verstummte.

»Seltsam«, murmelte der Erzkanzler. »Um nicht zu sagen: sonderbar.«

Plib.

Auf der anderen Seite des Zimmers zersplitterte die Karaffe mit dem Brandy.

Ridcully der Braune holte tief Luft.

»*Quäää*stor!«

Sandfliegen weckten Victor. Es war bereits recht warm – ein neuer sonniger Tag begann.

Er watete ins seichte Wasser, um sich zu waschen und die Benommenheit des Schlafs abzustreifen.

Mal sehen..., dachte Tugelbend. Er hatte noch die zwei Dollar Honorar von gestern, außerdem einige Cents. Was ihm die Möglichkeit gab, eine Zeitlang in Holy Wood zu bleiben – vorausgesetzt, er schlief am Strand. Borgels Eintopf war zwar alles andere als schmackhaft, dafür aber billig... Victor runzelte die Stirn. Wenn er dort aß, ließen sich peinliche Begegnungen mit Ginger wohl kaum vermeiden.

Er trat noch einen Schritt vor. Und verlor den Boden unter den Füßen.

Er war noch nie zuvor im Meer geschwommen. Halb ertrunken kehrte er an die Oberfläche zurück und trat verzweifelt Wasser. Die Entfernung zum Strand betrug nur wenige Meter.

Victor kam wieder zu Atem und kraulte in aller Ruhe, bis sich die Wellen hinter ihm brachen. Das Wasser war kristallklar, und er sah, wie sich der Grund abrupt – er tauchte kurz auf, um Luft zu holen – in ein mattes Blau hinabneigte. Jenseits der Schwärme aus glitzernden Fischen beobachtete er die vagen Konturen von grauweißen, rechteckigen Felsen auf dem Sand.

Er tauchte erneut, drang so weit nach unten vor, daß es in seinen Ohren dröhnte. Ein großer Hummer winkte ihm mit langen Fühlern zu, glitt von einem Stein und verschwand in der Tiefe.

Wenige Sekunden später durchstieß Victors Kopf die Wasseroberfläche, und mit kräftigen Schwimmzügen hielt er aufs Ufer zu.

Nun, wenn er keinen neuen Job bei den beweglichen Bildern fand... Ein Fischer brauchte hier gewiß nicht zu verhungern, das stand fest.

Ein Strandgutsammler mußte ebenfalls nicht befürchten, arbeitslos zu werden. Vor den Dünen hatte sich genug vom Wind getrocknetes Feuerholz angesammelt, um die Kamine von Ankh-Morpork für viele Jahre mit Nachschub zu versorgen. In Holy Wood züngelten Flammen nur unter Kochtöpfen oder in Lagerfeuern.

In Lagerfeuern... Als Victor den Strand erreichte, bemerkte er eine Stelle, an der das Treibholz nicht nur herumlag, sondern einen geordneten Haufen bildete. Etwas weiter entfernt formten Steine eine Feuerstelle.

Sand bedeckte sie zum größten Teil. Vielleicht hatte hier jemand anders gelebt und auf seine Chance bei den beweglichen Bildern gewartet. Als Victor genauer hinah ... Die Holzstücke hinter den Steinen erweckten den Eindruck, als seien sie sorgfältig aufeinandergestapelt worden. Wenn man sie vom Meer aus beobachtete, mochte es den Anschein haben, daß einige Balken zu einer Art Tor angeordnet waren.

Vielleicht wohnen hier noch immer Leute, überlegte Victor hoffnungsvoll. Vielleicht haben sie etwas zu trinken.

Es war tatsächlich noch jemand an diesem Ort, der brauchte aber schon seit Monaten nichts mehr zu trinken.

Acht Uhr morgens. Donnerndes Klopfen weckte Bezam Planter, dem das *Odium* gehörte, eins der vielen Kinos, die in Ankh-Morpork wie Pilze aus dem Boden schossen.

Er hatte eine schlechte Nacht hinter sich. Die Bürger der Stadt liebten das Neue. Das Problem war nur: Sie liebten es nicht lange genug. Eine Woche lang gingen die Geschäfte des *Odium* sehr gut. In der nächsten reichten die Einnahmen gerade noch aus, um die Kosten zu decken, und nun stand die Pleite unmittelbar bevor. Das Publikum während der Spätvorstellung am vergangenen Abend hatte aus einem tauben Zwerg und einem Orang-Utan bestanden, der auch noch seine eigenen Erdnüsse mitbrachte. Bezam brauchte den zusätzlichen Profit aus dem Verkauf von Erdnüssen und Knallkörnern. Deshalb stand es mit seiner Stimmung derzeit nicht zum besten.

Er öffnete die Tür und starrte mürrisch nach draußen.

»Wir haben geschlossen«, sagte er. »Die Frühvorstellung beginnt um zwei. Komm später wieder. Alle Plätze für den gleichen Preis.«

Er warf die Tür zu. Sie prallte von Schnappers Stiefel ab und traf Bezam an der Nase.

»Ich bin wegen der Erstaufführung von *Schwert der Leidenschaft* hier«, verkündete Schnapper.

»Erstaufführung? Was für eine Erstaufführung?«

»Davon wollte ich gerade erzählen«, erwiderte Treibe-mich-selbst-in-den-Ruin.

»Bei uns findet überhaupt keine Erstaufführung statt. Ich weiß nichts von irgendwelchen Schwertern der Leidenschaft. Hier läuft *Die interessante ...*«

»Herr Schnapper beschlossen, daß du *Schwert der Leidenschaft* zeigen«, grollte eine andere Stimme.

Der ehemalige Würstchenverkäufer lehnte sich an den Türrahmen. Hinter ihm ragte ein Felsen auf, der aussah, als hätte ihn jemand dreißig Jahre lang mit Stahlkugeln beschmissen.

In der Mitte entstanden Falten, als sich der Monolith vorbeugte.

Bezam erkannte Detritus. Jeder kannte Detritus. Einen solchen Troll vergaß man nicht.

»Aber ich habe noch *nie* etwas von einem Streifen gehört, der...«

Treibe-mich-selbst-in-den-Ruin Schnapper holte einen röhrenförmigen Gegenstand unter dem Mantel hervor und lächelte.

»Hier sind Plakate«, sagte er und zog eine dicke weiße Rolle aus dem Behälter.

»Herr Schnapper mir erlauben, draußen einige an Wand zu kleben«, meinte Detritus stolz.

Bezam entrollte ein Plakat und sah Farben, die ihm Tränen in die Augen trieben. Das Bild zeigte eine schmollende Ginger, die eine zu knappe Bluse trug; Victor warf sie sich gerade über die eine Schulter, während er mit der anderen Hand gegen diverse Ungeheuer kämpfte. Im Hintergrund spien Vulkane Feuer und brannten Städte nieder, während Drachen an einem feurigen Himmel flogen.

»Der Streifen, den man nicht verbiehten konnte!« las Bezam verblüfft. »Ein ahtemberaubendes Abentoier im Aufbruch eines jungen Kontinnänts! Ein Mann und eine Frau im Schtrudel einer Welt des Wahnsinns!! In den HAUPTROLLEN: ** Delores De Syn ** als Die Frau und ** Victor Maraschino ** als Cohen der Bahrbahr!!! AUFREGUNG! ABENTEUER!! ELEFANTEN!!! Bald in diesem Theater!!!!«

Bezam Planter las die Worte noch einmal.

»Wer ist ** Delores De Syn **?« fragte er argwöhnisch.

»Einer der beiden *Stars*«, betonte Schnapper. »Deshalb die Sternchen.« Er beugte sich etwas näher und fügte mit dem üblichen verschwörerischen Flüstern hinzu:»Es heißt, sie sei die Tochter eines klatschzianischen Piraten und seiner ebenso ungestümen wie leidenschaftlichen Gefangenen. Und Victor... Nun, er ist der Sohn eines, eines vagabundierenden Zauberers und einer kühnen Zigeunerin, die, äh, Flamenco tanzt.«

»Potzblitz!« entfuhr es Bezam beeindruckt, obwohl er eigentlich gar nicht beeindruckt sein wollte. Schnapper klopfte sich in Gedanken auf die Schulter. Er war überzeugt, ziemlich gute Arbeit geleistet zu haben – der Text auf den Plakaten begeisterte selbst ihn.

»Die erste Vorstellung sollte in etwa einer Stunde beginnen«, sagte er.

»So früh am Morgen?« An diesem Tag hatte Bezam *Die interessante Kunst der Töpferei* zeigen wollen und bereits befürchtet, daß ein solcher Titel nur wenige Zuschauer anlockte. Schnappers Vorschlag klang viel besser.

»Ja«, antwortete Treibe-mich-selbst-in-den-Ruin. »Weil viele Leute den Streifen sehen wollen.«

»Oh, ich weiß nicht«, murmelte Bezam skeptisch. »In der letzten Zeit hatten wir nur noch selten einen vollen Saal.«

»Das wird sich bald ändern«, versprach Schnapper. »Vertrau mir. Habe ich dich jemals belogen?«

Bezam kratzte sich am Kopf. »Nun, im vergangenen Monat hast du mir ein Würstchen verkauft und behauptet...«

»Es war eine rhetorische Frage«, sagte Schnapper.

»Ja, genau«, bestätigte Detritus.

Bezam ließ die Schultern hängen. »Nun, mit rhetorischen Fragen kenne ich mich nicht aus.«

»Na bitte.« Treibe-mich-selbst-in-den-Ruin grinste wie ein Halloween-Kürbis. »Du brauchst nur die Tür aufzuschließen, um zu hören, wie's in der Kasse klingelt.«

Bezam rang sich ein »Oh, gut« ab.

Schnapper legte ihm freundlich den Arm um die Schultern. »Und nun...«, sagte er. »Sprechen wir über meinen Anteil.«

»Über deinen Anteil?«

»Möchtest du eine Zigarre?« fragte Schnapper.

Victor schlenderte Holy Woods namenlose Hauptstraße entlang. Unter seinen Fingernägeln saß immer noch Sand.

Er wußte nicht, ob er es richtig gemacht hatte.

Vermutlich war der alte Mann nur ein Strandgutsammler gewesen und eines Abends eingeschlafen, ohne am nächsten Morgen zu erwachen. Obwohl... Normalerweise trugen Strandgutsammler keine Umhänge aus rotem Plüsch mit goldenem Schnurbesatz. Victor hatte keine Ahnung, wie lange die Leiche am Strand gelegen hatte. Er erinnerte sich an ihren Anblick: Trockenheit und Salz hatten den Leichnam so gut konserviert, daß er eher wie ein Lebender aussah, der dem Tod nahe war.

Die Hütte deutete darauf hin, daß dieser besondere Strandgutsammler ganz besonderes Strandgut gesammelt hatte.

Tugelbend fragte sich, ob er jemandem vom Tod des alten Mannes erzählen sollte, aber wahrscheinlich gab es in Holy Wood niemanden, der sich dafür interessierte. Die einzige Person, die an Leben oder Tod des alten Mannes Interesse hatte, war der alte Mann selbst, und der wußte schon Bescheid.

Victor hielt es für angebracht, die Leiche zu begraben, und als letzte Ruhestätte wählte er die dem Land zugewandte Seite der Hütte.

Vor Borgels Eingang zögerte er kurz und entschied dann, das Risiko einzugehen und hier zu frühstücken. Außerdem: Er wollte sich irgendwo hinsetzen, um das Buch zu lesen.

Wer rechnete schon damit, so etwas am Strand zu finden, in einer aus Treibholz errichteten Hütte, noch dazu in der Hand eines Toten?

Auf dem Umschlag stand: *Das Buch des Films.*

Die erste Seite zeigte weitere Wörter, die aus mit großer Sorgfalt gemalten Buchstaben zusammengesetzt waren und verrieten, daß dem Schreiber die Rechtschreibung recht schwer gefallen war: »Dies isset die Chronik der Wächter des unheilvolligen Hügels ParaMountain, kopiehrt fon mir, Deccan, weil das alte Eksemplar auseinanderfällt.«

Victor blätterte vorsichtig. Die einzelnen Tagebucheintragungen wiesen große Ähnlichkeiten auf. Es fehlten Datumsangaben, doch das spielte keine Rolle, weil sich die Ereignisse der einzelnen Tage kaum voneinander unterschieden.

Bin aufgeschtanden und zur Toilette gegangen. Habe ein Feuer entzühndet und die erste Vorschtellung angekündigt. Frühschtück. Noch ein Feuer. Wanderung auf dem Hühgel. Beschwörungsgesang für die Abendvorschtellung. Abendessen. Litanei der Schpätvorschtellung. Toilette. Bett.

Bin aufgeschtanden und zur Toilette gegangen, Habe ein Feuer entzühndet und die Frühvorschtellung gesprochen. Frühschtück. Der Fischer Crullet fon der Jausserbucht hat mir zwei prächtige Sehbarsche gebracht. Holz gesammelt. Die Abendvorschtellung angekündigt.

Noch ein Feuer. Aufräumen. Abendessen. Die Schpätvorschtellung gesungen. Bett. Um Mitternacht aufgeschtanden, um zur Toilette zu gehen und das Feuer zu überprüfen, aber es waret nicht nötig, Holz nachzulegen.

Aus den Augenwinkeln sah Victor eine Kellnerin.

»Ich möchte ein gekochtes Ei«, sagte er.

»Wir haben Eintopf. Fisch-Eintopf.«

Tugelbend hob den Kopf und blickte in Gingers blitzende Augen.

»Ich wußte nicht, daß du hier Kellnerin bist.«

Die junge Frau begann demonstrativ damit, den Salzstreuer abzustauben. »Bis gestern wußte ich es ebenfalls nicht«, erwiderte sie. »Ich kann mich glücklich schätzen, daß Borgels Morgenmädchen eine Rolle im neuen Streifen der Ungebundenen Alchimisten bekam, nicht wahr?« Sie zuckte mit den Achseln. »Vielleicht habe ich noch mehr Glück. Vielleicht darf ich auch die Nachmittagsschicht übernehmen.«

»Hör mal, ich wollte nicht...«

»Fisch-Eintopf. Ja oder nein. Drei Kunden heute morgen haben erst ›ja‹ und dann *›nein!‹* gesagt.«

»In Ordnung: ja. He, du wirst es mir nicht glauben, ich habe dieses Buch gefunden, in den Händen eines...«

»Ich darf keine Zeit vergeuden, indem ich mit den Kunden schwatze«, sagte Ginger scharf. »Dies ist zwar kaum der beste Job in Holy Wood, aber ich möchte ihn nicht verlieren. Also einmal Fisch-Eintopf, oder?«

»Oh, ja. Entschuldige.«

Victor konzentrierte sich wieder auf das Buch und blätterte weiter darin. Frühere Eintragungen stammten von Tento, der wie Deccan dreimal am Tag gesungen, angekündigt oder beschworen hatte. Manchmal schrieb auch er von Leuten, die ihm Fische brachten, und er erwähnte ebenfalls die Toilette, wenn auch nicht ganz so häufig wie Deccan. Vor ihm war Meggelin Wächter des unheilvollen Hügels gewesen. Mehrere Personen hatten am Strand gelebt, einst sogar eine ganze Gruppe. Noch frühere Berichte erschienen offizieller, obgleich sich das nur schwer feststellen ließ. Offenbar waren sie in einer Art Code verfaßt und bestanden aus kleinen, komplizierten Bildern...

Vor Tugelbend knallte ein Teller mit Ursuppe auf den Tisch.

»Äh«, sagte er, »wann machst du Feierabend...«
»Nie«, erwiderte Ginger.
»Nun, weißt du vielleicht, wo...«
»Nein.«
Victor starrte in die trübe Brühe. Borgel ging von folgendem Prinzip aus: Wenn man es im Wasser fand, war es ein Fisch. Etwas Purpurnes schwamm in der Flüssigkeit, und es hatte mindestens zehn Beine.
Tugelbend verspeiste es trotzdem. Immerhin kostete ihn das Ding dreißig Cents.
Anschließend stand er auf und ging in Richtung Tür. Ginger stand am Tresen und wandte ihm mit großer Entschlossenheit den Rücken zu. Ihre schwingende Botschaft lautete: Ganz gleich, was du auch anstellst, um meine Aufmerksamkeit zu wecken – ich sehe nichts davon, weil ich dir auch weiterhin den Rücken zukehren werde. Victor seufzte stumm und trat nach draußen, um sich einen neuen Job zu suchen.
Er hatte noch nie in seinem Leben richtig gearbeitet. Seiner Ansicht nach war Arbeit etwas, das nur anderen Leuten passierte.

Bezam Planter rückte den Bauchladen seiner Frau zurecht.
»Na schön«, sagte er. »Hast du alles?«
»Die Knallkörner sind ganz weich«, antwortete Frau Planter. »Und die heißen Würstchen werden sicher bald kalt.«
»Da drinnen ist es dunkel, Teuerste. Bestimmt merkt niemand was.« Bezam zupfte am Halsriemen und wich zurück.
»Gut«, brummte er. »Nun, du weißt Bescheid. Nach der Hälfte der Vorstellung hebe ich das Schild mit der Aufschrift: ›Jetzt möchtet ihr sicher ein kühles, erfrischendes Getränk und eine Tüte mit Knallkörnern.‹ Und dann kommst du durch die Tür dort drüben und gehst durch den Mittelgang.«
»Warum fügst du dem Schild nicht die Worte ›Zu unserem heutigen Angebot gehören auch kühle, erfrischende Würstchen‹ hinzu?« schlug Frau Planter vor.
»Und du solltest damit aufhören, die Zuschauer mit einer Fackel zu ihren Plätzen zu führen«, entgegnete Bezam. »Dauernd fängt irgend etwas Feuer.«
»Wie soll ich sonst im Dunkeln sehen?« klagte seine Gattin.

»Ja, ich weiß.Aber gestern abend mußte ich dem Zwerg das Eintrittsgeld zurückgeben. Du weißt ja, wie empfindlich Zwerge reagieren, wenn es um ihre Bärte geht. Nun, Teuerste, was hältst du davon, wenn ich dir einen Salamander gebe? Natürlich im Käfig. Sie haben den ganzen Tag über auf dem Dach gelegen und müßten eigentlich genug Licht gespeichert haben.«

Das hatten sie tatsächlich. Die Eidechsen lagen in ihren kleinen Käfigen, und gelegentlich gleißten ihre Schuppenleiber. Bezam wählte sechs der reifsten aus, kehrte anschließend zum Vorführzimmer zurück und schob die Salamander in den Projektionskasten. Er rollte Schnappers Film auf eine Spule und spähte in die Finsternis.

Nach kurzem, unsicherem Zögern beschloß er, einen Blick nach draußen zu werfen.

Er schlurfte zur Tür und gähnte.

Er streckte die Hand aus und schob den Riegel beiseite.

Er bückte sich, streckte erneut die Hand aus und löste den unteren Riegel.

Er zog die Tür auf.

»Nun gut«, brummte er. »Mal sehen, wie viele...«

Er erwachte im Vorführraum, und Frau Planter fächelte ihm Luft zu.

»Was ist passiert?« flüsterte Bezam und versuchte, die Erinnerung an Hunderte von trampelnden Füßen aus seinen Gedanken zu verbannen.

»Ein volles Haus!« erwiderte Frau Planter. »Und draußen wartet eine lange Schlange! Reicht die ganze Straße hinunter! Sicher liegt es an den abscheulichen Plakaten!«

Bezam stand langsam auf und straffte entschlossen die Schultern.

»Sei still, Frau!« rief er. »Geh in die Küche und knall noch mehr Körner. Und hilf mir dann, neue Schilder zu malen. Wenn sich die Leute für die Fünf-Cent-Plätze anstellen, bezahlen sie vielleicht auch zehn Cent!«

Er rollte die Ärmel hoch und griff nach der Kurbel.

Ganz vorn saß der Bibliothekar mit einer Tüte Erdnüsse im Schoß. Nach einigen Sekunden kaute er nicht mehr und starrte, starrte, starrte mit offenem Mund auf die flackernden Bilder.

»Möchtest du, daß ich die Zügel deines Pferds halte, Herr? Verehrte Dame?«

»Nein!«

Bis zum Mittag verdiente Victor zwei Cent. Es gab genug Leute, die jemanden brauchten, der die Zügel ihrer Pferde hielt, aber aus irgendeinem unerfindlichen Grund entschieden sie sich für andere Zügelhalter.

Schließlich näherte sich ihm ein kleiner, verschrumpelter Mann, der vier Rösser hinter sich her zog. Victor hatte ihn stundenlang beobachtet und sich verblüfft gefragt, wieso sich jemand bereit fand, jenem verhutzelten Homunkulus ein Pferd anzuvertrauen. Doch der kleine Mann konnte sich nicht über einen Mangel an Kunden beklagen, wohingegen Tugelbends breite Schultern, attraktives Profil und ehrlich-offenes Lächeln einen Nachteil im Geschäft des Zügelhaltens darzustellen schienen.

»Du versuchst es zum erstenmal, nicht wahr?« fragte der Wicht.

»Ja«, gestand Victor ein.

»Hm, dachte ich mir. Wartest auf deine große Chance bei den beweglichen Bildern, nicht wahr?« Ein ermutigendes Lächeln folgte der Frage.

»Nein, die hatte ich schon«, erwiderte Victor.

»Warum bist du dann hier?«

Victor zuckte mit den Schultern. »Ich hab alles verpatzt.«

»Ach, tatsächlich? Ja, Herr, danke, Herr, mögen dich die Götter segnen, Herr, selbstverständlich, Herr«, sagte der kleine Mann und nahm weitere Zügel entgegen.

»Brauchst du vielleicht einen Assistenten?« fragte Victor sehnsüchtig.

Bezam Planter starrte auf den Berg aus Münzen. Treibe-mich-selbst-in-den-Ruin Schnapper bewegte die Hände, und dadurch verkleinerte sich der Berg etwas. Trotzdem: In wachem Zustand hatte Bezam noch nie so viele Münzen auf einem Haufen gesehen.

»Und wir zeigen ihn jede Viertelstunde!« staunte er. »Ich mußte jemanden einstellen, der die Kurbel dreht. Ich weiß gar nicht, was ich mit all dem Geld machen soll...«

Schnapper klopfte ihm auf die Schulter.

»Kauf dir ein größeres Kino«, schlug er vor.

»Ich habe darüber nachgedacht«, sagte Bezam. »Ja. Ein Gebäude mit hübschen Säulen am Eingang. Und meine Tochter Kalliope spielt Orgel: Mit musikalischer Begleitung sind die beweglichen Bilder vielleicht noch besser. Und Blattgold. Und schnörkelige Dinge...«

Seine Augen trübten sich.

Es hatte ein anderes Bewußtsein gefunden.

Holy Wood träumt.

... ein Palast, wie der berühmte Rhoxie in Klatsch, oder der herrlichste Tempel, der jemals existiert hat, mit Sklavinnen, die Knallkörner und Erdnüsse verkaufen, und der stolze Eigentümer Bezam Planter schreitet darin umher, trägt eine rote Samtjacke mit goldenen Kordeln...

»Hm?« flüsterte er, als Schweiß auf seiner Stirn perlte.

»Ich sagte, ich gehe jetzt«, wiederholte Schnapper. »Weitere bewegliche Bilder warten darauf, gedreht zu werden.«

»Ja, und zwar mit dem jungen Mann«, erwiderte Bezam. »Meint meine Frau. Sie sagt, die ganze Stadt spricht von ihm. Mehrere Frauen fielen fast in Ohnmacht, als es in seinen Augen glühte. Meine Frau hat ihn sich fünfmal angesehen«, fügte er mit plötzlichem Argwohn hinzu. »Und die junge Frau... Donnerwetter!«

»Keine Sorge«, sagte Schnapper und lächelte zufrieden. »Ich habe sie unter Ver...«

Jäher Zweifel huschte über sein Gesicht.

»Bis später«, verabschiedete er sich hastig und eilte nach draußen.

Bezam blieb allein zurück, und sein Blick wanderte durchs düstere, spinnwebenverhangene Innere des *Odium.* Überschäumende Phantasie stattete die dunklen Ecken mit Topfpflanzen, goldenen Schnörkelsäulen und dicken Engelchen aus. Erdnußhülsen und Knallkörner knirschten unter seinen Stiefeln. Muß hier alles reinigen lassen, dachte er. Für die nächste Vorstellung. Ich schätze, der Affe steht wieder ganz vorn in der Schlange.

Dann bemerkte er das Plakat von *Schwert der Leidenschaft.* Erstaunlich. In dem Film erschienen keine Elefanten oder Vulkane, und die Ungeheuer waren nur Trolle mit angeklebten Dingen, aber jene Nahaufnahme... Nun, alle Männer hatten geseufzt, und dann seufzten alle Frauen, und... Es war wie Magie. Bezam grinste, als er die gemalten Darstellungen von Victor und Ginger betrachtete.

Ich frage mich, womit sie jetzt beschäftigt sind, überlegte er. Wahrscheinlich essen sie Kaviar von goldenen Tellern und sitzen auf weichen Samtkissen. Ja, zweifellos ...

»Tja, Junge, in diesem Geschäft sitzt man nicht auf Samtkissen, wenn du verstehst, was ich meine«, sagte der kleine Mann.

»Ich fürchte, ich weiß nicht genau, worauf es beim Zügelhalten ankommt«, gestand Victor ein.

»Oh, das ist kein leichter Job, das Halten von Zügeln«, erwiderte der Mann. »Man muß kriechen und respektvoll-ehrfürchtig sein, und hinzu kommt eine *kleine* Prise Unverschämtheit. Die Leute wollen nicht einfach nur jemanden, der sich um ihre Pferde kümmert. Sie wollen jemanden mit Zügelhalten-*Erfahrung*.«

»Tatsächlich?«

»Sie wollen eine interessante Begegnung mit jemandem, der ihnen auf eine unterwürfig-schlagfertige Weise zu Diensten ist«, erklärte der verhutzelte Mann. »Es geht ihnen nicht nur ums Zügelhalten.«

In Victor reifte eine Erkenntnis heran.

»Es ist Schauspielerei?« fragte er.

Der verschrumpelte Wicht klopfte sich an die Seite seiner erdbeerförmigen Nase.

»Du hast es erfaßt!« bestätigte er.

Fackeln brannten in Holy Wood, und Victor bahnte sich einen Weg durch die Menge auf der Hauptstraße. Die Türen aller Schenken, Tavernen und Läden waren weit geöffnet. Wogen von Menschen und anderen Wesen schwappten zwischen ihnen hin und her. Tugelbend sprang auf und ab, um in dem Ozean aus Gesichtern Ausschau zu halten.

Er fühlte sich allein und verlassen. Er hatte Hunger. Er wollte mit jemandem sprechen, doch von ihr fehlte jede Spur.

»Victor!«

Er drehte sich um. Rock hielt wie eine Lawine auf ihn zu.

»Victor, mein Freund!« Eine Faust so groß und hart wie ein Grundstein klopfte ihm freundlich auf die Schulter.

»Oh, hallo«, sagte Tugelbend. »Äh. Wie läuft's, Rock?«

»Großartig! Großartig! Drehen *Gefährliche Gefahren im Tal der Trolle* morgen.«

»Das freut mich für dich«, behauptete Victor.

»Du mir Glück bringen!« donnerte Rock. »Rock! Was für ein Name! Komm, wir trinken was!«

Victor nahm die Einladung an. Eigentlich blieb ihm gar keine Wahl, denn Rock ergriff seinen Arm, pflügte wie ein Eisbrecher durch die Menge und zerrte den jungen Mann zur nächsten Tür.

Blaues Licht fiel dort auf ein Schild. Die meisten Morporkianer konnten Trollisch lesen, denn es handelte sich um keine sehr schwere Sprache. Kantige Runen bildeten folgende Worte: *Der blaue Lias.*

Eine Troll-Bar.

Drinnen stammte das einzige Licht von den Schmelzöfen hinter der granitenen Theke. In dem matten Glühen musizierten drei Trolle, und Victor vermutete, daß sie irgendwelche Schlaginstrumente verwendeten. Er konnte keine Einzelheiten erkennen, doch der Dezibel-Pegel erreichte ein solches Ausmaß, das der Lärm zu einer massiven Kraft wurde. Seine Augen vibrierten. Die Decke verbarg sich hinter dichten Rauchschwaden.

»Was möchtest du?« brüllte Rock.

»Ich muß doch kein geschmolzenes Metall trinken, oder?« erwiderte Victor unsicher. Er schrie aus vollem Halse, um sich verständlich zu machen.

»Wir hier haben alle möglichen Getränke für Menschen!« rief die Troll-Frau hinter der Theke. Sie erinnerte Victor eine Spur an jene Statuen, die Höhlenbewohner vor Jahrtausenden gemeißelt hatten, um Fruchtbarkeitsgöttinnen darzustellen, doch der Eindruck eines Vorgebirges überwog. »Wir hier sehr kosmopolitisch!«

»Dann möchte ich ein Bier!«

»Für mich Schwefelblumen onderocks, Rubin!« fügte Rock hinzu.

Victors Augen gewöhnten sich allmählich ans Halbdunkel, und der Lärm hatte seine Trommelfelle gnädigerweise betäubt. Er nutzte die Gelegenheit, sich in der Bar umzusehen.

Dutzende von Trollen saßen an langen Tischen, und hier und dort leisteten ihnen Zwerge Gesellschaft, was Victor sehr erstaunlich fand: Normalerweise bekämpften sich Zwerge und Trolle wie... nun, wie Zwerge und Trolle. In den Bergen vollzog sich zwischen ihnen eine Art immerwährende Vendetta. Eins stand fest: Holy Wood veränderte alles.

»Darf ich dich etwas fragen?« rief Tugelbend in Rocks spitz zulaufendes Ohr.

»Klar!« Rock stellte seinen Becher ab. Er enthielt einen purpurnen Papierschirm, der langsam verkohlte.

»Hast du Ginger gesehen? Du weißt schon? Ginger?«

»Sie bei Borgel arbeiten!«

»Nur am Morgen! Ich komme von dort! Wohin geht sie, wenn sie nicht arbeitet?«

»Wer wissen, wohin jemand gehen?«

Die Combo im Qualm verstummte plötzlich. Ein Troll griff nach einem kleinen Stein und klopfte vorsichtig damit, erzeugte einen langsamen Rhythmus, der wie Rauch an den Wänden haftete. Und daraus erschien Rubin, wie eine Galeone aus dem Nebel. Sie hatte sich eine lächerliche Federboa um den Hals geschlungen.

Sie wirkte wie Kontinentalverschiebung mit Kurven.

Sie begann zu singen.

Die Trolle erhoben sich und schwiegen. Nach einer Weile hörte Victor leises Schluchzen. Tränen rollten über Rocks Wangen.

»Was singt sie?« flüsterte er.

Rock beugte sich zu ihm herab.

»Ein altes Volkslied der Trolle«, antwortete er. »Über Bernstein und Jaspis. Sie waren ...« Er zögerte und gestikulierte vage. »Freunde. Gute Freunde?«

»Ich glaube, ich weiß, was du meinst«, erwiderte Victor.

»Eines Tages bringen Bernstein das Essen ihres Trolls in Höhle und finden ihn ...« Rock winkte erneut, mit beiden Händen, und diesmal konnte kein Zweifel daran bestehen, was die Geste bedeutete. »... und finden ihn mit anderer Troll-Frau. Deshalb sie nach Hause gehen, holen Keule, kehren zurück und erschlägt ihn, rumms, rumms, rumms. War ihr Troll und tun ihr unrecht. Sehr romantisches Lied.«

Victor starrte auf die Bühne. Rubin wankte herunter und glitt an den Gästen vorbei wie ein wandelnder Berg. Sicher wiegt sie mindestens zwei Tonnen, fuhr es Tugelbend durch den Kopf. Wenn sie sich auf mein Knie setzt, muß man mich anschließend wie einen Teppich vom Boden rollen.

»Was hat sie dem Troll gesagt?« erkundigte er sich, als Gelächter durch den Raum dröhnte.

Rock kratzte sich an der Nase. »Ein Wortspiel. Schwer zu übersetzen: ›Ist dies das legendäre Zepter des Magmas, einst König der Berge, Zerschmetterer von Tausenden, ja, sogar von Zehntausenden, Fürst des Goldenen Flusses, Regent der Brücken, Herrscher von dunklen Orten und Sieger über viele Feinde . . .‹« – Rock holte tief Luft –, »›. . . in deiner Hose, oder du nur froh, mich zu sehen?‹«

Victor runzelte die Stirn.

»Das verstehe ich nicht«, murmelte er verwirrt.

»Vielleicht ich falsch übersetzen«, entgegnete Rock und trank einen Schluck flüssigen Schwefel. »Ich gehört, daß Ungebundene Alchimisten demnächst . . .«

»Dieser Ort ist sehr seltsam, Rock«, sagte Victor plötzlich. »Spürst du das auch?«

»Was sein seltsam?«

»Alles scheint zu . . . zu *sprudeln.* Niemand verhält sich normal. Hast du gewußt, daß es hier einst eine große Stadt gab? Wo sich jetzt das Meer befindet. Eine große Stadt. Und sie ist einfach verschwunden!«

Rock rieb sich nachdenklich die Nase – sie sah aus wie der erste Versuch eines Neandertalers, eine Axt herzustellen.

»Und wie sich die Leute aufführen . . .!« fuhr Victor fort. »Als wären sie selbst und ihre Wünsche wichtiger als alles andere!«

»Ich mich fragen . . .«, begann Rock.

»Ja?« Victor wartete.

»Ich mich fragen, ob ich sollen meine Nase verkleinern lassen«, sagte Rock. »Mein Vetter Brekzie kennt da einen Steinmetz. Ihm die Ohren in Ordnung bringen. Was du meinst?«

Victor starrte ins Leere.

»Ich meinen, einerseits ist sie zu groß, aber andererseits es sein eindeutig typische Trollnase, nicht wahr? Ich meinen, vielleicht ich nach der Behandlung besser aussehen, doch in bewegliche Bilder es für Leute wie uns darauf ankommen, möglichst trollartig zu wirken, oder? Zum Beispiel Mory. Er mit Zement nachhelfen, und jetzt er ein Gesicht, dem man nicht im Dunkeln begegnen wollen. Was glaubst du? Ich großen Wert auf deine Meinung legen, weil du ein Mensch mit Ideen.«

Er schenkte Victor ein strahlendes Siliziumlächeln.

»Es ist eine großartige Nase, Rock«, erwiderte Tugelbend schließlich. »Mit dir dahinter könnte sie es weit bringen.«

Rocks Lächeln wurde zu einem breiten Grinsen, und er trank noch einen Schluck Schwefel. Er zog einen kleinen Sektquirl aus dem Becher und leckte Amethyste davon ab.

»Du glauben wirklich...«, begann er und unterbrach sich, als er den leeren Stuhl an seiner Seite bemerkte. Victor hatte die Troll-Bar verlassen.

»Ich weiß nichts von niemandem«, sagte der Zügelhalter und blickte verstohlen zum riesigen Detritus auf.

Schnapper kaute an seiner Zigarre. Trotz der neuen Kutsche war die Reise von Ankh-Morpork nach Holy Wood ziemlich anstrengend gewesen, und außerdem hatte er eine Mahlzeit versäumt.

»Großer Bursche, ein bißchen dümmlich, dünner Schnurrbart«, sagte er. »Er hat für dich gearbeitet, nicht wahr?«

Der Verhutzelte seufzte. »Er hat ohnehin nicht das Zeug zu einem guten Zügelhalter«, entgegnete er. »Läßt sich die Arbeit über den Kopf wachsen. Er ist fortgegangen, um etwas zu essen.«

Victor saß in einer dunklen Gasse, lehnte mit dem Rücken an einer Mauer und versuchte, konzentriert nachzudenken.

Er erinnerte sich daran, als Junge einmal zu lange in der Sonne gewesen zu sein. Anschließend hatte er sich so gefühlt wie jetzt.

Etwas plumpste neben seinen Füßen in den Sand.

Jemand hatte einen Hut vor ihm auf den Boden geworfen. Victor betrachtete ihn verdutzt.

Dann begann jemand damit, Harmonika zu spielen, und zwar nicht besonders gut. Die meisten Töne waren falsch, und selbst die richtigen klangen verkehrt. Irgendwo versteckte sich eine Melodie, so wie sich in jedem Hamburger eine Kleinigkeit Fleisch erwarten läßt.

Victor seufzte, zog zwei kleine Münzen aus der Tasche und warf sie in den Hut.

»Ja, ja«, sagte er. »Wirklich gut. Und nun... Bitte geh weg.«

Er bemerkte einen sonderbaren Geruch. Er ließ sich nur schwer definieren, weckte Assoziationen an den sehr alten und feuchten Läufer eines Kinderhorts.

Tugelbend sah auf.

»Wuff und Wuff«, sagte der Wunderhund Gaspode.

Borgels Fütterungsanlage hatte entschieden, an diesem Abend mit Salat zu experimentieren. Der nächste Salat produzierende Bauernhof war dreißig weite Meilen entfernt.

»Was ist das hier?« fragte ein Troll und hielt ein schlaffes, braunes Etwas in die Luft.

Fruntkun, der Koch, riet aufs Geratewohl.

»Sellerie?« Er beugte sich etwas näher. »Ja, Sellerie.«

»Ist *braun*.«

»Genau, genau«, sagte Fruntkin. »Reifer Sellerie muß braun sein. Ja, die braune Farbe zeigt Reife.«

»Das Zeug sollte *grün* sein.«

»Oh, nein«, widersprach Fruntkin. »Du meinst Tomaten.«

»Und diese schmierige Masse hier?« fragte ein Mann in der Schlange.

Der Zwerg richtete sich zu seiner vollen Größe auf.

»Das«, sagte er würdevoll, »ist Majonähse. Habe sie selbst zubereitet. Mit Hilfe eines *Buches*«, fügte er stolz hinzu.

»Ja, das kann ich mir denken«, brummte der Mann. »Ich schätze, auf Öl, Eier und Essig hast du verzichtet, wie?«

»Speßialiteh dölla mäson«, meinte Fruntkin.

»Mag sein«, erwiderte der Mann. »Allerdings greift deine Spezialität gerade meinen Kopfsalat an.«

Der verärgerte Zwerg hob den Schöpflöffel.

»Hör mal...«, begann er.

»Schon gut, schon gut.« Der Mann winkte ab. »Kein Problem. Die Schnecken haben einen Verteidigungsgürtel gebildet.«

Im Bereich der Tür gab es Unruhe, Detritus wankte herein, gefolgt von Treibe-mich-selbst-in-den-Ruin Schnapper.

Der Troll schob mehrere Wartende beiseite und starrte auf Fruntkin hinab.

»Herr Schnapper mit dir reden möchten«, grollte er und streckte die Hand über den Tresen hinweg. Er packte den Zwerg am fleckigen Hemd, hob ihn hoch und hielt die zappelnde Gestalt vor den ehemaligen Würstchenverkäufer.

»Hast du Victor Tugelbend gesehen?« fragte Schnapper. »Oder eine junge Dame namens Ginger?«

Fruntkin setzte zu einem Fluch an, überlegte es sich dann aber anders.

»Der junge Mann war vor einer halben Stunde hier«, quiekte er. »Und Ginger arbeitet morgens als Kellnerin bei uns. Weiß nicht, was sie in ihrer Freizeit macht.«

»Wo ist Victor *jetzt*?« fragte Treibe-mich-selbst-in-den-Ruin. Er holte einen Beutel hervor, in dem es klimperte. Fruntkins Augen gerieten in Bewegung, wie eine Kompaßnadel, die sich in eine Magnetversammlung verirrt hat.

»Keine Ahnung, Herr Schnapper«, antwortete er. »Offenbar suchte er nach der jungen Frau. Und er ging einfach wieder nach draußen, als er sie nicht fand.«

»Na schön«, brummte Ruin. »Wenn du ihn noch einmal siehst... Sag ihm, daß ich ihn zu einem Star machen werde. In Ordnung?«

»Zu einem Star«, wiederholte der Zwerg sofort und nickte.

Schnapper öffnete den Beutel und entnahm ihm eine Zehn-Dollar-Münze.

»Ich möchte jetzt das Abendessen für später bestellen«, fügte er hinzu.

»Abendessen, ja«, brachte Fruntkin mit vibrierender Stimme hervor.

»Ein Steak mit Garnelen wäre nicht schlecht«, fuhr Schnapper fort. »Und mit *frischem* Gemüse, natürlich verschiedene Sorten. Und als Nachtisch *frische* Erdbeeren mit Schlagsahne.«

Fruntkin starrte ihn groß an.

»Äh...«, sagte er.

Detritus gab dem Zwerg einen Stoß, so daß er hin und her baumelte.

»Und für *mich*«, donnerte der Troll. »Gut verwitterten Basalt, dazu ein Gehäufe von zerstückelte Sandstein-Konglomerate, klar?«

»Äh, ja«, bestätigte Fruntkin.

»Setz ihn ab, Detritus«, forderte Schnapper den Troll auf. »Ganz *sanft*. Sicher möchte er nicht noch länger in der Luft hängen.« Er drehte den Kopf und musterte faszinierte Gesichter.

»Denkt daran«, wandte er sich an aufmerksame Zuhörer. »Ich suche Victor Tugelbend und möchte einen Star aus ihm machen. Sagt ihm das, wenn er euch über den Weg läuft. Oh, und noch etwas, Fruntkin. Das Steak bitte blutig.«

Er schritt zur Tür.

Kurz darauf erklangen Dutzende von Stimmen gleichzeitig.

»Victor soll zu einem Star werden? Warum denn?«

»Ich wußte gar nicht, daß man Leute zu Staren machen kann. Ich dachte immer, die fliegen in der Luft herum ...«

»Ich glaube, Schnapper plant eine *Verwandlung*. Er will Victor in einen Star *verwandeln*.«

»Und wie verwandelt man jemanden in einen Star?«

»Keine Ahnung. Vielleicht soll Victor zusammengepreßt werden, und er wird geteert und gefedert.«

»*Meine* Güte!«

»Schrecklich, nicht wahr? Und das übernimmt vermutlich der Troll ...«

Victor beobachtete den Hund.

Er kann unmöglich gesprochen haben, dachte er. *Hunde sprechen nicht. Meine Phantasie spielt mir einen Streich. Schon wieder.*

»Ich frage mich, wie du heißt«, murmelte er und streichelte den Kopf des Tiers.

»Gaspode«, sagte Gaspode.

Victors Hand erstarrte auf dem schmutzigen Fell.

»Zwei Cents«, klagte das Geschöpf. »Außer mir gibt es keinen verdammten anderen Hund, der eine Harmonika spielen kann, und du wirfst nur zwei lausige Cents in den Hut.«

Es muß *die Sonne sein,* überlegte Victor. *Ich habe keinen Hut getragen. Gleich wache ich auf und spüre einen kalten Umschlag an der Stirn.*

»Nun, du hast nicht besonders gut gespielt«, erwiderte er und spürte, wie sich seine Lippen zu einem irren Lächeln verzogen. »Man konnte gar keine Melodie erkennen.«

»Man soll auch gar keine verdammte Melodie erkennen«, sagte Gaspode. Mit einem Ruck sank er auf den Boden, hob das Hinterbein und kratzte sich hingebungsvoll am Ohr. »Immerhin bin ich ein *Hund*. Von einem verdammten Menschen erwartet man, daß er verdammt erstaunt ist, wenn ich der verdammten Harmonika auch nur einen verdammten Ton entlocken kann.«

Wie soll ich es sagen? dachte Victor. *Sagt man einfach: Entschuldige, du scheinst sehr talen ... Nein, wahrscheinlich nicht.*

»Äh«, sagte er. *He, du kannst ziemlich gut sprechen, dafür daß du ein Hu... Nein.*

»Flöhe«, erklärte Gaspode, als er Ohr und Bein wechselte. »Eine wahre Plage.«

»Oh.«

»Und dann diese Trolle. Kann sie nicht ausstehen. Riechen schlecht. Wenn man versucht, sie zu beißen, spuckt man plötzlich Zähne, noch dazu die eigenen. Ich finde so etwas unnatürlich.«

Da wir gerade bei natürlichen und unnatürlichen Dingen sind: Mir fällt auf, daß du...

»Ein blöder Ort, dieser Ort«, fuhr Gaspode fort.

Du bist ein sprechender Hund.

»Du fragst dich vermutlich, wieso ich sprechen kann?« Zum zweiten Mal bedachte Gaspode Victor mit einem durchdringenden Blick.

»Daran habe ich überhaupt nicht gedacht«, behauptete Tugelbend.

»Ich auch nicht«, sagte Gaspode. »Bis vor einigen Wochen. Jahrelang kam mir kein einziges Wort über die Lippen. Habe in der großen Stadt für einen Burschen gearbeitet. Kunststücke und so. Einen Ball auf der Schnauze balancieren. Auf den Hinterbeinen trippeln. Durch Ringe springen. Nachher mit einem Hut im Maul herumlaufen. Du weißt schon. Showbusineß. Dann streichelt mir eine Frau über den Kopf und sagt: ›Oh, was für ein lieber kleiner Hund, sieht aus, als könnte er jedes Wort verstehen.‹ Und ich denke: ›Ho, ho, na klar verstehe ich jedes Wort, Verehrteste, ist doch gar nicht schwer.‹ Und dann merke ich, daß ich die Worte höre, und daß sie aus meinem eigenen Mund kommen. Tja, ich schnappe mir den Hut, nehme die Pfoten in die Pfoten und verschwinde, während die Menschen noch verblüfft die Augen verdrehen.«

»Warum?« erkundigte sich Victor.

Gaspode verdrehte jetzt selbst die Augen. »Was glaubst du wohl, was für ein Leben einen sprechenden Hund erwartet, hm? Ich hätte mein verdammtes Maul halten sollen.«

»Aber du sprichst mit *mir*«, stellte Tugelbend fest.

Gaspode musterte ihn listig.

»Ja, aber wenn du irgend jemandem was verrätst...« Eine bedeutungsvolle Pause folgte. »Wie dem auch sei: Du bist in Ordnung. Ich hab's sofort gespürt.«

»Worauf willst du hinaus?« fragte Victor.

»Du glaubst, kaum mehr die Kontrolle über dich selbst zu haben, nicht wahr?« entgegnete der Hund. »Du hast das Gefühl, etwas anderes bestimmt dein Denken, oder?«

»Meine Güte!«

»Was meinst du mit *gehetzt*?« fragte Victor.

»Du hast das typische Erscheinungsbild. Viele werden gerufen, aber nur wenige auserwählt. Etwas in der Art.«

»Was für ein *Erscheinungsbild*?«

»Du siehst aus, als hätte dich etwas hierhergeholt, ohne daß du den Grund dafür kennst.« Gaspode kratzte sich erneut am Ohr. »Übrigens: Ich habe dich als Cohen der Barbar gesehen.«

»Äh... und was hältst du davon?«

»Nun, solange der alte Cohen nichts davon erfährt, dürfte alles in Ordnung sein.«

»Ich habe gefragt: *Wann* war er hier?« rief Schnapper. Rubin stand wieder auf der kleinen Bühne und sang mit schmalziger Stimme. Es klang wie ein Schiff, das durch dichten Nebel glitt und in großen Schwierigkeiten war.

»GrooOOowwonnigghrhhooOOo...«*

»Er gerade erst gegangen!« brüllte Rock. »Und jetzt ich Lied anhören, klar?«

»...OowoowgrhhffrghooOOo...«**

Treibe-mich-selbst-in-den-Ruin stieß Detritus an, der sich langsam aufrichtete und mit offenem Mund zur Bühne starrte.

Bisher war das Leben des alten Trolls recht einfach gewesen: Leute bezahlten ihm Geld, damit er andere Leute schlug.

Jetzt kam es zu ersten Komplikationen: Rubin hatte ihm gerade zugezwinkert.

* UNTERTITEL: Und schon fieder ferliebe ich mich.« (Wörtlich übersetzt: »Wieder spüre ich, wie mir jemand einen Stein auf den Kopf schlägt, und ich genieße dieses Gefühl, denn der Stein stammt von Chondrodit, dem Troll-Gott der Liebe.«) Hinweis. Chondrodit darf nicht mit Gigalit verwechselt werden, jenem Troll-Gott, der Trollen Weisheit gibt, indem er sie mit einem Stein auf den Kopf schlägt. Auch nicht mit dem Troll-Gott Silikarus, der Trollen Glück bringt, indem er ihnen Steine auf den Kopf schmettert. Ebensowenig mit dem legendären Helden Monolith, der den Göttern das Geheimnis der Steine stahl.

** UNTERTITEL: »Farum laufe ich jetzt blau an?«

Seltsame und völlig ungewohnte Gefühle regten sich im schneller klopfenden Herzen des Trolls.

»... grooоOOOooohoofooOOoo ...«*

»Komm endlich«, zischte Schnapper.

Detritus erhob sich und warf noch einen letzten, sehnsüchtigen Blick zur Bühne.

»... ooOOOgooOOmoo. OOhhhooo.«**

Rubin hauchte ihm einen Kuß zu, und Detritus' Gesicht bekam plötzlich die Farbe von frisch geschnittenem Granat.

Gaspode führte Victor aus der Gasse und ins dunkle Hinterland der Stadt. Sträucher und Sandgras wuchsen dort.

»Mit diesem Ort stimmt was nicht«, murmelte der Hund.

»Er ist *anders*«, sagte Victor. »Was meinst du mit ›stimmt was nicht‹?«

Gaspode schien spucken zu wollen.

»Nimm mich«, fuhr er fort, ohne auf die Frage seines Begleiters zu achten. »Ich bin ein Hund. Habe immer nur daran gedacht, irgendwelchen Dingen nachzujagen. Und natürlich an Sex. Doch plötzlich träume ich. In *Farbe.* Ich war *baff.* Und erschrocken. Zum erstenmal in meinem Leben sah ich Farbe. Du hast viel gelesen, und daher weißt du sicher: Hunde sehen alles in Schwarzweiß. Aber Rot ist verdammt schockierend, kannst du mir glauben. Man hält seine Mahlzeit für einen weißen Knochen mit etwas Grau dran, und dann stellt sich heraus, daß man jahrelang gräßliches rotes und purpurnes Zeug verspeist hat.«

»Was für Träume?« fragte Victor.

»Sie sind verdammt peinlich«, grummelte Gaspode. »In einem wurde eine Brücke fortgespült, und ich mußte losrennen und eine Warnung bellen. In einem anderen steht ein Haus in Flammen, und ich rette die Kinder. Und dann haben sich Kinder in Höhlen verirrt, und ich finde sie und führe die Rettungsgruppe zu ihnen ... Verdammt, ich *hasse* Kinder. Seit einiger Zeit kann ich nicht mehr die Augen schließen, ohne davon zu träumen, Leute zu retten, Leute zu warnen,

* UNTERTITEL: »Fie soll ich mich jetzt ferhalten?«
** UNTERTITEL: »... Ich kann einfach nicht anders. Hallo, Großer.

Verbrechern das Handwerk zu legen und was weiß ich. Ich meine, ich bin sieben Jahre alt. Ich habe Flöhe, ich bin räudig. Warum muß ich unbedingt ein Held sein, wenn ich schlafe!«

»Donnerwetter«, kommentierte Victor. »Das Leben ist interessant, wenn man es aus der Perspektive einer anderen Person, äh, eines Hunds sieht.«

Gaspode blickte aus verkrusteten gelben Augen gen Himmel.

»Wohin gehen wir?« erkundigte sich Tugelbend nach einer Weile.

»Ich stelle dir einige andere Bewohner von Holy Wood vor«, erwiderte Gaspode. »Und sie werden dir beweisen, daß hier etwas *Unheimliches* geschieht.«

»Oben auf dem Hügel? Ich wußte gar nicht, daß oben auf dem Hügel Leute wohnen.«

»Es sind keine Leute«, entgegnete der Hund geheimnisvoll.

Ein kleines Feuer brannte auf der Kuppe des Holy-Wood-Hügels. Victor hatte es angezündet. Weil es ihn beruhigte. Weil es der menschlichen Verhaltensweise entsprach, Feuer anzuzünden.

Er hielt es für notwendig, sich daran zu erinnern, ein Mensch zu sein und nicht den Verstand verloren zu haben.

Es erstaunte ihn kaum mehr, mit einem Hund zu sprechen. Menschen sprachen oft mit Hunden, besser gesagt: *zu* ihnen. Das galt auch für Katzen. Und sogar für Kaninchen. Aber ein Gespräch mit Maus und Ente verdiente durchaus die Bezeichnung »sonderbar«.

»Glaubst du etwa, *wir* haben's uns gewünscht, reden zu können?« fragte das Kaninchen. »Im einen Augenblick denkst du, du bist ein ganz normales, zufriedenes Kaninchen, und im nächsten – *zack!* Kaninchen wollen glücklich sein. Und glückliche Kaninchen wollen Gras und Sex. Sie belasten sich nicht mit Fragen wie: ›Ist das alles? Gibt es da nicht noch etwas im Leben?‹«

»Ja, aber wenigstens ißt du Gras«, warf Gaspode ein. »Und Gras beklagt sich nicht. Wenn man Hunger hat, will man kein verdammtes ethisches Rätsel auf seinem Teller liegen haben.«

»Du hast Probleme ...«, jammerte die Katze. »*Ich* esse seitdem nur noch Fisch. Man legt die Pfote auf sein Futter und hört, wie es ›Hilfe!‹ ruft – da steckt man doch in einem echten Dilemma.«

Stille folgte. Alle sahen Victor an. Auch die Maus. Und die Ente. Die

Ente wirkte besonders aggressiv – vielleicht hatte sie von Entenbraten gehört.

»Ja«, sagte die Maus. »Nimm mich, zum Beispiel. *Er* dort...« – sie deutete auf den großen Kater –, »...jagt mich durch die Küche. Ich laufe hin und her, quieke, gerate in Panik... Plötzlich brodelt es in meinem Kopf, und ich sehe die Bratpfanne – verstehst du? Bis eben wußte ich gar nicht, was eine Bratpfanne ist, und jetzt halte ich den Griff in der Hand, und *er* kommt um die Ecke... *Doing*. Er taumelt und fragt: ›Wer hat mich geschlagen?‹ Und ich antworte: ›Ich.‹ Und uns wird klar, daß wir sprechen.«

»Und richtig denken«, betonte der Kater. Er war groß und schwarz, mit weißen Pfoten und Ohren wie Zielscheiben, dazu das narbige Gesicht einer Katze, die bereits acht Leben in vollen Zügen genossen hat.

»So ist es«, bestätigte die Maus.

»Sag ihm, was anschließend geschah«, wandte sich Gaspode an den Kater.

»Wir kamen hierher.«

»Von Ankh-Morpork?« fragte Victor.

»Ja.«

»Das sind dreißig Meilen!«

»Stimmt. Und glaub mir: Als Katze ist es nicht so leicht, per Anhalter zu fahren.«

»Siehst du?« knurrte Gaspode. »Es passiert dauernd. Viele Wesen zieht es nach Holy Wood. Sie kommen hierher und ahnen nicht einmal, was sie dazu bewegt. Sie wissen nur, daß es wichtig ist, hier zu sein. Und sie verhalten sich ganz anders als sonst. Ich hab's beobachtet. Etwas Unheimliches geht vor.«

Die Ente schnatterte. Irgendwo versteckten sich Worte in dem lauten Quaken, aber Victor verstand sie nicht: Schnabel und Kehlkopf schienen sich gegenseitig im Weg zu sein, und deshalb drangen nur zerstückelte Silben an Tugelbends Ohren.

Die anderen Tiere hörten voller Mitgefühl zu.

»Was ist los, Ente?« fragte das Kaninchen.

Gaspode übersetzte. »Sie meint, es sei wie mit dem Vogelzug. Das Gefühl, aufbrechen zu müssen.«

»Ach?« erwiderte das Kaninchen. »Nun, ich brauchte keinen weiten

Weg zurückzulegen. Hab schon immer hier im Bereich der Dünen gelebt.« Es seufzte. »Drei zufriedene Jahre und vier gräßliche Tage lang.«

Dem jungen Mann fiel etwas ein. »Dann hast du den Alten gekannt, der am Strand gewohnt hat?«

»Oh, ja. Der Alte. Kam häufig hierher.«

»Was hatte es mit ihm auf sich?« fragte Victor.

»Hör mal, Freundchen, bis vor vier Tagen bestand mein Vokabular aus zwei Verben und einem Substantiv. Wer oder was soll der Alte für mich gewesen sein? Wahrscheinlich habe ich ihn für einen Felsen mit Armen und Beinen gehalten.«

Victor dachte an das Buch in seiner Tasche. Beschwörungen und Feuer. Was bedeutete das alles?

»Ich weiß nicht, was hier vor sich geht«, sagte er. »Aber ich möchte es herausfinden. Nun, habt ihr Namen? Es bereitet mir Unbehagen, mit jemandem zu reden, dessen Namen ich nicht kenne.«

Gaspode hob die Schnauze. »Nur ich. Weil ich ein Hund bin. Trage den Namen des berühmten Gaspode.«

»Ein Kind hat mich einmal Mieze genannt«, ließ sich der Kater nachdenklich vernehmen.

»Ich dachte, ihr hättet vielleicht Namen in eurer eigenen Sprache«, fügte Victor hinzu. »Etwa ›Mächtige Pfote‹ oder, oder ›Flinker Jäger‹. Etwas in dieser Art.«

Er lächelte ermutigend.

Die Geschöpfe musterten ihn verwirrt.

»Er liest Bücher«, erläuterte Gaspode und kratzte sich energisch, bevor er fortfuhr: »Weißt du, normalerweise kümmern sich Tiere nicht um Namen und dergleichen. Ich meine, wir wissen, wer wir sind.«

»Obwohl ...«, sagte die Maus. »›Flinker Jäger‹ gefällt mir.«

»Ich glaube, ein solcher Name eignet sich mehr für eine Katze.« Victor spürte, wie ihm der Schweiß ausbrach. »Mäuse heißen anders, zum Beispiel ... Quieki.«

»Quieki?« wiederholte die Maus kühl.

Das Kaninchen grinste.

»Und, und ich habe vermutet, daß man Kaninchen ›Niedlicher Hüpfer‹ nennt.« Tugelbend suchte mit wachsender Verzweiflung nach den richtigen Worten. »Oder, oder ›Kuschelweich‹.«

Das Grinsen des Kaninchens gefror. Seine Ohren zuckten.

»Jetzt hör mal gut zu, Bürschchen...«, begann es.

»Wißt ihr...«, sagte Gaspode fröhlich, um das Gespräch in eine neue Richtung zu lenken. »Ich kenne da eine Legende, in der es heißt, die ersten beiden Menschen hätten allen Tieren Namen gegeben. Gibt einem zu denken, nicht wahr?«

Victor holte das Buch hervor, um über seine Verlegenheit hinwegzutäuschen. Beschwörungsgesänge und Feuer anzünden. Dreimal pro Tag.

»Der alte Mann...«, begann er.

»Was findest du an ihm so wichtig?« fragte das Kaninchen. »Er stapfte nur ein paarmal am Tag den Hügel hoch, um komische Geräusche von sich zu geben. Man konnte die Dingsbums danach stellen.« Eine kurze Pause. »He, er kam immer zur gleichen Zeit. Viele Male am Tag.«

»Dreimal. Drei Rituale. Beziehungsweise Vorstellungen, wie beim Theater.« Victors Zeigefinger strich über eine Seite.

»Wir können nicht bis drei zählen«, entgegnete das Kaninchen verdrießlich. »Bei uns heißt es eins – und viele. Viele Male.« Das Tier starrte Tugelbend an. *»Kuschelweich«*, flüsterte es zornig.

»Und es gab Leute, die brachten ihm Fische«, sagte Victor. »Bestimmt mußten sie viele Meilen weit reisen – immerhin gibt es keine anderen Orte in der Nähe. Ja, gewisse Leute segelten meilenweit übers Meer, um dem Alten Fische zu bringen. Obwohl es hier in der Bucht davon *wimmelt*. Ich bin getaucht und habe sie gesehen. Massenhaft Fische. Und geradezu riesige Hummer.«

»Wie hast du sie genannt?« fragte Kuschelweich. Offenbar neigte das Kaninchen dazu, nachtragend zu sein. »Vielleicht Hartrücken? Oder Beiß-dich-in-den-Finger?«

»Eins möchte ich klarstellen«, quiekte die Maus. »Zu Hause bin ich eine erstklassige Maus gewesen. Alle anderen Mäuse hatte großen Respekt vor mir. Ich verlange einen ordentlichen Namen. Wer mich Quieki nennt...« Sie sah zu Victor auf. »Wer mich Quieki nennt, riskiert einen bratpfannenförmigen Kopf. Habe ich mich deutlich genug ausgedrückt?«

Die Ente schnatterte fast eine Minute lang.

»Ja, schon gut, sei endlich still«, knurrte Gaspode. »Nun, die Ente meint, es gehört alles dazu. Menschen und Trolle, die hierherkommen. Tiere, die plötzlich sprechen können. Die Ente meint, dahinter steckt etwas, das sich hier befindet.«

»Woher will die Ente so etwas wissen?« fragte Victor.

»He, Freundchen«, antwortete das Kaninchen, »wenn *du* imstande bist, übers Meer zu fliegen und auch nur den richtigen *Kontinent* wiederzufinden – dann bist du *vielleicht* berechtigt, an der Weisheit von Enten zu zweifeln.«

»Oh«, erwiderte Victor. »Meinst du mysteriöse animalische Sinne?«

Die Tiere starrten ihn an.

»Wie dem auch sei ...«, sagte Gaspode. »Es muß aufhören. Für euch Menschen ist das Denken und Sprechen in Ordnung. Ihr seid daran gewöhnt. Bei uns liegt der Fall anders. Ich meine, jemand sollte der Sache auf den Grund gehen ...«

Die Blicke blieben auf Victor gerichtet.

»Nun«, brachte Tugelbend unsicher hervor, »vielleicht kann uns das Buch helfen. Die frühen Berichte sind in einer uralten, mir unbekannten Sprache verfaßt. Ich ...« Er zögerte. Zauberer waren in Holy Wood nicht willkommen. Wahrscheinlich ist es keine gute Idee, die Unsichtbare Universität und mein dortiges Studium zu erwähnen, dachte Victor. Er wählte seine Worte mit großer Sorgfalt, als er fortfuhr: »Vielleicht kenne ich jemanden in Ankh-Morpork, der jene Zeichen und Symbole entziffern kann. Er ist ebenfalls ein Tier. Ein Affe.«

»Mit mysteriösen animalischen Sinnen ausgestattet?« fragte Gaspode.

Victor nickte. »Davon hat er jede Menge.«

»Nun, wenn das so ist ...«, sagte das Kaninchen.

»Pscht«, zischte Gaspode. »Es kommt jemand.«

Unten am Hügel leuchtete eine Fackel und kletterte langsam über den Hang. Die Ente schlug mit den Flügeln, startete und flog fort. Die anderen sausten ebenfalls davon. Nur der Hund blieb in aller Ruhe sitzen.

»Willst du dich nicht verstecken?« flüsterte Victor.

Gaspode zog eine Braue hoch.

»Wuff?«

Die Fackel wanderte im Zickzack an Büschen und Sträuchern vorbei, wirkte wie ein zu groß geratenes Glühwürmchen. Manchmal verharrte sie einige Sekunden lang, um dann eine völlig neue Richtung einzuschlagen. Ihr Licht war sehr hell.

»Wer ist es?« fragte Victor.

Gaspode schnüffelte. »Ein Mensch«, antwortete er. »Eine Frau. Benutzt ein billiges Parfüm.« Die Hundeschnauze bewegte sich. »Es heißt *Spielzeug der Leidenschaft*.« Er schnupperte weiter. »Trägt saubere Kleidung, gerade gewaschen, nicht gestärkt. Alte Schuhe. Viel Make-up. Sie hat in Borgels Laden gegessen, und zwar ...« Gaspode rümpfte die Nase. »Eintopf. Eine kleine Portion.«

»Weißt du auch, wie groß sie ist?« erkundigte sich Victor spöttisch.

»Sie riecht nach eins sechsundfünfzig, vielleicht auch eins siebenundfünfzig.«

»Oh, ich *bitte* dich!«

»Geh eine Meile auf diesen Pfoten und nenn mich *dann* einen Lügner.«

Victor schob mit den Füßen Sand über das kleine Feuer und schlenderte den Hang hinab.

Die Fackel bewegte sich nicht mehr hin und her, als er sich ihr näherte. Tugelbend sah eine Frau: Ihre linke Hand hielt einen leichten Umhang geschlossen, während sie mit der anderen die Fackel gen Himmel streckte. Dann verschwand das Licht so plötzlich, daß es flimmernde blaue und purpurne Punkte auf Victors Netzhaut hinterließ. Als sie sich verflüchtigten, zeichnete sich ein kleiner dunkler Schatten vor der nächtlichen Finsternis ab.

»Was machst du...?« fragte der Schemen. »Was mache ich... Warum bist du... Wo...« Dann faßte sich die Frau, legte einen anderen geistigen Gang ein und fügte in einem viel vertrauteren Tonfall hinzu: »Wie kommst *du* hierher?«

»Ginger?« erwiderte Victor.

»Ja?«

Tugelbend zögerte. Was sagte man unter solchen Umständen?

»Äh...«, begann er. »Abends ist es hier recht hübsch, findest du nicht?«

Ginger starrte zu Gaspode.

»Das ist doch der Köter, der sich dauernd beim Studio herumtreibt, oder?« fragte sie. »Ich kann kleine Hunde nicht ausstehen.«

»Bell, bell«, antwortete Gaspode. Ginger starrte noch etwas länger, und Victor konnte fast ihre Gedanken lesen: Er hat ›Bell, bell‹ gesagt, und solche Geräusche *erwartet* man von Hunden, oder?

»Katzen sind mir viel lieber«, fuhr sie unsicher fort.

Und ganz leise: »Ach, tatsächlich? Und du wäschst dich mit deiner eigenen Spucke, was?«

»*Wie* bitte?«

Victor wich zurück und hob wie abwehrend die Hände. »Sieh mich nicht so an! Mich trifft keine Schuld!«

»Nein?« kam es scharf von Gingers Lippen. »Willst du etwa behaupten, daß der Hund gesprochen hat?«

»Wer, ich?« meinte Gaspode.

Ginger erstarrte. Langsam drehte sie den Kopf und blickte zum Hund, der sich gelassen am Ohr kratzte.

»Wuff?« sagte er.

»Der Hund hat gesprochen ...«, begann Ginger und richtete einen zitternden Zeigefinger auf ihn.

»Ich weiß«, entgegnete Victor. »Das bedeutet, er mag dich.« Er sah an der jungen Frau vorbei. Eine weitere Fackel wurde über den Hügelhang getragen.

»Hast du jemanden mitgebracht?« fragte er.

»Ich?« Ginger wandte sich um.

Das Knacken trockener Zweige begleitete den flackernden Fackelschein, und Schnapper trat aus der Nacht. Detritus folgte ihm wie ein besonders furchterregender Schatten.

»Ah-*ha*«, sagte er. »Haben wir die Turteltauben überrascht, wie?«

Victors Stirn warf sich in Falten. »Die was?«

»Die *was*?« wiederholte Ginger mit etwas mehr Nachdruck.

»Habe überall nach euch beiden gesucht«, verkündete Schnapper. »Jemand sah euch auf dem Weg hierher. Sehr romantisch. Vielleicht kann man was daraus machen. Sähe auf einem Plakat sicher nicht schlecht aus. In Ordnung.« Er schlang die Arme um Victors und Gingers Schultern. »Kommt mit.«

»Wohin?« fragte Tugelbend. »Weshalb?«

»Morgen früh drehen wir«, erwiderte Treibe-mich-selbst-in-den-Ruin.

»Herr Silberfisch sagte doch, daß ich nie wieder in dieser Stadt arbeite ...«

Schnapper setzte zu einer Antwort an und zögerte kurz. »Oh. Ja. Aber ich gebe dir noch eine Chance.« Er sprach jetzt ganz langsam. »Ja. Eine Chance. Immerhin seid ihr jung. Und eigensinnig. Bin selbst einmal jung gewesen. Schnapper, dachte ich, gib ihnen noch eine Chance, auch wenn du dich damit selbst in den Ruin treibst. Natürlich müßt ihr euch mit weniger Honorar zufriedengeben. Ein Dollar pro Tag. Nun, was haltet ihr davon?«

Victor sah die jähe Hoffnung in Gingers Gesicht.

Sein Mund klappte auf.

»Fünfzehn Dollar«, sagte eine Stimme. Sie gehörte nicht ihm.

Der Mund schloß sich wieder.

»Was?« fragte Schnapper.

Der Mund klappte auf.

»Fünfzehn Dollar pro Tag, für die erste Woche. Fünfzehn Dollar oder gar nichts.«

Der Mund schloß sich wieder und Victor rollte mit den Augen.

Schnapper überlegte.

»Das gefällt mir!« sagte er schließlich. »Jemand, der gern feilscht! Na schön. Drei Dollar.«

»Fünfzehn.«

»Fünf. Mein letztes Angebot, Junge. Hier gibt es Tausende von Leuten, die sofort bereit wären, es anzunehmen.«

»Nenn mir zwei.«

Schnapper sah zu Detritus, dessen geistesabwesender Blick in die Ferne reichte, während er voller Sehnsucht an Rubin dachte. Dann starrte er Ginger an.

»Also gut. Zehn. Weil ich euch *mag*. Aber ich treibe mich damit selbst in den Ruin.«

»Abgemacht.«

Schnapper streckte die Hand aus. Victor ergriff sie erst, nachdem er mißtrauisch auf seine eigene hinabgespäht hatte.

»Und jetzt laßt uns zurückkehren«, sagte Schnapper. »Muß eine Menge organisieren.«

Er stapfte fort. Victor und Ginger folgten ihm langsam; es fiel ihnen schwer zu verstehen, was gerade passiert war.

»Bist du übergeschnappt?« zischte die junge Frau. »Forderungen zu stellen! Wir hätten die Chance verlieren können!«

»Ich habe überhaupt nichts gesagt«, verteidigte sich Tugelbend. »Ich dachte, du ...«

»So ein Unsinn!«

Ihre Blicke trafen sich.

Sie sahen nach unten.

»Bell, bell«, kommentierte der Wunderhund Gaspode.

Schnapper drehte sich um.

»Habt ihr das ebenfalls gehört?« fragte er.

»Oh, es ist nur ... dieser Hund hier«, sagte Victor hastig. »Er heißt Gaspode. So wie der berühmte Gaspode.«

»Man hat ihn gut dressiert«, fügte Ginger boshaft hinzu. »Er beherrscht Kunststücke.«

»Ein Hund, der Kunststücke beherrscht?« Schnapper bückte sich und patschte auf Gaspodes kugelrunden Kopf.

»Knurr, knurr.«

»Du wärst erstaunt von dem, was er kann«, sagte Victor.

»Ja, erstaunt«, betonte Ginger.

»Aber er ist häßlich«, murmelte Schnapper und sah nachdenklich auf den Hund hinab. Genausogut hätte er versuchen können, einen Tausendfüßler zu einem In-den-Hintern-treten-Wettkampf herauszufordern – Gaspode war imstande, so durchdringend zu starren, daß sogar sein Spiegelbild den Blick abwandte.

Treibe-mich-selbst-in-den-Ruin schien eine Idee in Gedanken hin und her zu drehen. »Wie dem auch sei ... Bringt ihn morgen früh mit. Die Leute lachen gern.«

»Oh, ja, er ist zum Lachen«, sagte Victor. »Zum Schreien.«

Als sie weitergingen, hörte Tugelbend eine leise Stimme hinter sich. »Das zahle ich dir heim. Übrigens: Du schuldest mir einen Dollar.«

»Warum?«

»Agentenhonorar«, erklärte der Wunderhund Gaspode.

Über Holy Wood strahlten die Sterne. Es handelte sich um große Kugeln aus Wasserstoff, auf Millionen von Grad erhitzt – sie waren so heiß, daß sie nicht einmal brennen konnten. Viele von ihnen würden sich aufblähen, bevor sie starben, um anschließend zu schrumpfen und sich in winzige, verdrießliche Zwerge zu verwandeln, denen nur noch sentimentale Astronomen Interesse entgegenbrachten. Doch bis das geschah, glühten sie aufgrund einer Metamorphose, von der Alchimisten nicht einmal zu träumen wagten: Sie nahmen langweilige Elemente und erzeugten aus ihnen pures Licht.

Über Ankh-Morpork regnete es.

Die alten Zauberer drängten sich an der Elefanten-Vase zusammen. Ridcully hatte die Anweisung erteilt, sie in den Flur zurückzubringen.

»Ich erinnere mich an Riktor«, sagte der Dekan. »Dürrer Bursche. Engstirnig. Aber nicht dumm, nein, nicht dumm.«

»Häh, häh, ich entsinne mich an seinen Mäusezähler«, ließ sich Windle Poons vernehmen, der in einem uralten Rollstuhl saß. »Hat Mäuse gezählt.«

»Der Topf ist ziemlich ...«, begann der Quästor. Er unterbrach sich. »Was soll das heißen, er hat Mäuse gezählt? Wurden sie von einer Art Förderband hineingetragen oder so?«

»O nein. Man zog das Ding nur auf, weißt du, und dann summte und klickte es, und es zählte alle Mäuse im Gebäude, ähm, und dann zeigte es kleine Räder mit Zahlen drauf.«

»Warum?«

»Ähm? Keine Ahnung. Vielleicht hielt es Riktor aus irgendeinem Grund für wichtig, Mäuse zu zählen.«

Der Quästor zuckte mit den Schultern. »Dieses Gefäß ...«, sagte er und beugte sich vor. »Es ist eine alte Ming-Vase.«

Er richtete einen erwartungsvollen Blick auf die Zauberer.

»Warum heißt sie Ming?« fragte der Erzkanzler neugierig.

Der Quästor klopfte an den Gegenstand, und prompt erklang ein leises *Ming*.

»Und *Ming*-Vasen bespucken Leute mit kleinen Bleikugeln, nicht wahr?« erkundigte sich Ridcully.

»Nein, Herr. Nicht immer, Herr. Das mit den Bleikugeln gehört zur Funktionsweise des Apparats. Welchem Zweck auch immer er dient.«

... Wumm ...

»He, das Ding hat gewackelt«, stellte der Dekan fest.

... Wum ... wumm ...

Die Zauberer starrten sich an, und Panik ergriff ihre Gesichter.

»Was ist los, was ist los?« fragte Windle Poons. »Warum sagt mir niemand, was, ähm, los ist?«

... Wumm ... wumm ...

»Vielleicht sollten wir weglaufen«, schlug der Dekan vor.
»Wohin?« erklang die bebende Stimme des Quästors.
... WummWUMM ...
»Ich bin ein alter Mann, und ich *verlange,* daß mir jemand sagt, was ...«
Stille.
»Duckt euch!« rief der Erzkanzler.
Plib.
Ein kleiner Steinsplitter löste sich von der Säule hinter Ridcully.
Er hob den Kopf.
»Beidengöttern, das war verdammt kna ...«
Plib.
Die zweite Kugel riß ihm die Spitze vom Hut.
Mehrere Minuten verstrichen, während die Zauberer zitternd auf dem Boden lagen. Nach einer Weile fragte der Dekan: »Glaubt ihr, es ist jetzt vorbei?«
Der Erzkanzler hob den Kopf. Sein normalerweise rotes Gesicht glühte nun.
»*Quäää*stor!«
»Herr?«
»Man hat auf uns *geschossen*!«

Victor drehte sich auf die andere Seite.
»Wzstf«, sagte er.
»Es sein sechs Uhr, und Herr Schnapper sagen: Raus aus den Federn«, grollte Detritus. Er griff nach der Decke und zog sie vom Bett.
»Sechs Uhr?« stöhnte Victor. »Ich soll mitten in der Nacht aufstehen?«
»Ein arbeitsreicher Tag erwarten uns, meinen Herr Schnapper«, sagte der Troll. »Herr Schnapper meinen auch, du um halb sieben am Drehort eintreffen sollen. Du werden pünktlich sein.«
Victor zog sich die Hose an.
»Sicher erwartet mich ein köstliches Frühstück, nicht wahr?« fragte er mit unüberhörbarem Sarkasmus.
»Herr Schnapper haben etwas vorbereiten lassen, meinen Herr Schnapper«, erwiderte Detritus.
Etwas schnaufte unter dem Bett. Gaspode kroch darunter hervor,

schüttelte ein Kilo Staub aus dem Fell und kratzte sich zum erstenmal an diesem Tag.

»Wa . . .«, begann er. Dann sah er den Troll. »Bell, bell«, korrigierte er sich.

»Oh, ein kleiner Hund«, stellte Detritus fest. »Ich mag kleine Hunde.«

»Wuff.«

»Grr«, antwortete der Troll, aber es gelang ihm nicht ganz, das normale Maß an trollischer Gemeinheit zum Ausdruck zu bringen. Seine Gedanken kehrten immer wieder zu Rubin zurück, wie sie eine Federboa und mehrere Dutzend Quadratmeter roten Samt trug.

Gaspode kratzte sich energischer am Ohr.

»Wuff«, sagte er leise. »In einem drohenden Tonfall«, fügte er hinzu, nachdem Detritus gegangen war.

Es befanden sich bereits viele Personen am Hang des Hügels, als Victor den Drehort erreichte. Mehrere Zelte waren aufgeschlagen worden. Jemand hielt die Zügel eines Kamels. Im Schatten eines Dornbusches schnatterten Kobolde in Käfigen.

Schnapper und Silberfisch standen in der Mitte des allgemeinen Durcheinanders und stritten sich. Treibe-mich-selbst-in-den-Ruin legte dem Alchimisten den Arm um die Schultern.

»Da bahnt sich was an«, ertönte eine Stimme in Höhe von Victors Knien. »Ich schätze, jemand wird übers Ohr gehauen.«

»Du steigst dadurch eine Sprosse höher, Tom!« sagte Schnapper. »Ich meine, wie viele Leute in Holy Wood tragen den Titel ›Vizepräsident der Geschäftsleitung‹?«

»Ja, aber es ist meine Firma!« jammerte Silberfisch.

»Genau, genau«, bestätigte Schnapper. »Wenn jemand den Titel ›Vizepräsident der Geschäftsleitung‹ trägt, so bedeutet das: Ihm gehört die Firma.«

»Tatsächlich?«

»Habe ich dich jemals belogen?«

Silberfisch runzelte die Stirn. »Nun, gestern hast du gesagt . . .«

»Ich meine es *metaphorisch*«, fügte Schnapper hastig hinzu.

»Oh. Nun, wenn du es metaphorisch meinst . . . Nein, ich glaube, du hast mich nicht belogen!«

»Na bitte. Und jetzt... Wo ist der Maler?« Schnapper drehte sich um, und erweckte dadurch den Anschein, als habe er Silberfisch einfach abgeschaltet.

Jemand mit einem Aktendeckel unter dem Arm eilte herbei.

»Ja, Herr Schnapper?«

Treibe-mich-selbst-in-den-Ruin holte einen Zettel hervor.

»Die Plakate müssen bis heute abend fertig sein, klar?« warnte er. »Hier. So heißt der Film.«

»Schatten der Würste«, las der Maler. Seine Stirn legte sich in Falten. »Ich nehme an, es geht dabei um gastronomische Spezialitäten, nicht wahr?«

Schnapper hörte ihm nicht zu. Er trat auf Tugelbend zu.

»Oh, Victor!« rief er. »Teuerster!«

»Es hat ihn erwischt«, sagte Gaspode leise. »Vermutlich sogar noch schlimmer als alle anderen.«

»Was hat ihn erwischt?« flüsterte Victor. »Und woher willst du das wissen?«

»Ich entdecke Symptome bei ihm, die deiner Aufmerksamkeit entgehen«, erwiderte der Hund. »Außerdem: Er benimmt sich wie ein Idiot.«

»Ich bin ja *so* froh, dich zu sehen!« sagte Schnapper begeistert. Seine Augen flackerten.

Er legte den Arm um Victors Schulter, führte und zerrte ihn zu den Zelten.

»Wir drehen heute einen großartigen Streifen!« gab er bekannt.

»Oh, gut«, entgegnete Victor unsicher.

»Du spielst den Anführer der Räuber«, erläuterte Schnapper. »Aber du bist auch ein netter Kerl, freundlich zu Frauen und so weiter, tja, und du überfällst ein Dorf und trägst eine Sklavin fort, doch dann siehst du ihr in die Augen, ja, und du verliebst dich in sie, und dann greifen Hunderte von Männern auf Elefanten an...«

»Kamele«, sagte ein dünner junger Mann hinter Treibe-mich-selbst-in-den-Ruin. »Es sind Kamele.«

»Ich habe Elefanten bestellt!«

»Und du bekommst Kamele.«

»Kamele, Elefanten.« Schnapper winkte ab. »Wir sprechen hier von *exotischen* Dingen, nicht wahr? Und...«

»Und wir haben nur eins«, sagte der Assistent.

»Ein was?«

»Kamel«, antwortete der junge Mann. »Wir konnten nur ein Kamel auftreiben.«

»Aber wir haben Dutzende von Männern mit Bettlaken auf den Köpfen, und jeder braucht ein Kamel!« Schnapper ruderte mit den Armen. *»Jeder!«*

»Wir haben nur ein Kamel, weil es in Holy Wood nur ein Kamel gibt«, sagte der Assistent. »Und es steht uns nur deshalb zur Verfügung, weil ein Bursche aus Klatsch den ganzen weiten Weg hierher darauf geritten ist. Auf dem Kamel.«

»Du hättest uns irgendwie mehr Kamele besorgen sollen!« schnappte Schnapper.

»Herr Silberfisch hat's verboten.«

Treibe-mich-selbst-in-den-Ruin knurrte.

»Vielleicht sieht's nach mehr als nur einem Kamel aus, wenn es dauernd in Bewegung ist«, sagte der Assistent zuversichtlich.

»Wie wär's, wenn das Kamel am Bilderkasten vorbeiläuft, und dann hält der Kurbeldreher die Kurbel an, und dann führen wir das Kamel zurück, und dann setzen wir einen anderen Reiter drauf, und dann dreht der Kurbeldreher wieder die Kurbel«, meinte Victor in einem Atemzug. »Könnte doch klappen?«

Schnapper starrte ihn mit offenem Mund an.

»Ich wußte es!« teilte er dem Himmel mit. »Der Junge ist ein Genie! Auf diese Weise bekommen wir hundert Kamele zum Preis von einem.«

»Es bedeutet allerdings, daß die Räuber hintereinander reiten«, wandte der Assistent ein. »Unter einem, äh, massierten Angriff stelle ich mir eigentlich etwas anderes vor.«

»Ja, ja, schon gut«, brummte Schnapper. »Ich weiß. Wir halten einfach ein Schild vor dem Kasten, auf dem der Anführer sagt...« Er überlegte kurz. »›Folgt mir, Bwanas. Wir reiten hintereinander, um den verhaßten Feind zu täuschen.‹ Damit ist das Problem gelöst.«

Er sah Victor an. »Kennst du übrigens meinen Neffen Soll? Aufgeweckter Bursche. Hätte fast die höhere Schule besucht und so. Habe ihn gestern mitgebracht. Er ist Vizepräsident der Produktion von beweglichen Bildern.«

Soll und Victor nickten sich zu.

»Ich halte ›Bwanas‹ nicht für den richtigen Ausdruck, Onkel«, sagte Soll.

»Es ist ein klatschianisches Wort, oder?« fragte Schnapper.

»Nun, ja, aber es stammt aus dem falschen Bereich von Klatsch. Vielleicht wäre ›Efendis‹ besser...«

»Wenn's nur ausländisch klingt«, meinte Schnapper und hielt die Angelegenheit damit für erledigt. Er klopfte Victor auf den Rücken. »Also los, Junge, zieh dein Kostüm an.« Er lachte leise. »Hundert Kamele! Das nenne ich eine Idee!«

»Entschuldige bitte, Herr Schnapper«, sagte der Maler voller Unbehagen. Er hatte die ganze Zeit über in der Nähe gestanden. »Diese Stelle hier verstehe ich nicht...«

Treibe-mich-selbst-in-den-Ruin zog ihm den Zettel aus der Hand. »Welche Stelle?« fragte er scharf.

»Wo du eine gewisse Delores De Syn beschreibst...«

»Ist doch klar. Wir wollen die exotische, reizvolle und doch ferne Romantik des von Pyramiden übersäten Lands Klatsch beschwören, nicht wahr, und deshalb benutzen wir natürlich das Symbol eines geheimnisvollen und rätselhaften Kontinents, kapiert? Muß ich denn dauernd alles erklären?«

»Ich dachte nur...«, begann der Maler.

»Du sollst nicht denken, sondern Plakate malen!«

Der Maler blickte auf den Zettel. »›Sie hat das Gesicht einer Spink‹«, las er.

»Genau«, bestätigte Schnapper. »Genau!«

»Heißt es nicht Sphinx?«

»Nun hör sich einer diesen Dummkopf an!« Treibe-mich-selbst-in-den-Ruin sprach wieder Richtung Himmel. »Sie sieht nicht aus wie *zwei* davon! Eine Spink, zwei Spinks. Fang jetzt an. Morgen früh müssen die Plakate an den Mauern von Ankh-Morpork kleben.«

Der Maler warf Victor jenen schmerzerfüllten Blick zu, der Tugelbend nicht unbekannt war. Wer sich häufig in Schnappers Nähe aufhielt, trug früher oder später diesen gequälten Gesichtsausdruck.

»Wie du willst«, stöhnte der Maler.

»An die Arbeit.« Schnapper wandte sich an Victor.

»Warum bist du noch nicht umgezogen?« fragte er.

Tugelbend verschwand sofort in einem Zelt. Eine kleine alte Frau* – sie hatte die Gestalt eines runden Weißbrots – half ihm in ein Kostüm, das offenbar aus stümperhaft schwarz gefärbten Laken bestand. Andererseits: Wenn man den gegenwärtigen Zustand der Unterkünfte in Holy Wood berücksichtigte, so handelte es sich vermutlich um ganz gewöhnliche Laken, die man von irgendeinem Bett gezogen hatte. Anschließend reichte ihm die Frau ein krummes Schwert.

»Warum ist es krumm?« erkundigte sich Victor.

»Ich glaube, es soll krumm sein«, lautete die skeptische Antwort.

»Ich dachte immer, die Klingen von Schwertern müßten gerade sein«, sagte Victor. Draußen ertönte Schnappers Stimme – Treibe-mich-selbst-in-den-Ruin fragte den Himmel, warum alle anderen Leute so dumm waren.

»Vielleicht sind sie erst gerade und werden durch häufigen Gebrauch krumm«, spekulierte die alte Frau und patschte ihm auf die Hand. »Bei vielen Dingen ist das der Fall.«

Sie lächelte strahlend. »Wenn du jetzt fertig bist... Ich sollte mich besser um die junge Dame kümmern. Vielleicht haben sich gräßliche Zwerge in ihrer Nähe versteckt und beobachten heimlich, wie sie sich umzieht.«

Sie watschelte hinaus. Im Zelt nebenan klirrte es, und eine verärgerte Ginger rief unverständliche Worte.

Victor holte versuchsweise mit dem Schwert aus.

Gaspode sah ihm zu und neigte den Kopf zur Seite.

»Wen sollst du darstellen?« fragte der Hund schließlich.

»Den Anführer von Räubern in der Wüste«, erwiderte Tugelbend. »Romantisch und schneidig.«

»Schneidig? Sollst du was schneiden?«

»Keine Ahnung. Vielleicht hat man mir deshalb das Schwert gegeben. Hör mal, Gaspode: Vorhin hast du gesagt, es hätte Schnapper erwischt. Wie meinst du das?«

Der Hund knabberte an einer Pfote.

»Sieh dir seine Augen an. Sie sind noch schlimmer als deine.«

* Frau Marietta Kosmopilit, vormals Näherin in Ankh-Morpork, bis Träume sie nach Holy Wood führten, wo man ihr Geschick im Umgang mit der Nadel sehr zu schätzen wußte. Einst hatte sie gelegentlich Socken gestopft, doch nun strickte sie Kettenhemden für Trolle und konnte im Handumdrehen eine Haremhose anfertigen.

»Noch schlimmer als meine? Ist mit meinen Augen irgend etwas nicht in Ordnung?«

Detritus' massiger Kopf erschien im Eingang. »Herr Schnapper sagen, er dich jetzt brauchen.«

»Augen?« murmelte Victor. »Mit meinen Augen stimmt was nicht?«

»Wuff.«

»Herr Schnapper sagen...«, begann Detritus.

»Schon gut, schon gut! Ich komme!«

Victor ging nach draußen, und gleichzeitig trat Ginger aus dem anderen Zelt. Ein oder zwei Sekunden lang starrte er sie groß an, dann hielt er die Hand vor die Augen.

»Oh, entschuldige bitte«, brachte er hervor. »Ich warte drinnen, bis du angezogen bist.«

»Ich *bin* angezogen.«

»Herr Schnapper sagt...«, grollte Detritus hinter ihnen.

»Komm.« Ginger griff nach Victors Arm. »Gehen wir.«

»Aber du... dein...« Tugelbend blinzelte durch die Finger auf den Boden, was ihm kaum über seine Verlegenheit hinweghalf. »Du hast einen Nabel in deinem Diamanten«, sagte er hilflos.

»Daran habe ich mich gewöhnt«, entgegnete Ginger. Sie räkelte sich, um sich zu vergewissern, daß alles richtig saß. »Allerdings... Die beiden Kochtopfdeckel bereiten mir noch einige Probleme. Das zeigt einem, wie sehr die armen Haremfrauen leiden.«

»Und es macht dir nichts aus, daß dich andere Leute so sehen?« fragte Victor verblüfft.

»Warum sollte es mir etwas ausmachen? Wir sind hier bei den beweglichen Bildern! Dies ist nicht die *Wirklichkeit.* Und außerdem: Du wärst schockiert, was manche Mädchen für weniger als zehn Dollar pro Tag tun müssen.«

»Neun«, sagte Gaspode hinter Victors Füßen.

»Also gut, Leute, kommt her!« rief Schnapper durch ein Sprachrohr. »Die Söhne der Wüste bitte dort drüben hin. Was die Sklavinnen betrifft... Wo sind die Sklavinnen? Oh, gut. Kurbeldreher?«

»Ich habe noch nie so viele Personen bei den Dreharbeiten eines Streifens gesehen«, hauchte Ginger. »Der kostet sicher mehr als hundert Dollar!«

Victor betrachtete die Söhne der Wüste. Sie ließen sich folgendermaßen beschreiben: Offenbar hatte Schnapper Borgels Schuppen besucht und die erstbesten zwanzig hungrigen Gäste engagiert, die in unmittelbarer Nähe der Tür saßen oder standen, wobei ihre Eignung überhaupt keine Rolle spielte. Es gab trollische Söhne der Wüste – Rock erkannte Tugelbend und winkte ihm zu –, zwergische Söhne der Wüste und, ganz hinten, einen kleinen, haarigen und sich hingebungsvoll kratzenden Sohn der Wüste. Sie alle trugen Schnappers Vorstellung von angemessenem Räuber-in-der-Wüste-Kopfschmuck – beim letzten Wüstensohn reichte er bis zu den Pfoten.

»... greifst du sie, bist hingerissen von ihrer Schönheit und wirfst sie über deinen Knauf.« Schnappers Stimme bahnte sich einen Weg in Victors Bewußtsein.

Verzweifelt bat er sein Gedächtnis, die Anweisungen noch einmal zu wiederholen.

»Über meinen was?« fragte er.

»Über den Knauf«, raunte ihm Ginger dazu. »Das ist ein Teil des Sattels.«

»Oh.«

»Und dann reitest du in die Nacht, gefolgt von den übrigen Söhnen der Wüste, und ihr singt ein Wüstenräuberlied ...«

»Das kann niemand hören«, warf Soll ein. »Aber wenn sie den Mund öffnen und schließen, entsteht eine gewisse, du weißt schon, Atmosphäre.«

»Aber es ist nicht Nacht«, wandte Ginger ein. »Es ist hellichter Tag.«

Schnapper starrte sie an.

Sein Mund klappte auf.

Sein Mund klappte wieder zu.

»Soll!« rief er.

»Des Nachts können wir nicht *drehen,* Onkel«, sagte der Neffe hastig. »Weil die Kobolde im Dunkeln nichts *sehen.* Ich schlage vor, wir zeigen ein Schild mit der Aufschrift: ›Nacht‹. Dann wissen die Zuschauer ...«

»Wo bleibt da die Magie der beweglichen Bilder?« heulte Schnapper. »Sie bleibt auf der Strecke!«

»Entschuldige.« Victor trat vor. »Es ist doch unwichtig, wann wir drehen, oder? Ich meine, die Kobolde können bestimmt einen schwarzen Himmel mit Sternen dran malen.«

Kurze Stille folgte. Schnapper sah zu Gaffer.

»Können sie das?«

»Nee«, erwiderte der Kurbeldreher. »Es ist schon schwer genug, sie dazu zu bringen, sichtbare Dinge zu malen. Von unsichtbaren ganz zu schweigen.«

Schnapper rieb sich die Nase.

»Ich bin zu Verhandlungen bereit.«

Gaffer zuckte mit den Achseln. »Das hat wohl kaum einen Zweck. Was sollen die kleinen Dämonen mit Geld anfangen? Sie würden es nur essen. Wenn wir sie auffordern, etwas zu malen, das gar nicht existiert... Sie geraten völlig durcheinander.«

»Vielleicht leuchtet ein sehr heller Vollmond am Himmel«, sagte Ginger.

»Gute Idee«, lobte Schnapper. »Wir zeigen ein Schild, auf dem Victor zur Sklavin sagt: ›Heute nacht ist der Mond sehr hell, nicht wahr, Bwana?‹«

»Etwas in der Art«, entgegnete Soll diplomatisch.

Mittag. Holy Wood glänzte unter der Sonne, wie ein nach Sekt schmeckendes, halbausgelutschtes Weingummi. Der Kurbeldreher Gaffer drehte die Kurbel. Komparsen eilten begeistert hin und her. Schnapper nutzte jede Gelegenheit, um jemanden anzuschreien. Und kinematographische Geschichte fand statt: Drei Zwerge, vier Menschen, zwei Trolle und ein Hund ritten auf dem gleichen Kamel und schrien entsetzt, weil es nicht stehenblieb.

Schließlich stellte man Victor dem Tier vor. Es musterte ihn unter langen Wimpern hinweg. Als es sich hinkniete, erweckte es den Eindruck eines Kamels, das nach einem langen Morgen mit der Geduld fast am Ende war. Bisher hatte es schon drei Leute getreten.

»Wie heißt es?« fragte Tugelbend argwöhnisch.

»Dreimal verfluchtes Mistvieh«, antwortete der vor kurzer Zeit ernannte Vizepräsident für die Verwaltung von Kamelen.

»Das klingt nicht wie ein Name.«

»Oh, das ist genau der richtige Name für dieses Kamel«, versicherte der Vizepräsident.

»Es gibt nichts daran auszusetzen, Mistvieh zu heißen«, knurrte es hinter ihm. »Mich hat man häufig Mistvieh genannt, ebenso meinen Vater, du blöder, Nachthemd tragender Hampelmann.«

Der Vizepräsident lächelte nervös und drehte sich um. Als er niemanden sah, senkte er langsam den Blick.

»Wuff«, sagte Gaspode und wedelte mit etwas, das fast ein Schwanz gewesen wäre.

»Jemand hat etwas gesagt«, meinte der Vizepräsident unsicher. »Hast du doch auch gehört, nicht?«

»Nein«, log Victor. In der Hoffnung, daß dieses Kamel zu den speziellen Holy-Wood-Tieren gehörte, beugte er sich zu den Ohren vor und flüsterte: »Weißt du, ich bin ein Freund.«

Dreimal verfluchtes Mistvieh wackelte mit dem Ohr.*

»Wie reitet man da drauf?« fragte Victor.

»Wenn's nach vorn gehen soll, flucht man und schlägt mit einem Stock zu. Und wenn man möchte, daß es stehenbleibt... – dann flucht man und schlägt noch fester.«

»Und wie bringt man es dazu, sich umzudrehen?«

»Oh, nun, in einem solchen Fall steigst du besser ab und ziehst ordentlich an den Zügeln.«

»Seid ihr soweit?« rief Schnapper ins Sprachrohr. »Victor, du reitest zum Zelt, springst vom Kamel herunter, kämpfst gegen die großen Eunuchen, stürmst ins Zelt, trägst die Sklavin nach draußen, steigst wieder auf und reitest fort. Alles klar? Schaffst du das?«

»Welche großen Eunuchen meinst du?« fragte Victor, als sich das Kamel nach oben hin entfaltete.

Einer der großen Eunuchen hob verlegen die Hand.

»Ich, Mory.«

»Oh, hallo, Mory.«

»Hallo, Vic.«

»Und ich, Rock«, sagte der zweite große Eunuch.

»Hallo, Rock.«

»Hallo, Vic.«

»Auf die Plätze!« rief Schnapper. »Und nun... Was ist denn, Rock?«

* Kamele sind viel zu intelligent, um ihre Intelligenz zu zeigen.

»Äh, ich mich gerade fragen... Was mich in dieser Szene motivieren?«

»Was dich motiviert?«

»Ja«, bestätigte Rock. »Äh. Ich muß wissen darüber Bescheid. Über meine Motivation, äh.«

»Wie wär's hiermit: Wenn du die Sache vermasselst, wirst du gefeuert.«

Der Troll grinste. »In Ordnung, Herr Schnapper.«

»Also gut.« Treibe-mich-selbst-in-den-Ruin holte tief Luft. »Achtung, es geht los. Und... *Aufnahme!*«

Dreimal verfluchtes Mistvieh drehte sich unbeholfen und schien dabei die Beine in vier verschiedene Richtungen zu strecken. Dann begann es mit einem komplizierten Trab.

Die Kobolde im Bilderkasten malten mit erzwungenem Fleiß.

Die Luft glitzerte...

Und Victor erwachte. Er glaubte, langsam aus einer rosaroten Wolke aufzusteigen – oder aus einem wundervollen Traum, dessen Bilder sich im Tageslicht verflüchtigen, obwohl man versucht, sie festzuhalten. Bei solchen Gelegenheiten hat man das schreckliche Gefühl, etwas Herrliches zu verlieren, und man weiß: Ganz gleich, was der neue Tag bringt – es kann nicht annähernd so gut sein wie der Traum.

Tugelbend blinzelte. Die Bilder verblaßten. Er spürte dumpfen Schmerz in den Muskeln, als hätte er sich sehr angestrengt.

»Was ist passiert?« murmelte er.

Er sah nach unten.

»Donnerwetter!« entfuhr es ihm. Ein kaum verhüllter Hintern lag dort, wo sich eben noch der Hals eines Kamels erstreckt hatte. Dieser Anblick brachte eine deutliche Verbesserung.

»Warum liege ich auf einem Kamel?« fragte Ginger eisig.

»Keine Ahnung. Wolltest du nicht schon immer mal auf einem Kamel liegen?«

Sie rutschte vom Hals des dreimal verfluchten Mistviehs und versuchte, ihr spärliches Kostüm zurechtzurücken.

Etwa zu diesem Zeitpunkt wurden sich sowohl Ginger als auch Victor der Zuschauer bewußt.

Das waren: Schnapper; sein Neffe; der Kurbeldreher; die Komparsen; verschiedene Vizepräsidenten sowie anderen Leute, die überall dort erschienen, wo man gerade bewegliche Bilder dreht*; und der Wunderhund Gaspode.

Alle starrten sie mit offenem Mund an. Bis auf Gaspode, der leise kicherte.

Der Kurbeldreher drehte die Kurbel noch immer. Dann blickte er sie an, als sei ihre Existenz etwas völlig Neues für ihn. Er ließ die Hand sinken.

Schnapper schien aus einer tiefen Trance zu erwachen.

»*Meine* Güte«, hauchte er. »Ist das zu fassen?«

»Magie«, kam es von Solls Lippen. »Echte *Magie*.«

Schnapper gab dem Kurbeldreher einen Stoß in die Rippen.

»Hast du alles im Kasten?«

»Im Kasten?« fragten Ginger und Victor synchron.

Dann bemerkte Tugelbend den im Sand hockenden Mory. An seinem Arm fehlte ein Stück; Rock behandelte die Wunde mit Kelle und Zement. Der Troll sah Victors Gesichtsausdruck und lächelte schief.

»Du dich für Cohen den Barbar halten, wie?«

»Ja«, fügte Rock hinzu. »Kein Anlaß, ihn so zu nennen, wie du ihn genannt hast. Und wenn du wollen das Schwert weiterhin so wild schwingen, verlangen wir einen zusätzlichen Dollar pro Tag – als Schmerzensgeld.«

Die Klinge von Victors Schwert wies mehrere tiefe Dellen auf. Die Ursache dafür war ihm ein Rätsel.

»Hört mal...«, sagte er verzweifelt. »Ich verstehe das nicht. Ich habe nie irgend jemanden irgendwie genannt. Und, und wann drehen wir die Szene?«

»Eben sitze ich noch im Zelt, und plötzlich atme ich Kamelgestank«, beklagte sich Ginger. »Ist es zuviel verlangt, wenn ich um eine Erklärung bitte?«

Niemand beachtete sie.

»*Warum* haben wir noch keine Möglichkeit, den beweglichen Bildern Ton hinzuzufügen?« stieß Schnapper hervor. »Der Dialog war verdammt gut. Ich habe kein Wort davon verstanden, aber es hat nach einem verdammt guten Dialog geklungen.«

* Einige von ihnen hielten Klemmbretter in der Hand.

»Papageien«, erwiderte der Kurbeldreher. »Die grünen Biester aus dem Wiewunderland. Erstaunliche Vögel. Können es mit jedem Elefanten aufnehmen, wenn's ums Gedächtnis geht. Zwei Dutzend von ihnen in verschiedenen Größen, und man hat ein ganzes Orchester...«

Schnapper und Gaffer besprachen die technischen Einzelheiten.

Victor stieg ab, duckte sich unter dem Hals des Kamels hinweg und trat zu Ginger.

»Es war wie beim letztenmal«, sagte er aufgeregt. »Nur noch stärker. Wie eine Art Traum. Der Kurbeldreher drehte die Kurbel, und daraufhin begann der Traum.«

»Ja, aber was ist eigentlich *geschehen*?« fragte Ginger.

»Victor reiten mit Kamel zum Zelt«, erzählte Rock. »Er abspringen, stürmen wie Irrer heran, heben das krumme Schwert...«

»... springen auf Felsen und lachen...«, warf Moräne ein.

»Ja, und sagen zu Mory: ›Jetzt bist du dran, du niederträchtiger Schwarzer Wächter.‹ Und dann hauen ihm Stück aus Arm. Und dann schneiden Loch ins Zelt...«

»Gute Arbeit mit Schwert«, sagte Mory anerkennend. »Bißchen protzig, aber sonst nicht übel.«

»Ich weiß doch gar nicht, *wie*...« begann Victor.

»... und Ginger liegen ganz schlimmlich da«, fuhr Rock fort. »Und du heben sie hoch, und sie sagen...«

»Schlimmlich?« wiederholte Ginger.

»Sinnlich«, übersetzte Victor. »Ich glaube, er meint sinnlich.«

»Und sie sagen: ›Na so was, der Dieb von... von...‹« Rock zögerte. »Ich glaube, Ginger sagen ›Pack das‹.«

»Backdatt«, korrigierte Mory und rieb sich den Arm.

»Ja, und dann sie sagen: ›Du bist in großer Gefahr, denn mein Vater hat geschworen, dich zu töten.‹ Und Victor sagen: ›Oh, liebliche Rose, ich kann nun aller Welt zeigen, wer ich wirklich bin: der Schatten der Wüste...‹«

»Was *heißt* sinnlich?« erkundigte sich Ginger mißtrauisch.

»Und Victor sagen: ›Komm, flieg mit mir zu meiner Kasba‹, oder so. Und dann er geben ihr ein, einen... äh, Menschen machen es mit ihren Lippen...«

»Ich habe gepfiffen?« fragte Victor ohne große Hoffnung.

»Nein«, widersprach Rock. »Etwas anderes. Klingen wie ein Korken, den man aus Flasche ziehen.«

»Er meint einen Kuß«, stellte Ginger kühl fest.

»Ja, genau«, entgegnete Rock. »Nun, mit menschlichen Küssen kennen ich mich nicht besonders gut aus, aber er ziemlich lange dauern. Er war sehr, ihr wißt schon, küssig.«

»Ich dachte schon, daß ein Eimer mit kaltem Wasser nötig wird«, kommentierte eine leise Hundestimme in Victors Rücken. Er trat nach hinten, verfehlte jedoch das Ziel.

»Und dann Victor wieder auf dem Kamel und ziehen Ginger hoch, und Herr Schnapper rufen: ›Halt, halt, was geht hier vor, warum sagt mir niemand, was hier vorgeht!‹« sagte Rock. Er sah Tugelbend an. »Und dann du fragen: ›Was ist passiert?‹«

»Habe schon lange niemanden mehr gesehen, der Schwert so gut schwingen«, ließ sich Mory vernehmen.

»Oh«, ächzte Victor. »Äh. Danke.«

»Und dann die Rufe«, fügte Mory hinzu. »›Ha!‹ und ›Hab dich, du Hund!‹ Sehr professionell.«

»Ich verstehe.« Victor tastete nach Gingers Arm.

»Wir müssen miteinander reden«, flüsterte er. »Unter vier Augen. Hinter dem Zelt.«

»Wenn du glaubst, daß ich mit dir irgendwohin gehe, wo ich *allein* mit dir bin ...«

Eine schwere Hand legte sich auf Victors Schulter. Er drehte sich um und sah Detritus, der ihn wie eine wandelnde Sonnenfinsternis in den Schatten stellte.

»Herr Schnapper nicht möchten, daß jemand fortgehen«, grollte er. »Herr Schnapper meinen, alle müssen hierbleiben.«

»Du kannst einem wirklich auf den Geist gehen«, brummte Victor. Detritus schenkte ihm ein funkelndes Lächeln.*

»Herr Schnapper mir anbieten, *Vizepräsident* zu werden«, verkündete er stolz.

»Und für was sollst du zuständig sein?« erkundigte sich Victor.

»Für Vizepräsidenten.«

Der Wunderhund Gaspode gab ein leises Knurren von sich. Das

* Troll-Zähne bestehen aus Diamanten.

Kamel hatte bisher gelangweilt den Himmel begutachtet, drehte sich jetzt um, trat mit den Hinterbeinen zu und traf Detritus am Allerwertesten. Der Troll heulte überrascht auf. Gaspodes Miene zeigte zufriedene Unschuld.

»Komm«, sagte Victor zu Ginger. »Während Detritus mit dem Kamel beschäftigt ist.«

Sie traten hinters Zelt und setzten sich dort in den Schatten.

»Eins möchte ich klarstellen«, sagte Ginger kühl. »Ich habe mich noch nie bemüht, sinnlich auszusehen.«

»Wäre vielleicht einen Versuch wert«, erwiderte Victor geistesabwesend.

»Was?«

»Entschuldige. Irgend etwas bringt uns dazu, diese Dinge zu tun. Ich weiß gar nicht, wie man mit einem Schwert umgeht. Habe immer nur damit herumgefuchtelt. Und du? Was hast du dabei empfunden?«

»Stell dir vor, du hörst, wie jemand etwas sagt – und plötzlich wird dir klar, daß du mit offenen Augen geträumt hast.«

»Unser eigenes Leben scheint an die Seite zu treten, um für etwas anderes Platz zu machen.«

Sie dachten darüber nach.

»Glaubst du, es gibt einen Zusammenhang mit Holy Wood?« fragte Ginger.

Victor nickte. Dann machte er einen Hechtsprung seitwärts und landete auf Gaspode, der sie beobachtet hatte.

»Jaul«, sagte Gaspode.

»Jetzt hör mal *gut* zu«, zischte ihm Victor ins Ohr. »Keine Andeutungen mehr. Was hast du mitgekriegt? Ich erwarte eine klare Antwort. Sonst stehst du auf dem Speisezettel von Detritus – mit Senf.«

Der Hund wand sich unter seinem Griff.

»Oder wir legen dir einen Maulkorb an«, drohte Ginger.

»Ich bin nicht gefährlich!« jammerte Gaspode und kratzte mit den Pfoten im Sand.

»Ein sprechender Hund erscheint mir sogar *sehr* gefährlich«, entgegnete Victor.

»Geradezu entsetzlich«, fügte Ginger hinzu. »Man weiß nie, was er sagen könnte.«

»Da seht ihr's, da seht ihr's«, stöhnte Gaspode. »Man gerät nur in

Schwierigkeiten, wenn man anderen Leuten zeigt, daß man sprechen kann. So etwas sollte einem Hund einfach nicht passieren.«

»Aber es *ist* passiert«, betonte Victor. »Und dich erwartet ein noch viel schlimmeres Schicksal, wenn du nicht endlich auspackst.«

»Schon gut, schon gut«, brummte Gaspode. »Ihr laßt mir ja keine Wahl.«

Tugelbend entspannte sich. Der Hund hob den Kopf und schüttelte Sand aus dem Fell.

»Ihr könnt es ohnehin nicht verstehen«, knurrte er. »Ein anderer Hund wäre dazu in der Lage, aber ihr nicht. Es geht dabei um Spezies-Erfahrung. Wie das Küssen. *Ihr* wißt, was es damit auf sich hat, aber mir bleibt es ein Rätsel. Küssen liegt außerhalb des Erfahrungshorizonts von Hunden.« Gaspode sah Victors warnenden Blick und fuhr hastig fort: »Es ist so als... als gehört ihr hierher.« Er beobachtete seine beiden Zuhörer einige Sekunden lang. »Na bitte, na bitte. Ich *wußte,* daß ihr es nicht versteht. Denkt dabei an eine Art... *Revier.* Bei euch deuten alle Anzeichen darauf hin, daß ihr genau dort seid, wo ihr sein sollt. Fast alle anderen sind fremd hier, aber ihr nicht. Äh. Zum Beispiel... Vielleicht ist euch aufgefallen, daß Hunde bellen, wenn ihr einen fremden Ort besucht. Nun, wir können nicht nur gut riechen, sondern spüren auch, wenn, äh, Ort und Person nicht zueinander passen. Wie Menschen, die nervös werden, wenn sie ein schief hängendes Bild sehen. Es ist so ähnlich, und wir fühlen es ganz deutlich. Ich habe den Eindruck, daß es für euch nichts anderes gibt, nur noch Holy Wood.« Gaspode musterte die beiden Menschen und kratzte sich emsig am Ohr.

»Verdammt«, sagte er dann. »Das Problem ist: Ich könnte es auf Hundisch erklären, aber das versteht ihr ja nicht.«

»Klingt alles ein bißchen mystisch«, kommentierte Ginger.

»Du meintest, mit meinen Augen stimmt was nicht«, erinnerte sich Victor.

»Ja. Hast du sie dir angesehen?« Gaspode nickte Ginger zu. »Dir stelle ich die gleiche Frage.«

»Sei nicht dumm«, erwiderte Victor. »Wie sollen wir unsere eigenen Augen ansehen?«

Der Hund zuckte mit den Hundeschultern. »Seht sie euch gegenseitig an«, schlug er vor.

Reflexartig wandten sie sich einander zu.

Lange, verblüffte Stille folgte. Gaspode nutzte sie, um laut an einen Zeltpflock zu urinieren.

Schließlich sagte Victor: »Donnerwetter.«

Und Ginger: »Sehen meine genauso aus?«

»Ja. Tut es weh?«

»Das fragst du *mich*?«

»Jetzt wißt ihr Bescheid«, meinte Gaspode. »Und beobachtet Schnapper, wenn ihr ihm das nächste Mal begegnet. Seht ihn euch *genau* an.«

Victor rieb sich die Augen, die nun zu tränen begannen. »Es ist so, als... Holy Wood hat uns hierhergerufen, nimmt irgendwie Einfluß auf uns und, und...«

»Und hat uns *ausgezeichnet*«, sagte Ginger bitter. »Anders läßt es sich nicht ausdrücken.«

»Eigentlich wirkt es recht anziehend«, entgegnete Victor galant. »Gibt unseren Augen ein hübsches Funkeln.«

Ein Schatten fiel auf den Sand.

»Ah, hier seid ihr«, sagte Schnapper. Als Victor und Ginger aufstanden, schlang Treibe-mich-selbst-in-den-Ruin die Arme um ihre Schultern. »Ach, ihr jungen Leute«, fuhr er schelmisch fort. »Verschwindet dauernd, um irgendwo allein zu sein. Großartig. Toll. Sehr romantisch. Aber wir müssen einen Streifen drehen, und viele Leute stehen tatenlos herum, weil sie auf euch warten. Kommt jetzt.«

»Seht ihr, was ich meine?« fragte Gaspode leise.

Wenn man wußte, wonach man suchen mußte, konnte man es gar nicht übersehen.

Genau in der Mitte von Schnappers Pupillen glitzerten winzige goldene Sterne.

Im Herzen des großen dunklen Kontinents Klatsch kündigte schwüle Luft den Monsun an.

Ochsenfrösche quakten im Schilf am langsam dahinfließenden braunen Strom*. Krokodile dösten im Schlamm.

Die Natur hielt den Atem an.

* Takt und Anstand lassen es leider nicht zu, ihr Quaken zu übersetzen.

Aus Azhural N'choates Taubenschlag ertönte plötzlich lautes Gurren. Der Viehhändler stemmte sich aus dem Schaukelstuhl auf der Veranda, um den Grund für die Aufregung herauszufinden.

In den Pferchen hinter der Hütte lagen einige müde, gähnende und wiederkäuende exotische Sonderangebote. Sie sahen überrascht auf, als N'choate mit einem Satz die Verandatreppe hinuntersprang und heranstürmte.

Azhural rannte an den Zebras vorbei und eilte zu seinem Assistenten M'Bu, der in alle Ruhe die Strauße ausmistete.

»Wie viele...« Er unterbrach sich und schnaufte hingebungsvoll.

Der zwölfjährige M'Bu ließ die Schaufel sinken und klopfte ihm auf den Rücken.

N'choate versuchte es erneut. »Wie viele...«

»Hast du's wieder übertrieben, Boß?« fragte M'Bu besorgt.

»Wie viele Elefanten haben wir?«

»Ich bin eben bei ihnen gewesen«, sagte M'Bu. »Es sind insgesamt drei.«

»Bist du sicher?«

»Ja, Boß«, antwortete M'Bu ruhig. »Bei Elefanten ist es ziemlich einfach, ganz sicher zu sein.«

Azhural ging in die Hocke, nahm einen Stock und kratzte Zahlen in den roten Sand.

»Der alte Muluccai verfügt sicher über ein halbes Dutzend«, murmelte er. »Und Tazikel hat für gewöhnlich zwanzig oder so, und die Leute im Delta haben meistens...«

»Braucht jemand Elefanten, Boß?«

»...fünfzehn, und dann das Holzfällerlager, dort gibt's vielleicht zwei Dutzend...«

»Braucht jemand *viele* Elefanten, Boß?«

»...außerdem war die Rede von einer Herde in T'etse, eigentlich kein Problem, und dann die Täler, drüben bei...«

M'Bu lehnte sich an den Zaun und wartete.

»Etwa zweihundert, mehr oder weniger.« Azhural warf den Stock beiseite. »Nicht annähernd genug.«

»Bei Elefanten ist ein Mehr-oder-weniger ausgeschlossen, Boß«, sagte M'Bu mit fester Stimme. Die Erfahrung lehrte ihn, daß einem beim Zählen von Elefanten kein Fehler unterlaufen konnte. Ein Mann mochte nicht genau wissen, wie viele Frauen er hatte, aber bei Elefanten sah die Sache ganz anders aus. Entweder hatte man einen, oder man hatte ihn nicht.

»Unser Vertreter in Klatsch hat eine Bestellung über ...« – Azhural schluckte –, »... tausend Elefanten entgegengenommen. Tausend! Sofort! Barzahlung bei Lieferung!«

Der Zettel rutschte aus Azhurals Fingern. »Wir sollen sie zu einem Ort namens Ankh-Morpork bringen«, sagte er niedergeschlagen und seufzte. »Schade.«

M'Bu rieb sich das Kinn und sah zu den Wolken über dem F'twangi-Berg auf. Es würde nicht mehr lange dauern, bis der Regen prasselnd auf die trockenen Steppen trommelte.

Nach einer Weile bückte er sich und griff nach dem Stock.

»Was machst du da?« fragte Azhural.

»Ich zeichne eine Karte, Boß«, antwortete M'Bu.

Der Viehhändler schüttelte den Kopf. »Laß nur, Junge. Ich schätze, uns trennen dreitausend Meilen von Ankh. Es ist nur ein schöner Traum, weiter nichts. Zu viele Meilen und zuwenig Elefanten.«

»Wir könnten den Weg über die Ebene nehmen«, sagte M'Bu. »Da gibt es genug Elefanten. Wir schicken Kuriere voraus. Und unterwegs fangen wir noch weitere Elefanten, kein Problem. Auf der Ebene wimmelt es von verdammten Elefanten.«

»Nein, wir müssen an der Küste entlang.« Azhural malte eine lange gewölbte Linie in den Sand. »Wegen des Dschungels *hier*...« Er klopfte auf den ausgedörrten Boden. »... und *hier*.« Er klopfte erneut, diesmal auf den Kopf einer verblüfften Heuschrecke, die das Pochen mit dem Beginn des Regens verwechselt hatte. »Es gibt keine Straßen im Dschungel.«

M'Bu nahm den Stock und zog eine gerade Linie mitten durch den imaginären Urwald.

»Wo tausend Elefanten marschieren, braucht man keine Straßen, Boß.«

Azhural dachte darüber nach. Nach einigen Sekunden griff er nach dem Stock und fügte dem Dschungel einige Zacken hinzu.

»Aber dort liegen die Berge der Sonne«, stellte er fest. »Sind sehr hoch. Mit vielen Schluchten. Und ohne Brücken.«

M'Bu nahm den Stock, deutete auf den Dschungel und lächelte.

»Ich weiß, wo es erstklassiges Bauholz von gerade gefällten Bäumen gibt, Boß.«

»Tatsächlich? Na schön, Junge, aber wie gelangen wir ins Gebirge?«

»Zufälligerweise sind tausend sehr starke Elefanten dorthin unterwegs, Boß.«

M'Bu lächelte wieder – bei seinem Stamm war es üblich, die Zähne so zu schleifen, daß sie spitz zuliefen* – und reichte den Stock zurück.

Azhurals Mund klappte langsam auf.

»Bei den sieben Monden von Nasreem«, hauchte er. »Wir könnten es schaffen. Wenn wir diese Richtung einschlagen, sind's nur dreizehn- oder vierzehnhundert Meilen. Vielleicht sogar noch weniger. Meine Güte, wir könnten es schaffen.«

»Ja, Boß.«

»Weißt du, mein ganzes Leben lang wollte ich etwas Großartiges leisten«, fuhrAzhural fort. »Etwas, das wirklich die Bezeichnung *großartig* verdient. Ich meine, ein Strauß hier, eine Giraffe dort – später erinnert sich kaum jemand daran, oder?« Er starrte zum Horizont, über dem sich von Purpur bis Dunkelgrau alle möglichen Farben mischten. »Wir *könnten* es schaffen, nicht wahr?«

»Klar, Boß.«

»Über die Berge der Sonne hinweg!«

»Ja, Boß.«

Ein aufmerksamer Beobachter konnte weiße Flecken über der Mischung aus Purpur und Grau erkennen.

»Es sind ziemlich hohe Berge«, sagte Azhural mit leichtem Zweifel.

»Berg rauf, Berg runter«, erwiderte M'Bu schlicht.

»Stimmt«, pflichtete ihm Azhural bei. »Ich meine, im *Durchschnitt* ist alles flach.«

Erneut blickte er zu den Bergen.

»Tausend Elefanten«, murmelte er. »Weißt du was, Junge? Als man die Pyramide des Königs Leonid von Ephebe baute... Hundert Elefanten zogen die Karren mit den Steinen. Und am Bau des Rhoxie-Palastes in der Stadt Klatsch, so wird überliefert, waren zweihundert Elefanten beteiligt.«

* Aus keinem besonderen religiösen Grund. Die Angehörigen des Stammes wollten nur eine besondere Wirkung erzielen, wenn sie lächelten.

Donner grollte in der Ferne.

»Tausend Elefanten«, wiederholte Azhural. »Tausend Elefanten. Wozu braucht jemand tausend Elefanten?«

Den Rest des Tages verbrachte Victor in einer seltsamen Trance.

Er ritt und kämpfte, und die Zeit schien wieder in Unordnung zu geraten. Es fiel ihm noch immer schwer, dieses Phänomen zu verstehen. Offenbar konnte das Material geschnitten und so zusammengeklebt werden, daß alles in der richtigen Reihenfolge geschah. Trotzdem gab es unerklärliche zeitliche Lücken. Tugelbend sah, wie einer der Maler ein Schild malte, auf dem stand: »In des Königes Palaste, eine Stunde später.«

Eine Stunde war verschwunden, einfach so. Natürlich wußte Victor, daß ihm niemand sechzig Minuten seines Lebens gestohlen hatte. In Büchern passierte so etwas dauernd. Und auch auf der Bühne des Theaters. Einmal hatte er eine Gruppe von wandernden Schauspielern beobachtet, und wie durch Magie wechselte die Szene von »Ein Schlachtfeld in Tsort« zu »Die ephebianische Festung in der gleichen Nacht«. Es wurde einfach nur der Vorhang herabgelassen; anschließend polterte es leise dahinter, und dumpfe Stimmen fluchten.

Doch in diesem Fall war alles anders. Zehn Minuten nach einer bestimmten Aufnahme drehte man eine Szene, die am Tag zuvor stattfand und an einem ganz anderen Ort. Der Grund: Schnapper hatte die Zelte für beide Szenen gemietet und wollte nicht mehr bezahlen als unbedingt notwendig. Man mußte versuchten, nur noch ans Jetzt zu denken, und das fiel Victor schwer, weil er gleichzeitig auf jenes sonderbare Gefühl wartete...

Es wiederholte sich nicht. Nach einer weiteren halbherzigen Kampfszene meinte Schnapper, der Streifen sei fertig.

»Drehen wir kein Ende?« fragte Ginger.

»Das haben wir doch heute morgen gemacht«, antwortete Soll.

»Oh.«

Die Kobolde schnatterten, als Gaffer die hintere Klappe des Bilderkastens öffnete. Sie setzten sich auf die Kante, ließen ihre Beine über den Rand baumeln und reichten eine winzige Zigarette von Hand zu Hand. Die Komparsen standen in einer langen Schlange und warteten auf ihr Honorar. Das Kamel trat den Vizepräsidenten für die Verwaltung von Kamelen. Die Kurbeldreher entnahmen ihren Kästen große Spulen und gingen fort, um sich der geheimnisvollen Kurbeldreher-Kunst des Schneidens und Klebens zu widmen. Frau Kosmopilit, Vizepräsidentin der Garderobe, sammelte die Kostüme ein und wakkelte fort, vermutlich mit der Absicht, die Betten wieder damit zu beziehen.

Einige Hektar der mit Buschwerk bewachsenen Landschaft hörten auf, die Dünen des Großen Nef zu sein und verwandelten sich in einige ganz gewöhnliche Hektar aus mit Buschwerk bewachsener Landschaft zurück. Victor gewann den Eindruck, von einer ähnlichen Metamorphose erfaßt zu werden.

Die Beschwörer der kinematographischen Magie brachen nacheinander auf, lachten, scherzten und kamen überein, sich später bei Borgel zu treffen.

Ginger und Victor blieben in einem immer größer werdenden Kreis aus Leere zurück.

»So habe ich mich damals gefühlt, als der Zirkus weiterzog«, sagte die junge Frau.

»Schnapper meinte, morgen wird ein neuer Film gedreht«, erwiderte Victor. »Ich bin sicher, er improvisiert sie die ganze Zeit über. Wie dem auch sei: Wir bekommen zehn Dollar pro Tag. Minus einen für Gaspode«, fügte er gewissenhaft hinzu, sah Ginger an und grinste dümmlich. »Kopf hoch. Du bist bei den beweglichen Bildern. Und du wolltest doch immer bei den beweglichen Bildern sein, oder?«

»Unsinn. Bis vor zwei Monaten wußte ich überhaupt nichts von den beweglichen Bildern – weil es gar keine gab.«

Sie schlenderten zu der Stadt aus Hütten und Schuppen.

»Was wolltest du werden, als du noch nichts von den beweglichen Bildern wußtest?« fragte Victor nach einer Weile.

Ginger zuckte mit den Achseln. »Was weiß ich. Ich hatte nur keine Lust, Kühe zu melken.«

Victor dachte an sein Zuhause und versuchte, sich an Kühe melkende junge Frauen zu erinnern. »Schien mir immer eine interessante Arbeit zu sein, das Melken«, sagte er unbestimmt. »Butterblumen. Und viel frische Luft.«

»Es ist kalt, und meistens regnet's, und wenn man fast fertig ist, stoßen die blöden Kühe den Eimer um. Erzähl mir bloß nichts vom

Melken. Oder vom Hüten von Schafen und Gänsen. Ich habe unseren Bauernhof gehaßt.«

»Oh.«

»Außerdem sollte ich mit fünfzehn meinen Vetter heiraten.«

»Ist das erlaubt?«

»Ja, natürlich. In meiner Heimat heiraten alle Mädchen ihre Vettern.«

»Warum?« fragte Victor.

»Um nicht dauernd zu überlegen, wie sie den Samstagabend verbringen sollen, nehme ich an.«

»Oh.«

»Was wolltest *du* werden?« Es gelang Ginger, die ganze Verachtung eines Satzes in nur zwei Buchstaben zu konzentrieren.

»Nichts«, antwortete Victor. »Ich meine, alles scheint irgendwie interessant zu sein – bis man sich näher damit befaßt. Dann stellt es sich nur als Arbeit heraus. Ich schätze, selbst Leute wie Cohen der Barbar wachen morgens mit dem Gedanken auf: ›O *nein,* schon wieder muß ich den ganzen Tag lang in irgendwelche Tempel stürmen und mit kostbaren Edelsteinen geschmückte Throne zerstampfen.«

»Er zerstampft Throne?« fragte Ginger. Widerstrebendes Interesse erklang in ihrer Stimme.

»So steht es in den Geschichten.«

»Warum?«

»Keine Ahnung. Vermutlich ist es sein Job.«

Ginger griff nach einer Handvoll Sand. Er rieselte zwischen ihren Fingern hindurch, und kleine weiße Muschelschalen blieben hängen.

»Ich war zehn Jahre alt, als der Zirkus in unser Dorf kam«, sagte sie. »Ein Mädchen trat auf. Trug eine mit Pailletten besetzte Strumpfhose. Es balancierte auf einem Seil, machte sogar Saltos. *Ich* durfte nicht einmal auf einen Baum klettern, aber jenes Mädchen bekam Applaus. Daraufhin entschied ich mich.«

»Ah«, kommentierte Victor, der sich bemühte, nicht den Faden zu verlieren. »Du hast entschieden, jemand Besonderes zu werden.«

»Quatsch. Ich entschied, noch mehr zu werden als nur jemand Besonderes.«

Ginger warf die Muschelschalen in Richtung der untergehenden

Sonne und lachte. »Ich werde die berühmteste Person der ganzen Welt; alle verlieben sich in mich; und ich lebe ewig.«

»Es kann nie schaden, sich Ziele zu setzen«, sagte Victor diplomatisch. »Gibt dem Leben einen Sinn.«

»Weißt du, worin die größte aller Tragödien besteht?« fragte Ginger und achtete überhaupt nicht auf ihren Begleiter. »Viele Leute finden nie heraus, was sie wollen oder worin sie gut sind. Söhne werden Schmiede, weil ihre Väter Schmiede sind. Denk doch mal an alle diese Leute, die das Zeug zu erstklassigen Flötenspielern haben, aber niemals ein Instrument in die Hand bekommen und sich damit begnügen, ihr Leben lang den Acker zu pflügen. Alle diese Leute, die niemals ihre Talente entdecken. Vielleicht werden sie sogar in der falschen *Zeit* geboren – in einer Epoche, in der es gar nicht möglich ist, ihre besonderen Begabungen zu entfalten.«

Ginger holte tief Luft. »Denk doch nur mal an die Leute, die niemals erfahren, was sie hätten sein können. Alle diese *vergeudeten Chancen*. Nun, Holy Wood ist *meine* Chance, mehr zu werden als ich bin, verstehst du?«

Victor verstand kein Wort. »Ja«, log er. Magie für einfache Leute, so hatte es Silberfisch genannt. Ein Mann drehte eine Kurbel, und alles veränderte sich.

»Es ist eine Chance für *uns alle*«, fuhr Ginger fort. »Für Leute, die keine Zauberer, Könige oder Helden sind. Holy Wood ist wie ein riesiger Topf mit blubbernder Erbsensuppe, nur, daß in diesem Fall ganz andere Ingredienzen darin schwimmen. Plötzlich bieten sich uns völlig *neue* Möglichkeiten. Wußtest du, daß Theater keine Frauen als Schauspieler zulassen? In Holy Wood existieren keine derartigen Beschränkungen. Trolle brauchen sich hier nicht damit zu begnügen, dauernd Keulen zu schwingen. Und die Kurbeldreher... Womit haben sie sich beschäftigt, bevor sie Kurbeln drehten?«

Ginger deutete zu der Stelle des Horizonts, wo sich Ankh-Morpork durch einen matten Lichtschein offenbarte.

»Inzwischen versucht man, den beweglichen Bildern Ton hinzuzufügen«, sagte sie. »Irgendwo dort draußen sind Leute, die ausgezeichnete, äh, bewegliche *Ton*bilder produzieren werden. Vielleicht wissen sie noch nichts davon, aber sie sind irgendwo dort draußen. Ich spüre es. Ja, sie sind dort draußen.«

Ein goldener Glanz ging von ihren Augen aus. Vielleicht liegt es nur am Sonnenuntergang, dachte Victor. Oder...

»Holy Wood hilft Hunderten von Personen herauszufinden, was sie wirklich sein möchten«, sagte Ginger. »Und Tausende bekommen Gelegenheit, für einen Moment sich selbst zu vergessen. Die ganze Welt wird aus den Angeln gehoben!«

»Ja«, bestätigte Victor. »Und genau das beunruhigt mich. Weil wir nur die Werkzeuge dabei sind. Du glaubst, wir benutzen Holy Wood, aber in Wirklichkeit werden wir von Holy Wood benutzt. Wir alle.«

»Wie? Warum?«

»Ich weiß es nicht, aber...«

»Die Zauberei, zum Beispiel«, sagte Ginger, und Empörung vibrierte in ihrer Stimme. »Hat sie uns jemals geholfen?«

»Ich glaube, sie hält die Welt zusammen...«, begann Victor.

»Oh, die Zauberer sind gut, wenn es darum geht, magische Flammen entstehen zu lassen, aber hat uns ihre Magie jemals mit Brot versorgt?« Ginger war nicht in der Stimmung, jemandem zuzuhören.

»Nicht für sehr lange«, erwiderte Victor hilflos.

»Was soll das heißen?«

»Etwas *Wirkliches* wie ein Laib Brot enthält viel... nun, ich glaube, man nennt es Energie?« erklärte Tugelbend. »Man braucht enorm viel Kraft, um soviel Energie zu beschwören. Nur ein sehr begabter Zauberer ist imstande, Brot zu schaffen, das in dieser Welt länger als nur für einen *kleinen* Sekundenbruchteil existiert. Aber eigentlich hat die Magie ganz andere Aufgaben, weißt du«, fügte er rasch hinzu. »Weil diese Welt...«

»Wen kümmert's?« fragte Ginger. »Holy Wood erfüllt die Träume gewöhnlicher Leute. Leinwandmagie.«

»Was ist los mit dir? Gestern abend...«

»Das war gestern abend«, sagte die junge Frau ungeduldig. »Verstehst du denn nicht? Wir können etwas erreichen. Wir können etwas werden. Weil es Holy Wood gibt. Die Welt liegt...«

»Im Meer«, murmelte Victor.

Ginger winkte verärgert. »Zu unseren Füßen«, berichtigte sie. »Sie liegt zu unseren Füßen. Ich meine...«

»Ich weiß, was du meinst. Aber ich denke dabei ans Meer. Und an die Hummer darin.« *Und an die versunkene Stadt,* dachte er.

»*Quäää*stor!«

In meinem Alter sollte ich nicht mehr so schnell laufen, dachte der Quästor, als er durch den langen Flur zum Arbeitszimmer des Erzkanzlers hastete. Warum interessiert er sich so sehr für das blöde Ding? Verdammter Topf!

»Bin unterwegs, Herr«, flötete er.

Uralte Dokumente lagen auf Ridcullys Schreibtisch.

Wenn ein Zauberer starb, so verstaute man seine Papiere in einem entlegenen Bereich der Bibliothek. Zahllose Regale erstreckten sich in die dunkle Ferne, gefüllt mit langsam vermodernden Schriftrollen, die von geheimnisvollen Käfern und Trockenfäule wimmelten. Die Zauberer wiesen immer wieder darauf hin, daß dort wahre Schätze für Forscher lagerten, aber aus irgendeinem Grund fand nie jemand die Zeit, die Kostbarkeiten zu erforschen.

Der Quästor ärgerte sich darüber, daß er selbst in dem Zeug herumkramen mußte. Er hatte vergeblich nach dem Bibliothekar gesucht – seit einigen Tagen schien der Affe ständig mit anderen Dingen beschäftigt zu sein.

»Ich glaube, das ist alles, Erzkanzler«, sagte er und kippte eine Lawine aus staubigem Papier auf den Schreibtisch. Ridcully schlug nach einigen Motten.

»Papier, Papier, Papier«, brummte er. »Wieviele verdammte Dokumente enthält der verdammte Haufen?«

»Äh... dreiundzwanzigtausendachthundertdreizehn, Erzkanzler«, antwortete der Quästor. »Er hat darüber Buch geführt.«

»Sieh dir das hier an«, sagte Ridcully. »›Sternenzähler‹... ›Rückzähler für Weltuntergangsreligionen‹... ›Sumpfmeter‹... Sumpfmeter! Der Bursche war verrückt!«

»Er legte großen Wert auf Ordnung«, entgegnete der Quästor.

»Das meine ich ja.«

»Ist es, äh, wirklich wichtig, Erzkanzler?« fragte der Quästor vorsichtig.

»Das Ding hat mit Bleikugeln auf mich geschossen«, betonte Ridcully. »Zweimal!«

»Ich bin sicher, es, äh, steckte keine Absicht dahinter...«

»Ich will feststellen, wie er es gebaut hat, Mann! Denk nur an die Möglichkeiten eines sportlichen Einsatzes!«

Der Quästor versuchte, daran zu denken.

»Vermutlich hat Riktor nicht beabsichtigt, eine, äh, Waffe zu konstruieren«, sagte er schließlich.

»Es ist mir völlig gleich, was er *beabsichtigt* hat! Wo befindet sich das Ding jetzt?«

»Ich habe einige Diener beauftragt, die Vorrichtung mit Sandsäcken zu umgeben.«

»Gute Idee. Der Topf ist gef...«

... Wumm ... wumm ...

Das – gedämpfte – Geräusch kam vom Flur. Die beiden Zauberer wechselten einen bedeutungsvollen Blick.

... Wumm ... wummWUMM.

Der Quästor hielt den Atem an.

Plib.

Plib.

Plib.

Der Erzkanzler blickte zur Sanduhr auf dem Kaminsims. »Das passiert jetzt alle fünf Minuten.«

»Und es sind jeweils drei Schüsse«, sagte der Quästor. »Ich muß noch mehr Sandsäcke bestellen.«

Er blätterte in den Unterlagen. Ein Wort fiel ihm auf.

Wirklichkeit.

Er betrachtete die kleine, säuberliche Handschrift – Riktor schien darauf geachtet zu haben, daß jeder Buchstabe möglichst wenig Platz beanspruchte. Jemand hatte ihm einmal gesagt, daß Leute, die auf eine solche Weise schrieben, häufig an analer Retention litten. Der Quästor wußte nicht, was das bedeutete, und er hoffte, es auch nie herauszufinden.

Ein anderes Wort lautete »Messung«. Sein Blick glitt nach oben zum unterstrichenen Titel: *Hinweise für die objektive Messung der Wirklichkeit.*

Darüber zeigte sich ein Diagramm. Der Quästor riß die Augen auf.

»Hast du was gefunden?« fragte der Erzkanzler, ohne den Kopf zu heben.

Der Quästor schob sich das Dokument in den Ärmel.

»Nein«, log er.

Unten donnerte die Brandung an den Strand. (Und unter der Wasseroberfläche wanderten Hummer über versunkene Straßen...)

Victor warf noch ein Stück Treibholz ins Feuer. Die Salzkrusten färbten die Flammen blau.

»Ich verstehe sie nicht«, sagte er. »Gestern war sie völlig normal, und heute ist ihr alles zu Kopf gestiegen.«

»Blödes Weibsstück!« kommentierte Gaspode in mitfühlendem Tonfall.

»Oh, soweit würde ich nicht gehen«, murmelte Victor. »Sie ist nur so... unnahbar.«

»Läßt dich nicht ran, wie?«

»So wirkt sich die Intelligenz auf das Liebesleben aus«, meinte Nennt-mich-nicht-Kuschelweich. »Normale Kaninchen haben keine derartigen Probleme. Kurzes Kennenlernen, und dann geht's zur Sache.«

»Vielleicht follteft du ihr eine Mauf fenken«, schlug die Katze vor. »Anwefende natürlich aufgenommen«, fügte sie schuldbewußt hinzu und mied Auf-keinen-Fall-Quiekis Blick.

»Daß ich jetzt intelligent bin, hat mir auch keine Vorteile gebracht«, sagte Kuschelweich bitter. »Vor einer Woche war alles in bester Ordnung. Plötzlich verspüre ich den Wunsch, Gespräche zu führen, aber die anderen Menschen starren einen nur an und rümpfen die Nase. Man kommt sich wie ein Idiot vor.«

Halb ersticktes Quaken erklang.

Gaspode übersetzte. »Die Ente möchte wissen, ob du irgend etwas in Hinsicht auf das Buch unternommen hast.«

»Während der Mittagspause habe ich einen Blick hineingeworfen«, antwortete Victor.

Diesmal hörte sich das Quaken verärgert an.

»Die Ente sagt: Ja, aber was hast du *unternommen*?« dolmetschte Gaspode.

»Hört mal, ich kann nicht einfach so nach Ankh-Morpork zurückkehren«, schnappte Victor. »Die Stadt ist dreißig Meilen entfernt. Für die Reise dorthin sind Stunden nötig. Und wir drehen von morgens bis abends.«

»Bitte um einen freien Tag«, riet ihm Kuschelweich.

»In Holy Wood bittet niemand um einen freien Tag!« entgegnete

Tugelbend. »Ich bin schon einmal entlassen worden, herzlichen Dank.«

»Und man hat dich wieder eingestellt, und du bekommst jetzt mehr Geld. Komisch, nicht wahr?« – kratzte sich am Ohr. »Sag Schnapper, dein Vertrag sieht einen freien Tag vor.«

»Ich habe überhaupt keinen Vertrag. Das *weißt* du doch. Man arbeitet und wird bezahlt. So einfach ist das.«

»Ja«, brummte der Hund. »Ja. Ja? Ein mündlicher Vertrag. Du hast recht, es ist ganz einfach. Oh, ich *liebe* einfache Dinge.«

Als sich die Nacht ihrem Ende entgegenneigte, stand ein unsicherer Detritus vor der Hintertür des Blauen Lias. Seltsame Gefühle hatten ihn den ganzen Tag über geplagt. Wenn er die Augen schloß, sah er immer wieder eine hügelartige Gestalt.

Schließlich reifte eine Erkenntnis in ihm.

Er hatte sich verliebt.

Der Troll erinnerte sich daran, in Ankh-Morpork Leute für Geld geschlagen zu haben. Er erinnerte sich an ein freud- und freundeloses Leben. An ein Leben in Einsamkeit. Er hatte sich bereits damit abgefunden, den Rest seiner Tage als verbitterter Junggeselle zu verbringen, doch nun gab ihm Holy Wood eine einzigartige Chance.

Detritus entsann sich auch an seine strenge Erziehung und den väterlichen Rat: Wenn man eine Frau sah, die einem gefiel, so stürmte man nicht einfach auf sie zu. Nein, man mußte Anstand bewahren und die Tradition beachten.

Er war zum Strand gegangen, um dort einen Stein zu suchen. Natürlich nicht irgendeinen Stein. Schließlich entdeckte er ein vom Meer geglättetes Exemplar, mit Adern aus rosarotem und weißem Quarz. Frauen mochten so etwas.

Jetzt wartete er darauf, daß Rubin die Arbeit beendete.

Er überlegte, was er ihr sagen sollte. Niemand hatte ihm beigebracht, was er zu *sagen* hatte. Unglücklicherweise war Detritus nicht so redselig wie die Trolle Rock und Moräne. Bisher hatte er Sprache nie wirklich dringend benötigt. Mutlos scharrte er im Sand. Welche Möglichkeiten hatte er bei einer so schönen und intelligenten Frau?

Er hörte schwere Schritte, und dann öffnete sich die Tür. Das Objekt seiner Begierde trat in die Nacht und atmete tief durch. Bei Detritus erzielte das eine Wirkung wie ein Eiswürfel, der den Nacken eines Menschen hinunterruscht.

Detritus starrte erschrocken auf seinen Stein. Im Vergleich zu Rubins Masse erschien er geradezu winzig. Aber vielleicht spielte die Größe keine Rolle; vielleicht ging es in erster Linie darum, was man mit dem Stein anstellte.

Jetzt kam der entscheidende Augenblick. Es hieß, das erste Mal sei unvergeßlich...

Detritus holte weit aus und traf Rubin genau zwischen den Augen.

Und dann ging alles schief.

Die *Tradition* verlangte folgendes: Wenn die Frau ihre Benommenheit abstreifte, und wenn der Stein ihren Ansprüchen genügte – dann sollte sie allen Vorschlägen des betreffenden Trolls zugänglich sein. Als besonders attraktiv galt das Angebot, einen Menschen in romantischem Kerzenschein zu verzehren, obwohl die Trolle inzwischen von derart unzivilisiertem Verhalten Abstand genommen hatten – es sei denn, es bestand keine Gefahr, dabei erwischt zu werden.

Die Frau sollte *nicht* die Augen zusammenkneifen und dem Steinwerfer eine so heftige Backpfeife verpassen, daß ihm die Ohren klingelten.

»Du dummer Troll!« rief Rubin, während Detritus im Kreis taumelte. »Was du dir dabei gedacht haben? Du mich halten für Unschuld vom Berge? Warum du es nicht richtig machen?«

»Aber, aber«, erwiderte Detritus. Rubins Zorn entsetzte ihn. »Ich nicht in der Lage, deinen Vater um Erlaubnis zu bitten, dich zu schlagen. Ich nicht wissen, wo er wohnen...«

Rubin straffte würdevoll ihre Gestalt.

»Der altmodische Kram jetzt sehr unkultiviert sein«, schniefte sie. »So etwas nicht mehr modern. Ich kein Interesse an einem Troll, der nicht mit der Zeit gehen. Stein auf dem Kopf sein sentimental...«, fuhr Rubin fort, und ein Teil der Gewißheit tropfte aus ihrer Stimme. »Aber Diamanten die besten Freunde einer Frau.« Sie zögerte – aus irgendeinem Grund kam ihr das falsch vor.

Detritus runzelte verwirrt die granitene Stirn.

»Was?« fragte er. »Du möchten, daß ich mir die Zähne ausschlagen?«

»Nun, vielleicht Diamanten nicht richtig«, räumte Rubin ein. »Aber jetzt alles modern. Heute Frauen verlangen mehr als nur Stein auf dem Kopf.«

Detritus' Miene erhellte sich. »Vielleicht zwei?« hoffte er.

»Nein«, erwiderte Rubin streng. »Eine moderne Frau wollen umworben werden. Du müssen ...« Sie zögerte erneut.

Sie war sich nicht ganz sicher, auf welche Weise moderne Frauen umworben werden wollten. Andererseits: Rubin hatte inzwischen einige Wochen in Holy Wood verbracht, und daher wußte sie, daß dieser Ort *Veränderungen* bewirkte. Sie begegnete hier einer Art weiblichen Freimaurerei, die über alle Spezies-Grenzen hinausging – und sie lernte schnell. Rubin hatte mit verständnisvollen menschlichen Frauen gesprochen. Und mit Zwergen. Selbst Zwerge verstanden es besser als Trolle, jemanden den Hof zu machen.* Und Menschen bewiesen in diesem Zusammenhang *erstaunliche* Phantasie.

Eine Trollin hingegen durfte nur erwarten, mit einem Stein auf den Kopf geschlagen zu werden. Anschließend verbrachte sie den Rest ihres Lebens damit, zu gehorchen und das zu kochen, was der Mann in die Höhle zerrte.

Nun, Rubins Ansicht nach durften sich die Veränderungen nicht nur auf Holy Wood beschränken. Sie hatte einen Beschluß gefaßt: Wenn sie nach Hause zurückkehrte, wollte sie in den Troll-Bergen für den größten Aufruhr seit der letzten Kontinentalverschiebung sorgen. Inzwischen würde sie damit beginnen, erst mal ihr eigenes Leben neu zu ordnen.

Rubin gestikulierte vage.

»Du müssen, äh, vor dem Fenster der Frau singen. Und, und du ihr *Oograah* geben.«

»Oograah?«

»Ja. Hübsches *Oograah*.«**

Detritus kratzte sich am Kopf.

»Warum?« fragte er.

Panik huschte über Rubins Gesicht. Sie hatte ebenfalls keine Ah-

* Alle Zwerge tragen Bärte und Kleidung aus vielen verschiedenen Schichten. Wenn sie einen Ehepartner suchen, so müssen sie zunächst auf subtile, taktvolle Weise herausfinden, welches Geschlecht der/die ausgewählte Kandidat(in) hat.

** Trolle kennen fünftausendvierhundert Wörter für Steine und eins für Pflanzen. Oograah kann alles bedeuten, von Moos bis hin zu Mammutbäumen.Trolle stehen auf folgendem Standpunkt: Wenn man's nicht essen kann, ist es nicht der Rede wert.

nung, warum es so wichtig sein sollte, einer Frau ungenießbare Vegetation zu geben. Doch es widerstrebte ihr, diese Wissenslücke einzugestehen.

»Seltsam, daß du es nicht wissen«, erwiderte sie.

Ihr Sarkasmus entging Detritus. Wie so vieles andere auch.

»Na schön«, brummte er. »Ich nicht so unkultiviert wie du glaubst«, fügte er hinzu. »Ich modärn sein. Nur abwarten!«

Gehämmere lag in der Luft. Gebäude wuchsen von der namenlosen Hauptstraße aus zu den Dünen. Niemandem gehört das Land in Holy Wood – wenn nichts darauf stand, wurde einfach darauf gebaut.

Schnapper verfügte jetzt über zwei Büros. In einem beschimpfte er die Leute, und das andere direkt davor benutzten die Leute, um sich gegenseitig zu beschimpfen. Soll beschimpfte die Kurbeldreher. Die Kurbeldreher beschimpften die Alchimisten. Überall kletterten die Kobolde herum, ertranken in Kaffeebechern und beschimpften sich. Zwei zu Versuchszwecken herbeigeschaffte grüne Papageien beschimpften sich. Schauspieler in seltsamen Kostümen kamen herein und schimpften. Silberfisch schimpfte, weil er nicht verstand, warum sein Schreibtisch jetzt im Vorzimmer stand – obwohl ihm das Studio gehörte.

Gaspode saß phlegmatisch neben der Tür des ersten Büros. Während der letzten fünf Minuten hatte er folgendes bekommen: einen halbherzigen Tritt, einen weichen Keks und einen Klaps auf den Kopf. Damit glaubte er, ganz gut dran zu sein.

Er versuchte, allen Gesprächen gleichzeitig zuzuhören, denn sie erwiesen sich als sehr lehrreich. Zum Beispiel: Einige Schimpfer kamen mit Beuteln, die Geld enthielten...

»*Wie* bitte?«

Die laute, verblüffte Stimme erklang im zweiten Büro. Gaspode stellte ein Ohr vor.

»Ich, äh, möchte einen freien Tag, Herr Schnapper«, sagte Victor.

»Einen *freien* Tag? Du willst nicht arbeiten?«

»Nur einen Tag, Herr Schnapper.«

»Glaubst du etwa, ich bezahle die Leute dafür, daß sie sich einen Tag freinehmen? Ich bin doch nicht Krösus! Wir erzielen hier kaum

Gewinn. Alles *kostet* soviel. Warum setzt du mir nicht gleich eine Armbrust an den Kopf?«

Gaspode beobachtete die Beutel vor Soll, der fleißig damit beschäftigt war, Münzen aufeinanderzustapeln. Der Hund zog zynisch eine Braue hoch.

Kurze Stille folgte. O nein, dachte Gaspode. Der Idiot vergißt seinen Text.

»Ich verlange kein Geld dafür, Herr Schnapper.«

Gaspode entspannte sich.

»Du verlangst kein Geld dafür?«

»Nein, Herr Schnapper.«

»Aber vermutlich möchtest du einen Job, wenn du zurückkehrst?« fragte Treibe-mich-selbst-in-den-Ruin ironisch.

Neuerliche Anspannung erfaßte Gaspode. Er hatte lange mit Victor geübt.

»Nun, eigentlich schon, Herr Schnapper. Aber ich wollte mich auch bei den Ungebundenen Alchimisten umhören. Um zu sehen, was die anzubieten haben.«

Es gab ein Geräusch, das sich genau so anhörte, als stieße die Rückenlehne eines Stuhls gegen die Wand dahinter. Gaspode grinste schadenfroh.

Ein weiterer Geldbeutel wurde vor Soll auf den Tisch gelegt.

»Die *Ungebundenen Alchimisten*!«

»Offenbar bereitet man dort die ersten beweglichen Tonbilder vor, Herr Schnapper«, sagte Victor ruhig.

»Aber es sind Amateure! *Und* Gauner!«

Gaspode runzelte die Stirn. Jetzt begann die Phase, in der Victor improvisieren mußte.

»Nun, da bin ich ja erleichtert, Herr Schnapper.«

»Wieso?«

»Dann sind die Ungebundenen Alchimisten wenigstens keine *professionellen* Gauner.«

Gaspode nickte. Nicht übel, nicht übel.

Schritte, die um einen Schreibtisch eilten. Einige Sekunden später ertönte Schnappers Stimme: Sie klang so, als schmierte er Victor gerade die Jahresproduktion eines Imkers um den Bart.

»Victor! Vic! Bin ich nicht immer wie ein Onkel für dich gewesen?«

Nun, ja, dachte Gaspode. Er ist hier für viele Leute wie ein Onkel. Weil sie seine Neffen sind.

Er hörte nicht weiter zu, und dafür gab es zwei Gründe. Erstens: Sicher bekam Victor seinen freien Tag, und wahrscheinlich sogar bezahlt. Zweitens: Jemand führte einen anderen Hund herein.

Er war groß und prächtig und hatte glänzendes Fell.

Gaspode erkannte einen reinrassigen Jagdhund aus den Spitzhornbergen. Als das Tier neben ihm Platz nahm, war es, als lege eine schnittige Rennjacht im Hafen neben einem schmutzigen Kohlenfrachter an.

»Das ist also Onkels neueste Idee, wie?« fragte Soll. »Wie heißt er?«

»Laddie«, sagte jener Mann, der die Leine hielt.

»Wieviel?«

»Sechzig Dollar.«

»Für einen *Hund*? Meine Güte, wir sollten selbst lieber Hunde züchten, das lohnt sich.«

»Er ist gut dressiert und sehr intelligent. Genau das, wonach Herr Schnapper sucht.«

»Na schön. Binde ihn dort fest. Und wenn der andere Köter Probleme verursacht, gib ihm einfach einen Tritt.«

Gaspode beobachtete den Hund nachdenklich. Als Laddie nicht mehr Gegenstand der allgemeinen Aufmerksamkeit war, schob er sich näher an ihn heran, musterte ihn von Kopf bis Fuß und flüsterte aus dem Schnauzenwinkel:

»Weshalb bist du hier?«

Der Neuankömmling blickte ihn mit eleganter Verwirrung an.

»Ich meine, gehörst du jemandem oder so?« erkundigte sich Gaspode.

Der Hund winselte leise.

Gaspode versuchte es mit Einfach-Hundisch – diese Sprache bestand zum größten Teil aus Schnaufen und leisem Wimmern.

»Hallo?« fragte er. *»Verstehen du mir?«*

Laddies Schwanz zuckte unsicher.

»Das Futter ist ziemlich übel hier«, verkündete Gaspode.

Der Hund hob würdevoll den Kopf.

»Was dies für ein Ort?« erwiderte er.

»Wir sind hier in Holy Wood«, sagte Gaspode im Plauderton. *»Ich bin Gaspode. Du kennst den Namen sicher. Wie der berühmte Gaspode. Frag nur, wenn du irgend etwas wissen möchtest ...«*

»Diese vielen Zweibeiner. Äh ... Was dies für ein Ort?«

Gaspode zog die Brauen hoch.

In diesem Augenblick öffnete sich die Tür von Schnappers Büro. Victor trat ins Vorzimmer und hustete am Ende einer Zigarre.

Treibe-mich-selbst-in-den-Ruin folgte ihm. »Großartig, großartig. Wußte ja, daß wir uns einig werden. Vergeude das Ding nicht, Junge. Kosten einen Dollar pro Stück. Oh, wie ich sehe, hast du deinen kleinen Hund mitgebracht.«

»Wuff«, sagte Gaspode verärgert.

Das andere Tier bellte kurz und richtete sich auf. Es gelang ihm, mit jedem Haar Wachsamkeit zum Ausdruck zu bringen.

»Ah«, meinte Schnapper. »Und unser Wunderhund ist eingetroffen.«

Gaspodes kümmerlicher Schwanz zuckte ein- oder zweimal.

Dann ahnte er die Wahrheit.

Er starrte den größeren Hund an, öffnete den Mund, um etwas zu sagen ... Und faßte sich gerade noch rechtzeitig. Er brachte ein zaghaftes *»Bell?«* hervor.

»Ich hatte die Idee, als ich deinen Hund bemerkte«, fuhr Schnapper fort. »Dachte mir: He, die Leute mögen Hunde. Ich mag sie ja auch. Ein positives Symbol, der Hund. Rettet Leben, des Menschen bester Freund und so weiter.«

Victor sah den Zorn in Gaspodes Augen.

»Mein Hund ist *sehr* gescheit«, sagte er.

»Oh, *natürlich* hältst du ihn für gescheit«, räumte Schnapper ein. »Aber sieh dir die beiden an. Hier haben wir ein aufmerksames, hübsches Tier, und dort hockt ein von Flöhen zerfressener Staubwedel. Man kann sie gar nicht miteinander vergleichen, oder?«

Der Wunderhund bellte erneut.

»Was dies für ein Ort? Braver Laddie!«

Gaspode rollte mit den Augen.

»Siehst du, was ich meine?« fragte Schnapper. »Man gebe ihm den richtigen Namen. Man richte ihn ab. Und schon ist ein Star geboren.« Er klopfte Victor erneut auf den Rücken. »Hat mich gefreut, mit dir zu reden, ja, hat mich sehr gefreut, bin jederzeit für dich da, wenn du mich nicht zu oft besuchst, und jetzt geh, *Soll!*«

»Ja, Onkel?«

Victor war plötzlich allein in einem Zimmer mit zwei Hunden und vielen Leuten. Er nahm die Zigarre aus dem Mund, spuckte aufs glühende Ende und ließ das Ding hinter einer Topfpflanze verschwinden.

»Ein Star ist geboren«, meinte unten eine leise, spöttische Stimme.

»Was er gesagt? Was dies für ein Ort?«

»Starr mich nicht so an«, sagte Victor. »Ich habe da nichts mit zu tun.«

»Was hat das zu bedeuten?« fragte Gaspode. »Sind hier plötzlich alle ausgeklinkt oder was?«

»Braver Laddie.«

»Komm.« Victor winkte. »Ich muß in fünf Minuten am Drehort sein.«

Gaspode folgte ihm und murmelte vor sich hin. Victor hörte ein gelegentliches »flohzerfressen« und »des Menschen bester Freund« und »verdammter Wunderverdammterhund«. Schließlich ertrug er es nicht mehr.

»Du bist nur neidisch.«

»Neidisch auf einen zu groß geratenen Welpen mit einem einstelligen Intelligenzquotienten?« höhnte Gaspode.

»*Und* mit einem glänzenden Fell, einer kalten Nase und einem Stammbaum so lang wie, wie, wie mein Arm«, hielt ihm Victor entgegen.

»Stammbaum? *Stammbaum?* Was haben denn Stammbäume damit zu tun? Es ist nichts weiter als Fortpflanzung. Auch ich hatte einen Vater. Und zwei Großväter. Und vier Urgroßväter. Und viele von ihnen waren unter Umständen der gleiche Hund. Erzähl mir bloß nichts von Stammbäumen.«

Gaspode verharrte kurz und hob das Bein an einer der Latten, die das Schild mit der Aufschrift »Studios des Flughund-Jahrhunderts« trugen.

Thomas Silberfisch hatte mit großer Verwunderung darauf reagiert. Als er am Morgen eintraf, war das von ihm selbst gemalte Schild »interessante und lehrreiche Filme« verschwunden, und seinen Platz nahm diese große Reklametafel ein. Er saß nun im Vorzimmer, stützte das Kinn auf beide Hände und versuchte sich einzureden, daß seine eigene Idee dahintersteckte.

»Holy Wood hat *mich* gerufen«, knurrte Gaspode voller Selbstmitleid. »Ich habe einen weiten Weg zurückgelegt, und dann wählt man dieses große haarige Ding aus. Wahrscheinlich arbeitet es für einen gefüllten Napf pro Tag.«

»Nun, vielleicht bist du nicht hierhergerufen worden, um ein Wunderhund zu sein«, erwiderte Victor. »Vielleicht hat Holy Wood andere Pläne mit dir.«

Das ist doch lächerlich, dachte er. Warum reden wir so seltsam daher? Ein Ort kann doch keine Absichten haben. Ein Ort kann niemanden rufen... Nun, sieht man von Heimweh und dergleichen ab. Aber es dürfte wohl kaum möglich sein, Heimweh nach einem Ort zu haben, an dem man noch nie gewesen ist. Vor uns hat sich seit Jahrtausenden niemand mehr hier aufgehalten.

Gaspode starrte eine Bretterwand an und schniefte.

»Hast du Schnapper alles so gesagt, wie wir es besprochen haben?« fragte er.

»Ja. Er war geradezu schockiert, als ich die Ungebundenen Alchimisten erwähnte.«

Gaspode kicherte leise.

»Hast du ihn auch darauf hingewiesen, daß ein mündlicher Vertrag nicht das Papier wert ist, auf dem er nicht geschrieben steht?«

»Ja. Angeblich verstand er nicht, was ich damit meinte. Aber er gab mir eine Zigarre. Und er versprach, mich und Ginger für die Reise nach Ankh-Morpork zu bezahlen. Offenbar plant er neue und besonders großartige Bilder.«

»Worum geht's dabei?« erkundigte sich Gaspode argwöhnisch.

»Keine Ahnung.«

»Hör mal...«, sagte der Hund. »Schnapper verdient ein Vermögen. Ich habe das Geld gezählt. Auf Solls Schreibtisch lagen fünftausendzweihundertdreiundsiebzig Dollar und zweiundfünfzig Cents. *Du* hast dafür gearbeitet. Und Ginger.«

»Donnerwetter!«

»Vielleicht wäre es angebracht, wenn du einige neue Wörter lernst«, fuhr Gaspode fort. »Glaubst du, dazu imstande zu sein?«

»Ich hoffe es.«

»Beteiligung an den Brut-to-ein-nah-men«, betonte Gaspode. »Na? Kannst du das im Gedächtnis behalten?«

»Beteiligung an den Brut-to-ein-nah-men«, wiederholte Victor.

»Braver Junge.«

»Was hat es damit auf sich?«

»Oh, das brauchst du nicht zu wissen«, antwortete Gaspode. »Du sagst einfach, daß du darauf bestehst. Bei der richtigen Gelegenheit.«

»Und wann bietet sich die richtige Gelegenheit?« fragte Victor.

Gaspode lächelte grimmig. »Wenn Schnapper ißt und gerade den Mund voll hat.«

In Holy Wood ging es so hektisch zu wie in einem Ameisenhaufen. Auf der dem Meer zugewandten Seite drehten die Tannenstudios *Der dritte Gnom*. In den Mikrolithstudios arbeiteten fast nur Zwerge, und ihr derzeitiges Projekt hieß *Die Goldgräber von 1457*. Es war auch eine Fortsetzung mit dem Titel *Der Goldrausch* geplant. Die neu gegründete Firma »Bauch & Blähungen« setzte einen Streifen namens *Das große Putenschenkelfressen* in Szene. Und bei Borgel war's gerammelt voll.

»Ich weiß den Titel nicht, aber es geht dabei um jemanden, der zu einem Zauberer will«, sagte ein Mann. Er trug die Hälfte eines Löwen-Kostüms und stand in der Schlange vor dem Tresen. »Folgt offenbar einer kranken gelben Kröte.«

»In Holy Wood gibt's keine Zauberer.«

»Oh, mit diesem scheint alles in Ordnung zu sein. Kennt sich kaum mit Magie aus.«

»Welche Zauberer kennen sich schon mit Magie aus?«

Ton! Darin bestand das Problem. Überall in Holy Wood bemühten sich Alchimisten darum, die Lösung zu finden: Sie schrien Papageien an, richteten flehentliche Bitten an Hirtenstare und befahlen geheimnisvollen Flaschen, Geräusche aufzubewahren, bis es Zeit wurde, sie wieder freizugeben. Dem gelegentlichen Donnern explodierender Okto-Zellulose gesellte sich erschöpftes Schluchzen oder schmerzerfülltes Heulen hinzu, wenn zornige Papageien unvorsichtige Daumen mit Nüssen verwechselten.

Die grünen Vögel aus dem Wiewunderland leisteten nicht das, was man von ihnen erwartete. Zwar prägten sie sich tatsächlich alles ein, was sie hörten, und sie konnten es auch wiederholen. Aber es gab keine Möglichkeit, sie auszuschalten, und außerdem improvisierten sie Bemerkungen, die – wie Schnapper vermutete – von boshaften Kurbeldrehern stammten. Nicht selten geschah es, daß romantische Dialoge von einem lauten »Huieh! Heeeh! Zeigunsdenschlüpfer!« unterbrochen wurden, und Treibe-mich-selbst-in-den-Ruin hatte – noch – nicht die Absicht, solche Streifen zu drehen.

Ton! Wer den beweglichen Bildern als erster Ton hinzufügte, würde Holy Wood beherrschen, so hieß es. Viele Leute sahen sich die Filme an, aber das Publikum war auch wankelmütig und launisch. Farbe verursachte keine Schwierigkeiten. Bei Farbe ging es nur darum, Kobolde zu züchten, die schnell genug malen konnten. Der Ton hingegen forderte eine völlig neue Technik.

In der Zwischenzeit begnügte man sich mit dem einen oder anderen Notbehelf. Die Zwerge verzichteten darauf, zwischen den einzelnen Szenen Dialoge auf Schildern zu zeigen. Sie erfanden Untertitel, was gut funktionierte, solange es die Schauspieler vermieden, zu weit vorzutreten und die Buchstaben umzustoßen.

In Ermangelung von Ton mußte das Auge von den Bildern gefesselt werden. Dazu brauchte man großartige Kulissen. In Holy Wood hämmerte es praktisch immer, aber jetzt wurde das Klopfen und Pochen noch lauter und emsiger...

Die Städte der Welt entstanden an den Hängen des Hügels.

Bei den Ungebundenen Alchimisten begann man mit einer aus Holz und Kanevas bestehenden Nachbildung der Großen Pyramide von Tsort, im Maßstab eins zu zehn. Bald führten Ankh-Morpork-Straßen durch die Landschaft aus Sand und Buschwerk. Paläste aus Pseudopolis ragten auf, Schlösser aus den mittwärtigen Regionen. In einigen Fällen waren die Straßen hinten an die Paläste gemalt: Nur buntes Leinen trennte Bauern und Prinzen voneinander.

Victor verbrachte den Rest des Morgens damit, einen kurzen Streifen zu drehen. Erneut rettete er Ginger vor einem gräßlichen Ungeheuer – dem verkleideten Mory –, doch die junge Frau sprach kaum mit ihm, nicht einmal nach dem obligatorischen Kuß. Tugelbend wartete diesmal vergeblich auf die spezielle Magie von Holy Wood, und er war froh, als er den Drehort schließlich verlassen konnte.

Er wanderte umher und beobachtete den Wunderhund Laddie auf dem Übungsplatz.

Wie ein Pfeil schoß die anmutige, vierbeinige Gestalt über Hindernisse hinweg und biß den Dresseur in einen gut gepolsterten Arm. Kein Zweifel: Die Natur hatte diesen Hund für die beweglichen Bilder geschaffen. Er bellte sogar fotogen.

»Und weißt du, was er sagt?« erklang eine verdrießliche Stimme neben Victor. Gaspode war das personifizierte krummbeinige Elend.

»Nein. Was denn?«

»Ich Laddie. Ich brav. Braver Laddie«, sagte Gaspode. »Man könnte kotzen.«

»Ja, aber bist du imstande, über eine hundertachtzig Zentimeter hohe Hürde zu springen?« fragte Victor.

»Das ist sehr intelligent, nicht wahr?« entgegnete Gaspode. »Ich weiche Hindernissen *aus*... was geschieht jetzt?«

»Ich glaube, Laddie bekommt eine Mahlzeit.«

»Ach, so etwas nennt man heute Mahlzeit?«

Victor beobachtete, wie Gaspode zum Napf schlenderte und hineinsah. Laddie warf ihm einen kurzen Blick zu. Gaspode bellte leise. Laddie winselte. Gaspode bellte erneut.

Eine Zeitlang jaulten die beiden Hunde.

Dann kehrte Gaspode zurück und nahm neben Victor Platz.

»Paß auf«, sagte er.

Laddie schnappte nach dem Napf und drehte ihn um.

»Abscheuliches Zeug«, kommentierte Gaspode. »Röhrenförmige Dinger und Innereien. Ich würd's keinem Hund zum Fraß vorsetzen, und ich *bin* ein Hund.«

»Du hast ihn dazu veranlaßt, sein Essen auf den Boden zu kippen?« vergewisserte sich Victor entsetzt.

»Oh, er ist sehr gehorsam«, sagte Gaspode selbstgefällig.

»Wie *gemein* von dir!«

»Ganz im Gegenteil. Außerdem habe ich ihm den einen oder anderen Rat gegeben.«

Laddie wandte sich an die Personen in seiner Nähe und bellte gebieterisch. Victor hörte ihre Stimmen.

»Der Hund nicht essen«, sagte Detritus. *»Der Hund hungrig werden.«*

»Glaubst du? Herr Schnapper meinte, er sei mehr wert als wir alle zusammen!«

»Vielleicht er an anderes gewöhnt. Ich meinen, er vornehmer Hund. Der Inhalt des Napfs, äh, das Dingsbums auf dem Boden – bißchen eklig, nicht wahr?«

»Es handelte sich um Hunde-Nahrung! Für Hunde sollte so etwas lecker sein!«

»Ja, aber es auch Wunderhund-Nahrung ist? Womit man Wunderhunde *füttern?«*

»Na schön, na schön. Detritus, geh zu Borgel. Stell fest, was er auf der Karte hat. Das Zeug, das auf den Tellern seiner Gäste landet, kommt natürlich nicht in Frage.«

»Das dort sein jenes Zeug.«

»Eben.«

Fünf Minuten später kehrte Detritus mit fast fünf Kilo Filetsteak zurück und legte das Fleisch in den Napf. Die Dresseure beobachteten den Hund erwartungsvoll.

Laddie sah zu Gaspode, der fast unmerklich nickte.

Das Tier preßte die Pfote aufs eine Ende des dicken Steaks, bohrte die Zähne ins andere und riß ein Stück davon ab. Dann lief er über den Platz und ließ den Fleischbrocken respektvoll vor Gaspode fallen, der ihn skeptisch betrachtete.

»Nun, ich weiß nicht«, sagte er. »Hältst du das für zehn Prozent, Victor?«

»Du nimmst ihm von seiner *Mahlzeit* Prozente ab?«

Saftiges, weiches Fleisch dämpfte Gaspodes Stimme. »Ich schätze, zehn Prozent sind sehr fair. Ja, sehr fair, wenn man die Umstände berücksichtigt.«

»Meine Güte, du hast es faustdick hinter den Ohren«, sagte Victor mit einer Mischung aus Bewunderung und Abscheu.

»Es zahlt sich aus«, erwiderte Gaspode undeutlich. Er verschlang den Rest. »Was machen wir jetzt?«

»Ich sollte früh zu Bett gehen«, antwortete Victor nachdenklich. »Morgen müssen wir zeitig aus den Federn, um nach Ankh-Morpork zu reiten.«

»Hast du irgendwelche Fortschritte im Hinsicht auf das Buch erzielt?«

»Nein.«

»Zeig's mir.«

»Kannst du lesen?«

»Weiß nicht. Hab's nie versucht.«

Victor sah sich um – niemand schenkte ihnen Beachtung. Typisch. Wenn sich die Kurbel des Bilderkastens nicht mehr drehte, verloren die Schauspieler ganz plötzlich an Bedeutung. Tugelbend hatte das Gefühl, dann von einem Augenblick zum anderen praktisch unsichtbar zu werden.

Er setzte sich auf einen Holzstapel, öffnete das Buch an irgendeiner Stelle und hielt es vor Gaspodes kritisch blickende Augen.

»Es stehen überall Zeichen auf dem Papier«, sagte der Hund nach einer Weile.

Victor seufzte. »Das ist die Schrift«, erklärte er.

Gaspode sah genauer hin. »Und sie besteht aus vielen kleinen Bildern?«

»So schrieb man früher. Die Leute malten winzige Bilder, die bestimmte Gedanken bedeuteten.«

»Bedeutet das... Wenn sich ein Bild häufig wiederholt, so stellt es einen wichtigen Gedanken dar?«

»Was? Nun, ja. Ich glaube schon.«

»Wie der Tote.«

Victor zögerte verwirrt.

»Der Tote am Strand?«

»Nein. Der Tote im Buch. Siehst du? Hier ist überall ein toter Mann abgebildet.«

Victor warf Gaspode einen überraschten Blick zu und drehte das Buch.

»Wo? Ich kann nirgends irgendwelche Toten erkennen.«

Der Hund schnaufte.

»Hier auf der ganzen Seite«, sagte er. »Sieht aus wie die Gräber in uralten Tempeln und so. Du weißt schon: Dort liegen Statuen auf dicken Steinplatten, mit gekreuzten Armen und langen Schwertern. Tote Adlige.«

»Meine Güte! Du hast recht! Man könnte diese Darstellung tatsächlich für einen Toten halten...«

»Und was die übrigen Zeichen betrifft...«, fuhr Gaspode weise fort.

»Vermutlich schildern sie das Leben des Verstorbenen. Eine Lobpreisung nach der anderen. Ehrentitel wie ›Der-Tausende-erschlug‹. Du kennst das ja. Wahrscheinlich hat er den Priestern 'ne Menge Geld hinterlassen, damit sie dauernd Gebete sprechen, Kerzen anzünden, Ziegen opfern und was weiß ich. Das war damals üblich. Tja, die Burschen verbringen ihr ganzes Leben damit, zu saufen und herumzuhuren, und wenn der Schnitter damit beginnt, seine Sense zu schärfen, werden sie plötzlich ganz fromm und bezahlen den Priestern viel Geld, damit sie ihre Seelen möglichst schnell reinwaschen und den Göttern erzählen, wie anständig sie immerzu gewesen sind.«

»Gaspode?« fragte Victor ruhig.

»Ja?«

»Du warst ein dressierter Hund. Woher weißt du das alles?«

»Ich bin nicht nur niedlich, sondern auch intelligent.«

»Du bist alles andere als niedlich, Gaspode.«

Der kleine Hund zuckte mit den Schultern. »Wie dem auch sei: Ich habe immer gut zugehört und alles beobachtet. Ein Hund kann erstaunlich viel hören und sehen. Damals wußte ich natürlich nicht, was das alles bedeutet, aber mittlerweile habe ich es begriffen.«

Victor blickte wieder auf die Seiten. Wenn man die Augen halb schloß... Ja, dann schienen mehrere der kleinen Bilder die Statue eines Ritters zu zeigen, dessen Hände auf einem Schwert ruhten.

»Vielleicht ist damit gar kein Mann *gemeint*«, sagte er. »Piktographische Schrift hat ihre Tücken. Es geht dabei um den Zusammenhang.« Er zog die Schubladen seines Gedächtnisses auf, kramte darin nach den Erinnerungen an jene Bücher, die er in der Unsichtbaren Universität gelesen hatte. »Zum Beispiel: In der achatenen Schriftsprache gewinnen die Zeichen für ›Frau‹ und ›Sklavin‹ eine ganz neue Bedeutung, wenn sie nebeneinander stehen. Dann ist von ›Gattin‹ die Rede.«

Tugelbend konzentrierte sich auf die Seite. Der Tote – oder der Schlafende oder der Auf-ein-Schwert-gestützt-Stehende; die Gestalt war so stilisiert, daß man kaum sicher sein konnte – erschien häufig neben einem anderen Bild. Victors Zeigefinger folgte den Piktogrammen.

»Vielleicht ist das Mann-Symbol nur Teil eines Wortes«, fuhr er fort. »Siehst du hier? Es zeigt sich immer rechts neben diesem Bild, das eine Art... Tür oder so darzustellen scheint. Möglicherweise heißt das Wort...« Victor überlegte. »Tür-Mann.«

Er neigte das Buch ein wenig zur Seite.

»Ein alter König?« spekulierte Gaspode. »Oder... ›Der Mann mit dem Schwert ist gefangen.‹ Oder: ›Achtung, hinter der Tür steht ein Mann, der ein Schwert trägt.‹ Könnte alles bedeuten.«

Victor starrte auf das Buch hinab. »Komisch«, murmelte er. »Er wirkt nicht direkt tot. Nur leblos. Wartet er darauf, zum Leben erweckt zu werden? Jemand, der mit einem Schwert wartet?«

Tugelbend betrachtete das winzige Bild. Die Gesichtszüge blieben undeutlich, aber trotzdem erweckte die Gestalt einen vertrauten Eindruck.

»Weißt du...«, sagte Victor langsam. »Er sieht fast so aus wie mein Onkel Osric...«

Klickaklickaklicka. Klick.

Die Spule drehte sich nicht mehr. Donnernder Applaus toste los. Hunderte von Füßen stampften über Hunderte von leeren Knallkörnertüten hinweg.

In der vordersten Reihe des *Odium* starrte der Bibliothekar auf die nun weiße Leinwand. Zum vierten Mal an diesem Nachmittag hatte er *Schatten der Wüste* gesehen, ohne sich von seinem Sitz zu heben – einen dreihundert Pfund schweren Orang-Utan brachten die Leute nicht dazu, zwischen den Vorstellungen ins Foyer zu verschwinden. Vor ihm bildeten Erdnußschalen und zerknüllte Tüten einen mittelgroßen Haufen.

Der Bibliothekar fand großen Gefallen an den beweglichen Bildern. Sie berührten etwas in seiner Seele. Er hatte sogar damit begonnen, eine Geschichte zu schreiben, die sich seiner Meinung nach bestens dazu eignete, verfilmt zu werden.* Ganz gleich, wem er das Manuskript gab: Alle lobten es, manchmal ohne es vorher zu lesen.

Doch etwas an diesem Streifen bereitete ihm Unbehagen. Viermal hatte er ihn nun gesehen, ohne daß die Unruhe nachließ.

Er stemmte sich aus den drei Sitzen, die seine massige Gestalt

* Es ging dabei um einen jungen Affen, der allein in einer großen Stadt aufwächst und die Sprache der Menschen lernt.

beanspruchte, wankte durch den Mittelgang und betrat das kleine Zimmer, in dem Bezam den Film zurückspulte.

Bezam sah auf, als sich die Tür öffnete.

»Verschwinde aus...«, begann er. Er unterbrach sich und grinste verzweifelt. »Hallo, mein Herr. Toller Streifen, nicht wahr? Wir zeigen ihn gleich noch einmal und... *Was machst du da he was fällt dir ein?*«

Der Bibliothekar riß die große Rolle vom Projektor, löste den Streifen davon und hielt ihn vor die Lampe. Bezam war so dumm, danach zu greifen – eine ledrige Faust traf ihn an der Brust. Eine Sekunde später fand er sich auf dem Boden wieder, und von Kobolden bemalte Okto-Zellulose ringelte auf ihn herab.

Entsetzt beobachtete er, wie der große, grunzende Affe eine bestimmte Stelle des Streifens in beiden Händen hielt und sie schnitt, indem er zweimal zubiß. Dann half ihm der Bibliothekar auf die Beine, klopfte Bezam den Staub von der Kleidung, gab ihm einen Klaps auf den Rücken, drückte ihm den Rest in die hilflosen Arme und schlurfte mit einigen gestohlenen, nun nicht mehr beweglichen Bildern fort.

Der Kinobesitzer starrte ihm fassungslos nach.

»Ich will dich hier nie wieder sehen!« rief er, als er den Affen außer Hörweite wußte.

Dann blickte er auf die beiden getrennten Enden hinab.

Unterbrechungen bei den Vorstellungen waren keineswegs ungewöhnlich. Bezam hatte viele hektische Minuten damit verbracht, in fieberhafter Eile zu schneiden und zu kleben, während das Publikum fröhlich brüllte und besonders temperamentvolle Zuschauer Erdnüsse, Messer sowie große Streitäxte in Richtung Leinwand warfen.

Vorsichtig trat er über das kinematographische Durcheinander zu seinen Füßen hinweg, griff nach Schere und Leim. Kurz darauf seufzte er erleichtert, als er die Enden ins Licht hielt. Wenigstens war keine interessante Szene zusammen mit dem Bibliothekar verschwunden. Seltsam, Bezam hatte erwartet, daß der Affe einen Teil wählte, in dem ein Kampf stattfand oder Delores De Syn eindeutig zuviel Brust präsentierte. Statt dessen galt sein Interesse einer Sequenz, in der die Söhne der Wüste ihre Bergfestung verließen und hintereinander ritten, auf identischen Kamelen.

»Weiß gar nicht, was er damit will«, brummte Bezam und nahm den Deckel vom Leimtopf. »Dort sind doch nur Felsen zu sehen.«

Victor und Gaspode verharrten zwischen den Dünen am Strand.

»Da drüben steht die aus Treibholz errichtete Hütte«, sagte Tugelbend und streckte den Arm aus. »Und wenn du genau hinsiehst, erkennst du eine Art Straße, die direkt zum Hügel führt. Doch auf dieser Seite des Hangs gibt es nur einige alte Bäume.«

Gaspode blickte zur Bucht von Holy Wood.

»Sie ist rund«, stellte er fest. »Komisch.«

»Finde ich auch.«

»Ich habe einmal von einer Stadt gehört, in der es so lasterhaft zuging, daß die Götter sie in eine Pfütze aus geschmolzenem Glas verwandelten«, bemerkte Gaspode ganz nebenbei. »Nur eine Person beobachtete, wie es geschah, und sie verwandelte sich ebenfalls: tagsüber in eine Salzsäule, und des Nachts in einen Pfefferstreuer.«

»Donnerwetter. Was haben die Leute in der Stadt angestellt?«

»Keine Ahnung. Wahrscheinlich nicht viel. Der geringste Anlaß genügt, um Götter zu erzürnen.«

»Ich brav! Braver Laddie!«

Der Hund jagte über die Dünen, wie ein Komet aus goldenen und orangefarbenen Haaren. Einige Meter vor Gaspode leitete er das Bremsmanöver ein, rutschte, sprang dann aufgeregt umher und bellte.

»Er ist entkommen und möchte, daß ich mit ihm spiele«, erklärte Gaspode niedergeschlagen. »Lächerlich, nicht wahr? *Fall tot um, Laddie.*«

Sofort rollte sich Laddie auf den Rücken und streckte alle vier Beine gen Himmel.

»Siehst du?« brummte Gaspode. »Er versteht mich, jedes Wort.«

»Er mag dich«, vermutete Victor.

»Hm.« Gaspode schniefte. »Wie sollen es Hunde jemals zu etwas bringen, wenn sie umherhüpfen und Menschen verehren, nur weil sie ihr Essen von ihnen bekommen? He, was will er denn jetzt?«

Laddie ließ ein Aststück vor Gaspode fallen und musterte ihn hoffnungsvoll.

»Er möchte, daß du den Stock wirfst«, sagte Victor.

»Warum?«

»Damit er ihn zurückbringen kann.«

Tugelbend griff nach dem Stock, holte aus und warf ihn. Laddie stürmte begeistert über den Strand. »Ich verstehe nicht, wie es möglich sein kann, daß wir von Wölfen abstammen«, knurrte Gaspode. »Ich meine, der durchschnittliche Wolf ist ein schlauer Bursche, oder? Steckt voller listiger Gerissenheit und so. Wir sprechen hier von grauen Pfoten in weiter Tundra, um es ganz deutlich zu sagen.«

Er sah sehnsüchtig zu den fernen Bergen. »Und plötzlich, ein paar Generationen später, haben wir hier Hansi, das Hündchen, komplett ausgestattet mit kalter Schnauze, glänzendem Fell und Heringsgehirn.«

»Und wir haben dich«, fügte Victor hinzu. Laddie erzeugte einen kleinen Sandsturm, als er zurückkam und ihm den feuchten Stock brachte. Tugelbend hob ihn auf und warf erneut. Laddie raste wieder los und bellte enthusiastisch.

»Nun, ja«, gestand Gaspode ein, folgte Victor und wackelte auf krummen Beinen. »Aber ich komme allein zurecht. In dieser Welt wird man von Hunden gefressen, wenn man nicht aufpaßt. Ich meine, glaubst du, der Narr dort könnte in Ankh-Morpork auch nur fünf Minuten lang überleben? Der setzt eine Pfote in die falsche Gasse – und er wäre drei Paar pelzbesetzte Handschuhe und Knusprig Gebraten Nummer 27 im nächsten rund um die Uhr geöffneten klatschianischen Schnellimbiß.«

Zum dritten Mal warf Victor den Stock.

»Was hat es eigentlich mit dem berühmten Gaspode auf sich, dessen Namen du trägst?« erkundigte er sich.

»Du hast nie von ihm gehört?«

»Nein.«

»Er war berühmt.«

»Ein Hund?«

»Ja. Lebte vor langer, langer Zeit. Es gab da einen alten Burschen in Ankh. Gehörte zu einer Sekte, die ihre Toten begräbt. Tja, irgendwann kratzte er ab, und man buddelte ihn ein, und er hatte einen Hund...«

»Der Gaspode hieß?«

»Ja, und der Hund war sein einziger Freund. Legte sich aufs Grab des Toten und jaulte wochenlang. Knurrte jeden an, der sich in die Nähe wagte. Und dann starb er.«

Victor holte gerade mit dem Stock aus und zögerte.

»Das ist sehr traurig«, sagte er und warf. Laddie sauste einmal mehr davon und verschwand im Gebüsch am Hügel.

»Ja«, bestätigte Gaspode. »Angeblich zeigt es die unschuldige, ewige Liebe eines Hunds seinem Herrchen gegenüber.« Die letzten Worte spuckte er wie Asche aus.

»Bist du anderer Ansicht?«

»Allerdings«, erwiderte Gaspode. »Ich glaube, jeder verdammte Hund bleibt auf einem Grab hocken und jault, wenn sein Schwanz unter dem verdammten Grabstein eingeklemmt ist.«

In der Ferne erklang energisches Bellen.

»Keine Sorge«, sagte Gaspode. »Bestimmt hat er einen bedrohlichen Felsen oder so etwas gefunden.«

Der bedrohliche Felsen hieß Ginger.

Ein Orang-Utan wankte zielstrebig durch die labyrinthene Bibliothek der Unsichtbaren Universität, brachte eine Treppe hinter sich und erreichte jenen Bereich, in dem sich die Hochsicherheitsregale erstreckten.

Fast alle in der Bibliothek lagernden Werke waren aufgrund ihrer magischen Natur gefährlicher als normale Bücher. Die meisten von ihnen mußten angekettet werden, damit sie nicht umherflatterten.

Doch die unteren Sektionen...

Dort bewahrte man die *wilden* Bücher auf, die wegen ihres Verhaltens oder Inhalts ein ganzes Regal für sich erforderten, in schweren Fällen sogar ein ganzes *Zimmer*. Es handelte sich um Bücher mit ausgeprägten kannibalischen Tendenzen: Wenn man sie in der Nähe von schwächeren Artgenossen unterbrachte, waren sie am nächsten Morgen viel dicker und erweckten den Anschein, zufrieden zu grinsen. Dabei waren das Bücher, deren Inhaltsverzeichnisse genügen, um das ungeschützte Gehirn in grauen Käse zu verwandeln: nicht Bücher über Magie, sondern magische Bücher.

Viele Leute verbinden völlig falsche Vorstellungen mit Magie. Sie reden von mystischen Schwingungen, kosmischem Gleichgewicht und Einhörnern – mit echter Magie hat so etwas ebensowenig zu tun wie ein Kasperletheater mit der Royal Shakespeare Company.

Echte Magie ist die Hand am Griff der Kettensäge, der Funken im

Pulverfaß, der Raum-Zeit-Tunnel, der im Plasmaherzen einer Sonne endet, ein Flammenschwert, *das bis zum Griff brennt.* Wer mit Fackeln in einer Teergrube jongliert, geht weniger Risiken ein als jemand, der mit echter Magie herumspielt. Eher kann man sich vor tausend heranstürmenden Elefanten auf den Boden legen...

Nun, das behaupten zumindest die Zauberer. Und aus diesem Grund verlangen sie so hohe Gebühren für ihre magischen Dienste.

Doch hier, in den dunklen Korridoren, war es sinnlos, sich hinter Amuletten, mit Sternsymbolen geschmückten Umhängen und spitzen Hüten zu verbergen. Hier unten hatte man es entweder, oder man hatte es nicht. Und wenn man es nicht hatte, dann hatte es einen.

Geräusche ertönten hinter den mit dicken Riegeln gesicherten Türen, als der Bibliothekar an ihnen vorbeischlurfte. Gelegentlich warf sich etwas Schweres so heftig gegen ein Portal, daß die Angeln erzitterten.

Manchmal knisterte, knackte und knarrte es in der Finsternis.

Der Affe zögerte vor einem torbogenartigen Zugang. Die Tür darin bestand nicht aus Holz, sondern aus Granit; sie war so ausbalanciert, daß sie sich von außen leicht öffnen ließ und gleichzeitig hohen Druck an der Innenseite aushielt.

Nach einigen Sekunden griff der Orang-Utan in eine kleine Wandnische, holte eine eiserne Maske mit getöntem Glasvisier daraus hervor, setzte sie auf und nahm dann zwei Handschuhe: Stahlfacetten hafteten am Leder, um zusätzlichen Schutz zu gewähren. Anschließend schloß sich die rechte Pranke des Bibliothekars um den Stil einer Fackel. Er entzündete die mit Öl getränkten Lappen in einer der Kohlenpfannen im Flur.

Ganz hinter in der Nische ruhte ein Messingschlüssel.

Er tastete danach und holte tief Luft.

Alle Bücher der Macht zeichneten sich durch ein für sie charakteristisches Wesen aus. Das *Oktav* war schroff und gebieterisch. Das *Lachsalven-Grimoire* neigte zu tödlichen Streichen. *Die Freuden des tantrischen Sex* mußten in Eiswasser aufbewahrt werden. Der Bibliothekar kannte sie alle, und er wußte auch, worauf es bei dem Umgang mit ihnen ankam.

Hier lag der Fall anders. Für gewöhnlich sah man nur Kopien aus elfter oder zwölfter Hand, und um Gefährlichkeit im Verhältnis zum

Original zu beschreiben, könnte man das Gemälde einer Explosion mit einer, nun, Explosion vergleichen. Dieses spezielle Buch hingegen hatte das pure, graphitgraue Unheil seines Inhalts vollständig absorbiert.

Der Titel war über dem Zugang ins Gestein gemeißelt, damit ihn niemand – ob Mensch oder Affe – vergaß.

NEKROTELICOMNICON.

Der Orang-Utan schob den Schlüssel ins Schloß und betete zu den Göttern.

»Ugh«, sagte er inbrünstig. »Ugh.«

Die Tür schwang auf.

Im dunklen Zimmer klirrte eine Kette.

»Sie atmet noch«, sagte Victor. Laddie sprang herum und bellte sich heiser.

»Vielleicht solltest du ihre Bluse aufknöpfen«, schlug Gaspode vor. »War nur eine Idee«, fügte er hinzu. »Brauchst mich nicht gleich so anzustarren. Ich bin ein Hund – was weiß ich schon?«

»Es scheint alles in Ordnung mit ihr zu sein, aber... Sieh dir ihre Hände an.« Victor runzelte die Stirn. »Meine Güte, was hat sie *gemacht*?«

»Sie hat versucht, die Tür dort zu öffnen«, antwortete Gaspode.

»Welche Tür?«

»*Die* da.«

Ein Teil des Hügels war beiseite gerutscht, und dicke Mauersteine ragten aus dem Sand. Die Stümpfe alter Säulen wirkten wie vergeblich mit Fluor behandelte Zähne.

Zwischen zwei von ihnen wölbte sich ein Tor, dreimal so hoch wie Victor groß. Darin befanden sich zwei hellgraue Türhälften aus Stein – oder aus Holz, das im Lauf vieler Jahre so hart wie Stein geworden war. Eine stand einen Spaltbreit offen. Der Sand davor verhinderte, daß sie noch weiter aufschwang, und darin beobachtete Tugelbend tiefe Furchen. Ginger hatte sie offenbar mit bloßen Händen gegraben.

»Und das in dieser Hitze – wie dumm«, sagte Victor leise. Er sah vom Portal zum Meer, richtete den Blick dann auf Gaspode.

Laddie lief näher und bellte vor dem Spalt zwischen den beiden Türhälften.

»Was ist in ihn gefahren?« fragte Victor, dem plötzlich unheimlich zumute war. »Sein Fell sträubt sich. Jedes einzelne Haar steht ab. Warnen ihn mysteriöse animalische Sinne vor drohendem Verderben?«

»Ich glaube, er ist schlicht und einfach ausgerastet«, erwiderte Gaspode. *»Sei still, Laddie!«*

Der andere Hund jaulte, wich von der Tür zurück, verlor das Gleichgewicht im losen Sand und rollte den Hang hinab. Unten sprang er auf und bellte erneut. Es war nicht das Bellen eines dummen Köters, eher das Bellen eines gut dressierten Jagdhunds, der gerade eine Katze in den Baum getrieben hatte.

Victor beugte sich vor und berührte das Portal.

Es fühlte sich kalt an, trotz der allgegenwärtigen Hitze von Holy Wood. Darüber hinaus spürte Tugelbend eine leichte Vibration.

Er strich mit den Fingerkuppen über die Tür, und sie berührten rauhe Stellen. Eine Inschrift, über Jahrhunderte hinweg vom Strand abgerieben?

»Ein solches Portal ...«, sagte Gaspode hinter Victor. »Ein solches Portal, wenn du meine Meinung hören willst, ein solches Portal, ein solches Portal ...« Er holte tief Luft. »Ein solches Portal ist *kein* gutes Zeichen.«

»Kein gutes Zeichen?« wiederholte Victor.

»Nein.«

»Was dann?«

»Keine Ahnung. Warum willst du alles so genau wissen? Genügt es dir nicht, daß diese Tür kein gutes Zeichen ist? Muß sie auch noch etwas anderes sein?«

»Sie sieht wichtig aus«, murmelte Tugelbend. »Irgendwie tempelartig. Warum wollte Ginger sie öffnen?«

»Sand und Felsen, die plötzlich wegrutschen. Geheimnisvolle Türen, die darunter zum Vorschein kommen.« Gaspode schüttelte den Kopf. »Jede Menge ungute Zeichen. Laß uns von hier verschwinden und in aller Ruhe darüber nachdenken – an einem möglichst weit entfernten Ort.«

Ginger stöhnte. Victor ging neben ihr in die Hocke.

»Was hat sie gesagt?«

»Keine Ahnung«, entgegnete Gaspode.

»Klang wie ›Ich möchte all Hain sein‹.«

»Übergeschnappt.« Gaspode hob eine Pfote und klopfte sich damit an die Schläfe. »Zuviel Sonne, schätze ich.«

»Vielleicht hast du recht. Eins steht fest: Ihre Stirn ist ziemlich heiß.« Victor hob Ginger vorsichtig hoch und taumelte ein wenig unter ihrem Gewicht.

»Los«, brachte er hervor. »Gehen wir zur Stadt zurück. Es wird bald dunkel.« Er sah zu den verkümmerten Bäumen. Der Torbogen mit dem Portal befand sich in einer Art Mulde, und vermutlich sammelte sich hier am Morgen soviel Tau, um den Pflanzen so etwas wie angefeuchtete Trockenheit zu gewähren.

»Dieser Ort kommt mir bekannt vor«, sagte Victor. »Hier haben wir unseren ersten Film gedreht, Ginger und ich.«

»Sehr romantisch«, kommentierte Gaspode. Er eilte davon, Laddie folgte ihm und sprang glücklich um ihn herum. »Wenn was Schreckliches aus jener Tür dort herauskriecht, kannst du es ›unser Ungeheuer‹ nennen.«

»He, warte!«

»Beeil dich.«

»Warum möchte Ginger ›all Hain‹ sein? Was *bedeutet* ›all Hain‹?«

»Keine Ahnung...«

Als sie fort waren, kehrte Stille in die Mulde zurück.

Wenig später ging die Sonne unter. Ihre letzten Lichtstrahlen krochen übers Portal und verwandelten die Kratzer in ein Relief. Mit ein wenig Phantasie konnte man die Darstellung eines Mannes erkennen.

Eines Mannes, der ein Schwert trug.

Es raschelte kaum hörbar, als Sand rieselte, Korn für Korn. Bis um Mitternacht schwang die eine Türhälfte um weitere zwei Millimeter auf.

Holy Wood träumte.

Holy Wood träumte vom Erwachen.

Rubin schüttete Wasser ins Feuer unter den Bottichen und stellte Sitzbänke auf Tische – der »Blaue Lias« war im Begriff zu schließen. Sie beugte sich vor, um die letzte Lampe auszublasen, doch dann zögerte sie und blickte noch einmal in den Spiegel.

Bestimmt wartete Detritus vor der Hintertür, so wie jede Nacht.

Vor einigen Stunden hatte er an der Theke gesessen und stumm gegrinst. Allem Anschein nach plante er etwas.

Rubin hatte eine junge Frau, die bei den beweglichen Bildern arbeitete, um Rat gefragt, und als Ergebnis trug sie nun nicht mehr nur eine Federboa, sondern auch einen Hut mit breiter Krempe und Oograah-Dingen – Menschen bezeichneten sie als Kirschen. Sie hoffte, damit eine atemberaubende Wirkung zu erzielen.

Es gab jedoch ein Problem: Detritus war ein sehr, nun, trollischer Troll. Während Millionen von Jahren hatten sich Troll-Frauen zu Troll-Männern hingezogen gefühlt, die aussahen wie ein Monolith mit einem Apfel drauf. Rubins verräterische Instinkte schickten Botschaften durch ihr Rückgrat und beharrten darauf, daß sie lange Reißzähne und O-Beine außerordentlich attraktiv finden sollte.

Trolle wie Rock und Mory erwiesen sich als weitaus moderner und konnten sogar mit Messer und Gabel umgehen, aber Detritus strahlte etwas Beruhigendes aus. Vielleicht lag es daran, daß seine Fingerknöchel den Boden auf eine so dynamische Weise berührten. Außerdem zweifelte Rubin kaum daran, daß sie intelligenter war als er. Ihm haftete eine Art dumme Unaufhaltsamkeit an, die sie faszinierend fand – ebenfalls rein instinktiv – Intelligenz gehörte bei Trollen nicht zu den Eigenschaften, die fürs Überleben notwendig sind.

Darüber hinaus mußte Rubin zugeben: Ganz gleich, was sie mit Federboas und hübschen Hüten zu erreichen versuchte – sie konnte nicht darüber hinwegtäuschen, daß sie auf die 140 zuging und etwa vierhundert Pfund Übergewicht hatte.

Wenn er doch nur endlich lernte, wie man einer Frau *richtig* den Hof machte...

Wenn er sich doch endlich einen Ruck gegeben hätte...

Rubin überlegte, ob sie mit ein wenig Make-up nachhelfen sollte.

Sie seufzte, blies die letzte Lampe aus, öffnete die Tür und trat in ein wirres Durcheinander aus Wurzeln.

Ein riesiger Baum reichte durch die ganze Gasse. Detritus mußte ihn viele Meilen weit gezogen haben. Die wenigen übriggebliebenen Äste hatten mehrere Fensterscheiben zertrümmert oder zeigten wie anklagend zum dunklen Himmel.

Der Troll hockte stolz auf dem Stamm: die Arme weit ausgebreitet, ein fröhliches Wassermelonen-Grinsen im Gesicht.

»Tra-lah!« verkündete er.

Rubin seufzte erneut. Als Troll war es nicht leicht, romantisch zu sein.

Der Bibliothekar zwang das erste Blatt beiseite und kettete es fest. Das Buch versuchte, ihn zu beißen.

Es verdankte seine bösartige, hinterhältige Natur dem Inhalt.

Zwischen den beiden Buchdeckeln steckte verbotenes Wissen.

Nun, nicht wirklich *verbotenes* Wissen. Niemand hätte es gewagt, jenes Wissen zu verbieten. Außerdem: Um es zu verbieten, müßte man zunächst in Erfahrung bringen, worum es sich handelte, und das wäre dann ebenfalls verboten. Wie dem auch sei... Es handelte sich um Informationen, die man am liebsten aus seinem Gedächtnis verbannt hätte, sobald sie dort einen Platz fanden.*

In Legenden hieß es: Jeder Mensch, der nur einige wenige Zeilen des Originals las, würde den Verstand verlieren und als Irrer sterben.

Das stimmte sicher.

Legenden behaupteten auch, das Buch enthielte Illustrationen, die selbst bei einem geistig besonders starken Mann dafür sorgten, daß ihm das Gehirn aus den Ohren tropfte.

Was ebenfalls der Wahrheit entsprach.

Des weiteren berichteten die Legenden: Wenn ein Mann das *Nekrotelicomnicon* öffnete, so mußte er damit rechnen, daß sich die Haut von seiner Hand löste und den Arm hinaufkroch.

Niemand wußte, ob tatsächlich eine solche Gefahr bestand, aber es klang schlimm genug, um wahr zu sein. Und deshalb hatte niemand ein Experiment riskiert.

Legenden erzählten viel übers *Nekrotelicomnicon,* doch sie schwie-

* Das *Nekrotelicomnicon* wurde von einem klatschianischen Nekromanten verfaßt, den die Welt unter dem Namen Achmed der Verrückte kannte, obgleich er es vorzog, Achmed-ich-habe-nur-diese-Kopfschmerzen genannt zu werden. Es heißt, Achmed schrieb das Buch, nachdem er zuviel von dem seltsamen, dickflüssigen klatschianischen Kaffee getrunken hatte, durch den man nicht nur nüchtern wird, sondern der einen *auf die andere Seite* der Nüchternheit bringt. Dadurch sieht man das Universum in seiner ganzen schrecklichen Realität, ohne den Nebel der Selbsttäuschung, mit dem sich intelligente Wesen umgeben, um nicht den Verstand zu verlieren. Über das frühere Leben Achmeds ist nur wenig bekannt, denn unmittelbar nach seinem Tod zerfiel die Seite »Über den Verfasser« zu Asche. Die Rubrik »Andere Bücher vom gleichen Autor« teilt uns jedoch folgendes mit: Vor dem *Nekrotelicomnicon* hat Achmed-ich-habe-nur-diese-Kopfschmerzen ein Werk mit dem Titel »Humorvolle Geschichten über Katzen« publiziert, was eine Menge erklärt.

gen sich über Orang-Utans aus, die das Buch einfach in Stücke reißen und es verspeisen konnten. Der Bibliothekar sah es sich nicht zum erstenmal an, und die schlimmsten Konsequenzen, die sich bisher für ihn ergeben hatten, waren leichte Migräne und ein Ekzem. Trotzdem hielt er es für besser, kein Risiko einzugehen. Er rückte das Visier der Maske zurecht und strich mit einem von schwarzem Leder geschützten Finger übers Stichwortverzeichnis. Die Buchstaben zitterten und versuchten, nach ihm zu schnappen.

Gelegentlich hielt er das Stück vom Streifen ins flackernde Licht der Fackel.

Wind und Sand hatten die in den Fels gemeißelten Zeichen abgeschliffen und geglättet, doch einige von ihnen ließen sich noch immer recht deutlich erkennen. Die Symbole weckten vage Erinnerungen in dem Affen.

Er fand den gesuchten Hinweis, und es folgte ein kurzer Kampf mit dem Buch. Als er die Fackel drohend an den Umschlag hielt, gab das *Nekrotelicomnicon* schließlich nach. Der Bibliothekar blätterte vorsichtig.

Er beugte sich näher.

Guter alter Achmed-ich-habe-nur-diese-Kopfschmerzen...

»... und in dem Hügel, so hieß es, wurde eine Tür der Welt gefunden, und Leute aus der Stadt berichteten, was es dort zu sehen gab. Sie ahnten nichts vom Entsetzen, das zwischen den Universen lauert...«

Die Fingerspitze des Bibliothekars glitt von rechts nach links über die Bilder und wanderte dann zum nächsten Abschnitt.

»Die *Anderen* fanden das Tor von Holy Wood und suchten die Welt heim, und in einer Nacht breiteten sich alle Arten von Wahnsinn aus, und Chaos herrschte, und die Stadt versank im Meer, und alles wurde eins mit den Fischen und Hummern, bis auf jene, die rechtzeitig flohen...«

Der Orang-Utan schürzte die Lippen und las den letzten Teil der Seite.

»... ein Goldener Krieger, der den dämonischen Feind verjagte und die Welt rettete, sprach: Wo das Tor ist, da bin auch ich; Holy Wood hat mich geboren, um zu wachen über die Wilde Idee. Und die Leute fragten: Wie können wir für immer zerstören das Tor? Und er antwortete: Das ist unmöglich, denn es handelt sich nicht um ein Ding, aber ich werde für euch am Tore Wache halten. Aber siehe, die Leute waren nicht von gestern, und sie fürchteten das Heilmittel mehr als die Krankheit, und sie fragten: Was verlangst du von uns, um Wache zu halten am Tore? Und der Goldene Krieger wuchs, bis er so groß wurde wie ein Baum, und er sprach: Nur eure Erinnerungen, damit ich nicht schlafe. Dreimal am Tage sollt ihr euch an Holy Wood erinnern. Anderenfalls kommt Unheil über die Städte der Welt, und ihr werdet sehen, wie die größte von ihnen in Flammen aufgeht. Mit diesen Worten nahm der Goldene Mann sein goldenes Schwert und trat in den Hügel, um dort am Tor zu wachen für immer.

Und die Leute murmelten: Komisch, er sieht genauso aus wie mein Onkel Osbert...«

Der Bibliothekar blätterte weiter.

»... Aber einige von ihnen, Mensch und Tier, wurden berührt von der Magie Holy Woods. Wie ein alter Fluch setzt sie sich durch die Generationen fort, bis die Priester vergessen und der Goldene schläft. Wehe der Welt...«

Der Affe schloß das Buch, daß dabei wie ein Maul zuschnappte.

Es war keine ungewöhnliche Legende. Der Bibliothekar hatte sie schon einmal gelesen – wenigstens einen großen Teil davon –, in nicht annähernd so gefährlichen Büchern. Auf der Sto-Ebene erzählte man sich verschiedene Versionen davon. Einst, in grauer Vorzeit, hatte es eine große Stadt gegeben, noch größer als Ankh-Morpork, wenn das überhaupt möglich war. Und ihre Bewohner hatten *etwas* angestellt, sich nicht nur gegen die Menschheit oder die Götter versündigt, sondern gegen das ureigene Wesen des Universums – ein so schreckliches Verbrechen, daß die Stadt während einer stürmischen Nacht im Meer versank. Nur wenige Personen überlebten und brachten den Barbaren der weniger hoch entwickelten Scheibenweltregionen die Segnungen der Zivilisation, zum Beispiel Wucher und Makramee.

Kaum jemand nahm die Geschichte ernst. Sie war nur einer der Wenn-du-nicht-damit-aufhörst-wirst-du-blind-Mythen, die zum Erbe jeder Kultur gehörten. Selbst wenn man lange suchte und überall Ausschau hielt: Man konnte nirgends eine Stadt finden, die es in Hinsicht auf Lasterhaftigkeit mit Ankh-Morpork aufnehmen konnte, und bisher schien es ihr mit großem Erfolg gelungen zu sein, übernatürliche Strafe zu vermeiden. Andererseits... Vielleicht war die Metropole längst bestraft worden – ohne daß ihre Bewohner etwas davon gemerkt hatten.

Die Legenden nannten nie Namen und Ort der versunkenen Stadt. Sie beschränkten sich auf folgende Angaben: Jene Katastrophe fand vor langer, langer Zeit und weit, weit entfernt statt.

Niemand wußte, wo sich die namenlose Stadt befand und ob sie jemals existiert hatte.

Der Bibliothekar starrte noch einmal auf die Symbole.

Sie waren sehr vertraut und zeigten sich überall in den Ruinen von Holy Wood.

Azhural stand auf einem niedrigen Hügel und beobachtete, wie sich das Meer von Elefanten bewegte. Hier und dort wackelten mit Vorräten und Proviant beladene Wagen zwischen den staubigen grauen Leibern, wie ruderlose Boote. Eine Quadratmeile der Steppe verwandelte sich in eine schlammige Suhle, in der kein Gras mehr wuchs. Allerdings ... Der Geruch deutete darauf hin, daß dieses Gebiet nach dem nächsten Regen zum fruchtbarsten und grünsten der ganzen Scheibenwelt werden würde.

Der Viehhändler hob den Saum seines Umhangs und betupfte sich die Augen.

Dreihundertdreiundsechzig Elefanten! Wer hätte das gedacht?

Überall dröhnte lautes Trompeten. Die Jagdgruppen waren bereits vorausgeeilt, um weitere Elefanten zu fangen. M'Bu zweifelte nicht daran, daß es ihnen schon bald gelang, die tausend Exemplare zusammenzubringen, und Hoffnung hinderte Azhural daran, ihm zu widersprechen.

Seltsam. Jahrelang hatte er M'Bu nur für eine Art wandelndes Lächeln gehalten, für einen freundlichen Jungen, der gut mit Schaufel und Bürste umgehen konnte. Nicht für jemanden, hinter dessen Stirn bemerkenswerte Ideen wohnten.

Und dann ... Plötzlich wollte jemand tausend Elefanten, und der Junge hob den Kopf, und in seinen Augen funkelte es, und man *sah*, daß unter dem Lächeln ein Dickhäuter-Experte darauf wartete, sich der Herausforderung zu stellen. Komisch. Ein Leben lang kannte man jemanden, ohne zu ahnen, daß er dazu ausersehen war, tausend Elefanten um die ganze Scheibenwelt zu treiben.

Azhural hatte keine Söhne und war entschlossen, alles seinem Assistenten zu hinterlassen. Sein derzeitiges Vermögen bestand aus dreihundertdreiundsechzig Elefanten sowie, äh, einem weit überzogenen Konto. Aber darauf kam es nicht an – allein der gute Wille zählte.

M'Bu lief über den Pfad, ein Klemmbrett unter dem Arm.

»Wir sind soweit, Boß«, sagte er. »Du brauchst nur den Befehl zu geben.«

Azhural straffte sich. Er blickte über die weite Ebene, starrte zu den Affenbrotbäumen und beobachtete die purpurnen Berge. O ja. Die Berge. Unbehagen regte sich in ihm, sobald er an die Berge dachte. Er hatte M'Bu darauf angesprochen, und der Junge erwiderte: »Wir überqueren die Brücken, wenn wir sie erreichen, Boß.« Als Azhural behutsam darauf hinwies, daß gar keine Brücken existierten, sah ihm M'Bu in die Augen und sagte mit fester Stimme: »Zuerst bauen wir die Brücken, und dann überqueren wir sie.«

Weit jenseits der Berge erstreckte sich das Runde Meer, und dort gab es sonderbare Orte mit sonderbaren Namen: Ankh-Morpork und Holy Wood.

Der Wind wehte über die Steppe und trug selbst hier seine flüsternde Stimme mit sich. Azhural hob seinen Stab.

»Es sind tausendfünfhundert Meilen bis nach Ankh-Morpork«, sagte er. »Wir haben dreihundertdreiundsechzig Elefanten und fünfzig Karren mit Futter. Der Monsun beginnt bald, und wir tragen ... wir tragen ... gewisse Dinge, wie Glas, nur dunkler ... dunkles Glas vor den Augen ...« Der Viehhändler unterbrach sich verwirrt und überlegte, was seine Worte bedeuten mochten.

Die Luft schien zu glitzern.

M'Bu warf ihm einen erwartungsvollen Blick zu.

Azhural zuckte mit den Schultern. »Also los.«

Der Junge wölbte die Hände trichterförmig vor dem Mund. Er hatte viele Stunden damit verbracht, die Marschordnung zu planen.

»Blaue Abteilung unter Onkel N'Gru – *vorwärts*!« rief er. »Gelbe Abteilung unter Tante Googool – *vorwärts*! Grüne Abteilung unter Vetter zweiten Grades !Kck! – *vorwärts ...*«

Eine Stunde später war die Steppe vor dem niedrigen Hügel leer – abgesehen von einer Milliarde Fliegen und einem einzelnen Mistkäfer, der sein Glück nicht fassen konnte.

Etwas machte »Plop« auf dem roten Staub und schuf einen kleinen Krater.

Weitere Tropfen fielen.

Ein Blitz spaltete den Stamm eines nahen Affenbrotbaums.

Es begann zu regnen.

Schmerz prickelte in Victors Rücken. Im Drehbuch schien es eine gute Idee zu sein, junge Frauen zu tragen und in Sicherheit zu bringen, doch nach den ersten hundert Metern stellten sich gewisse Nachteile heraus.

»Hast du eine Ahnung, wo Ginger wohnt?« fragte Tugelbend. »Hoffentlich in der Nähe ...?«

»Ich weiß es nicht«, erwiderte Gaspode.

»Sie erwähnte ein Zimmer über einem Wäscheladen«, schnaufte Victor.

»Es gibt nur einen, in der Gasse neben Borgels Freßstube«, sagte der Hund.

Gaspode und Laddie gingen voraus und erklommen die wacklige Außentreppe einer großen, wackligen Hütte. Vielleicht rochen sie Gingers Quartier. Victor verzichtete auf die Frage, ob sie es mit Hilfe von mysteriösen animalischen Sinnen fanden.

Er versuchte, so leise wie möglich zu sein, als er die Hintertreppe hochstieg. Vage Erinnerungen teilten ihm mit, daß an solchen Orten oft Gewöhnliche oder Sehr Mißtrauische Hauswirtinnen spukten, und er glaubte, bereits genug Probleme zu haben.

Mit Gingers Fuß stieß er die Tür auf.

Es war ein kleines Zimmer mit niedriger Decke, und die Einrichtung bestand aus den traurigen, schmucklosen Möbeln, wie man sie in allen möblierten Zimmern des Multiversums fand. Diesen Eindruck vermittelte der erste Blick. Der zweite enthüllte, daß Gingers Zimmer mit ... Ginger eingerichtet war.

Ganz offensichtlich hatte sie nie ein Plakat weggeworfen, nicht einmal die der ersten Filme, auf denen ihr Name »eine junge Frau« lautete. Sie klebten an den Wänden. Wohin Tugelbend auch sah: Aus jeder Ecke starrten ihn Delores De Syn und Victor Maraschino an.

Auf der einen Seite des kleinen Raums stand ein Spiegel, davor zwei halb heruntergebrannte Kerzen.

Victor legte Ginger vorsichtig aufs schmale Bett und sah sich um. Sein sechster, siebter und achter Sinn gerieten in Aufruhr – an diesem Ort lauerte Magie.

»Es ist wie ein Tempel«, sagte er. »Ein Tempel, den sie sich selbst gewidmet hat.«

»Mir gruselt's hier«, ließ sich Gaspode vernehmen.

Victor schauerte. Es war ihm immer wieder gelungen, nicht mit spitzem Hut und Zauberstab belohnt zu werden, aber er hatte sich thaumaturgische Instinkte erworben. Vor seinem inneren Auge entstand das Bild einer versunkenen Stadt: Kraken schwammen verstohlen durch finstere Türen, und Hummer patrouillierten auf den Straßen.

»Das Schicksal mag es nicht, wenn Leute mehr Platz für sich beanspruchen, als ihnen zusteht. Es ist allgemein bekannt.«

Ich werde die berühmteste Person auf der ganzen Welt, dachte Victor. *Das hatte sie gesagt.* Er schüttelte den Kopf.

»Nein«, erwiderte er laut. »Ihr gefallen nur die Plakate. Es ist ganz normale Eitelkeit.«

Es klang kaum glaubhaft, nicht einmal für seine eigenen Ohren. In diesem Zimmer vibrierte ...

Was? Noch nie zuvor hatte er so etwas gespürt. Eine Art Energie, ja. Etwas, das wie spöttisch an seiner Wahrnehmung kratzte. Nicht direkt Magie. Zumindest nicht jene Magie, die er kannte. Aber etwas, das ihr ähnelte und doch anders war. Der gleiche Unterschied wie zwischen Zucker und Salz: die gleiche Beschaffenheit, die gleiche Farbe, doch ...

Ehrgeiz wuchs nicht auf dem Nährboden der Magie. Er mochte eine enorme Kraft entfalten, nur zeichnete er sich gewiß nicht durch eine magische Natur aus. Oder?

Magie war nicht schwer. Das ganze barocke Gebäude der Zauberei diente dazu, diese Tatsache zu verbergen. Wer ein Mindestmaß an Intelligenz und genug Durchhaltevermögen hatte, konnte Magie beschwören. Die Zauberer versuchten, mit spitzen Hüten und komplizierten Ritualen darüber hinwegzutäuschen – um ihr Monopol zu schützen.

Schwierig wurde es erst, wenn man Magie benutzte und gleichzeitig überleben wollte.

Man vergleiche die Menschheit mit einem Kornfeld und die Magie mit Dünger, der dafür sorgt, daß alles besser und höher wächst. Ein gedüngtes Kornfeld ist sofort zu erkennen. Was bedeutet: Magie weckt Aufmerksamkeit. *Insbesondere die der Götter und von … Dingen außerhalb der Welt,* dachte Victor. Wer Magie benutzte, ohne auf die damit verbundenen Risiken zu achten, nahm meistens ein böses Ende.

An einem entsetzlichen Ort.

Erneut entsann sich Tugelbend an das Gespräch mit Ginger. *Ich werde die berühmteste Person der ganzen Welt.* Vielleicht handelte es sich dabei um eine völlig neue Art von Ehrgeiz. Er galt nicht etwa Gold, Macht, Land oder den vielen anderen Dingen, die Menschen für erstrebenswert hielten. Er bezog sich vielmehr auf die eigene Person: Man wollte so groß sein, wie es möglich war. Etwas Ideelles löste das Materielle ab.

Einmal mehr schüttelte Victor den Kopf. Er stand hier in dem schlichten Zimmer eines schlichten Hauses, in einer Stadt, die ungefähr so wirklich war wie, wie die hier gedrehten beweglichen Bilder. Derartige Gedanken eigneten sich nicht für einen solchen Ort.

Man durfte nie vergessen, daß es für die Wirklichkeit in Holy Wood gar keinen Platz gab.

Tugelbend blickte wieder zu den Plakaten. Man bekommt nur eine Chance, flüsterte ihm die gemalte Ginger zu. Das Leben dauerte etwa siebzig Jahre, und wenn man Glück hat, bekommt man eine Chance. Denk an all die guten Skiläufer, die in der Wüste geboren werden. Denk an all die genialen Schmiede, die zur Welt kamen, als noch niemand das Pferd erfunden hatte. Denk an die vielen Talente, die für immer schlafen. Denk an die vielen ungenutzten Chancen.

Ich kann von Glück sagen, in dieser Zeit zu leben, überlegte Victor kummervoll.

Ginger drehte sich im Schlaf auf die andere Seite. Inzwischen atmete sie wieder regelmäßig.

»Komm«, brummte Gaspode. »Es gehört sich nicht, daß du allein im Budduah einer Dame bist.«

»Ich bin nicht allein«, widersprach Victor. »Sie ist bei mir.«

»Eben«, knurrte Gaspode.

»Wuff«, fügte Laddie loyal hinzu.

»Weißt du …«, begann Victor und folgte den Hunden über die Treppe, »ich glaube, hier stimmt was nicht. Irgend etwas geht vor sich, aber ich habe keine Ahnung, um was es sich handelt. Warum hat Ginger versucht, das Portal zu öffnen?«

»Wahrscheinlich steht sie mit dunklen Mächten im Bunde«, vermutete Gaspode.

Victor achtete nicht darauf. »Die Stadt und der Hügel und das alte Buch und so... Bestimmt ergäbe alles einen Sinn, wenn mir der Zusammenhang klar wäre.«

Er trat in den frühen Abend, ins Licht und in den Lärm von Holy Wood.

»Morgen kehren wir zu der Tür zurück und lösen das Rätsel«, beschloß Victor.

»Nein«, entgegnete Gaspode. »Morgen wollten wir nach Ankh-Morpork, erinnerst du dich?«

»Wir?« wiederholte Victor. »Ich wußte gar nicht, daß du mich und Ginger begleiten willst.«

»Laddie kommt ebenfalls mit«, sagte Gaspode. »Ich...«

»Braver Laddie!«

»Ja, ja, ich hab's von den Dresseuren gehört. Nun, wenn Laddie mitkommt... Ich kann ihn nicht allein lassen. Muß auf ihn aufpassen und so. Damit er keine Dummheiten anstellt.«

Victor gähnte. »Nun, ich gehe zu Bett. Wir müssen sicher früh aufbrechen.«

Gaspode sah unschuldig durch die nächste Gasse. Irgendwo öffnete sich eine Tür, und das Gelächter von Betrunkenen erklang.

»Nun, ich vertrete mir noch ein wenig die Beine, bevor ich mich aufs Ohr lege«, sagte er. »Zeige Laddie...«

»Braver Laddie!«

»... die Sehenswürdigkeiten und so.«

Victor blickte skeptisch auf den Hund hinab.

»Führ ihn nicht zu lange herum«, mahnte er. »Sonst machen sich die Leute Sorgen um ihn.«

»Schon gut, schon gut«, erwiderte Gaspode. »Nacht.«

Er setzt sich und beobachtete, wie Victor fortging.

»Möchte mal erleben, daß jemand wegen *mir* besorgt ist«, knurrte er leise. Er drehte den Kopf, und Laddie nahm sofort Haltung an.

»Na schön, Kumpel«, sagte er. »Wird Zeit, daß du was lernst. Lektion Eins: Wie bekommt man in Kneipen was zu trinken, ohne dafür bezahlen zu müssen?« Gaspode lächelte ein breites Hundelächeln. »Kannst froh sein, daß du mir begegnet bist.«

Zwei Hunde taumelten über die mitternächtliche Straße.

»Wir schind zwei kleine Lämmer«, heulte Gaspode. »Und wir haben unsch verirrt...«

»Wuff! Wuff! Wuff!«

»Wir sind zwei kleine verirrte Lä-ämah, und wir... und wir...« Gaspode sank auf den Boden und kratzte sich am Ohr. Besser gesagt: Er kratzte sich dort, wo er das Ohr vermutete. Das Bein wackelte unsicher in der Luft. Laddie warf ihm einen mitfühlenden Blick zu.

Ein erstaunlich erfolgreicher Abend lag hinter ihnen. Gaspode hat eine eigene Methode, um Leute zu veranlassen, ihm einen Drink zu spendieren: Er starrte sie so lange an, bis sie seinen durchdringenden Blick nicht mehr ertrugen und ihm Bier in einen Napf schütteten. Diese Taktik erforderte viel Zeit, aber früher oder später führte sie zum gewünschten Ergebnis. Laddie hingegen...

Laddie rückte sich mit Kunststücken in den Mittelpunkt der allgemeinen Aufmerksamkeit. Er trank aus Flaschen. Er bellte die richtige Anzahl von Fingern, die man ihm zeigte. Nun, dazu war auch Gaspode imstande, aber er hatte nie in Erwägung gezogen, daß man eine Belohnung dafür einstreichen konnte.

Laddie erspähte junge Frauen, die von hoffenden Verehrern ausgeführt wurden. Er legte ihnen den Kopf auf den Schoß und blickte so seelenvoll zu ihnen auf, daß ihm der Verehrer Bier und goldfischförmige Kekse besorgte, um seine Begleiterin zu beeindrucken. Gaspode hatte so etwas nie fertiggebracht, und dafür gab es zwei Gründe. Erstens: Er war zu klein, um den Kopf auf einen normal hohen Schoß zu legen. Zweitens: Wenn er es trotzdem versuchte, war die Folge immer ein entsetzter Schrei.

Er hatte unter einem Tisch gesessen und das Geschehen mit verwirrter Mißbilligung beobachtet. Nach einer Weile beobachtete er es mit angetrunkener verwirrter Mißbilligung, denn Laddie war immer sehr großzügig, wenn es darum ging, sein Bier mit ihm zu teilen.

Schließlich setzte man sie beide auf die Straße, und Gaspode traf eine Entscheidung: Er wollte Laddie erklären, was es mit Hundewürde auf sich hatte.

»Man darf nich' dauernd mit dem Schwanz wl... wehll... wedeln, wenn man esch mit Menschen zu tun hat«, sagte er mühsam. »Damit verrätscht du die, die, die ganze Hundeheit. Wir können nie die Fescheln der Abhängigkeit vom Menschen abschtreifen, scholange Hunde wie du froh schind, irgendwelche Leute zu schehen. Esch hat mich mit Abscheu erfüllt schu beobachten, wie du dich auf den Rücken gelegt und toter Hund geschpielt hascht, jawohl.«

»Wuff.«

»Du bischt ein Diener der menschlichen Imperialischten«, sagte Gaspode streng.

Laddie preßte sich die Pfoten aufs Maul.

Gaspode versuchte aufzustehen, stolperte über seine eigenen Beine und nahm wieder Platz. Schließlich rollten ihm zwei große Tränen übers Fell.

»Ich hatte natürlich nie eine Schankse«, fuhr er fort und erhob sich erneut. Diesmal gelang es ihm stehenzubleiben. »Ich meine, denk nur daran, welchen Schtart ich im Leben hatte. Man hat mich in den Flusch geworfen, in 'nem Sack. Ja, in einem Sack. Der kleine schüsche Welpe öffnet die Augen, um die Wunder der Welt zu beschtaunen, und wasch schieht er? Er schieht dasch Innere eines verdammten Schacks.« Die Tränen tropften ihm von der Schnauze. »Zwei Wochen lang habe ich den Ziegelschtein für meine Mutter gehalten.«

»Wuff«, kommentierte Laddie mit verständnislosem Mitleid.

»Habe Glück gehabt, weil man mich in den Ankh warf«, meinte Gaspode. Das Sprechen fiel ihm jetzt etwas leichter. »In jedem anderen Fluß wäre ich ertrunken und hätte mich im Hundehimmel wiedergefunden. Nach der Begegnung mit dem großen schwarzen Hund, der im Augenblick desch, des Todes erscheint und sagt: He, deine Zeit ist abgelfn. Abgelaufen.«

Gaspode starrte ins Nichts. »Aber im Ankh geht nichts unter«, brummte er nachdenklich. »Is' ein sehr zäher Fluß, der Ankh.«

»Wuff.«

»Ein Hundeleben«, sagte Gaspode. »Das meine ich natürlich im übertragenen Sinne.«

»Wuff.«

Müde blickte er in das ebenso wachsame wie dumme Gesicht seines Artgenossen.

»Du hast kein verdammtes Wort verschtanden, oder?« knurrte er.

»Wuff!« antwortete Laddie und jaulte leise.

»Mann, hast du ein Schwein«, seufzte Gaspode.

Am anderen Ende der Gasse erklang das Geräusch von Schritten, und jemand rief: »Das ist er! Hierher, Laddie! Hierher! Bei Fuß!«

Gaspode hörte Erleichterung in der Stimme.

»Einer der Dresseure«, zischte er. »Du brauchst ihm nicht zu gehorchen.«

»Braver Laddie! Braver Laddie!« bellte Laddie und lief den Männern entgegen. Unterwegs verlor er nur ein- oder zweimal das Gleichgewicht und taumelte.

»Wir haben dich überall gesucht!« entfuhr es einem Mann. Er hob einen Stock.

»Schlag ihn nicht!« stieß der andere Dresseur hervor. »Damit ruinierst du alles.« Er sah in die Gasse und begegnete Gaspodes Blick.

»Den Köter kenne ich. Treibt sich überall herum. Es läuft mir kalt über den Rücken, wenn ich ihn sehe.«

»Verscheuch ihn.«

Der Dresseur bückte sich und griff nach einem Stein. Als er wieder aufsah, war die Gasse leer. Ob betrunken oder nüchtern – Gaspode verfügte über ausgezeichnete Reflexe, wenn es die Umstände erforderten.

»Genau das meine ich.« Der Mann starrte in die Finsternis. »Als ob er Gedanken lesen kann oder so.«

»Es ist nur ein Köter«, sagte der andere Dresseur. »Eine verlauste Promenadenmischung, weiter nichts. Komm jetzt. Laß uns Laddie an die Leine nehmen und zurückkehren, bevor Herr Schnapper was merkt.«

Die beiden Männer führten Laddie zu den Studios des Flughund-Jahrhunderts und legten ihn in seinem Zwinger an die Kette. Wahrscheinlich fand er keinen großen Gefallen daran, doch in dieser Hinsicht konnte man nicht ganz sicher sein: Der Platz in Laddies Verstand – wenn dieser Ausdruck überhaupt angemessen war – wurde zum größten Teil von Verpflichtungen beansprucht, und im Rest regten sich nur vage emotionale Schatten.

Er zog versuchsweise an der Kette und legte sich dann auf den Boden, um die weiteren Entwicklungen abzuwarten.

Einige Minuten später erklang eine heisere Stimme am Zaun. »Vielleicht sollte ich dir einen Knochen mit einer Feile drin schicken, aber ich fürchte, du frißt das Ding einfach.«

Laddie hob den Kopf.

»Braver Laddie! Braver Gaspode!«

»Pscht! Pscht! Man hätte dir wenigstens die Möglichkeit geben müssen, mit deinem Anwalt zu reden. Jemanden anzuketten... Das verstößt gegen die Menschenrechte.«

»Wuff!«

»Wie dem auch sei: Ich hab's ihnen heimgezahlt. Bin dem einen Mann bis nach Hause gefolgt, um ihm einen Denkzettel zu verpassen. Der Inhalt meiner Blase befindet sich jetzt vor seiner Tür.«

»Wuff!«

Gaspode seufzte und watschelte fort. Manchmal fragte er sich tief in seinem Herzen, ob es nicht doch ganz nett wäre, jemandem zu *gehören*. Er dachte nicht an Ketten oder Leinen, sondern eher an das Band der Freundschaft. Er stellte sich vor, so sehr an jemandem zu hängen, daß er ihm die Pantoffel brachte und sich auf seinem Grab vor Kummer verzehrte.

Laddie mochte so etwas. Wenn man in diesem Zusammenhang von »mögen« sprechen konnte – es schien bei ihm in den Knochen zu stecken, vielleicht sogar noch tiefer. Gaspode überlegte, ob derartige Verhaltensweisen die wahre Hundenatur widerspiegelten. Ein leises, dumpfes Knurren entrang sich seiner Kehle. Nein, unmöglich. Bei der wahren Hundenatur ging es nicht um Pantoffeln und trauriges Jaulen auf Gräbern. Wahre Hundenatur verlangte von einem Hund, hart, unabhängig und gemein zu sein.

Ja.

Gaspode hatte gehört, daß die Angehörigen verschiedener Hunderassen gemeinsame Nachkommen zeugen konnten, und das schloß Wölfe mit ein. Woraus folgte: In jedem Hund verbarg sich ein Wolf. Man konnte Wölfe in Hunde verwandeln, aber niemand schaffte es, den Wolf aus einem Hund zu vertreiben. Dieser Gedanke spendete ihm Trost, wenn Leute nach ihm traten und ihn die Flöhe noch häufiger bissen als sonst.

Gaspode fragte sich, wie man bei der Paarung mit einem Wolf vorging – und was *nachher* passierte.

Nun, das spielte keine Rolle. Wichtig war nur, daß wahre Hunde nicht vor Freude umhersprangen, wenn irgend jemand lobende Worte an sie richtete.

Ja.

Gaspode knurrte einen Müllhaufen an. »Wag es bloß nicht, mir zu widersprechen«, zischte er.

Ein Teil des Haufens bewegte sich. Ein Katzengesicht erschien, mit einem verstorbenen Fisch im Mund. Als Gaspode – um der Tradition willen – halbherzig bellen wollte, ließ die Katze den Fisch fallen und sprach zu ihm.

»Hallo.«

Gaspode entspannte sich. »Oh, hallo. Ich wollte dich nicht beleidigen. Hatte keine Ahnung, daß du es bist.«

»Ich haffe Fiff«, erklärte die Katze. »Aber wenigftenf redet er nicht.«

Ein anderer Teil des Müllhaufens geriet in Bewegung, und die Maus kam zum Vorschein.

»Was macht ihr hier?« erkundigte sich Gaspode. »Habt ihr nicht gesagt, auf dem Hügel sei es sicherer?«

»Jetft nicht mehr«, erwiderte die Katze. »Dort wird ef immer unheimlicher.«

Gaspode runzelte die Stirn. »Du bist eine Katze«, stellte er fest. »Ich dachte immer, Katzen lieben das Unheimliche.«

»Mag fein. Aber fie lieben keine goldenen Funken, die einem überf Fell kniftern. Und fie lieben auch keinen Boden, der dauernd fittert. Ebensowenig wie fonderbare Ftimmen, die im eigenen Kopf flüftern. Auf dem Hügel ift ef jetft nicht mehr nur unheimlich, fondern gefpenftiff.«

»Deshalb haben wir ihn alle verlassen«, fügte Quieki hinzu. »Kuschelweich und die Ente haben sich in den Dünen versteckt...«

Eine andere Katze sprang vom Zaun und landete in der Nähe. Sie war groß und rötlichgelb, und ihr fehlte die Holy-Wood-Intelligenz. Erstaunt starrte sie zur Maus, die überhaupt keine Anzeichen von Furcht offenbarte.

Quieki stieß Katze an. »Sorg dafür, daß sie verschwindet.«

Katze – beziehungsweise Kater – sah zum Neuankömmling. »Hau ab. He, haft du nicht gehört? Du follft verfwinden. Ach, ef ift allef fo *demütigend*.«

»Nicht nur für dich«, sagte Gaspode, als die andere Katze fortschlenderte und dabei den Kopf schüttelte. »Wenn einige der Hunde in dieser Stadt beobachten, daß ich mit einer Katze plaudere ... Dann ist mein Gossenruf dahin.«

»Wir haben unf überlegt ...« Der Kater warf Quieki einen nervösen Blick zu. »Wir haben unf überlegt ... Vielleicht, äh, follten wir unf fu erkennen geben um, um, um ...«

»Um ins Geschäft mit den Streifen einzusteigen«, sagte die Maus. »Na, was hältst du davon?«

»Ihr beide?« vergewisserte sich Gaspode verblüfft. »Ihr wollt zu den beweglichen Bildern?« Als Quieki und der Kater nickten: »Das ist doch absurd. Wer würde gutes Geld bezahlen, um zu sehen, wie Katzen Mäuse jagen? Selbst an Hunden ist das Publikum nur interessiert, wenn sie irgendwelchen Menschen zu Diensten sind. Eine Katze, die einer Maus nachjagt ... Niemand schert sich darum. Glaubt mir. Ich weiß Bescheid.«

»Dann wird's Zeit, daß die Menschen endlich alles in Ordnung bringen«, entgegnete Quieki scharf. »Damit wir nach Hause gehen können. Der Junge *unternimmt* überhaupt nichts.«

»Er ift nutzlof«, betonte Katze.

»Er hat sich verliebt«, sagte Gaspode. »Komplizierte Sache.«

»Ja, ich weif«, behauptete Katze voller Mitgefühl. »Leut fmeiffen dauernd alte Ftiefel und fo nach einem.«

»Alte Stiefel?« wiederholte die Maus.

»*Mir* paffiert daf dauernd, wenn ich verliebt bin«, antwortete der Kater und seufzte.

»Bei Menschen ist das anders«, sagte Gaspode ungewiß. »Menschen bewerfen sich nicht mit alten Stiefeln, und meistens verzichten sie auch darauf, einen Eimer mit kaltem Wasser aus dem Fenster zu schütten. Sie verwenden, äh, Blumen. Und sie streiten sich.«

Die Tiere musterten sich niedergeschlagen.

»Ich habe Victor und Ginger beobachtet«, meinte Quieki. »Sie hält ihn für einen Idioten.«

»Das gehört dazu«, erwiderte Gaspode. »Man nennt es Romantik.«

Katze zuckte mit den Schultern. »Mir find Ftiefel lieber. Bei Ftiefeln weif man, woran man ift.«

Der glitzernde Geist von Holy Wood strömte hinaus in die Welt und war vom Rinnsal zur Flutwelle angeschwollen. Er blubberte in den Adern von Menschen, Tieren und anderen Wesen. Er war zugegen, wenn Kurbeldreher die Kurbeln von Bilderkästen drehten. Wenn die Tischler Nägel ins Holz hämmerten, so arbeiteten sie für Holy Wood. Holy Wood befand sich in Borgels Eintopf, im Sand, in der Luft.

Holy Wood wuchs.

Und reifte heran...

Treibe-mich-selbst-in-den-Ruin Schnapper – oder T.M.S.I.D.R., wie er sich gern nennen ließ – setzte sich im Bett auf und starrte in die Dunkelheit.

Vor seinem inneren Auge brannte eine Stadt.

Er streckte die Hand zum Nachtschränkchen aus, tastete nach den Streichhölzern, entzündete die Kerze und nahm einen Stift.

Kein Papier da. Obwohl er immer wieder darauf bestand, daß ständig Papier neben dem Bett bereitliegen mußte. Für den Fall, daß er mit einer Idee erwachte. Die besten Ideen kamen einem immer im Schlaf.

Wenigstens hatte er einen Stift.

Schnapper kritzelte hastig aufs Laken.

Ein Mann und eine Frau im Feuer der Leidenschaft, in einer vom Bürgerkrieg heimgesuchten Stadt!

Der Stift kratzte und kleckste übers grobe Leinen.

Ja! Genau! Hervorragend!

Er würde es ihnen allen zeigen! Gipspyramiden und Paläste aus Pappe – ha! *Dies* hier stellte alles in den Schatten. Wenn die Geschichte von Holy Wood geschrieben wurde, so sollte kein Zweifel bestehen. T.M.S.I.D.R. Schnapper hatte den besten Streifen aller Zeiten gedreht.

Trolle! Kämpfe! Romantik! Männer mit dünnen Schnurrbärten! Söldner! Und eine Frau, die sich verzweifelt bemüht... Schnapper zögerte kurz. Irgend etwas zu bewahren, das sie liebt, diesen Punkt klären wir später. In einer verrückt gewordenen Welt!

Der Stift eilte weiter, kritzelte mit unermüdlichem Eifer.

Bruder gegen Bruder! Frauen in Reifröcken verteilen Ohrfeigen! Eine mächtige Dynastie, nun dem Untergang geweiht!

Eine große Stadt in Flammen! Am Rand notierte Schnapper: Nicht in Flammen der Leidenschaft. Echtes Feuer!

Und...

Er biß sich auf die Lippe.

Ja. Darauf hatte er gewartet! *Ja!*

Tausend Elefanten!

(Später meinte Soll Schnapper: »Hör mal, Onkel, der Bürgerkrieg von Ankh-Morpork – eine großartige Idee. Kein Problem. Ein bedeutendes historisches Ereignis. Überhaupt kein Problem. Allerdings haben die Historiker nie von irgendwelchen Elefanten berichtet.«

»Damals ging's drunter und drüber«, verteidigte sich Treibe-mich-selbst-in-den-Ruin. »Bei solchen Gelegenheiten wird das eine oder andere übersehen.«

»Bei tausend Elefanten scheint mir das kaum möglich zu sein.«

»Wer leitet dieses Studio?«

»Ich meine nur ...«

»Jetzt *hör* mal«, sagte Schnapper. »Vielleicht gab es damals keine tausend Elefanten. Aber *wir* zeigen tausend Elefanten, weil durch tausend Elefanten alles viel echter aussieht, klar?«)

Das Laken füllte sich allmählich mit aufgeregter Handschrift. Treibe-mich-selbst-in-den-Ruin erreichte das Ende und fuhr am hölzernen Rahmen des Bettes fort.

Bei den Göttern – das war es! Keine banalen Schwertduelle. Keine Rettungen vor irgendwelchen Ungeheuern. Keine identischen Kamele, die hintereinander ritten. Diesmal benötigten sie alle Kurbeldreher Holy Woods!

Schnapper lehnte sich zurück und schnaufte in erschöpfter Ekstase.

Er sah es ganz deutlich. Der Streifen war praktisch schon im Kasten.

Jetzt mußte er sich nur noch den Titel einfallen lassen. Etwas mit einem guten Klang. Ein Titel – er kratzte sich mit dem Stift am Kinn –, der sofort darauf hinwies, daß die Angelegenheiten von gewöhnlichen Menschen Spreu in den wilden Stürmen der Geschichte gleichkamen. Stürme, ja. Gute Metaphorik. Donner. Blitze. Regen. Wind.

Wind. Genau!

Schnapper nahm den oberen Teil des Lakens und schrieb mit großer Sorgfalt:

VOM WINDE WEGGEWEHT.

Victor lag in seinem schmalen Bett und wälzte sich immer wieder von einer Seite auf die andere. Er konnte nicht schlafen. Durch sein dösendes Bewußtsein wanderten Bilder und zeigten ihm Streitwagenrennen, Piratenschiffe und Dinge, die er nicht kannte. Und mitten in diesem Durcheinander sah er ein *Geschöpf*, ein riesiges Wesen, das einen hohen Turm erkletterte und der Welt mit einem herausfordernden Grinsen trotzte. Ein Schrei erklang...

Tugelbend richtete sich in Schweiß gebadet auf.

Nach einigen Sekunden schwang er die Beine aus dem Bett und trat zum Fenster.

Über den Lichtern der Stadt ragte der Hügel von Holy Wood ins erste matte Licht der Morgendämmerung hinauf. Ein weiterer sonniger Tag kündigte sich an.

Holy-Wood-Träume strömten in unsichtbaren, goldenen Wellen durch die Straßen.

Etwas begleitete sie.

Etwas, das *nie* träumte. Etwas, das nie schlief.

Ginger stand auf und blickte ebenfalls zum Hügel. Es muß allerdings bezweifelt werden, ob sie ihn überhaupt sah. Die junge Frau bewegte sich wie eine Blinde in dem ihr vertrauten Zimmer, ging zur Tür und die Treppe hinunter, schritt durch die sterbende Nacht.

Ein kleiner Hund, eine Katze und eine Maus beobachteten Ginger, als sie stumm durch die Gasse eilte. Offenbar wollte sie zum Hügel.

»Habt ihr die *Augen* gesehen?« fragte Gaspode.

»Fie glühen«, erwiderte der Kater. »Meine Güte!«

»Sie geht zum Hügel«, sagte Gaspode. »Das gefällt mir nicht.«

»Und wenn schon«, erwiderte Quieki. »Sie ist dauernd dort. Jede Nacht stapft sie hin, streicht ziellos herum und wirkt dabei überaus dramatisch.«

»Was?«

»Jede Nacht. Wir dachten, es hängt mit der Romantik und so zusammen.«

»Aber wenn man beobachtet, wie sie sich bewegt...«, stieß Gaspode verzweifelt hervor. »Dann weiß man sofort, daß etwas nicht stimmt. Sie *taumelt* und erweckt den Anschein, von einer inneren Stimme oder so angetrieben zu werden.«

»Oh, ich weiß nicht«, entgegnete Quieki. »Wenn du mich fragst: Wer beim Gehen nur zwei Beine benutzt, taumelt immer.«

»Ein Blick in ihr Gesicht genügt. Dann wird einem klar, daß etwas nicht in Ordnung ist!«

»Nun, sie gehört zu den Menschen«, meinte die Maus. »Bei den Menschen ist nie alles in Ordnung.«

Gaspode dachte darüber nach, was er jetzt tun konnte. Viel Auswahl hatte er nicht. Die naheliegendste Maßnahme bestand darin, Victor aufzusuchen und ihn hierherzubringen. Er entschied sich dagegen, weil es zu sehr wie Laddies dummes Verhalten aussah: Wenn du als tapferer, intelligenter Hund mit einem Rätsel konfrontiert wirst – fällt dir nichts Besseres ein, als einen Menschen zu rufen, um es zu lösen?

Er lief los und schnappte nach dem Saum des Nachthemds. Die Schlafwandlerin setzte den Weg fort und zerrte den Hund hinter sich her. Katze lachte, und nach Gaspodes Ansicht klang es zu sarkastisch.

»Wird Zeit aufzuwachen«, knurrte er und löste die Zähne aus dem dünnen Stoff. Gingers Beine blieben in Bewegung.

»Na bitte«, schnurrte Katze. »Man gebe ihnen eine Hand mit vier Fingern und einem Daumen. Und fon glauben fie, etwaf Befonderef zu fein.«

»Ich werde ihr folgen«, beschloß Gaspode. »Eine junge Frau, die des Nachts allein unterwegs ist... Ihr könnte etwas zustoßen.«

»Typiff für Hunde«, wandte sich Katze an Quieki. »Wollen fich dauernd bei den Zweibeinern einfmeicheln. Beftimmt dauert ef nicht mehr lange, bif er ein mit Diamanten befetztef Halfband und einen Napf mit feinem Namen drauf bekommt.«

»Wenn du unbedingt einen Teil deines Fells verlieren willst – ich bin gern zu Diensten.« Gaspode fletschte seine kariösen Zähne.

»Daf brauche ich mir nicht gefallen zu laffen«, sagte der Kater und hob stolz den Kopf. »Komm, Quieki. Laf unf einen Müllhaufen fuchen. Hier gibt ef zuviel *Dreck*.«

Gaspode starrte den beiden Tieren nach.

»Mieze!« rief er.

Dann zockelte er durch die Gasse, behielt Ginger im Auge und haßte sich dafür. Wenn ich ein Wolf wäre, dachte er, und tief in meinem Innern *bin* ich ein Wolf, ja, dann würde ich nun den Rachen öffnen und, und... Ich meine, dann hätte die junge Frau da vorn nur noch eine Lebenserwartung von wenigen Sekunden. Ich *könnte* angreifen. Natürlich. Ich könnte *jederzeit* angreifen. Ich will es nur nicht. Und eins steht fest: Es liegt mir fern, auf sie aufzupassen. Victor würde mich bestimmt bitten, sie vor irgendwelchen Gefahren zu bewahren, aber ich lasse mir von Menschen keine Anweisungen geben. Wäre ja noch schöner. Wehe dem Menschen, der versucht, mir Anweisungen zu erteilen. Müßte mit einer zerfleischten Kehle rechnen, jawohl.

Aber wenn ihr was passiert... Wahrscheinlich verzehrt er sich tagelang vor Kummer und vergißt, mich zu füttern. Was nicht heißen soll, daß Hunde wie ich Menschen brauchen, die ihnen Nahrung besorgen. Ich könnte ein Rentier reißen, indem ich ihm auf den Rücken springe und den Hals durchbeiße. Schwierig wird's nur, wenn man anschließend nach einem Teller sucht, der für eine solche Mahlzeit groß genug ist.

Ginger ging ziemlich schnell. Gaspodes Zunge baumelte aus dem Maul, als er versuchte, mit ihr Schritt zu halten. Hinter seiner Stirn pochte dumpfer Schmerz.

Er riskierte einige verstohlene Blicke nach rechts und links, um festzustellen, ob ihn andere Hunde beobachteten. Wenn mir jemand zusieht... Ich könnte den Anschein erwecken, sie zu verfolgen. Wie Beute. Ja. Das stimmt auch. Ich folge ihr nicht, sondern *ver*folge sie. Das Problem war nur: Gaspode neigte zu Kurzatmigkeit, und er keuchte nun immer lauter. Warum mußte seine Beute so *schnell* gehen?

Ginger kletterte am Hang des Hügels empor.

Gaspode überlegte, ob er laut bellen sollte. Wenn ihn später jemand nach dem Grund dafür fragte, konnte er immer behaupten, es sei ihm nur darum gegangen, die junge Frau zu erschrecken. Allerdings hatte er gerade genug Luft, um drohend zu schnaufen.

Ginger erreichte die Mulde zwischen den Bäumen.

Gaspode wankte näher, richtete sich auf und klappte den Mund auf, um eine Warnung zu winseln – fast hätte er sich an seiner eigenen Zunge verschluckt.

Das Portal stand jetzt einige Zentimeter weiter offen. Sand rieselte beiseite.

Und Stimmen flüsterten. Sie raunten keine Worte, sondern ihren *Inhalt*, die eigentliche Essenz von Bedeutung. Wie bettelnde Moskitos summten sie in Gaspodes rundem Kopf, flehten und lockten und...

...er war der berühmteste Hund auf der ganzen Welt. Die Knoten verschwanden aus seinem Fell, und fransige Stellen glätteten sich,

gewannen einen goldenen Glanz. Er spürte, wie die Zähne länger wurden, wie sich die vielen schwarzen Flecken an ihnen auflösten. Teller erschienen vor ihm, nicht gefüllt mit Innereien, aus denen normalerweise seine Mahlzeiten bestanden, sondern mit dunkelrotem Steak. Ein mit seinem Namen gekennzeichneter Napf enthielt frisches, klares Wasser, nein, leckeres Bier. Verführerischer Duft wies ihn darauf hin, daß mehrere elegante Hündinnen darauf warteten, ihn näher kennenzulernen – nachdem er gegessen und getrunken hatte. Tausende von Menschen hielten ihn für wundervoll. Er trug ein glitzerndes Halsband und…

Nein, das konnte nicht richtig sein. Kein Halsband. Früher oder später tauchten piepsende Spielzeuge auf, wenn man es versäumte, bei Halsbändern die Grenze zu ziehen.

Die Bilder zerstoben in einem Funkenregen der Verwirrung, und…

…das Rudel lief durch den Wald, vorbei an Bäumen, die ein weißes Schneegewand trugen. Es folgte ihm, die Rachen weit aufgerissen. Lange Beine fraßen den Weg. Die fliehenden Menschen auf dem Schlitten hatten überhaupt keine Chance. Einer wurde von einem hungrigen dunklen Schatten zu Boden gerissen. Das Opfer schrie, als Gaspode und die anderen Wölfe…

Nein, auch das war nicht richtig. Man verspeiste keine Menschen. Bei den Göttern, sie gingen einem auf die Nerven, aber deshalb füllte man sich nicht den Magen mit ihnen.

Widersprüchliche Instinkte schickten sich an, im schizophrenen Hundegeist einen mentalen Kurzschluß zu bewirken.

Die Stimmen gaben ihre Attacke voller Abscheu auf und wandten sich Ginger zu, die versuchte, mehr Sand beiseite zu räumen.

Einer von Gaspodes Flöhen biß fester zu als jemals zuvor – wahrscheinlich träumte er davon, der größte Floh auf der ganzen Welt zu sein. Aus einem Reflex heraus hob der Hund das Bein, um sich zu kratzen, und kehrte dadurch in die Wirklichkeit zurück.

Gaspode blinzelte.

»Oh, verdammt«, jaulte er.

Deshalb verhalten sich die Menschen so seltsam, dachte er. Ich frage mich, was Ginger träumt…

Seine Nackenhaare richteten sich auf.

Hier brauchte man keine mysteriösen animalischen Sinne. Ganz normale Sinne genügten völlig, um ihm Entsetzen zu vermitteln. Jenseits der Tür lauerte etwas Schreckliches.

Und Ginger bemühte sich, es zu befreien.

Er mußte sie wecken.

Beißen kam eigentlich nicht in Frage – der Zustand seiner Zähne ließ seit einiger Zeit zu wünschen übrig. Darüber hinaus bezweifelte er, ob lautes Bellen etwas nützte. Damit blieb nur eine Alternative...

Der Sand bewegte sich gespenstisch unter Gaspodes Pfoten; vielleicht träumte er von großen Felsen. Sequoia-Phantasien umhüllten die dürren Bäume in der Senke. Selbst die Luft veränderte sich, kräuselte sich und träumte von... von Dingen, die nur für Luft eine Rolle spielen.

Gaspode trat auf Ginger zu und preßte ihr die Schnauze ans Bein.

Das Multiversum kennt viele schreckliche Methoden, um jemanden zu wecken: das Geräusch des Mobs, der die Eingangstür aufbricht; die heulenden Sirenen von Feuerwehrwagen; die Erkenntnis, daß heute jener Montag beginnt, der am Freitag so herrlich weit entfernt zu sein schien. Auf der langen Liste schrecklicher Weckmethoden steht eine kalte Hundenase nicht an erster Stelle, aber sie zeichnet sich durch eine spezielle Schrecklichkeit aus, die Kenner des Gräßlichen und Hundehalter zu fürchten gelernt haben. Es fühlt sich an, als drücke einem jemand ein auftauendes Leberstück liebevoll ans Bein.

Ginger zwinkerte, und das Glühen in ihren Augen verblaßte. Sie sah nach unten. Das Grauen in ihrem Gesicht verwandelte sich erst in Erstaunen, doch als sie Gaspode erkannte, metamorphierte es wieder zu profundem Entsetzen.

»Hallo«, sagte Gaspode in einem schmeichlerischen Tonfall.

Die junge Frau wich zurück und streckte wie abwehrend die Hände aus. Sand rieselte durch die Lücken zwischen den Fingern. Sie starrte überrascht darauf hinab, blickte dann zu Gaspode.

»Bei den Göttern, es ist *furchtbar*«, brachte sie hervor. »Was geht hier *vor*? Warum bin ich *hier*?« Erneut gerieten ihre Hände in Bewegung, zuckten zum Mund. »O nein«, hauchte sie. »Nicht schon wieder!«

Ginger sah zu Gaspode, sah zum Portal, drehte sich um, hob das Nachthemd auf und eilte durch den Morgendunst davon.

Der Hund folgte ihr hastig. Er spürte gestaltlosen Zorn in der Luft und trachtete danach, sich innerhalb möglichst kurzer Zeit möglichst weit von der Tür zu entfernen.

Bestimmt wartet dort was Fürchterliches, dachte er. Vermutlich mit Tentakeln ausgestattet, die einem das Gesicht vom Kopf reißen können. Ich meine, wenn's um geheimnisvolle Türen in Hügeln geht... Ist doch logisch, daß sich dahinter nichts Erfreuliches verbirgt. Unheilvolle Wesen, die kein Mensch wasweißich, und ich bin ein Hund, und ich möchte ebenfalls nicht wasweißich. Aber Ginger...

Gaspode kehrte grummelnd zur Hütten- und Schuppen-Stadt zurück.

Am Hügel zitterte das Portal, und der Spalt zwischen den beiden Türhälften wuchs um den Bruchteil eines Zentimeters.

Holy Wood war lange vor Victor wach. Von den Studios des Flughund-Jahrhunderts ging lautes Hämmern aus, und Dutzende von Karren mit Bauholz bildeten eine lange Schlange vor dem Tor. Tugelbend bahnte sich mühsam einen Weg durch die Tischler und Stukkateure. Arbeiter liefen hin und her, trugen zu einem allgemeinen Durcheinander bei, in dessen Zentrum sich Silberfisch und T.M.S.I.D.R. Schnapper stritten.

Victor erreichte sie, als Silberfisch verblüfft hervorbrachte: »Die ganze Stadt?«

»Die Teile am Rand lassen wir weg«, erwiderte Schnapper. »Wichtig ist nur die Mitte: der Palast des Patriziers, die Universität, alle Gildenhäuser und so weiter. Was eben eine richtige Stadt ausmacht. Verstanden? Diesmal müssen wir es *richtig* anfangen!«

Sein Gesicht war rot angelaufen. Hinter ihm stand Detritus und hielt mit der rechten Pranke ein Bett über den Kopf – er wirkte wie ein Kellner mit einem Tablett. Schnapper zupfte am Laken, und Victor bemerkte krakelige Schrift. Nicht nur am ehemals weißen Laken, sondern auch am hölzernen Rahmen.

»Aber die Kosten...«, wandte Silberfisch ein.

»Irgendwie treiben wir das Geld auf«, sagte Schnapper ruhig.

Der Alchimist hätte nicht erschrockener sein können, wenn ihm T.M.S.I.D.R. in einem Kleid über den Weg gelaufen wäre. Er versuchte, sich wieder zu fassen.

»Nun, wenn du *entschlossen* bist, Ruin...«

»Das bin ich!«

»Nun, ich meine, wenn man sich's genau überlegt... Vielleicht können wir die Kosten auf mehrere Filme verteilen. Und wenn wir die Stadt anschließend, äh, verpachten...«

»Wovon redest du da?« zischte Schnapper. »Wir bauchen sie für *Vom Winde weggeweht*!«

»Ja, ja, natürlich«, versicherte ihm Silberfisch in einem beschwichtigenden Tonfall. »Und nachher...«

»Nachher? Es gibt kein Nachher! Hast du nicht das Drehbuch gelesen? Detritus, zeig ihm das Drehbuch!«

Der Troll senkte gehorsam das Bett.

»Das ist dein *Bett,* Ruin.«

»Drehbuch, Bett, wo ist da der Unterschied? Lies die Stelle dort, direkt über der schnörkelförmigen Schnitzerei...«

Stille folgte, während Silberfisch las. Die Stille dauerte eine Weile. Wenn es ums Lesen ging, war Silberfisch an Zahlenkolonnen gewöhnt, die unten mit Summen endeten.

Schließlich sagte er: »Du willst alles... niederbrennen?«

»So verlangt es die Geschichte«, brummte Schnapper selbstgefällig. »Mir bleibt gar keine Wahl. Die Stadt wurde während des Bürgerkriegs niedergebrannt. So steht's in den Geschichtsbüchern.«

Silberfisch straffte sich. »Mag sein«, entgegnete er steif. »Aber ich bin nicht dazu verpflichtet, so etwas zu finanzieren. Es ist alles viel zu übertrieben.«

»Ich bezahle irgendwie dafür«, sagte Schnapper gelassen.

»Mit einem Wort: un-möglich.«

»Das sind zwei Wörter.«

»Ein solches Projekt kommt nicht in Frage, jedenfalls nicht für mich«, fuhr Silberfisch fort, ohne auf Schnappers Einwand zu achten. »Ich habe versucht, die Dinge aus deiner Perspektive zu sehen, nicht wahr? Aber du nimmst die beweglichen Bilder, um sie in, in *Träume* zu verwandeln. Das war nie meine Absicht! Auf meine Unterstützung mußt du verzichten!«

»Na *schön.*« Schnapper sah zum Troll.

»Herr Silberfisch wollte gerade gehen«, sagte er. Detritus nickte, packte Silberfisch am Kragen und hob ihn langsam hoch.

Das Gesicht des kleinen Mannes wurde kalkweiß. »Du kannst mich nicht so einfach loswerden«, behauptete er.

»Willst du wetten?«

»Kein Alchimist in Holy Wood wäre bereit, für dich zu arbeiten! Wir nehmen die Kurbeldreher mit! Und dann bist du erledigt!«

»Glaubst du? Nach diesem Film gibt es niemanden in Holy Wood, der mich *nicht* um einen Job bittet! Detritus, wirf den Blödmann raus!«

»In Ordnung, Herr Schnapper«, grollte der Troll und schloß die Pranke noch fester um Silberfischs Kragen.

»Damit ist die Sache noch nicht erledigt, du, du gemeiner, hinterhältiger Größenwahnsinniger!«

Schnapper ließ die Zigarre sinken.

»Für dich immer noch *Herr* Größenwahnsinnig«, sagte er.

Er schob sich die Zigarre wieder zwischen die Lippen und nickte dem Troll zu, der Silberfisch daraufhin auch am Bein ergriff.

»Wenn du es wagst, mir auch nur ein Haar zu krümmen...«, begann der Alchimist. »Dann findest du nie wieder Arbeit in dieser Stadt!«

»Ich bereits Arbeit haben«, erwiderte Detritus ruhig und trug Silberfisch zum Tor. »Ich Vizepräsident, zuständig für das Hinauswerfen von Leuten, die Herr Schnapper nicht mögen.«

»Dann mußt du dir bald einen Assistenten beschaffen«, knurrte Silberfisch.

»Ich haben Neffen, der sich für Karriere als Rausschmeißers interessieren«, sagte Detritus. »Einen schönen Tag noch.«

»Prächtig.« Schnapper rieb sich die Hände. »Soll!«

Soll trat hinter einem auf Böcken ruhenden Tisch mit Bauplänen hervor. Er nahm einen Stift aus dem Mund.

»Ja, Onkel?«

»Wie lange dauert's?«

»Etwa vier Tage, Onkel.«

»Ausgeschlossen. Stell mehr Leute ein. Ich möchte, daß morgen alles fertig ist, klar?«

»Aber, Onkel...«

»Oder du wirst gefeuert«, fügte Schnapper hinzu. Soll riß erschrocken die Augen auf.

»Ich bin dein Neffe, Onkel«, protestierte er. »Du kannst keine Neffen feuern.«

Schnapper sah sich um und schien Victor erst jetzt zu bemerken. »Ah, Victor. Dir fehlen nie die richtigen Worte, stimmt's? Kann ich Neffen entlassen?«

»Äh.« Tugelbend überlegte. »Ich glaube nicht. Ich schätze, man muß sie verleugnen oder so. Vielleicht auch enterben. Aber...«

»Genau!– sagte Schnapper. »Genau! Wußte ja, daß du dich damit auskennst. Verleugnen und enterben. Hast du gehört, Soll?«

»Ja, Onkel«, antwortete Soll niedergeschlagen. »Ich gehe jetzt und besorge uns noch mehr Tischler, einverstanden?«

»Genau.« Soll warf Victor einen entsetzten Blick zu, bevor er forthastete. Schnapper wandte sich an einige Kurbeldreher, und Anweisungen strömten aus ihm hervor, wie Wasser aus einem Springbrunnen.

»Ich vermute, heute morgen reist niemand nach Ankh-Morpork, oder?« erklang eine Stimme vor Victors Knien.

»Nun, Schnapper ist heute sehr, äh, energisch«, sagte Tugelbend. »Scheint gar nicht mehr er selbst zu sein.«

Gaspode kratzte sich am Ohr. »Ich wollte dich auf irgend etwas hinweisen... Hm, was war's? Ah, ja. Deine Freundin steht mit dunklen Mächten im Bunde. Jene Nacht, in der wir sie auf dem Hügel sahen – wahrscheinlich wollte sie mit dem Bösen Zwiesprache halten. Na, was hältst du davon?«

Er grinste, stolz auf das Geschick, mit dem er dieses Thema angeschnitten hatte.

»Oh, gut«, kommentierte Victor geistesabwesend. Schnapper verhielt sich noch seltsamer als sonst. Sein Gebaren wirkte selbst dann sonderbar, wenn man die üblichen Maßstäbe von Holy Wood anlegte.

»Ja«, sagte Gaspode ein wenig enttäuscht. »Treibt sich des Nachts mit unheimlichen und okkulten Intelligenzen von der *Anderen* Seite herum, würde mich gar nicht wundern.«

»Freut mich für sie«, murmelte Victor. Normalerweise brannte man in Holy Wood keine Kulissen nieder. Man verwendete sie auch bei den nächsten Filmen, mit neuer Bemalung. Tugelbend spürte, wie ihn die Neugier übermannte.

»... Tausende von Darstellern«, sagte Schnapper gerade. »Es ist mir völlig gleich, wo ihr sie auftreibt. Wenn's sein muß, stellen wir alle Bewohner von Holy Wood ein, klar? Und ich möchte...«

»Ihr helft ihnen bei dem teuflischen Plan, sich die ganze Welt unter den Nagel zu reißen, wenn ich die Sache richtig sehe«, fuhr Gaspode fort.

»Tatsächlich?« fragte Victor. Schnapper sprach jetzt mit zwei alchimistischen Lehrlingen. *Wie* bitte? Ein *zwanzig* Rollen langer Film? Niemand wagte es, von mehr als fünf zu träumen!

»Ja, sie gräbt im Sand, um das Verderben aus seinem tiefen Schlaf zu wecken, damit es die Welt verheeren kann und so«, sagte Gaspode.

»Bitte sei endlich still«, erwiderte Victor gereizt. »Ich versuche zu verstehen, worüber Schnapper mit den Leuten redet.«

»Entschuldige bitte«, brummte Gaspode. »Wollte nur die Welt retten. Beschwer dich nicht bei mir, wenn *schreckliche* Wesen aus grauer Vorzeit unter deinem Bett liegen und dir mit Tentakeln zuwinken.«

»Was soll das heißen?«

»Oh, nichts. Nichts.«

Schnapper blickte auf, sah Victors neugieriges Gesicht und winkte.

»He, Junge! Komm her! Hab ich eine Rolle für dich!«

»Hast du eine?« fragte Tugelbend und schob sich an einigen Personen vorbei.

»Das habe ich gesagt, nicht wahr?«

»Nein, du hast gefragt, ob ...«, begann Victor und gab es dann auf.

»Wo ist Ginger?« erkundigte sich Schnapper. »Wieder spät dran?«

»Wahrscheinlich schläft sie noch tief und fest«, knurrte eine verdrießliche und vollkommen ignorierte Stimme, die ihren Ursprung dicht über dem Boden hatte, in einem Meer aus Flöhen. *»Ist sicher sehr anstrengend, mit dunklen Mächten im Bunde zu stehen ...«*

»Soll, laß Ginger von jemandem holen.«

»Ja, Onkel.«

»... kann man etwas anderes von Leuten erwarten, die Katzen mögen? Sind zu allem fähig, solche Leute ...«

»Und das Drehbuch muß vom Bett abgeschrieben werden.«

»Ja, Onkel.«

»... aber hören sie auf mich? Nein. Wenn ich ein glänzendes Fell hätte und herumspringen und fröhlich bellen würde ... Solchen *Hunden hört man zu ...«*

Schnapper öffnete den Mund, klappte ihn wieder zu und runzelte die Stirn.

»Wer brabbelt da?«

»... habe vermutlich die Welt für sie gerettet und verdiene eine Medaille, zumindest ein saftiges Steak, aber nein, o nein, nicht für dich Gaspode, dir *schenkt man überhaupt keine Beachtung, obwohl du ...«*

Die Stimme verklang. Kurbeldreher, Tischler und diverse Assistenten traten beiseite, gaben den Blick frei auf einen kleinen, krummbeinigen grauen Hund, der wie gleichgültig zu Schnapper aufsah.

»Bell?« sagte er unschuldig.

Ereignisse fanden in Holy Wood immer ziemlich plötzlich statt, doch die Vorbereitungen für *Vom Winde weggeweht* flogen mit der Geschwindigkeit eines Kometen voran. Die Dreharbeiten zu den übrigen Streifen des Flughund-Jahrhunderts wurden unterbrochen, und viele andere kinematographische Projekte in der Stadt erlitten ein ähnliches Schicksal. Der Grund: Schnapper stellte alle verfügbaren Schauspieler und Kurbeldreher ein, bezahlte ihnen das Doppelte des üblichen Honorars.

Eine Art Ankh-Morpork nahm zwischen den Dünen Gestalt an. Soll meinte, es wäre billiger gewesen, den Zorn der Zauberer zu riskieren, in der echten Stadt zu drehen und anschließend jemandem ein paar Dollar dafür zu bezahlen, die Metropole am Ankh in Brand zu stecken.

Schnapper weigerte sich, diesen Standpunkt zu teilen.

»Ganz abgesehen von den damit verbundenen Schwierigkeiten ...«, sagte er. »Es sähe nicht echt aus.«

»Aber ich meine die *richtige* Stadt Ankh-Morpork, Onkel«, betonte Soll. »Es *muß* echt aussehen. Wie kann es *nicht* echt aussehen?«

»Weißt du, eigentlich wirkt Ankh-Morpork nicht besonders authentisch«, erwiderte Schnapper nachdenklich.

»Natürlich wirkt die verdammte Stadt authentisch!« entfuhr es Soll. Das Band der Verwandtschaft war nun so sehr gespannt, daß es zu zerreißen drohte. »Sie existiert! Ich meine, sie existiert *wirklich*! Sie kann gar nicht authentischer sein! Sie hat soviel Authentizität, wie es nur möglich ist!«

Schnapper nahm die Zigarre aus dem Mund.

»Nein«, widersprach er. »Wart's ab.«

Ginger traf gegen Mittag ein und war so blaß, daß es nicht einmal Schnapper über sich brachte, sie anzuschreien. Die junge Frau warf Gaspode finstere Blicke zu, und er hielt sich klugerweise von ihr fern.

Schnapper hatte ohnehin keine Zeit für Ginger. Er saß in seinem Büro und erklärte *den Plot.*

Im großen und ganzen war er ganz einfach und wies die bereits vertraute Struktur auf: junger Mann lernt junge Frau kennen, junge Frau trifft einen anderen jungen Mann, junger Mann verliert junge Frau und so weiter. Es gab nur einen wichtigen Unterschied: Diesmal spielte sich alles vor dem Hintergrund eines Bürgerkriegs ab.

Der Anlaß des Bürgerkriegs von Ankh-Morpork (3. Gruni 432, 20.32 Uhr – 4. Gruni 432, 10.45 Uhr) hat bei den Historikern häufig zu hitzigen Debatten geführt. Die beiden wichtigsten Theorien lauten: 1.) Das gemeine Volk hatte die Nase voll davon, hohe Steuern an einen besonders dummen und unangenehmen König zu bezahlen. Es entschied, sich von dem längst überholten Konzept der Monarchie zu trennen und es durch eine andere Regierungsform zu ersetzen, die dazu führte, daß einige despotische Fürsten ebenfalls hohe Steuern eintrieben. Aber wenigstens behaupteten sie nicht, in göttlichem Auftrag zu handeln, wodurch sich alle viel besser fühlten; und 2.) In einer Taverne spielten mehrere Männer Leg-Herrn-Zwiebel-rein, und einer von ihnen hatte mehr als die übliche Anzahl von Assen im Ärmel, und daraufhin wurden Messer rausgeholt, und jemand erstach jemand anders, und Pfeile flogen, und jemand schwang sich am Kronleuchter hin und her, und eine achtlos geschleuderte Axt traf jemanden auf der Straße, und dann verständigte man die Wache, und jemand entzündete ein Feuer in der aus sehr trockenem Holz bestehenden Schenke, und jemand schlug ziemlich viele Leute mit einem Tisch, und dann verloren alle die Geduld und begannen zu kämpfen.

Wie dem auch sei: Es kam zu einem Bürgerkrieg, wie ihn jede hochentwickelte Zivilisation in ihrer Geschichte benötigt...*

»So wie ich das sehe...«, sagte Schnapper. »Wir haben da eine junge, adlige Frau, die ganz allein in einem großen Haus wohnt, ja, und ihr junger Mann bricht auf, um für die Rebellen zu kämpfen, weißt du, und dann sie lernt sie jemand anders kennen, tja, und dann passiert's...«

»Ein Unfall, oder wie?« vermutete Victor.

* Unter anderem gibt er Brüdern einen besseren Vorwand, gegeneinander zu kämpfen. Die Überlebenden brauchen sich später nicht mit dem Hinweis darauf herauszureden, was »seine Frau bei Tante Veras Begräbnis über unsere Mama gesagt hat«.

»Er meint, sie verlieben sich«, erklärte Ginger kühl.

»Ja, genau.« Schnapper nickte. »So was in der Art. Sie stehen in einem mit Menschen überfüllten Zimmer, und ihre Blicke begegnen sich, und die junge Dame ist ganz allein auf der weiten Welt, abgesehen von ihren Dienern, und, mal sehen, sie hat einen Hund...«

»Laddie?« fragte Ginger.

»Ja. Und natürlich versucht sie alles, um das Bergwerk der Familie vor dem Ruin zu bewahren, damit meine ich nicht mich, und deshalb spricht sie mit ihnen beiden, mit den Männern, nicht mit dem Hund, und dann kommt einer von ihnen im Krieg ums Leben, und der andere läßt sie sitzen, aber das macht ihr kaum was aus, weil sie nicht so leicht verzagt.« Schnapper lehnte sich zurück. »Na, was haltet ihr davon?«

Die übrigen Anwesenden wechselten von Unbehagen geprägte Blicke.

Nervöse Stille herrschte.

»Klingt großartig, Onkel«, sagte Soll, der sich an diesem Tag keine zusätzlichen Schwierigkeiten einhandeln wollte.

»In technischer Hinsicht eine Herausforderung«, kommentierte Gaffer.

Die anderen pflichteten ihm erleichtert bei.

»Ich weiß nicht...«, murmelte Victor.

Mehrere Blicke klebten an ihm fest – in etwa so wie die von Zuschauern an einer Löwengrube, wo gerade der erste verurteilte Verbrecher durchs eiserne Tor gestoßen wird. »Ist das etwa alles?« fuhr Tugelbend fort. »Es klingt nicht sehr kompliziert für einen so langen Film. Leute, die sich verlieben, während ein Bürgerkrieg stattfindet... Das reicht höchstens für ein paar Minuten, wenn wir die Szenen nicht zu knapp drehen.«

Wieder folgte Stille. Mehrere Personen hielten den Atem an. Zwei neben Victor sitzende Männer rutschten diskret zur Seite. Schnapper starrte ihn an.

Unter Victors Stuhl flüsterte eine fast unhörbare Stimme.

»Oh, natürlich, *für Laddie gibt es immer eine Rolle. Möchte wissen, was so toll und einzigartig an ihm ist. Ich habe alles, was er hat, vielleicht sogar noch mehr...«*

Schnapper starrte Victor weiter an.

»Du hast recht«, sagte er schließlich. »Er hat recht. Victor hat recht. Warum ist das sonst niemandem aufgefallen?«

»Ich wollte diesen Punkt gerade ansprechen, Onkel«, stieß Soll hastig hervor. »Wir müssen noch einige Dinge hinzufügen.«

Schnapper winkte mit der Zigarre. »Bei den Dreharbeiten fällt uns sicher was ein, kein Problem. Zum Beispiel ... zum Beispiel ... Wie wär's mit einem Streitwagenrennen? Das Publikum mag Streitwagenrennen. So was ist spannend. Fällt er heraus? Lösen sich gleich die Räder? Ja. Ein Streitwagenrennen.«

»Ich, äh, habe über den Bürgerkrieg gelesen«, sagte Soll vorsichtig. »Nirgends wurde erwähnt ...«

»Daß *keine* Streitwagenrennen stattfanden, oder?« Schnappers Tonfall ließ sich mit Rasierschaum vergleichen, in dem sich die scharfe Klinge verbarg. Soll ließ die Schultern hängen.

»Wenn du es so ausdrückst, Onkel ...«, erwiderte er. »Ja, da hast du recht.«

»Und ...« Schnapper überlegte. »Vielleicht sollten wir außerdem einen ... großen Hai zeigen?« Dieser Vorschlag schien auch ihn selbst zu überraschen.

Soll sah hoffnungsvoll zu Victor.

»Ich bin fast sicher, daß während des Bürgerkriegs keine Haie gekämpft haben«, meinte Tugelbend.

»Glaubst du?«

»Das wäre bestimmt jemandem aufgefallen«, fügte Victor hinzu.

»Außerdem hätten sie damit rechnen müssen, von den Elefanten zertrampelt zu werden«, murmelte Soll.

»Ja.« Schnapper seufzte traurig. »War nur so eine Idee. Weiß gar nicht, wie ich darauf gekommen bin.«

Eine Zeitlang starrte er ins Leere, schüttelte dann den Kopf.

Ein Hai, dachte Victor. Unsere Gedanken schwimmen glücklich wie kleine Goldfische umher, und dann *bewegt* sich das Wasser plötzlich, und von draußen kommt ein großer Hai. Und übernimmt das Denken.

»Du weißt einfach nicht, wie man sich benimmt«, sagte Victor zu Gaspode, als sie allein waren. »Die ganze Zeit über habe ich dich unter meinem Stuhl grummeln hören.«

»Vielleicht weiß ich nicht, wie man sich benimmt, aber wenigstens bin ich keine junge Frau, die es gräßlichen Kreaturen der Nacht ermöglichen will, in unsere Welt zu gelangen«, erwiderte der Hund.

»Natürlich nicht.« Victor zögerte kurz. »Wie meinst du das?«

»Aha! *Jetzt* hört er zu! Deine Freundin...«

»Sie ist nicht meine Freundin!«

»Deine *Fast*-Freundin«, verbesserte sich Gaspode, »wandert jede Nacht zum Hügel und bemüht sich, das Portal zu öffnen. Gestern, nachdem du gegangen warst, hat sie's wieder versucht. Ich habe sie gesehen. *Und* ich habe sie daran gehindert, ihre Absichten zu verwirklichen«, fügte er trotzig hinzu. »Was nicht heißen soll, daß ich dafür Anerkennung erwarte. Nun, hinter der Tür steckt was Schauderhaftes, und Ginger versucht, es zu befreien. Kein Wunder, daß sie morgens immer zu spät kommt und sehr müde ist. Immerhin verbringt sie die ganze Nacht damit, am Hügel zu graben.«

»Woher willst du wissen, daß hinter dem Portal gräßliche Wesen lauern?« fragte Victor beunruhigt.

»Laß es mich folgendermaßen ausdrücken«, antwortete Gaspode. »Wenn *etwas* in einer Höhle versteckt wird, hinter einer großen und sehr stabil wirkenden Tür, so soll es abends sicher nicht herauskommen, um das Geschirr zu spülen, oder? Natürlich behaupte ich nicht, daß Ginger Bescheid weiß«, fuhr der Hund freundlich fort. »Vermutlich haben diese entsetzlichen Geschöpfe ihr schwaches, Katzen liebendes Bewußtsein unter Kontrolle gebracht, wodurch sie zu einem willenloses Werkzeug des Unheils wird.«

»Manchmal redest du einen Haufen Unsinn«, sagte Victor, aber es klang nicht sehr überzeugt.

»Frag sie«, entgegnete Gaspode selbstgefällig.

»Das habe ich vor!«

»In Ordnung!«

Und wie? überlegte Victor, als sie durch den Sonnenschein schlenderten. Entschuldige bitte, Ginger, mein Hund hat mir erzählt... Nein. Wie wär's mit: He, Ginger, wie ich hörte, bist du des Nachts unterwegs, um... Nein. He, Ginj, wie kommt's, daß mein Hund... Nein.

Vielleicht sollte er einfach ein Gespräch mit ihr beginnen und abwarten, bis sie abscheuliche Wesenheiten von jenseits der Leere erwähnte.

Doch er konnte nicht sofort über Schreckliches im allgemeinen und Entsetzliches im besonderen plaudern. Weil eine heftige Auseinandersetzung stattfand.

Es ging dabei um die dritte Hauptrolle in *Vom Winde weggeweht*. Victor war natürlich der kühne und auch gefährliche Held, und für die Protagonistin kam nur Ginger in Frage. Doch der zweite wichtige Mann im Film – der Langweilige und Pflichtbewußte – verursachte gewisse Schwierigkeiten.

Victor hatte noch nie jemanden gesehen, der zornig mit dem Fuß stampfte. Er glaubte, daß so etwas nur in Büchern geschah. Jetzt beobachtete er Ginger dabei.

»Weil ich dadurch wie eine Närrin aussehe!« sagte sie gerade.

Soll fühlte sich inzwischen wie ein Blitzableiter an einem stürmischen Tag. Er gestikulierte verzweifelt.

»Aber er ist ideal für die Rolle!« erwiderte er. »Wir brauchen dafür jemanden mit einem festen Charakter...«

»Fest? *Fest?*« rief Ginger. »Natürlich ist er fest. Er besteht aus *Stein!* Vielleicht trägt er ein Kettenhemd und einen angeklebten Schnurrbart, aber er bleibt ein Troll!«

Rock ragte monolithisch neben den beiden Streitenden auf und räusperte sich laut.

»Entschuldigung«, grollte er. »Ich hoffen, wir nicht werden jetzt elementalistisch.«

Daraufhin ruderte Ginger mit den Armen. »Ich *mag* Trolle«, entgegnete sie. »Als Trolle. Aber es ist doch absurd, romantische Szenen mit jemandem zu drehen, der ein, ein, ein felsiges Gesicht hat.«

»Moment mal«, knirschte Rock. Seine Stimme wurde lauter und schriller, schien wie der Arm eines Werfers auszuholen. »Du wollen sagen damit, alles in Ordnung sein, wenn Trolle gezeigt werden, die mit Keulen auf Leute einschlagen – aber es nicht in Ordnung sein, Trolle zu zeigen, die ebenso gefühlvoll sind wie schwabbelige Menschen?«

»Nein, das will sie ganz und gar nicht sagen«, versicherte Soll hastig. »Sie...«

»Wenn man mich schneiden, so bluten ich, oder?« fragte Rock. Es klang fast wie ein Zitat.

»Nein«, widersprach Soll. »Aber...«

»Nun, ich *würde* bluten. Wenn Blut ich hätte. Dann kein Zweifel daran bestehen, daß rote Flüssigkeit aus tiefer Schnittwunde strömen.«

»Und noch etwas.« Ein Zwerg klopfte Soll ans Knie. »Im Drehbuch heißt es, ihr gehört ein Bergwerk, in dem fröhliche, lachende und singende Zwerge arbeiten, stimmt's?«

»Oh, ja«, bestätigte Soll, erleichtert darüber, vom Troll-Problem abgelenkt zu werden.

»Ist das nicht ein bißchen klischeehaft?« erkundigte sich der Zwerg. »Ich meine, es läuft doch auf Zwerge = Grubenarbeiter hinaus. Und ich sehe nicht ein, warum wir immer wieder die gleiche Rolle spielen müssen.«

»Aber die meisten Zwerge *sind* Grubenarbeiter«, sagte Soll.

»Nun, ja, doch sie freuen sich nicht darüber«, erwiderte ein anderer Zwerg. »Und sie singen nicht die ganze Zeit über.«

»In der Tat«, pflichtete ihm ein dritter Zwerg bei. »Aus Sicherheitsgründen. Wenn man unten laut singt, könnten die verdammten Stollen einstürzen.«

»*Außerdem* gibt es in der Nähe von Ankh-Morpork keine Bergwerke«, sagte ein Zwerg, vielleicht der erste – es ließ sich kaum feststellen, da sie für Soll alle gleich aussahen. »Das ist allgemein bekannt. Die Stadt steht auf Lehm. Die anderen Zwerge würden uns auslachen, wenn sie sähen, daß wir in der Nähe von Ankh-Morpork nach Bodenschätzen graben.«

»Ich nicht der Ansicht, mein Gesicht verdienen Bezeichnung ›felsig‹«, dröhnte Rocks Stimme. Manchmal brauchte er etwas länger, um über bestimmte Dinge nachzudenken. »Es vielleicht zerklüftet sein, aber nicht felsig.«

»Eins verstehen wir nicht«, brummte ein Zwerg. »Warum werden die Menschen immer groß in Szene gesetzt, während wir nur die kleinen Rollen bekommen?«

Soll lachte nervös, wie jemand, der sich in die Enge getrieben fühlt und versucht, mit einem Witz für bessere Stimung zu sorgen.

»Oh«, kommentierte er. »Es liegt daran, daß ihr ...«

»Ja?« fragten die Zwerge wie aus einem Mund.

»Äh.« Soll hielt es für angebracht, rasch das Thema zu wechseln. »Wißt ihr, ich glaube, es läuft alles auf folgendes hinaus: Ginger will auf keinen Fall das große Haus und die Mine verlieren, und deshalb...«

»Können wir bald weitermachen?« fragte Gaffer. »In einer Stunde muß ich die Kobolde ausmisten.«

»Felsiges Gesicht«, sagte Rock verdrießlich. »Gar nicht wissen, warum ich so etwas mir gefallen lassen.«

»Man verliert keine Minen«, betonte ein Zwerg. »Weil man sie nicht mit sich herumträgt. Minen sind ziemlich groß. Man kann sie sich nicht in die Tasche stecken.«

»Vielleicht enthält sie überhaupt nichts mehr, was den Abbau lohnt«, spekulierte Soll mit der Ungeduld eines Mannes, der eigentlich lieber ganz woanders wäre. »Wie dem auch sei: Die Protagonistin...«

»Nun, in dem Fall gibt man sie auf«, sagte ein anderer Zwerg. Sein Tonfall wies darauf hin, daß den Zuhörern eine längere Erklärung drohte. »Man packt seine Ausrüstung zusammen, bricht auf und treibt einen neuen Schacht in den Boden, in unmittelbarer Nähe des Hauptflözes, um...«

»Wobei es Verwerfungen und Schichtstufen zu berücksichtigen gilt«, fügte ein anderer Zwerg hinzu.

»Natürlich auch Krustenverschiebungen und dergleichen.«

»Ja. Und dann...«

»In dem Fall muß alles zusätzlich abgestützt werden.«

»Völlig klar. Und dann...«

»Was sein ›felsig‹ an meinem Gesicht?« fragte Rock, ohne daß jemand auf ihn achtete.

»RUHE!« rief Soll. »Seid endlich STILL! Wer jetzt nicht still ist, findet nie wieder einen Job in dieser Stadt! Verstanden? Habe ich mich KLAR genug ausgedrückt? Na schön.« Er hüstelte und sagte in normaler Lautstärke: »Nun gut. Ich möchte darauf hinweisen, daß wir einen atemberaubenden, spannenden und romantischen Streifen drehen, in dem es um eine Frau geht, die...« Er blickte auf sein Klemmbrett und fuhr tapfer fort: »Die alles zu bewahren versucht, was ihr am Herzen liegt, während die ganze Welt durchdreht. Und ich will jetzt keine Einwände mehr hören.«

Ein Zwerg hob zaghaft die Hand.

»Entschuldigung?«

»Ja?« fragte Soll.

»Herr Schnappers Streifen ... Warum findet die Handlung immer vor dem Hintergrund einer verrückt gewordenen Welt statt?«

Soll kniff die Augen zusammen. »Weil Herr Schnapper ein guter Beobachter ist«, antwortete er.

Schnapper behielt recht. Die neue Stadt kam einem destillierten Ankh-Morpork gleich. Schmale Gassen waren noch schmaler, hohe Gebäude noch höher, abscheuliche Steinfiguren noch abscheulicher, spitze Dächer noch spitzer. Der zur Unsichtbaren Universität gehörende Kunstturm wirkte noch baufälliger und schien den Himmel zu berühren, obgleich er nicht annähernd so groß war wie das Original. Die Universität wies noch mehr barocke Stützpfeiler auf, der Palast des Patriziers mehr Säulen. Überall eilten Tischler und Zimmerleute umher, und als sie ihre Arbeit beendeten, hätte man die wirkliche Stadt Ankh-Morpork für eine armselige Kopie ihrer selbst halten können. Allerdings: Die echten Gebäude in der echten Metropole bestanden nicht aus bemaltem Leinen an Holzgerüsten, und ihnen fehlte auch der sorgfältig aufgetragene Dreck. Die Häuser in Ankh-Morpork mußten von ganz allein schmutzig werden.

Man führte Ginger zu einem der Umkleidezelte, bevor Victor Gelegenheit fand, mit ihr zu sprechen, und dann war es zu spät, weil die Dreharbeiten begannen.

In den Studios des Flughund-Jahrhunderts vertrat man den Standpunkt, daß die Herstellung eines Films nur zehn Prozent der Zeit in Anspruch nehmen durfte, die man brauchte, um ihn sich anzusehen. Doch bei *Vom Winde weggeweht* lag der Fall anders. Schlachten fanden statt. Es gab viele Nachtszenen, und die Kobolde malten im Schein von Fackeln. Zwerge gruben fröhlich in einem Bergwerk, das bis vor kurzer Zeit noch gar nicht existiert hatte: Falsche Goldbrocken in der Größe von Eiern steckten dort in Gipswänden. Soll verlangte von ihnen, die Lippen zu bewegen, und deshalb sangen sie eine gewagte Version des Haihihaiho-Lieds, das sich bei den Zwergen Holy Woods großer Beliebtheit erfreute.

Vielleicht ahnte zumindest Soll, wie alles zusammenpaßte, doch Victor verlor schon bald die Übersicht. Aus Erfahrung wußte er: Es hatte nie einen Sinn zu versuchen, dem sogenannten Plot zu folgen.

Was den chronologischen Ablauf betraf, sprang Soll diesmal nicht nur von vorn nach hinten und umgekehrt, sondern auch von der Seite zur Mitte. Es war alles äußerst verwirrend, genau wie im richtigen Leben.

Wenn Victor eine Chance bekam, mit Ginger zu reden, fühlte er sich von zwei Kurbeldrehern und den übrigen Darstellern beobachtet, die darauf warteten, vor den einen oder anderen Bilderkasten zu treten.

»Also gut«, verkündete Soll nach einer Weile. »Jetzt drehen wir die Szene kurz vor dem Ende. Victor begegnet Ginger nach allem, was sie hinter sich haben, und auf dem Schild sagt er ...« Schnappers Neffe blickte auf das große schwarze Rechteck, das man ihm reichte. »Ja, er sagt: »Oh, Teuerste, jetzt gäbe ich alles für eine Portion von Hargas ... Schweinerippen ... mit ... leckerer ... Currysoße ...«

Soll wurde langsamer und langsamer und verstummte schließlich. Als er Luft holte, klang es nach einem auftauchenden Wal.

»*Wer* hat DIES geschrieben?«

Einer der Maler hob unsicher die Hand.

»Die Anweisung stammt von Herrn Schnapper«, verteidigte er sich.

Soll nahm sich den Haufen aus Schildern vor, die einen großen Teil des Dialogs darstellten. Er preßte die Lippen zusammen und nickte jemandem zu, der ein Klemmbrett trug. »Lauf zum Büro und bitte meinen Onkel hierher, falls er etwas Zeit erübrigen kann.«

Er wählte ein anderes Schild und las: »›Natürlich vermisse ich das alte Bergwerk, aber wenn ich eine wirklich schmackhafte Mahlzeit möchte, so kommt nur Hargas ... Rippenstube ... für ... mich ... in ... Frage.‹ Ich *verstehe*.«

Er griff nach einem weiteren schwarzen Rechteck. »Ah. Ich sehe hier einen verwundeten Soldaten der Königstreuen, und seine letzten Worte lauten: ›Oh, wie sehr sehne ich mich nach dem Hau-dir-für-einen-Dollar-den-Bauch-voll-Riesenteller in ... Hargas ... Rippenstube ...‹ Ich fasse es nicht!«

»Ich finde es sehr rührend«, sagte Schnapper hinter Soll. »In den Kinos bleibt bestimmt kein Auge trocken.«

»Onkel ...«

Schnapper hob die Hände. »Ich habe versprochen, irgendwie das Geld zusammenzubringen. Und außerdem liefert Sham Harga das Essen für die Grillparty-Szene.«

»Du wolltest das Drehbuch nicht verändern!«

»Ich habe es auch nicht verändert«, erwiderte Schnapper ruhig. »Wie kannst du *darin* irgendeine Art von Veränderung erkennen? Ich hab's nur etwas aufpoliert, hier und dort. Jetzt ist es noch besser als vorher. *Und* Hargas Alles-was-du-für-einen-Dollar-verdrücken-kannst-Spezialität hat noch niemanden enttäuscht.«

»Die Handlung des Streifens spielt vor vielen Jahrhunderten!« entfuhr es Soll.

»Nu-hun ...« Schnapper überlegte. »Vielleicht könnte jemand sagen: ›Ich frage mich, ob man in einigen Jahrhunderten in Hargas Rippenstube noch immer so gut essen kann ...‹«

»Dann sind die beweglichen Bilder also keine beweglichen Bilder mehr, sondern nur noch Geschäft!«

»Ich hoffe es«, erwiderte Schnapper. »Andernfalls müßten wir mit ziemlichen Schwierigkeiten rechnen.«

»Jetzt hör mal ...«, begann Soll drohend.

Ginger drehte sich zu Victor um.

»Laß uns irgendwohin gehen und miteinander reden«, schlug sie leise vor. »Ohne deinen Hund«, fügte sie lauter hinzu. »Ich will auf *keinen* Fall, daß uns dein Hund begleitet.«

»Du möchtest mit *mir* sprechen?« vergewisserte sich Victor.

»In letzter Zeit hatten wir kaum Gelegenheit dazu, oder?«

»Ja. Stimmt. Gaspode, *sitz*. Braver Hund.« Victor stellte zufrieden fest, wie Gaspodes Gesicht sich empört verzerrte.

Hinter ihnen entfaltete sich der übliche Holy-Wood-Streit mit neuem Enthusiasmus: Soll und T.M.S.I.D.R. standen so dicht voreinander, daß sich fast ihre Nasen berührten. Ein Kreis aus interessierten und amüsierten Zuschauern umgab sie.

»So etwas brauche ich mir nicht bieten zu lassen! Ich kann jederzeit kündigen!«

»Nein, ausgeschlossen! Du bist mein Neffe! Und du kannst nicht einfach aufhören, mein Neffe zu sein ...!«

Ginger und Victor nahmen auf der Treppe einer aus Leinwand und Latten bestehenden Villa Platz. Ebensogut hätten sie völlig allein sein können: Niemand schenkte ihnen Beachtung, solange der Schnapper-Streit für gute Unterhaltung sorgte.

»Äh«, sagte Ginger. Ihre Finger versuchten, Knoten zu bilden. Victor bemerkte gebrochene und gesplitterte Nägel.

»Äh«, wiederholte sie. Ihr Gesicht zeigte Kummer und war blaß unter dem Make-up. *Sie ist nicht schön,* dachte Tugelbend, aber es fiel ihm schwer, seinen Gedanken zu glauben.

»Ich, äh, weiß nicht, wie ich es erklären soll... Hat jemand, äh, gesehen, daß ich im Schlaf umhergewandert bin?«

»Meinst du deine nächtlichen Ausflüge zum Hügel?« fragte Victor.

Gingers Kopf zuckte wie der einer Schlange herum.

»Du weißt davon?« schnappte sie. »Wieso weißt du davon? Hast du mir etwa nachspioniert?« Da war sie wieder, die alte Ginger – ausgestattet mit Feuer, Gift und jener Art von Aggressivität, die aus Paranoia wächst.

»Laddie fand dich gestern nachmittag.« Victor lehnte sich zurück. »Du hast geschlafen.«

»*Tags*über?«

»Ja.«

Ginger hob die Hände zum Mund. »Dann ist es noch schlimmer, als ich befürchtet habe«, hauchte sie. »Es *wird* immer schlimmer! Erinnerst du dich an unsere erste Begegnung am Hügel? Kurz bevor Schnapper uns fand und dachte, wir schmusen miteinander...« Sie errötete. »Nun, ich wußte nicht einmal, wie ich dorthingekommen bin!«

»Und gestern nacht bist du noch mal zurückgekehrt«, sagte Victor.

»Das hat dir der Hund erzählt, nicht wahr?« erwiderte Ginger mürrisch.

»Ja. Tut mir leid.«

»Es geschieht jetzt jede Nacht«, stöhnte Ginger. »Ich weiß es, weil... Wenn ich wieder im Bett bin, liegt überall Sand, und meine Fingernägel sind eingerissen! Jede Nacht gehe ich zum Hügel – und ich weiß überhaupt nicht, was mich dazu bringt!«

»Du versuchst, das Portal zu öffnen«, erläuterte Victor. »Die große Tür. An jener Stelle, wo ein Teil des Hügels beiseite gerutscht ist und...«

»Ja, ich kenne sie. Aber *warum*?«

»Nun, ich habe da die eine oder andere Vermutung«, sagte Tugelbend vorsichtig.

»Heraus damit!«

»Äh, nun, hast du jemals von einem *Genius loci* gehört?«

»Nein.« Ginger runzelte die Stirn. »Hört sich ziemlich schlau an!«

»Es handelt sich um die Seele eines Ortes. Sie kann sehr stark sein. Und sie kann noch viel stärker werden, durch Verehrung, Liebe oder Haß – wenn sie solche Empfindungen lange genug empfängt. Vielleicht hat sie auch die Möglichkeit, Menschen zu rufen. Und Tiere. Ich meine, hier in Holy Wood ist alles anders, oder? Die Leute verhalten sich seltsam. Normalerweise sind Götter, Geld oder Vieh wichtig, aber hier besteht die wichtigste Sache darin, wichtig zu sein.«

Victor hatte jetzt die volle Aufmerksamkeit der jungen Frau. »Ja?« entgegnete sie ermutigend. »Bisher hört es so nicht so schlimm an!«

»Das Schlimme kommt erst noch.«

»Oh.«

Victor schluckte. Sein Gehirn blubberte wie einer von Hargas Eintöpfen. Vage Erinnerungen stiegen darin auf und sanken wieder nach unten. Er entsann sich an alte, vertrocknete Lehrer in alten, muffigen Zimmern, an langweilige Dinge, die er von ihnen gehört hatte – und die nun eine völlig neue Bedeutung gewannen. Mühsam versuchte er, die undeutlichen Bilder vor seinem inneren Auge festzuhalten.

»Ich bin ...«, krächzte Tugelbend. Er räusperte sich. »Ich bin mir nicht sicher, ob es stimmt«, brachte er hervor. »*Es* hat unsere Welt von *woanders* erreicht. So was kann passieren. Hast du von Ideen gehört, deren Zeit reif ist?«

»Ja.«

»Nun, es gibt zahme und harmlose. Und es gibt auch andere. Leidenschaftliche und dynamische Ideen, die nicht warten, bis sie an der Reihe sind. Wilde Ideen. Geflohene Ideen. Und das Problem ist: Wenn sich solche Ideen einen Weg hierher bahnen, so hinterlassen sie ein Loch ...«

Er bemerkte Gingers freundlichen und völlig verständnislosen Gesichtsausdruck. Analogien schwammen Fettaugen gleich an der Oberfläche der mentalen Suppe. Man stelle sich vor, wie alle Welten, die jemals existiert haben, zusammengepreßt werden, wie bei einem Sandwich ... einem Kartenspiel ... einem Buch ... einem gefalteten Blatt Papier ... Unter gewissen Umständen sind *Dinge* nicht mehr an die einzelnen Schichten gebunden, sondern können von einer zur anderen wechseln. Wenn man ein Tor zwischen den Welten öffnet, so drohen schreckliche Gefahren, zum Beispiel ...

Zum Beispiel...

Zum Beispiel...

Zum Beispiel was?

Es stieg in Victors Gedächtnis auf, wie die überraschende Entdekkung eines Tentakelstücks, nachdem man gerade beschlossen hatte, die Paella zu essen.

»Vielleicht versucht auch noch etwas anderes, auf dem gleichen Weg in unsere Welt zu gelangen«, fuhr er fort. »In dem, äh, Nichts zwischen dem Irgendwo lauern Geschöpfe, die ich dir lieber nicht beschreiben möchte.«

»Das genügt mir als Beschreibung«, sagte Ginger mit zitternder Stimme.

»Und sie sind, äh, ganz versessen darauf, einen Platz in der Wirklichkeit zu finden, und vielleicht setzen sie sich mit dir in Verbindung, wenn du schläfst, und...« Victor gab auf. Er konnte das Entsetzen in Gingers Zügen nicht länger ertragen.

»Vielleicht irre ich mich auch«, fügte er hastig hinzu.

»Du mußt mich daran hindern, das Portal zu öffnen«, flüsterte die junge Frau. »Vielleicht gehöre ich zu *ihnen*.«

»Oh, das bezweifle ich«, sagte Tugelbend sofort. »Für gewöhnlich verfügen *sie* über mehr als nur zwei Arme.«

»Ich habe Reißnägel auf den Boden gelegt«, verriet ihm Ginger. »Um aufzuwachen.«

Victor schauderte. »Hat's geklappt?«

»Nein. Am nächsten Morgen waren alle wieder in der Schachtel. Offenbar habe ich sie eingesammelt.«

Tugelbend schürzte die Lippen. »Das ist vielleicht ein gutes Zeichen.«

»Warum?«

»Wenn dich irgendwelche, äh, richtig scheußlichen Wesenheiten rufen... Vermutlich wäre es ihnen egal, was mit deinen Füßen passiert.«

»Urgh.«

»Du hast nicht zufällig eine Ahnung, was dahinterstecken könnte, oder?« fragte Victor.

»Nein! Aber ich habe immer den gleichen Traum.« Ginger kniff die Augen zusammen. »He, woher weißt du das alles?«

»Och, äh... Ein Zauberer hat mir mal davon erzählt«, antwortete Victor.

»Bist du vielleicht selbst ein Zauberer?«

»Ich? Nein. Natürlich nicht. In Holy Wood gibt's keine Zauberer. Du hast gerade einen Traum erwähnt...«

»Oh, er ist zu seltsam, um irgend etwas zu bedeuten. Ich hatte ihn schon als Kind. Er beginnt mit einem Berg, aber von einem richtigen Berg kann eigentlich nicht die Rede sein, weil...«

Ein massiger Schatten fiel auf die beiden.

»Der junge Herr Schnapper meinen, es Zeit, Dreharbeiten fortzusetzen«, grollte Detritus.

»Begleitest du mich heute abend in mein Zimmer?« flüsterte Ginger. »Bitte! Um mich zu wecken, wenn ich wieder schlafwandle?«

»Nun, äh, ja, aber möglicherweise hat deine Hauswirtin was dagegen...«, erwiderte Victor.

»Oh, Frau Kosmopilit ist sehr großzügig und tolerant«, sagte Ginger.

»Tatsächlich?«

»Wahrscheinlich glaubt sie einfach, daß du mit mir ins Bett gehen willst.«

»Ah«, murmelte Victor verlegen. »Na, dann ist ja alles in Ordnung.«

»Der junge Herr Schnapper nicht warten gern«, warnte Detritus.

»Ach, sei still«, zischte Ginger. Sie stand auf und klopfte sich Staub von der Kleidung. Der Troll blinzelte – für gewöhnlich forderte ihn niemand auf, still zu sein. Einige Sorgenfalten bildeten sich in seiner niedrigen Stirn. Er wandte sich an Victor und hoffte, bei ihm mehr Erfolg zu haben.

»Der junge Herr Schnapper meinen...«

»Ach, verschwinde«, sagte Tugelbend scharf und folgte Ginger.

Detritus stand allein vor der Treppe und verdrehte die Augen, als er sich bemühte, konzentriert nachzudenken.

Es geschah ab und zu, daß er von Leuten Bemerkungen wie »Sei still« oder »Verschwinde« hörte, aber dabei vernahm er immer das Zittern von Verzweiflung und Ohnmacht in ihren Stimmen. Meistens antwortete er mit einem selbstsicheren »Har, har« und schlug die Betreffenden. Niemand hatte jemals so mit ihm gesprochen, als gebe seine Existenz nicht den geringsten Anlaß, beunruhigt zu sein. Der

Troll ließ die breiten Schultern hängen. Vielleicht übte Rubin einen schlechten Einfluß auf ihn aus.

Soll sah den Malern zu, die neue Dialog-Schilder vorbereiteten. Er hob den Kopf, als sich Victor und Ginger näherten.

»Alles klar«, sagte er. »Auf die Plätze. Wir drehen jetzt die Ballsaal-Szene.« Er wirkte sehr zufrieden mit sich selbst.

»Ist mit dem Text alles klar?« fragte Victor.

»*Kein* Problem«, antwortete Soll stolz. Er blickte zur Sonne. »Wir haben viel Zeit verloren. Vergeuden wir nicht noch mehr.«

»Erstaunlich, daß du dich T.M.S.I.D.R. gegenüber durchgesetzt hast«, meinte Victor.

»Ich hatte die besseren Argumente«, entgegnete Soll würdevoll. »Wahrscheinlich sitzt er in seinem Büro und schmollt. Sind alle soweit? Ausgezeichnet. Dann können wir nun...«

Der Maler zupfte an seinem Ärmel.

»Victor spricht jetzt nicht mehr von Hargas Rippenstube, und dadurch entsteht eine, äh, Lücke im Dialog. Womit sollen wir sie füllen?«

»Stör mich jetzt nicht!«

»Wenn du irgendeine Idee hast...«

Soll löste die Hand von seinem Ärmel. »Es ist mir völlig schnurz, was Victor während dieser Szene sagt«, brummte er und schritt zum Drehort.

Der Maler blieb allein zurück und griff nach dem Pinsel. Seine Lippen bewegten sich, formten lautlose Worte.

»Hmm«, murmelte er schließlich. »Nicht übel.«

Banana N'Vectif, schlauester aller Jäger auf den großen gelben Ebenen von Klatsch, hielt den Atem an, als er die Zange nahm und das letzte Teil an der richtigen Stelle befestigte. Regen trommelte aufs Dach seiner Hütte.

Fertig. Eine perfekte Vorrichtung.

Zum erstenmal hatte er so etwas konstruiert, doch tief in seinem Innern wußte er, daß es *richtig* war.

Er hatte alles gefangen, von Zebras bis hin zu Thargas, ohne Ruhm dadurch zu erwerben. Aber gestern, als er in N'Kouf gewesen war, um einige Felle zu verkaufen... Bei jener Gelegenheit hörte er, wie ein Händler sagte: Wenn es jemals einem Mann gelang, eine bessere Mausefalle zu bauen – dann würde die ganze Welt an seine Tür klopfen.

Während der folgenden Nacht lag er wach und dachte darüber nach. Als der Morgen dämmerte, stand er auf, nahm einen Stock, kratzte Diagramme in die Erde von der Hütte und begann mit der Arbeit. In N'Kouf hatte er sich einige der herkömmlichen Mausefallen angesehen und wußte daher, daß es ihnen an Perfektion mangelte. Weil sie nicht von Jägern gebaut worden waren.

Er griff nun nach einem Zweig und schob ihn vorsichtig in den Mechanismus hinein.

Das Ding schnappte zu.

Ja, perfekt.

Alles klar. Jetzt brauchte er das Ergebnis seiner Bemühungen nur noch zur Stadt tragen und es dem Händler zu zeigen, um festzustellen...

Das Prasseln des Regens wurde lauter. Es klang fast so, als...

Als Banana wieder zu sich kam, lag er in den Trümmern seiner Hütte, und um ihn herum erstreckte sich eine etwa achthundert Meter breite Schneise zertretenen Schlammes.

Benommen beobachtete er die Reste seines Heims. Er betrachtete die braune Narbe in der Erde von Horizont zu Horizont. Er betrachtete die Staubwolke, die sich darüber erstreckte.

Dann sah er nach unten. Die verbesserte Mausefalle hatte jetzt nur noch zweidimensionale Ausdehnung und lag zerquetscht in der Mulde eines großen Fußabdrucks.

»Ich wußte nicht, daß sie *so* gut war«, sagte er.

Nach den Geschichtsbüchern zu urteilen fand die entscheidende Schlacht des Bürgerkriegs von Ankh-Morpork zwischen einigen vollkommen erschöpften Männern in einem Sumpf statt, und zwar im Nebel des frühen Morgens. Zwar behauptete die eine Seite, den Sieg errungen zu haben, aber eigentlich endete der Kampf mit dem Punktestand Menschen 0 und Raben 1000, was bei den meisten Schlachten der Fall ist.

Diesmal gab es keine Meinungsverschiedenheiten zwischen den Schnappers. Beide vertraten folgende Ansicht: Wenn sie damals zuständig gewesen wären, hätte sich Ankh-Morpork nicht mit einem so armseligen Krieg begnügen müssen. Sie hielten es für unerhört, daß ein so wichtiger Wendepunkt in der städtischen Geschichte ohne den Einsatz von vielen tausend Soldaten, Kamelen, Schützengräben, Wehrwällen, Katapulten, Pferden und wehenden Fahnen erfolgt war.

»Und außerdem in einem verdammten Nebel«, sagte Gaffer. »Wie soll man die Szene da richtig ausleuchten.«

Er schirmte sich die Augen ab und betrachtete das ausgewählte Schlachtfeld. Diese Szene erforderte elf Kurbeldreher, die alles aus verschiedenen Blickwinkeln aufnahmen. Nacheinander zeigten sie mit dem Daumen nach oben.

Gaffer klopfte auf den vor ihm stehenden Bilderkasten.

»Seid ihr soweit, Jungs?« fragte er.

Mehrstimmiges Quieken antwortete ihm.

»Gut. Wenn ihr alles richtig malt, bekommt ihr eine leckere Eidechse zum Tee.«

Mit der einen Hand griff er nach der Kurbel, und mit der anderen hob er ein Sprachrohr.

»Alles klar, Herr Schnapper!« rief er.

T.M.S.I.D.R. nickte und wollte das Zeichen geben, aber Soll hielt ihn plötzlich am Arm fest und beobachtete die Reiter.

»Einen Augenblick«, sagte er ruhig und wölbte die Hände trichterförmig vor dem Mund. »He, du da! Der fünfzehnte Ritter! Ja, du! Würdest du bitte dein Banner entrollen? Danke. Melde dich bei Frau Kosmopilit und besorg dir ein anderes. Herzlichen Dank.«

Soll wandte sich an seinen Onkel und zog die Brauen hoch.

»Es... es ist ein Wappen«, sagte Schnapper hastig.

»Gekreuzte Rippchen auf Kopfsalat?« fragte Soll.

»Tja, die alten Ritter wußten, was schmeckt...«

»Der Spruch gefällt mir«, fuhr Soll fort. »›Und nach dem Kampf treffen sich die tapferen Ritter in Hargas Rippenstube beim Mampf.‹ Schade, daß wir keinen Ton haben. Ich hätte gern den Schlachtruf gehört.«

»Du bist mein Fleisch und Blut«, sagte Schnapper und schüttelte den Kopf. »Wie kannst du mir so etwas antun?«

»Weil ich dein Fleisch und Blut bin«, erwiderte Soll.

Schnappers Miene erhellte sich. Wenn man's so sah, schien es weniger schlimm zu sein.

Dies ist Holy Wood. Um die Zeit rasch verstreichen zu lassen, filmt man einfach die dahinrasenden Zeiger einer Uhr...

In der Unsichtbaren Universität zählte der Resograph bereits sieben Plibs pro Minute.

Gegen Ende des Nachmittags wurde Ankh-Morpork niedergebrannt.

Während ihrer langen Geschichte war die echte Stadt mehrmals in Flammen aufgegangen, und die Gründe hießen: Rache, Leichtsinn und Boshaftigkeit. Manchmal ging es auch nur um Versicherungsprämien. Die meisten großen Steingebäude überstanden die Brände ohne nennenswerte Schäden. Viele Bürger* glaubten, ein ordentliches Feuer einmal in hundert Jahren oder so sei wichtig für die Gesundheit der Metropole, da es die Anzahl von Ratten, Kakerlaken, Flöhen und Leuten, die sich keine Häuser aus Stein leisten konnten, in vertretbaren Grenzen hielt.

Das berühmte *Feuer* während des Bürgerkriegs war nur deshalb erwähnenswert, weil es von beiden Seiten *zur gleichen Zeit* gelegt wurde – um zu vermeiden, daß Ankh-Morpork in die Hände des Feindes fiel.

Abgesehen davon konnte es kaum sehr beeindruckend gewesen sein. In jenem Sommer führte der Ankh Hochwasser, und ein großer Teil der Stadt war schlicht und einfach zu naß, um richtig zu brennen.

Jetzt sah es viel besser aus.

Flammen züngelten gen Himmel. Holy Wood sorgte dafür, daß *alles* brannte, denn der einzige Unterschied zwischen Gebäuden aus Stein und Holz bestand darin, was aufs Leinen gemalt war. Die zweidimensionale Unsichtbare Universität brannte, ebenso der Palast des Patriziers beziehungsweise seine Fassade. Funkenstiebende Glut fraß sich am maßstabgetreuen Modell des Kunstturms empor.

Schnapper beobachtete das Geschehen sorgenvoll.

Nach einer Weile fragte der hinter ihm stehende Soll: »Wartest du auf etwas, Onkel?«

»Hmm? Oh, nein. Ich hoffe nur, daß Gaffer seinen Bilderkasten auf den Turm richtet. Ist ein sehr wichtiges und symbolisches Wahrzeichen, der Turm.«

* Zumindest jene, die in Steingebäuden wohnten.

»In der Tat«, bestätigte Soll. »Sehr wichtig, ja. So wichtig, daß ich heute mittag einige Jungs hinübergeschickt habe. Um sicher zu sein, daß alles in Ordnung ist.«

»Ach?« erwiderte Schnapper schuldbewußt.

»Und weißt du, was sie dort entdeckten? An der Außenseite festgenagelte Feuerwerkskörper. Ja, jede Menge Feuerwerkskörper mit Zündschnüren. Wir können von Glück sagen, daß sie rechtzeitig gefunden wurden. Wenn die Dinger explodiert wären, hätten sie die ganze Sache *ruiniert.* Eine Szene, die wir aus offensichtlichen Gründen nicht noch einmal drehen können. Und weißt du was?« fügte Soll hinzu. »Man teilte mir folgendes mit: Die Anordnung der Feuerwerkskörper deutete darauf hin, daß sie Worte bilden sollten.«

»Welche Worte?«

»Kam mir gar nicht in den Sinn, danach zu fragen«, behauptete der Neffe. »Nein, das kam mir nicht in den Sinn.«

Er schob die Hände in die Taschen und pfiff leise. Schließlich drehte er den Kopf und sah seinen Onkel an.

»›Die heißesten Rippchen in der ganzen Stadt‹«, murmelte er. »Ich *bitte* dich!«

Schnapper verzog das Gesicht. »Die Zuschauer hätten bestimmt gelacht.«

»Hör mal, Onkel, das muß endlich aufhören«, sagte Soll. »Keine Werbung mehr, einverstanden?«

»Ja, meinetwegen.«

»Versprochen?«

Schnapper nickte. »Wie du willst.«

»Das genügt mir nicht, Onkel.«

Treibe-mich-selbst-in-den-Ruin seufzte. »Hiermit verspreche ich hoch und heilig, daß ich nicht mehr versuchen werde, in diesem Film für Hargas Rippenstube zu werben. Ich bin dein Onkel. Ich gehöre zur *Familie.* Genügt dir *das?*«

»Ja. Gut.«

Nach der vollkommenen und totalen Zerstörung von Ankh-Morpork harkte man einen Teil der glühenden Asche zusammen, und es fand ein Grillfest statt, um das Ende der Dreharbeiten zu feiern.

Das samtene Tuch der Nacht stülpte sich über den Papageienkäfig namens Holy Wood. In warmen Nächten wie dieser gibt es viele Leute, die privaten Dingen nachgehen.

Ein junges Paar, das Hand in Hand zwischen den Dünen wanderte, erschrak fast zu Tode, als ein riesiger Troll hinter den Felsen hervorsprang, beide Arme hob und aus vollem Hals brüllte: »Aaaargh!«

Einige Sekunden später: »Haben euch gehörigen Schrecken eingejagt, oder?«

Der blasse junge Mann und seine bleiche Begleiterin nickten.

»Mir fallen Stein vom Herzen!« sagte der Troll. Er klopfte seinen beiden Testobjekten auf den Kopf, trieb ihre Füße dadurch einige Zentimeter tief in den Sand. »Danke. Vielen Dank. Wünschen noch angenehmen Abend«, fügte Detritus kummervoll hinzu.

Er beobachtete, wie das Pärchen Hand in Hand fortrannte – und brach in Tränen aus.

T.M.S.I.D.R. Schnapper stand in einem Schuppen und sah nachdenklich zu, wie Gaffer die Szenen zusammenklebte. Der Kurbeldreher freute sich darüber, denn bisher hatte Schnapper überhaupt kein Interesse daran gezeigt, auf welche Weise Aufnahmen zu einem Streifen wurden. Vielleicht ging er aus diesem Grund etwas großzügiger als sonst mit Gildengeheimnissen um, die man von einer Generation an die gleiche Generation weitergab.

»Warum sind die kleinen Bilder alle gleich?« fragte Schnapper, als Gaffer den Streifen auf die Spule rollte. »Mir scheint, damit wird Geld verschwendet.«

»Sie sind nicht alle gleich«, erwiderte der Kurbeldreher. »Jedes unterscheidet sich ein wenig vom nächsten. Das Publikum sieht viele kleine Bilder mit geringfügigen Unterschieden, und zwar schnell hintereinander, und dadurch wird den Augen die Illusion von Bewegung vermittelt.«

Schnapper nahm die Zigarre aus dem Mund. »Soll das heißen, es ist alles nur ein Trick?« fragte er verwundert.

»Ja, genau.« Gaffer lachte leise und griff nach dem Leimtopf.

Schnapper war fasziniert.

»Ich dachte immer, es sei eine besondere Art von Magie.« Ein Hauch Enttäuschung erklang in seiner Stimme. »Aber in Wirklichkeit geht es nur darum, den Augen einen Streich zu spielen?«

»In gewisser Weise. Nun, das Publikum sieht keine einzelnen Bilder, sondern viele von ihnen, und zwar fast gleichzeitig, verstehst du?«

»Bis ›sieht‹ konnte ich dir folgen.«

»Jedes Bild leistet seinen eigenen kleinen Beitrag zum allgemeinen *Effekt.* Die Leuten sehen keine voneinander unabhängigen Bilder, sondern nur ihre Wirkung, hervorgerufen von *vielen* Bildern, die *schnell* aufeinander folgen.«

»Im Ernst?« Schnapper überlegte. »Das ist interessant. Sehr interessant.« Er schnippte Asche von der Zigarre. Einer der Kobolde fing sie auf und stopfte sie sich in den Mund.

»Was passiert, wenn nur ein Bild im ganzen Streifen ... anders ist«, erkundigte sich Ruin.

»Komisch, daß du mir diese Frage stellst«, sagte Gaffer. »So was ist neulich geschehen, als wir *Jenseits des Tals der Trolle* klebten. Durch ein Versehen fügte einer der Lehrlinge dem Streifen ein Bild von *Der Goldrausch* hinzu – am nächsten Morgen dachten wir dauernd an Gold, ohne den Grund dafür zu ahnen. Tja, das Bild schien direkt in unseren Köpfen gelandet zu sein, ohne den Umweg über die Augen. Ich habe dem Jungen natürlich eine Abreibung verpaßt, aber wir wären nie dahintergekommen, wenn ich den Streifen nicht genau untersucht hätte.«

Der Kurbeldreher nahm den Leimpinsel und klebte mehrere Bilder zusammen. Nach einer Weile merkte er, daß es hinter ihm sehr still geworden war.

»Alles in Ordnung, Herr Schnapper?«

»Hm? Oh.« Tiefe Falten der Nachdenklichkeit furchten Ruins Stirn. »Nur ein Bild hatte so eine Wirkung?«

»Ja. Fühlst du dich nicht gut?«

»Oh, ich fühle mich bestens. Habe mich in meinem ganzen Leben nie besser gefühlt.«

Schnapper rieb sich die Hände. »Laß uns miteinander reden, von Mann zu Mann«, fuhr er fort. »Weißt du ...« Er legte eine freundliche Hand auf Gaffers Schulter. »Ich glaube, dies könnte dein *Glückstag* sein.«

In einer nahen Gasse hockte Gaspode und brummte.

»Ha! Sitz, hat er gesagt. Gibt mir *Befehle.* Damit seine Freundin in ihrem Zimmer nicht die Gesellschaft eines kleinen, stinkenden Hunds ertragen muß. Und deshalb sitze ich hier, des Menschen bester Freund, im Regen. Wenn's regnen würde. Nun, es regnet nich', aber wenn's regnen würde, wäre ich längst klatschnaß. Vielleicht sollte ich einfach weggehen. Geschähe ihm ganz recht. Ich könnte es. Klar könnte ich's. Jederzeit. Ich brauche hier nicht zu warten. Hoffentlich glaubt niemand, daß ich hier sitze, weil man mich dazu aufgefordert hat. Käme mir nie in den Sinn, irgendeinem Menschen zu gehorchen. Ich warte hier nur, weil *ich* es will. Ja.«

Er jaulte eine Zeitlang und schlurfte dann in eine dunkle Ecke, wo weniger Gefahr bestand, von jemandem gesehen zu werden.

In Gingers Zimmer stand Victor mit dem Gesicht zur Wand. Es war ihm alles sehr peinlich. Zum Beispiel… auf der Treppe hatte er Frau Kosmopilit gesehen, die nicht nur breit grinste, sondern auch eine komplizierte, ellenbogenintensive Geste vollführte. Solche Gesten, fand Tugelbend, sollten nette alte Damen eigentlich gar nicht kennen.

Es klirrte und raschelte gelegentlich, als sich Ginger darauf vorbereitete, unter die Bettdecke zu kriechen.

»Sie ist sehr nett«, sagte die junge Frau. »Gestern erzählte sie mir, daß sie vier Ehemänner hatte.«

»Und wo hat sie die Knochen versteckt?« fragte Victor.

»Ich weiß gar nicht, was du meinst«, schniefte Ginger. »Übrigens: Du kannst dich jetzt umdrehen. Ich liege im Bett.«

Tugelbend atmete erleichtert auf und wandte sich um. Ginger hatte die Decke bis zum Hals hochgezogen und hielt sie wie einen Schild, an dem die Waffen des Feindes abprallen sollten.

»Bitte versprich mir etwas«, sagte sie. »Ganz gleich, was auch geschieht – du wirst die Situation nicht ausnutzen.«

Victor seufzte. »Ich verspreche es.«

»Ich muß an meine Karriere denken, weißt du.«

»Ja, ich verstehe.«

Er nahm neben der Lampe Platz und holte das Buch hervor.

»Ich will nicht undankbar sein oder so«, fuhr Ginger fort.

Victor blätterte, starrte auf die vergilbten Seiten und suchte nach jener Stelle, an der er die Lektüre unterbrochen hatte. Offenbar haben viele Leute ihr Leben am Hügel von Holy Wood verbracht, dachte er. Um ein Feuer in Gang zu halten und um dreimal am Tag zu singen oder zu beschwören. Warum? Und wer ist der Wächter mit dem Schwert?

»Was liest du da?« fragte Ginger nch einer Weile.

»Ein altes Buch, das ich gefunden habe«, erwiderte Victor. »Darin geht es um Holy Wood.«

»Oh.«

»Versuch jetzt zu schlafen«, sagte Tugelbend und neigte das Buch, um die kritzelige Schrift im Lampenlicht zu lesen.

Er hörte, wie Ginger gähnte.

»Habe ich dir alle Einzelheiten des Traums geschildert?« fragte sie.

»Ich glaube nicht.« Victor hoffte, daß seine Stimme sowohl höflich als auch entmutigend klang.

»Er beginnt immer mit dem Berg...«

»Wenn du redest, kannst du nicht schlafen...«

»...und Sterne leuchten dort, über dem Berg, meine ich, und einer von ihnen sinkt herab, aber es ist gar kein Stern, sondern eine Frau, die eine Fackel über den Kopf hält...«

Victor blätterte langsam zum Anfang des Buches.

»Ja?« sagte er gedehnt.

»Und sie spricht zu mir, aber ich kann nicht alles verstehen. Sie fordert mich auf, jemanden oder etwas zu wecken, und dann erstrahlen viele Lichter, und ich höre Gebrüll, wie von einem Tiger oder so. Und dann wache ich auf.«

Victors Zeigefinger folgte den Konturen des Berges unter den Sternen.

»Es ist nur ein Traum«, sagte er. »Wahrscheinlich bedeutet er überhaupt nichts.«

Der Hügel von Holy Wood hatte natürlich keine spitze Kuppe. Aber vielleicht war das einmal der Fall, damals, als es dort eine Stadt gab, wo sich jetzt die Bucht erstreckt, dachte Victor. Meine Güte, etwas muß diesen Ort wirklich *gehaßt* haben.

»Kommt sonst noch etwas im Traum vor?« fragte er wie beiläufig.

Als er keine Antwort bekam, trat er auf leisen Sohlen zum Bett.

Ginger schlief.

Er kehrte zu seinem Stuhl zurück, der so aussah, als könnte er innerhalb einer halben Stunde sehr unbequem werden. Als er den Docht der Öllampe herunterdrehte, krochen die Schatten näher.

Etwas im Hügel. Etwas, das Gefahr bedeuten konnte.

Doch die unmittelbare Gefahr bestand darin, daß er wie Ginger einschlief.

Victor saß besorgt im Dunkeln und fragte sich, wie man eine Schlafwandlerin weckte. Angeblich sollte so etwas riskant sein. Er erinnerte sich vage an Geschichten über Leute, die davon geträumt hatten, hingerichtet zu werden – als sie jemand an der Schulter berührte, fiel ihnen der Kopf ab. Diese Geschichten berichteten allerdings nicht, auf welche Weise man von den Träumen der Toten erfahren hatte. Vielleicht kehrten die Geister nachher zurück und standen am Fußende des Bettes, um sich zu beschweren.

Der Stuhl knackte unter Tugelbend, als er sein Gewicht verlagerte. Nun, wenn er das eine Bein *so* ausstreckte und aufs Bett stützte... Dann konnte Ginger nicht an ihm vorbei, ohne daß er wach wurde – falls er tatsächlich einnickte.

Komisch. Victor hatte sie wochenlang in die Arme geschlossen und vor irgendwelchen Ungeheuern namens Mory gerettet. Zum Schluß küßte er sie immer und ritt der untergehenden Sonne entgegen, um den Rest seines Lebens glücklich – und vermutlich auch in Ekstase – mit Ginger zu verbringen. Wer die Streifen gesehen hatte, hielt es sicher nicht für möglich, daß er die Nacht damit verbrachte, auf einem wackligen Stuhl in ihrem Zimmer zu sitzen. Selbst er konnte es kaum glauben. Für so etwas war in den beweglichen Bildern kein Platz. Bei den beweglichen Bildern ging es immer um Leidenschaft in einer verrückt gewordenen Welt. Wenn dies ein Streifen gewesen wäre, säße Victor bestimmt nicht auf einem harten Stuhl, sondern... Nun, jedenfalls säße er nicht auf einem harten Stuhl, soviel stand fest.

Der Quästor schloß die Tür seines Arbeitszimmers hinter sich ab. Ihm blieb gar keine Wahl. Der Erzkanzler vertrat die Ansicht, höfliches Anklopfen sei reine Zeitverschwendung, zumindest sofern es ihn selbst betraf.

Wenigstens schien dieser schreckliche Mann das Interesse am sogenannten Resographen verloren zu haben. Der Quästor hatte einen gräßlichen Tag hinter sich: Er mußte die üblichen Verwaltungsaufgaben wahrnehmen, was ihm diesmal sehr schwer fiel – weil er wußte, daß Riktors Dokument in seinem Zimmer versteckt war.

Er zog es nun unter dem Teppich hervor, entzündete die Lampe und begann zu lesen.

Er hätte bereitwillig zugegeben, daß er sich mit mechanischen Dingen nicht besonders gut auskannte. Schon nach kurzer Zeit verlor er das Interesse an den Beschreibungen in Hinsicht auf Drehzapfen, Oktiron-Pendel und in Blasebälgen komprimierte Luft.

Statt dessen konzentrierte er sich auf eine Stelle, wo es hieß: »Wenn Verzerrungen im Gefüge der Wirklichkeit Wellen verursachen, die von ihrem Zentrum ausgehen, so neigt sich das Pendel zur Seite und komprimiert die Luft in einem Blasebalg, was dazu führt, daß der kleine Elefant in unmittelbarer Nähe des Epizentrums eine Bleikugel in einen Becher spuckt. Ursprung und Ausmaß der Wirklichkeitsverzerrung lassen sich feststellen, wenn...«

...Wumm... wumm...

Der Quästor hörte es selbst hier. Inzwischen waren noch mehr Sandsäcke herbeigeschafft worden, und niemand wagte sich in die Nähe des entsetzlichen Apparats. Er las weiter.

»...man Anzahl und Geschwindigkeit...«

...Wumm... *wumm*WUMM*WUMM*.

»...der gespuckten Kugeln berücksichtigt. Bei besonders schlimmen Störungen der Wirklichkeit muß damit gerechnet werden, daß der Resograph...«

Plib.

»...mehr als zwei Kugeln...«

Plib.

»...etwa fünfzehn Zentimeter weit wirft...«

Plib.

»...und zwar...«

Plib.

»...im...«

Plib.

»...Verlauf...«

Plib.

»...eines...«

Plib.

»...Monats.«

Plib.

Gaspode erwachte, richtete sich sofort auf und hoffte, wachsam zu wirken.

Jemand rief, aber auf eine höfliche, zurückhaltende Weise – als wünschte sich der Betreffende nur dann Hilfe, wenn er dadurch niemandem zur Last fiel.

Der Hund lief die Treppe hoch und stellte fest, daß die Tür einen Spaltbreit offenstand. Mit dem Kopf schob er sie noch etwas weiter auf.

Victor lag am Boden, an einen Stuhl gefesselt. Gaspode setzte sich und beobachtete ihn, für den Fall, daß er etwas Interessantes anstellte.

»Ist alles in Ordnung?« fragte er nach einer Weile.

»Sitz nicht einfach so da, Idiot!« erwiderte Victor. »Binde mich los!«

»Ich mag ein Idiot sein, aber ich bin nicht gefesselt«, sagte Gaspode ruhig. »Ginger hat dich überwältigt, wie?«

»Mir sind für einige Sekunden die Augen zugefallen«, murmelte Victor.

»Für einige Sekunden?« wiederholte Gaspode. »Allem Anschein nach hatte Ginger genug Zeit, um aufzustehen, ein Laken zu zerreißen und dich an den Stuhl zu binden.«

»Ja, schon gut, schon gut. Kannst du mich irgendwie befreien? Wenn du die Fesseln durchbeißt...«

»Mit diesen Zähnen?« entgegnete Gaspode skeptisch. »Ausgeschlossen. Aber ich könnte jemanden holen.« Er grinste.

»Äh, ich weiß nicht, ob das eine gute Idee ist...«

»Keine Sorge. Bin gleich wieder da.« Gaspode verließ das Zimmer.

»Ich meine, wie soll ich erklären...«, begann Victor, aber der Hund trippelte bereits die Treppe hinunter, schlendert über Hinterhöfe und durch Gassen. Hinter den Studios des Flughund-Jahrhunderts näherte er sich dem hohen Zaun. Eine Kette klirrte leise.

»Laddie?« flüsterte Gaspode heiser.

Fröhliches Bellen erklang.

»Braver Laddie!«

»Ja«, sagte Gaspode. »Ja.« Er seufzte. Hatte *er* sich je so dumm benommen wie Laddie? dachte er. Und: Nun, wenn ich einmal so blöd gewesen bin – wenigstens wußte ich nichts davon.

»Ich brav. Braver Laddie.«

»Ja, natürlich, in Ordnung. Und jetzt sei still.« Gaspode zwängte seinen arthritischen Leib durch eine Lücke im Zaun. Auf der anderen Seite leckte ihm Laddie das Gesicht.

»Ich bin zu alt für solche Sachen«, brummte er und sah sich im Zwinger um.

»Eine Kette mit einer Schlinge, die sich zusammenzieht«, stellte er fest. »Eine verdammte Würgekette. Zerr nicht so daran, du verdammter Narr. Zurück. *Zurück*. Ja, gut.«

Gaspode schob eine Pfote unter die Schlinge und löste sie von Laddies Hals.

»Na bitte«, brummte er zufrieden. »Wenn das alle Hunde könnten, wären wir die Herren der Welt.«

Laddie nahm Haltung an und ließ die Zunge aus dem Maul baumeln. Es fehlte nicht viel, und er hätte wie ein gehorsamer Soldat salutiert.

Gaspode quetschte sich erneut durch die Lücke im Zaun und wartete. Er hörte Schritte, doch sie kamen nicht näher, sondern entfernten sich.

»Nein!« zischte Gaspode. »Folge *mir*!«

Pfoten pochten, etwas rauschte. Laddie setzte über den hohen Zaun hinweg und landete perfekt auf allen vier Beinen.

Gaspodes Zunge entrollte sich aus der Kehle.

»Braver Laddie«, sagte er. »Braver Laddie.«

Victor setzte sich auf und hob die Hand zum Kopf.

»Hat 'ne ziemliche Beule gegeben, als der Stuhl umkippte«, ächzte er.

Laddie starrte ihn an und hielt die Reste des Lakens im Maul.

»Worauf wartet er?« fragte Tugelbend.

»Vielleicht solltest du ihm sagen, daß er brav ist«, schlug Gaspode vor und seufzte.

»Möchte er mit Fleisch oder Süßigkeiten belohnt werden?«

Gaspode schüttelte den Kopf. »Es genügt, wenn du ihn lobst. Hunde wünschen sich nichts mehr, als von Menschen gelobt zu werden.«

»Ach? Na schön. Braver Laddie.«

Laddie sprang glücklich umher, und Gaspode fluchte leise.

»Entschuldige«, knurrte er. »Es ist mitleiderregend, nicht wahr?«

»Such Ginger, braver Laddie«, sagte Victor.

»Das kann *ich* auch übernehmen«, bot sich Gaspode verzweifelt an, als Laddie an der Tür schnüffelte. »Wir kennen ihr Ziel. Es ist nicht nötig, nach ihr zu su...«

Laddie sauste elegant nach draußen, verharrte am Ende der Treppe und bellte ein aufgeregtes Folgt-mir-Bellen.

»Eine Schande für die Hundeheit«, murmelte Gaspode.

Über Holy Wood schienen die Sterne immer heller zu leuchten. Nun, die Luft war natürlich klarer als in Ankh-Morpork, und es gab keinen Rauch, aber... Die Sterne machten auch den Eindruck, größer und näher zu sein, als forme der Himmel hier eine Art Linse.

Laddie jagte über die Dünen und legte gelegentlich eine Pause ein, damit Victor zu ihm aufschließen konnte. Gaspode folgte weiter hinten, schwankte hin und her und schnaufte.

Die Spur führte zur Mulde am Hügel, doch dort war niemand.

Das Portal stand jetzt etwa dreißig Zentimeter weit offen. Die Fußabdrücke am Sand vermittelten folgende Botschaft: Ganz gleich, was hinter der Tür lauerte oder nicht – Ginger befand sich nun im Innern des Hügels.

Victor beobachtete den Eingang.

Laddie saß davor und richtete einen hoffnungsvollen Blick auf Tugelbend.

»Er wartet«, sagte Gaspode.

»Worauf?« erkundigte sich Victor voller Unbehagen.

Gaspode stöhnte. »Was glaubst du?«

»Oh. Ja. Das hast du *gut gemacht,* Laddie.«

Laddie bellte und versuchte, einen Purzelbaum zu schlagen.

»Und jetzt?« fragte Victor. »Sollen wir Ginger ins Innere des Hügels folgen?«

»Vielleicht«, antwortete Gaspode unbestimmt.

»Äh. Aber vielleicht wäre es besser, hier draußen zu bleiben, bis sie zurückkehrt. Weißt du, was die Dunkelheit betrifft... Konnte mich nie mit ihr anfreunden. Mit der Dunkelheit, meine ich. Ich meine, mit der Nacht und so, das finde ich soweit alles in Ordnung, aber stockfinstere Finsternis...«

»Ich schätze, Cohen der Barbar fürchtet sich nicht vor der Dunkelheit«, sagte Gaspode.

»Nun, ja...«

»Ebensowenig wie der Schwarze Schatten der Wüste.«

»Mag sein, aber...«

»Und Wiewunderland-Jim, der berühmte Balgrog-Jäger – er verspeist die Dunkelheit praktisch zum Frühstück«, fuhr Gaspode fort.

»Ja, aber ich bin Victor«, wandte Victor ein.

»Erzähl das den Leuten, die vor den Kinos Schlange stehen, um dich als Leinwandhelden zu bestaunen«, erwiderte Gaspode. Er kratzte nach einem an Schlaflosigkeit leidenden Floh, der sich einen späten Imbiß genehmigte. »Schade, daß kein Kurbeldreher mit seinem Bilderkasten in der Nähe ist«, sagte er fröhlich. »Wir könnten jetzt eine tolle Komödie drehen: *Der Held, der die Dunkelheit scheute.* Wäre sicher noch lustiger als *Das große Putenschenkelfressen* oder *Eine Nacht in der Arena.* Man stelle sich vor, wie das Publikum vor lauter Lachen vergißt, Knallkörner in sich rein zu stopfen...«

»Schon gut, schon gut«, entgegnete Victor. »Ich gehe ein Stück weit hinein.« Er richtete einen verzweifelten Blick auf die ausgetrockneten Bäume in der Mulde. »Und vorher besorge ich uns eine Fackel«, fügte er hinzu.

Er hatte mit Spinnen und modriger Feuchtigkeit gerechnet, vielleicht auch mit Schlangen oder noch schlimmeren Geschöpfen...

Statt dessen trat er in einen trockenen Gang, der ungefähr so hoch wie breit war und mit leichtem Gefälle nach unten führte. Die Luft roch salzig, was darauf hindeutete, daß der Gang irgendwo eine Verbindung zum Meer hatte.

Victor machte einige Schritte, dann blieb er stehen.

»Moment mal«, sagte er. »Wenn die Fackel plötzlich ausgeht... Wir könnten uns verirren.«

»Unmöglich«, widersprach Gaspode. »Ich bin ein Hund. Und Hunde können gut riechen.«

»Potzblitz. Macht mich richtig neidisch.«

Victor wagte sich noch etwas weiter vor. An den Wänden zeigten sich größere Versionen der quadratischen Ideogramme, die er aus dem Buch kannte.

»Weißt du...« Tugelbend zögerte erneut und berührte eins der Symbole. »Ich glaube, es handelt sich gar nicht in dem Sinne um eine Schriftsprache. Es sieht eher nach...«

»Du suchst dauernd nach Vorwänden, um stehenzubleiben«, sagte Gaspode hinter ihm.

Victors Fuß stieß an einen Gegenstand, der daraufhin durch die Dunkelheit davonkullerte.

»Was war das?« flüsterte er nervös.

Gaspode verschwand schnüffelnd in der Finsternis. Kurz darauf kehrte er zurück.

»Keine Sorge«, meldete er.

»Ach?«

»Nur ein Schädel.«

»Und wem gehört er?«

»Das hat er mir nicht gesagt«, antwortete Gaspode.

»Sei still!«

Etwas knirschte unter Victors Sandale.

»Und *das*...«, begann der Hund.

»Ich will's gar nicht wissen!«

»Eine Muschel«, verkündete Gaspode.

Tugelbend spähte in die Dunkelheit des Gangs vor sich. Die Flamme der improvisierten Fackel zitterte im Luftzug, und in der Ferne erklang ein rhythmisches Geräusch. Entweder brüllte dort eine Bestie, oder das dumpfe Donnern stammte von der Brandung. Victor zog die zweite Möglichkeit vor.

»Etwas muß Ginger hergerufen haben«, sagte er. »In ihren Träumen. Etwas, das befreit werden möchte. Ich fürchte, es könnte ihr etwas zustoßen.«

»Such dir lieber eine andere Freundin«, meinte Gaspode. »Glaub mir, es hat keinen Sinn, sich mit Frauen einzulassen, die das Werkzeug von Kreaturen jenseits der Leere sind. Man weiß nie, neben wem oder was man am nächsten Morgen erwacht.«

»Gaspode!«

»Wart's nur ab.«

Die Fackel ging aus.

Victor schwang sie hastig hin und her, in einem letzten Versuch, ihr noch etwas Feuer – und damit Licht – zu entlocken. Einige Funken stoben und erloschen. Es war einfach nicht mehr genug von der Fackel übrig.

Die Dunkelheit umflutete sie, und einer solchen Dunkelheit begegnete Victor nun zum erstenmal. Ganz gleich, wie sehr man in sie hineinstarrte – die Augen gewöhnten sich nicht daran. Nun, es gab schließlich nichts, an das sie sich gewöhnen konnten. Dies war die Mutter der Dunkelheit, eine absolute Finsternis, die Schwärze unter der Erde – eine Dunkelheit, die fast Substanz gewann und wie kalter Samt wirkte.

»Ist ziemlich dunkel«, knurrte Gaspode.

Mir bricht gerade der kalte Schweiß aus, dachte Victor. Ich habe mich immer gefragt, wie es sich anfühlt. Jetzt weiß ich Bescheid.

»Er schob sich langsam zur Seite, bis seine Schulter an die Wand stieß.

»Wir sollten jetzt besser umkehren«, sagte er und hoffte, daß seine Stimme gelassen klang. »Wer weiß, was sich vor uns befindet... Schluchten oder so. Wir holen mehr Fackeln und mehr Leute, und anschließend setzen wir die Suche nach Ginger fort.«

Irgendwo im Tunnel machte es *Wummpf.*

Unmittelbar darauf erstrahlte so grelles Licht, daß es den Schatten von Victors Augäpfeln an die hintere Seite des Kopfs projizierte. Nach einigen Sekunden ließ der Glanz etwas nach, doch es blieb fast schmerzhaft hell. Laddie winselte leise.

»Na bitte«, sagte Gaspode heiser. »Jetzt haben wir Licht genug. Alles in Ordnung?«

»Und wo kommt das Licht her?«

»Woher soll ich das wissen?«

Victor trat langsam vor, dicht gefolgt von seinem eigenen Schatten.

Nach etwa hundert Metern mündete der Tunnel in einen Raum, der einst eine natürliche Höhle gewesen sein mochte. Das Licht gleißte aus einer runden Öffnung hoch oben in der gegenüberliegenden Wand, und es reichte aus, um alle Einzelheiten zu erkennen.

Die Kaverne war noch größer als der Große Saal der Unsichtbaren Universität. Irgendwann mußte sie sogar noch eindrucksvoller gewesen sein. Victor sah barocke Goldverzierungen neben den Stalaktiten an der Decke. Aus einem breiten Loch im Boden wuchs eine Treppe, breit genug für ein Regiment. Unten donnerte es in regelmäßigen Abständen, und der jetzt deutlicher wahrnehmbare Salzgeruch legte die Vermutung nahe, daß der Ozean einen Weg zum unteren Teil des Hügels gefunden hatte. Die Luft war feucht und kühl.

»Eine Art Tempel?« spekulierte Victor.

Gaspode beschnüffelte die Vorhänge an der einen Seite des Eingangs. Als er sie berührte, verwandelten sie sich in einen Haufen Schleim.

»Bäh!« stieß er hervor. »Hier ist alles vergammelt!« Ein vielbeiniges Etwas hastete über den Boden und verschwand im Treppenloch.

Victor streckte die Hand vorsichtig nach einem dicken roten Seil aus, das zwischen zwei mit Blattgold verzierten Pfählen hing. Es löste sich auf.

Die breite Treppe reichte bis zu der runden, torbogenartigen Öffnung empor. Tugelbend erklomm eine Stufe nach der anderen, stieg über matschige Algen und Treibholz hinweg, das eine besonders hohe Flut bis hierher getragen hatte.

Durch den Torbogen gelangte er in eine zweite riesige Höhle, die wie ein Amphitheater anmutete. Lange Sitzreihen erstreckten sich nach unten, und dort sah Victor...

Eine Wand?

Sie schimmerte wie Quecksilber. Wenn man ein rechteckiges Becken in der Größe eines Hauses mit Quecksilber füllte und es auf die Seite stellte, ohne daß etwas herausfloß – dann bot es einen derartigen Anblick.

Allerdings hätte es keinen so boshaften Eindruck erweckt.

Das Gebilde war flach und leer, aber Victor fühlte sich plötzlich wie durch eine Lupe beobachtet.

Laddie jaulte.

Dann begriff Tugelbend den Grund für seine Unruhe.

Es handelte sich nicht um eine Wand. Wände standen mit anderen Wänden in Verbindung. Dieses Etwas hingegen schwebte mitten in der Luft, wogte und kräuselte sich – wie ein Spiegelbild ohne Spiegel.

Das Licht hatte seinen Ursprung irgendwo auf der anderen Seite. Victor bemerkte einen hellen Fleck, der sich im Schatten am fernen Ende des Saals bewegte.

Er ging durch den geneigten Mittelgang zwischen den Sitzreihen, und die beiden Hunde folgten ihm: mit angelegten Ohren, die Schwänze zwischen den Beinen. Unterwegs wateten sie durch etwas, das einst ein Teppich gewesen sein mochte; unter ihren Schritten verwandelte er sich zu einer schlammigen Masse.

Nach einigen Metern sagte Gaspode: »Ich weiß nicht, ob es dir aufgefallen ist, aber einige...«

»Ich weiß«, erwiderte Victor grimmig.

»... der Plätze sind noch immer ...«

»Ich weiß.«

»... besetzt.«

»Ich *weiß*.«

Die Reste von Zuschauern hockten auf den Sitzen und starrten zur silberweißen Wand – als sähen sie sich einen Streifen an.

Victor hatte das sonderbare Objekt jetzt fast erreicht. Es glänzte über ihm, ein Rechteck mit Länge und Breite, doch ohne Tiefe.

Direkt davor, fast darunter, führte eine schmale Treppe in eine runde, mit Schutt gefüllte Grube. Er erkletterte den Haufen und blickte dorthin, wo das Licht erstrahlte.

Ginger. Sie hatte den einen Arm gehoben, und die entsprechende Hand hielt eine wie Phosphor brennende Fackel.

Neben ihr, auf einer Steinplatte, lag ein Riese. Beziehungsweise etwas, das wie ein Riese aussah. Vielleicht war es nur eine Rüstung mit einem Schwert drauf, umgeben von Sand und Staub.

»Es ist die Gestalt aus dem Buch!« hauchte Victor. »Bei den Göttern, was hat Ginger vor?«

»Ich glaube nicht, daß *sie* etwas vorhat«, erwiderte Gaspode. »Aber die Kreaturen von jenseits der Leere ...«

Ginger drehte sich halb um. Sie lächelte.

Hinter der Steinplatte erkannte Tugelbend eine große rostige Scheibe. Sie hing an einer richtigen Kette von der Decke herab und versuchte nicht, der Gravitation auf eine ähnlich beunruhigende Weise zu trotzen wie das quecksilberartige Ding.

»Na schön«, sagte Victor. »Ich sollte sie wecken, wenn sie schlafwandelt, nicht wahr? *Ginger*!«

Seine Stimme prallte von den Wänden ab, rief Echos hervor, die durch Höhlen und Tunnel donnerten – *inger, nger, ger*... Irgendwo fiel ein schwerer Stein zu Boden.

»Nicht so laut!« warnte Gaspode. »Sonst stürzt hier alles ein!«

»Ginger!« zischte Victor. »Ich bin's!«

Sie wandte sich um und blickte zu ihm hin. Oder durch ihn durch. Oder in ihn hinein.

»Victor«, erwiderte sie freundlich. »Geh fort. Geh weit weg. Andernfalls wird uns allen großes Unheil widerfahren.«

»›Andernfalls wird uns allen großes Unheil widerfahren‹«, grummelte Gaspode. »Eine derartige Ausdrucksweise ist *kein* gutes Zeichen.«

»Du bist gar nicht du selbst«, sagte Victor und hoffte, daß er unrecht hatte. »Ich sollte dich daran hindern, diesen Ort aufzusuchen. Komm, geh mit mir zurück.«

Er versuchte, auf dem Schutthaufen noch etwas höher zu klettern ...

... und unter ihm gab etwas nach. Etwas gurgelte. Etwas rumpelte. Etwas schepperte. Und dann erklang ein zaghafter Ton, das winzige Fragment einer Melodie, hallte wie zögernd durch die Kaverne. Victor zog den Fuß hastig zurück und trat auf eine andere Stelle des festen Halt verheißenden Vorsprungs. Doch sie sank wie die erste nach unten und erzeugte einen weiteren Ton.

Es knirschte nun, und Tugelbend senkte erschrocken den Kopf, als sich der Boden unter seinen Füßen in Bewegung setzte und langsam nach oben glitt. Um ihn herum heulte und plärrte es, und ein uralter Mechanismus ratterte und rasselte. Er ruderte mit den Armen, um das Gleichgewicht zu wahren, berührte dabei einen korrodierten Hebel, der erst einen neuerlichen Akkord auslöste und dann abbrach. Laddie winselte. Ginger ließ ihre Fackel fallen und hielt sich die Ohren zu.

Ein großes Stück Mauerwerk senkte sich nach und nach aus der Decke und schmetterte auf die Sitze herab. Es hagelte kleine und große Steine. Ein grollender Kontrapunkt zum allgemeinen Gedröhn wies auf folgendes hin: Die Geräusche schickten sich an, der ganzen Höhle eine neue Form zu geben.

Aus dem Gurgeln wurde ein ersticktes Röcheln, das mit einem letzten Schnaufen endete. Mehrere leichte Erschütterungen und ein enttäuscht klingendes Knacken verrieten: Der prähistorische Apparat, den Victor unabsichtlich ins mechanische Leben zurückgerufen hatte, starb durch Rost und einen ausgeprägten Mangel an Öl.

Die Stille kroch in den Saal zurück.

Tugelbend verließ die Musikgrube, die nun gar keine Grube mehr war, sondern über das Niveau des Bodens hinausragte. Er lief zu Ginger. Die junge Frau kniete und schluchzte.

»Komm!« drängte Victor. »Verschwinden wir von hier.«

»Wo bin ich? Was ist geschehen?«

»Was geschehen ist? Ich habe nicht die geringste Ahnung.«

Die Fackel lag im Staub. Es ging jetzt kein aktinisches Licht mehr von ihr aus – sie war nur noch ein fast vollständig verkohltes Stück Treibholz. Victor griff danach und winkte damit, bis eine kleine gelbe Flamme aufloderte.

»Gaspode?« rief er.

»Ja.«

»Du gehst mit Laddie voraus.«

»Oh, herzlichen Dank.«

Ginger klammerte sich an Tugelbend fest, als sie durch den Mittelgang wankten. Obwohl Entsetzen im ehemaligen thaumaturgischen Studenten keimte, mußte er zugeben, daß ihm die körperliche Nähe der jungen Frau keineswegs unangenehm war. Er blickte nach rechts und links, beobachtete die Gestalten auf den Sitzen und schauderte.

»Man könnte meinen, daß sie sich bewegliche Bilder angesehen haben«, sagte er.

»Ja«, bestätigte der vor ihm laufende Gaspode. »Eine Komödie.«

»Wie kommst du darauf?«

»Sie grinsen alle.«

»Gaspode!«

»Nun, man muß die Dinge auch von der positiven Seite betrachten, oder?« spottete der Hund. »Soll man etwa den Mut verlieren, nur weil man sich in einer unheilvollen Gruft aufhält, in Gesellschaft einer Katzenliebhaberin und einer Fackel, die praktisch von einer Sekunde zur anderen ausgehen könnte?«

»Lauf schneller! Lauf schneller!«

Sie sprangen und stürzten die breite Treppe hinunter, rutschten unten auf Algen aus und hasteten zu der Tunnelöffnung, die frische Luft und herrliches Tageslicht versprach. Victor verbrannte sich die Hand am Fackelrest und ließ ihn fallen. Im Gang erwartete er keine Probleme. Wenn sie dicht an einer Wand blieben und keine Dummheiten anstellten, blieb ihnen gar nichts anderes übrig, als den Ausgang zu finden. Vermutlich hatte draußen bereits die Morgendämmerung eingesetzt, was bedeutete: Es konnte nicht mehr lange dauern, bis sie die Dunkelheit hinter sich hätten.

Victor straffte sich und fühlte sich plötzlich sehr heldenhaft. Es war nicht nötig gewesen, gegen Ungeheuer zu kämpfen – wenn hier jemals irgendwelche Monstren auf Opfer gelauert hatten, waren seitdem wohl

Jahrhunderte vergangen. Gewisse unheimliche Aspekte ließen sich nicht leugnen, doch letztendlich lief alles auf, nun, Archäologie hinaus. Eigentlich war's gar nicht so schlimm, dachte Tugelbend und glaubte das Abenteuer überstanden zu haben.

Weiter vorn bellte Laddie.

»Was sagt er?« fragte Victor.

»Er hat gerade festgestellt, daß der Tunnel blockiert ist«, übersetzte Gaspode.

»Was?!«

»Ich nehme an, das haben wir deinem Orgelkonzert zu verdanken.«

»Vollkommen blockiert?«

Vollkommen. Victor schob sich über den Haufen. Einige Steinplatten in der Decke hatten nachgegeben, und ihnen waren mehrere Tonnen Geröll in die Tiefe gefolgt. Der junge Mann zerrte an einigen Brocken, löste dadurch jedoch nur eine weitere kleine Lawine aus.

»Vielleicht gibt es einen anderen Weg nach draußen«, hoffte er. »Vielleicht könnt ihr Hunde...«

»Schlag dir das aus dem Kopf, Teuerster«, erwiderte Gaspode. »Wie dem auch sei: Der einzige andere Gang führt die breite Treppe hinunter. Bis zum Meer. Dort tauchst du und hoffst, daß die Luft in deinen Lungen reicht.«

Laddie bellte.

»Ich meine nicht *dich*«, betonte Gaspode. »Nein, an dich habe ich dabei nicht gedacht. Wenn ich dir einen guten Rat geben darf: Melde dich nie freiwillig für etwas.«

Victor grub noch immer zwischen den Felsen und Steinen.

»Ich weiß nicht...«, murmelte er nach einer Weile. »Mir scheint, ich sehe dort mattes Licht. Was meinst du?«

Gaspode kletterte übers Geröll.

»Möglich, möglich«, räumte der Hund widerstrebend ein. »Allem Anschein nach haben sich einige Platten verkantet, und dadurch ist da eine Lücke.«

»Groß genug für etwas Kleines, um hindurchzukriechen?« kam es in einem ermutigenden Tonfall von Victors Lippen.

»Mit dieser Frage habe ich gerechnet«, brummte Gaspode.

Victor hörte kratzende Pfoten, dann eine gedämpfte Stimme: »Hier wird's etwas breiter... Ist noch immer verdammt eng... Mannomann...«

Stille.

Victor beugte sich besorgt vor. »Gaspode?«

»Alles klar. Ich bin auf der anderen Seite. Und ich sehe das Portal.«

»Gut!«

Tugelbend spürte einen Luftzug, und erneut begann etwas zu kratzen. Vorsichtig streckte er die Hand aus und ertastete einen energisch grabenden, haarigen Körper.

»Laddie versucht, dir zu folgen!«

»Er ist zu groß. Bestimmt bleibt er irgendwo stecken!«

Der Hund knurrte vor Anstrengung. Hinterbeine traten, und kleine Steine flogen Victor entgegen. Schließlich bellte Laddie triumphierend.

»Nun, er ist ein bißchen schlanker als ich«, sagte Gaspode nach einer Weile.

»Lauft los und holt Hilfe«, forderte Victor die beiden Hunde auf. »Wir bleiben hier. Äh.«

Er hörte, wie sie in der Ferne verschwanden. Laddies leises Bellen deutete endlich darauf hin, daß sie den Tunnel verlassen hatten.

Victor lehnte sich zurück.

»Jetzt brauchen wir nur noch zu warten«, sagte er.

»Wir sind im Hügel, nicht wahr?« ertönte Gingers Stimme in der Dunkelheit.

»Ja.«

»Wie sind wir hierhergekommen?«

»Ich bin dir gefolgt.«

»Du solltest mich *wecken*.«

»Ja, aber du hast mich gefesselt.«

»Unsinn!«

»Du hast mich gefesselt«, wiederholte Victor. »Und dann bist du zum Hügel gegangen und hast die Tür geöffnet und dann bist du mit einer Fackel bis zu jenem... äh, Ort gewandert. Wer weiß, was du angestellt hättest, wenn du nicht rechtzeitig wach geworden wärst.«

Kurze Stille.

»Im Ernst?« fragte Ginger unsicher. »Das alles ist wirklich geschehen?«

»Ja.«

»Ich erinere mich überhaupt nicht daran!«

»Das *glaube* ich dir. Was jedoch nichts an den Tatsachen ändert.«

»Was... was war das für ein Ort?«

Victor streckte die Beine in der Finsternis und versuchte, es sich gemütlicher zu machen.

»Keine Ahnung«, antwortete er. »Zuerst hielt ich ihn für einen Tempel. Offenbar haben dort Leute gesessen und sich bewegliche Bilder angesehen.«

»Aber alles schien uralt zu sein!«

»Jahrtausende alt!«

»Irgend ewas geht hier nicht mit rechten Dingen zu«, sagte Ginger in dem behutsamen Tonfall einer Person, die sich bemüht, ruhig zu bleiben, obwohl ein Wahnsinniger mit einem Hackbeil durch die Tür stürmt. »Die Alchimisten fanden erst vor wenigen Monaten heraus, wie man Okto-Zellulose herstellt.«

»Ja. Gibt einem zu denken, nicht wahr?«

Victor tastete nach Gingers Hand. Die junge Frau saß stocksteif und zuckte zusammen, als er sie berührte.

»Hier sind wir sicher«, fügte Tugelbend hinzu. »Gaspode kehrt bestimmt bald mit Hilfe zurück. Sei unbesorgt.«

Er versuchte, sich nicht den Ozean vorzustellen, dessen Wellen unten über die letzten Stufen der breiten Treppe spülten. Er versuchte, sich nicht an vielbeinige Dinge zu denken, die über einen in der Finsternis verborgenen Boden huschten. Und nicht an Kraken, die stumm vor der lebenden Leinwand umherkrochen. Er versuchte, die Zuschauer zu vergessen, die reglos in der Dunkelheit saßen, während die Jahrhunderte verstrichen. Vielleicht warteten sie noch immer darauf, daß jemand kam, um ihnen Knallkörner und heiße Würstchen zu verkaufen.

Das ganze Leben ist so, als sähe man sich bewegliche Bilder an, dachte Victor. Aber man betritt den Saal zehn Minuten nach Beginn der Vorstellung und niemand verrät einem, worum's geht. Man muß die Handlung ganz allein herausfinden.

Außerdem bekommt man *nie* Gelegenheit, nach dem Ende auf seinem Platz zu bleiben und sich die nächste Vorstellung anzusehen.

Im Flur der Unsichtbaren Universität flackerte Kerzenlicht.

Der Quästor hielt sich nicht für sehr tapfer. Er kämpfte in erster Linie mit Zahlen, und der Umstand, daß er dabei häufige Siege errang, hatte ihn in der Universitätshierarchie weit nach oben gebracht – Zauberei spielte in diesem Zusammenhang nur eine untergeordnete Rolle. Doch jetzt mußte er sich mit etwas Magischem befassen.

... Wumm ... wummm ... wumm*wumm*wummWUMM*Wumm*.

Er ging hinter einer Säule in Deckung und zählte elf Bleikugeln. Kleine Sandfontänen spritzten aus den Säcken. Das Ganze wiederholte sich in Abständen von zwei Minuten.

Der Quästor lief zu den Sandsäcken und zerrte an ihnen.

Die Wirklichkeit war nicht überall gleich. Jeder Zauberer wußte das. An keinem Ort auf der Scheibenwelt zeichnete sie sich durch eine stabile Dichte aus, und an einigen Stellen neigte sie dazu, sehr dünn zu sein – deshalb *funktionierte* die Magie. Riktors Apparat maß *Veranderungen* in der Wirklichkeit und gab Aufschluß darüber, wo das Wirkliche zum Unwirklichen wurde. Und wenn sich irgendwo genug Unwirklichkeit ansammelte, um ein Loch zu bilden ...

Aber dazu wäre enorm viel Magie nötig, dachte der Quästor, als er einige Säcke beiseite schob. Und soviel magische Energie könnte wohl kaum unserer Aufmerksamkeit entgehen, oder? Sie müßte so auffällig sein wie ... nun, wie eine Menge Magie.

Ich schätze, inzwischen sind etwa fünfzig Sekunden vergangen, fügte er in Gedanken hinzu.

Er starrte zu der Vase in ihrem Bunker.

Oh.

Er hatte gehofft, sich zu irren.

Alle Kugeln waren in die gleiche Richtung gespuckt worden. Ein halbes Dutzend Säcke wies viele Löcher auf. Und Numeri Riktor hat geglaubt, daß zwei Kugeln in einem Monat auf ein gefährliches Ausmaß an Unwirklichkeit hindeuten ...

Der Quästor zog in Gedanken eine Linie, die von dem Topf ausging und durch die beschädigten Sandsäcke bis zum Ende des Flurs reichte.

... Wumm ... wumm ...

Er duckte sich unwillkürlich – und ließ den angehaltenen Atem wieder entweichen. Ihm drohte keine Gefahr. Alle Kugeln sausten aus dem Maul des kleinen Elefanten auf der anderen Seite.

… Wumm … wumm …

Die Vase erzitterte heftig, als der geheimnisvolle Mechanismus darin in Bewegung geriet. Der Quästor beugte sich etwas näher und vernahm ein deutliches Zischen, wie von zusammengepreßter Luft …

Der Elefant spuckte elf Kugeln, und sie bohrten sich tief in die Sandsäcke hinein.

Dem allseits bekannten Rückstoßprinzip gehorchend kippte der Topf ruckartig nach hinten. Er stieß nicht gegen einen Sack, sondern an den Kopf des Zauberers.

Ming-ng-ng.

Der Quästor blinzelte. Er taumelte einen Schritt zurück. Er fiel hin.

Die von Holy Wood ausgehenden Störungen der Wirklichkeit reckten etliche dünne, nichtsdestoweniger unwirkliche Ausläufer bis nach Ankh-Morpork. Einer davon erwischte den Quästor, und der sah zwei kleine Vögel, die mit einem fröhlichen »Piep-piep-piep« sein Haupt umschwirrten. Dann verlor er das Bewußtsein.

Gaspode lag im Sand und keuchte. Laddie sprang um ihn herum und bellte aufgeregt.

»Die Entfernung zum Portal ist jetzt groß genug«, brachte er hervor, stand auf und schüttelte sich.

Laddie bellte und wirkte unglaublich fotogen.

»Na schön«, seufzte Gaspode. »Wie wär's, wenn wir erst einmal frühstücken, anschließend den versäumten Schlaf nachholen und …«

Laddie bellte erneut.

Gaspode seufzte noch einmal.

»Nun gut«, sagte er. »Wie du willst. Aber erwarte bloß keinen Dank dafür.«

Laddie raste los. Gaspode beschränkte sich auf ein wesentlich langsameres Schlendern und war sehr überrascht, als der andere Hund zurückkehrte, ihn sanft am Genick packte und dann wieder lossprang.

»Das wagst du nur, weil ich so klein bin«, klagte Gaspode, als er von einer Seite zur anderen schwang. »Nein, nicht dorthin! So früh am Morgen können wir mit Menschen nichts anfangen. Wir brauchen Trolle. Sind noch immer auf den Beinen, die Trolle. Echte Experten, was das Graben betrifft. Die nächste Gasse rechts, zum Blauen Lias und … Oh, *Mist.*«

Ihm fiel plötzlich ein, daß er sprechen mußte.

In aller Öffentlichkeit.

Dauernd achtet man darauf, seine verbalen Fähigkeiten sorgfältig zu verbergen, und plötzlich – zack! – muß man sprechen, dachte Gaspode. Wenn ich die Klappe halte, hocken Victor und Fräulein Ichmag-Katzen so lange im blockierten Tunnel, bis sie aussehen wie die Typen im Saal mit der Leinwand. Laddie setzt mich bestimmt vor jemandem ab und jault erwartungsvoll, und ich muß dann alles *erklären.* Und den Rest meines Lebens verbringe ich als eine Art Abnormität, die man in einen Käfig steckt und zur Schau stellt.

Nach einigen Sekunden jaulte er erwartungsvoll.

Das Knirschen und Grollen der vielen Stimmung verklang.

»Das Laddie«, sagte jemand. »Was er wollen?«

Gaspode taumelte zum nächsten Troll und zupfte höflich an einem rostigen Kettenhemdstreifen.

»Tschuldigung«, knurrte er.

»Verdammt intelligenter Hund«, meinte ein anderer Troll und gab Gaspode einen achtlosen Tritt. »Ich ihn gestern in Streifen gesehen. Kann sich stellen tot und bis fünf zählen.«

»Dann er erkennen zwei Zahlen mehr als du.« Allgemeines Gelächter erklang.*

»Du dich irren«, behauptete der erste Troll. »Seid still. Ich glaube, er uns etwas mitteilen will.«

»Tschuldigung ...«

»Seht nur, wie er herumspringen und bellen.«

»Entschuldigung ...«

»Du hast recht. Ich ihn ebenfalls in Filmen gesehen. Er zeigen Leute, wo finden verirrte Kinder in Höhlen ...«

»Ent*schul*digung ...«

Ein Troll runzelte die Stirn. »Um Kinder zu essen?«

»Nein. Um sie nach draußen zu bringen.«

»Für ein Grillfest?«

»Ent*schuldigung* ...«

Der nächste Fuß traf Gaspode an der Seite seines kugelförmigen Kopfs.

* Nach den Maßstäben der Trolle entsprach diese Bemerkung einem Bonmot von Oscar Wilde in Hochform.

»Ob er wieder Kinder in Höhlen gefunden hat? Laufen immer wieder zur Tür und zu uns. Sehr kluger Hund.«

»Wir ihm folgen könnten«, schlug der erste Troll vor.

»Gute Idee. Seit meinem letzten Imbiß viel Zeit vergangen.«

»Hör mal, es nicht *erlaubt,* in Holy Wood Leute zu essen. Es bringen uns in Verruf! Darüber hinaus du damit rechnen müssen von Liga-gegen-Diffamierung-der-Siliziumpersonen durch Mangel gedreht zu werden.«

»Aber erst nach leckerer Mahlzeit.«

»ENTSCHULDIGUNG…«

»Du nur an deinen Bauch denken. Was sein mit Troll-Renomeh? Los, finden wir verirrte Kinder.«

»Und selbst wenn wir nicht sie entdecken – dann wir essen Hund, ja?«

Die Bar leerte sich. Zurück blieben nur Rauchwolken, Kessel mit geschmolzenen Troll-Getränken, Rubin – sie kratzte erstarrte Lava von den Bechern – sowie ein kleiner, müder und flohzerfressener Hund.

Der kleine, müde und flohzerfressene Hund dachte über einen kleinen Unterschied nach. Zum einen, wie ein Wunderhund auszusehen und sich entsprechend zu verhalten – zum anderen ein Wunderhund zu sein.

Er sagte: »Mist.«

Als Kind hatte sich Victor vor Tigern gefürchtet. Wenn ihn andere Leute darauf hinwiesen, daß der nächste Tiger mindestens dreitausend Meilen entfernt war, so fragte er: »Liegt ein Meer zwischen ihm und uns?« Und dann meinten die Leute: »Nein, aber…« Und der Knabe sagte: »Dann ist es nur eine Frage der Entfernung.«

In Hinsicht auf die Dunkelheit dachte er ähnlich. Alle schrecklichen Orte waren durch das Wesen der Finsternis miteinander verbunden. Dunkelheit lauerte überall, die ganze Zeit über, wartete nur darauf, daß jemand das Licht löschte. So wie die Kerkerdimensionen darauf warteten, daß die Realität überschnappte.

Victor klammerte sich an Ginger fest.

»Das ist nicht nötig«, sagte sie. »Ich habe mich jetzt wieder fest im Griff.«

»Oh, gut«, kommentierte er unsicher.
»Übrigens: Das gilt auch für dich. Du hast mich ebenfalls fest im Griff.«
Victor entspannte sich.
»Frierst du?« fragte Ginger.
»Ein wenig. Es ist ziemlich kalt hier unten.«
»Höre ich da deine Zähne klappern?«
»Wessen sonst? Nein«, fügte er hastig hinzu, »denk nicht darüber nach.«
»Weißt du ...«, sagte Ginger nach einer Weile. »Ich erinnere mich gar nicht daran, dich gefesselt zu haben. Und ich bin nie besonders geschickt gewesen, wenn's um Knoten geht.«
»In diesem Fall gab es an den Knoten nichts auszusetzen«, erwiderte Victor.
»Ich entsinne mich nur an den Traum. Eine Stimme flüsterte und verlangte von mir den ... Schlafenden zu wecken?«
Victor dachte an die Rüstung auf der Steinplatte.
»Du hast neben der Gestalt gestanden«, sagte er. »Wie sah sie aus?«
Ginger zögerte. »Keine Ahnung. Ich kenne sie nur aus dem Traum. Und im Traum erschien sie mir wie ... wie mein Onkel Oswald.«
Ein mehr als zwei Meter langes Schwert ... Wenn jemand damit zuschlug, wer wollte den Hieb parieren? Diese Klinge schnitt durch *alles.* Aus irgendeinem Grund fiel es Victor schwer, sich einen Onkel Oswald vorzustellen, der ein solches Schwert schwang.
»Warum erschien dir die Gestalt wie dein Onkel Oswald?« fragte er.
»Weil mein Onkel Oswald ebenso reglos dalag. Nun, ich habe ihn nur einmal gesehen. Bei seiner Beerdigung.«
Victor öffnete den Mund. Und klappte ihn wieder zu, als er undeutliche Stimmen in der Ferne hörte. Einige Steine bewegten sich. Und dann trillerte es in der Nähe: »Hallo, kleine Kinder. Hierher, kleine Kinder.«
»Das ist Rock!« entfuhr es Ginger.
»Die Stimme würde ich überall wiedererkennen«, sagte Victor. »He, Rock! Ich bin's, Victor.«
Besorgtes Schweigen folgte. Dann grollte Rock: »Das mein Freund Victor!«

»Es bedeuten, wir ihn nicht können essen?«

»Niemand essen meinen Freund Victor! Wir ihn graben aus, und zwar dalli!«

Etwas knirschte, und ein anderer Troll klagte: »Dies sollen Kalkstein sein? Schmecken überhaupt nicht.«

Scharren und Kratzen. Kurz darauf ertönte eine dritte Stimme: »Warum wir ihn nicht können essen? Niemand etwas merken. Nur er.«

»Du unzivilisierter Troll«, tadelte Rock. »Was du glauben? Wenn du essen Leute, alle lachen dich aus und sagen: ›Er sein sehr unterentwikkelter Troll und nicht wissen, wie man benimmt sich in feiner Gesellschaft.‹ Dann du nicht mehr bekommen drei Dollar pro Tag und müssen zurück in Berge.«

Victor lachte und hoffte, daß es amüsiert klang.

»Sie sind sehr lustig, nicht wahr?« wandte er sich an Ginger.

»Und ob«, entgegnete die junge Frau nicht ganz sicher.

»Das Gerede darüber, Leute zu essen, ist natürlich nur Draufgängertum und gespielte Tapferkeit. Sie verspeisen praktisch nie jemanden. Mach dir deshalb keine Sorgen.«

»Oh, ich bin nicht besorgt. Hingegen beunruhigt es mich, daß ich dauernd im Schlaf umherwandere, ohne den Grund dafür zu kennen. Nach deinen Schilderungen zu urteilen habe ich versucht, den Schlafenden zu wecken. Ein schrecklicher Gedanke. Da nimmt etwas Einfluß auf mich.«

Es krachte, als Felsen beiseite geschoben wurden.

»Seltsam«, überlegte Victor laut. »Wenn jemand besessen ist, so schert sich das, äh, die Besessenheit verursachende Ding nicht darum, was mit dem Körper geschieht, den es, äh, übernommen hat. Und andere Körper sind ihm ebenfalls gleich. Ich meine, du hast die Reißnägel eingesammelt. Und du hast mich festgebunden, anstatt mir den Schädel einzuschlagen oder so.«

Er tastete nach Gingers Hand.

»Die Gestalt auf der Steinplatte...«, fügte er hinzu.

»Was ist damit?«

»Ich habe sie schon einmal gesehen. In dem alten Buch. Es enthält viele Bilder davon. Es scheint sehr wichtig zu sein, daß der Schlafende hinter dem Portal bleibt. Ich glaube, darauf weisen die Piktogramme hin. Tür – Mann. Der Mann hinter der Tür. Der Gefangene. Priester oder was weiß ich haben Feuer entzündet und dreimal am Tag gesungen, und der Grund dafür...«

Ein großer Stein neben Tugelbends Kopf rutschte fort, und ein trübes Tageslicht glitt durch die Öffnung. Dem matten Glanz folgte Laddie. Er versuchte, Victors Gesicht zu belecken und gleichzeitig zu bellen.

»Ja, ja, gut gemacht, Laddie«, sagte Victor und trachtete danach, einen sicheren Abstand zu dem enthusiastischen Hund zu wahren. »Brav. Braver Laddie.«

»Ich brav! Braver Laddie!«

Durch das laute Bellen fielen mehrere scharfkantige Steinsplitter von der Decke herab.

»Aha!« dröhnte Rock. Einige andere Trollköpfe zeigten sich hinter ihm, als Victor und Ginger durch das Loch spähten.

»Sie keine kleinen Kinder«, murmelte jener unzivilisierte Troll, der sich nicht mit den Geboten der feinen Gesellschaft auskannte. »Scheinen zäh zu sein.«

»Ich es noch einmal wiederholen«, erwiderte Rock in einem drohenden Tonfall. »Wir nicht essen Leute. Bringen uns nur in Schwierigkeiten.«

»Und wenn wir begnügen uns mit einem Bein? Dann wissen alle, daß wir Rücksicht...«

Rock hob einen mindestens fünfhundert Kilo schweren Felsen, hielt ihn nachdenklich in beiden Händen und schlug dann so heftig zu, daß der große Granitbrocken splitterte.

Anschließend blickte er auf den am Boden liegenden Artgenossen hinab. »Es sein Trolle wie du, die uns bringen in Verruf. Wie können wir einnehmen uns zustehenden Platz in Gemeinschaft intelligenter Wesen,wenn unterentwickelte Trolle wie du nur immer denken mit ihrem Magen?«

Er streckte eine Pranke durchs Loch und zog Victor heraus.

»Danke, Rock. Äh, Ginger ist ebenfalls da drin.«

Rock gab ihm einen freundschaftlichen Stoß, der Victor fast einige Rippen gebrochen hätte.

»Ich verstehe«, erwiderte der Troll. »Und sie tragen hübsches Neglidscheh aus Seide. Ihr abgelegenen Ort gefunden für Doktorspielchen, wie? Und die Scheibenwelt sich für euch gedreht haben, was? Mit läutenden Glocken?« Die anderen Trolle grinsten.

»Nun, äh, wenn man genauer darüber nachdenkt...«, begann Tugelbend.

»Das stimmt nicht!« sagte Ginger scharf, als Rock ihr durchs Loch half. »Wir...«

»Doch, es ist die Wahrheit.« Victor gab ihr hastige Zeichen, benutzte dabei Hände und Augenbrauen. »Es läßt sich nicht leugnen. Du hast vollkommen recht, Rock!«

»Ja«, grollte einer der übrigen Trolle. »Ich sie gesehen habe in Filmen. Er dauernd sie küssen und forttragen.«

»*Hört* mal...«, zischte Ginger.

»Und jetzt sollten wir verschwinden von hier ganz schnell«, schlug Rock vor. »Die Decke mir nicht erscheinen sehr stabil. Könnte jederzeit einstürzen.«

Victor blickte nach oben. Einige große Steinblöcke knirschten leise.

»Ja«, bestätigte er, griff nach dem Arm der protestierenden Ginger und zog sie mit sich durch den Tunnel. Die Trolle hoben ihren unterentwickelten Gefährten hoch und folgten den beiden Menschen.

»Das war *gemein* von dir«, warf Ginger ihm vor. »Jetzt glaubt er...«

»Sei still!« schnappte Victor. »Was sollte ich ihm denn sagen, hm? Ich meine, wie würdest du unseren Aufenthalt an diesem Ort erklären? Möchtest du, daß alle Leute es erfahren?«

Ginger zögerte.

»Na schön«, entgegnete sie schließlich. »Aber du hättest dir etwas anderes einfallen lassen können. Warum hast du nicht behauptet, daß wir Höhlen erforschen oder, oder nach Fossilien suchen wollten...?«

»Ja, natürlich. Mitten in der Nacht und mit dir in einem Neglidscheh. Übrigens: Was *ist* ein Neglidscheh?«

»Er meinte Negligé«, antwortete Ginger.

»Komm, laß uns jetzt zur Stadt zurückkehren. Nachher habe ich vielleicht noch Zeit genug, ein oder zwei Stunden zu schlafen.«

»Was meinst du mit ›nachher‹?«

»Wir müssen den Jungs einen großen Drink spendieren...«

Im Hügel rumpelte es dumpf. Eine dichte Staubwolke wogte nach draußen und umhüllte die Trolle wie mit einem Schleier – im Tunnel hatte die Decke nachgegeben.

»Das wär's«, sagte Victor. »Es ist vorbei. Kannst du das der Schlafwandlerin in dir mitteilen? Es hat jetzt keinen Sinn mehr zu versuchen, die große Kaverne zu erreichen. Es führt kein Weg mehr dorthin. Es ist vorbei«, wiederholte er. »Den Göttern sei Dank.«

Es gibt sie in jeder Stadt, eine solche Bar. In ihr herrscht ständiges Dämmerlicht. Die Gäste sprechen zwar, aber in erster Linie mit sich selbst, und sie hören niemandem zu. Sie reden mit dem Schmerz in ihrem Innern. Es ist eine Bar für die Hoffnungslosen, Unglücklichen und all jene Leute, die man von der Rennstrecke des Lebens an die Boxen gewunken hat.

Dort geht das Geschäft immer recht gut.

An diesem Morgen saßen die Trauernden an der Theke, jeder von ihnen in seiner eigenen Wolke aus Trübsal und Niedergeschlagenheit, jeder von ihnen überzeugt, daß niemand sonst auf der ganzen Scheibenwelt so schlimm dran war.

»Ich hab's *erfunden*«, sagte Silberfisch verdrießlich. »Um die Bildung zu fördern und den geistigen Horizont der Leute zu erweitern. Nie hatte ich dabei ein, ein, ein *Spektakel* im Sinn. Mit tausend Elefanten!« fügte er hinzu und verzog das Gesicht.

»Ja«, grollte Detritus. »Sie gar nicht wissen, was sie will. Ich ihre Wünsche erfüllen, und dann sie sagen: Es nicht richtig; du ein Troll ohne Feingefühl; du nicht verstehen, was eine Frau wollen. Und sie sagen: Frauen möchten klebrige Dinge essen, in Schachtel mit Schleife drum. Ich mache Schachtel mit Schleife drum, und sie öffnen, und sie schreien, und sie sagen: Ich nicht gemeint habe Pferd mit abgezogener Haut. Ach, sie nicht wissen, was sie wollen.«

»Ja«, ertönte eine Stimme unter Silberfischs Stuhl. »Geschähe ihnen ganz recht, wenn ich zu den Wölfen ginge.«

»Ich meine, man nehme nur den *Vom-Winde-weggeweht*-Streifen«, brummte Silberfisch. »Hat gar nichts mit der Wirklichkeit zu tun. Nein, die Wirklichkeit ist völlig anders beschaffen. Alles Lügen. Wer will von beweglichen Bildern belogen werden?«

»Ja«, knirschte Detritus. »Wie sie sagen: Frauen wollen Musik unter Fenster. Ich spielen Musik unter Fenster, und alle Leute erwachen und aus Häusern schreien. Du schlechter Troll, sie rufen. Warum du Felsen aneinanderklopfen in der Nacht? Und Frau nicht einmal erwachen.«

»Ja«, sagte Silberfisch.
»Ja«, sagte Detritus.
»Ja«, sagte die Stimme unter dem Stuhl.

Der Wirt war von Natur aus ein fröhlicher Mann. Es fiel nicht schwer, fröhlich zu sein, wenn er Gäste als Blitzableiter für das zufällig in der Nähe niederdonnernde Elend hatte. Er verzichtete auf Bemerkungen wie »Sieh die Sache von der positiven Seite«, denn es gab gar keine. Er versuchte auch nicht mehr, jemanden mit »Kopf hoch, vielleicht kommt es gar nicht dazu« aufzumuntern, denn meistens war es bereits dazu gekommen. Man erwartete von ihm nur, leere Gläser zu füllen.

An diesem Morgen fühlte er sich etwas verwirrt. Es schien noch jemand zugegen zu sein, abgesehen von dem Gast, der unterm Stuhl sprach. Der Wirt hatte den Eindruck, daß er eine weitere Person bediente, Geld von ihr entgegennahm und sogar mit ihr sprach. Aber er hielt vergeblich nach ihr Ausschau. Er wußte gar nicht, was er sah und mit wem er sich unterhielt.

Erneut schlenderte er zum einen Ende der Theke.

Ein Glas glitt auf ihn zu.

NOCH EINMAL, sagte jemand, der sich im Schatten verbarg.

»Äh«, erwiderte der Wirt. »Ja. Natürlich. Was darf's sein?«

IRGEND ETWAS.

Der Wirt schenkte Rum nach, und das Glas verschwand.

Er wollte etwas sagen und suchte nach den richtigen Worten. Aus irgendeinem Grund regte sich Furcht in ihm.

»Du bist neu hier, nicht wahr?« brachte er schließlich hervor.

ICH BIN WEGEN DER ATMOSPHÄRE GEKOMMEN. DASSELBE NOCH EINMAL.

»Arbeitest in Holy Wood, oder?« fragte der Wirt. Er füllte das Glas, und daraufhin verschwand es wieder.

BALD. DASSELBE NOCH EINMAL.

Der Wirt zögerte. Tief in seinem Innern meinte er es immer gut.

»Glaubst du nicht, daß du langsam genug hast?« erkundigte er sich.

ICH WEISS GANZ GENAU, WANN ICH GENUG HABE.

»Das sagen alle.«

ICH WEISS, WANN JEDER GENUG HAT.

Die Stimme klang irgendwie seltsam. Der Wirt wußte nicht genau, ob er sie mit den Ohren hörte. »Oh. Nun. Äh. Dasselbe noch einmal?«

NEIN. MORGEN HABE ICH VIEL ZU TUN. BEHALT DEN REST.

Einige Münzen erschienen auf dem Tresen. Sie waren eiskalt, und die meisten von ihnen trugen eine dicke, grüne Patina.

»Oh, äh...« begann der Wirt.

Die Tür öffnete und schloß sich. Trotz des warmen Morgens wehte kühle Luft herein.

Der Wirt nahm einen Lappen, wischte damit geistesabwesend über die Theke und mied die Münzen.

»Man begegnet seltsamen Burschen, wenn man in einer Bar arbeitet«, murmelte er.

Direkt neben ihm sagte jemand: DAS HABE ICH GANZ VERGESSEN. EINE TÜTE MIT ERDNÜSSEN, BITTE.

Schnee glitzerte an den randwärtigen Ausläufern der Spitzhornberge. Jenes große Gebirge reicht über die ganze Scheibenwelt, beschreibt am Runden Meer einen weiten Bogen und bildet dort eine natürliche Barriere, die Klatsch von den weiten Sto-Ebenen trennt.

Das riesige Massiv war die Heimat von vagabundierenden Gletschern, umherstreifenden Lawinen und stillen, schneebedeckten Hängen.

Und von Yetis. Die Yetis sind Trolle, die in besonders hohen Bergen leben, und sie haben keine Ahnung, daß es nicht mehr in Mode ist, Leute zu essen. Sie stehen auf folgendem Standpunkt: Wenn es sich bewegt, so fülle man sich den Magen damit; und wenn es sich nicht bewegt, so wartet man, bis es sich von der Stelle rührt – um es dann zu verschlingen.

Schon seit Stunden lauschten sie den Geräuschen. Echos hallten zwischen den eisverkrusteten Gipfeln hin und her, bis sie zu einem beständigen dumpfen Donnern wurden.

»Mein Vetter erwähnen große graue Tiere«, sagte einer der Yetis und bohrte mit der Klaue in einem hohlen Zahn. »Elefanten.«

»Größer als wir?« fragte ein anderer Yeti.

»Fast größer als wir«, lautete die Antwort. »Jede Menge Elefanten, mein Vetter meinen. Mehr als er zählen können.«

Der zweite Yeti schnüffelte und überlegte.

»Nun«, brummte er mürrisch, »dein Vetter können nur bis eins zählen.«

»Er sprach von vielen eins, mein Vetter. Große graue Elefanten. Alle zusammengebunden. Alle klettern nach oben. Groß und langsam. Mit Oograah beladen.«

»Hm.«

Der erste Yeti deutete über den weiten weißen Hang.

»Guter Schnee heute. Sehr tief. Darin kann nichts laufen schnell, oder? Wir uns legen in Schnee. Die Elefanten uns sehen erst, wenn sie direkt vor uns sind, und wir springen auf und rufen ›Aargh!‹. Und dann beginnen die Mahlzeit.« Er winkte mit einer großen Pranke. »Sehr schwer, die Elefanten, mein Vetter sagen. Sein bestimmt nicht schnell, verlaß dich drauf.«

Der andere Yeti zuckte mit den Schultern.

»In Ordnung«, knurrte er, während in der Ferne furchterfülltes Trompeten erklang.

Sie legten sich in den Schnee, und durch ihr weißes Fell wirkten sie wie zwei harmlose Haufen. Diese Jagdmethode hatte immer wieder funktioniert. Über Tausende von Jahren hinweg war das Wissen um sie von Yeti zu Yeti weitergereicht worden – eine Tradition, die sich nun ihrem Ende entgegenneigte.

Sie warteten.

Das Brüllen wurde lauter, als sich die Herde näherte.

Der erste Yeti dachte lange über etwas nach, und schließlich fragte er langsam: »Was bekommen man ... ja, was bekommen man, wenn ... wenn man einen Berg mit einem Elefanten kreuzen?«

Er erhielt nie eine Antwort.

Die Yetis hatten recht.

Fünfhundert Schlitten, auf ihnen jeweils zwei in Panik trompetende Elefanten festgebunden, rasten mit etwa hundert Stundenkilometern auf die Anhöhe zu, hinter der die Yetis lagen. Man sah die Yetis tatsächlich erst, wenn man darüber hinweg war. Und dann war man schön über ihnen.

Victor schlief nur zwei Stunden, aber trotzdem fühlte er sich ausgeruht und bemerkenswert zuversichtlich.

Es war vorbei. Von jetzt an konnte alles nur besser werden. In der vergangenen Nacht – beziehungsweise am frühen Morgen – hatte Ginger recht freundlich mit ihm gesprochen, und was auch immer im

Hügel lauerte: Es mußte dort auch weiterhin lauern, ohne eine Möglichkeit, nach draußen zu gelangen.

So was passiert manchmal, dachte Tugelbend, als er Wasser in ein rissiges Becken goß und sich wusch. Ein böser König oder Zauberer wird begraben, und der Geist des Toten schleicht umher und versucht dauernd, irgend etwas Unheilvolles anzustellen. Ja, so was kommt immer wieder vor. Aber jetzt liegen mindestens eine Million Tonnen Felsen in dem Tunnel – selbst ein sehr kräftiger Geist braucht genau eine Ewigkeit, um sich bis zum Portal durchzugraben.

Victors Gedächtnis erinnerte ihn an die gräßliche lebende Leinwand, doch sie erschien ihm nun nicht mehr ganz so abscheulich. Es war dunkel gewesen, und er entsann sich an bewegliche Schemen in der Finsternis, an seine eigene Nervosität – kein Wunder, daß ihm seine Augen Streiche gespielt hatten. Selbst den Skeletten der Zuschauer fehlte es nun an der Kraft, Entsetzen auszustrahlen. Victor wußte von Stammesoberhäuptern, die man zusammen mit ganzen Heeren aus Berittenen bestattete, damit ihre Seelen im Jenseits ein neues Leben beginnen konnten. Vielleicht war so etwas auch hier geschehen. Ja, im kalten Licht des Tages besehen, wirkte alles weniger grauenhaft.

Und genau darum handelte es sich – um kaltes Licht.

Sonderbares Licht füllte das Zimmer. Wenn man es an einem Wintermorgen sah, so *wußte* man sofort, daß draußen Schnee lag. Es war Licht ohne Schatten.

Victor trat ans Fenster und blickte in mattes silbergraues Glühen.

Holy Wood existierte nicht mehr.

Die Bilder der vergangenen Nacht waren ihm schlagartig wieder präsent – so wie die Dunkelheit, wenn plötzlich das Licht ausgeht.

Immer mit der Ruhe, dachte Victor und kämpfte gegen die in ihm empordrängende Panik an. Es ist nur Nebel. Früher oder später mußte es hier mal Nebel geben, so nah am Meer. Und er scheint zu glühen, weil die Sonne aufgegangen ist. Nebel hat nichts Geheimnisvolles an sich. Besteht nur aus winzigen Wassertropfen, die in der Luft schweben. Mehr steckt *nicht* dahinter.

Er streifte sich Kleidung über, riß die Tür auf und stolperte fast über Gaspode, der lang ausgestreckt auf der Schwelle lag, wie eine besonders schmutzige Dichtung.

Der kleine Hund stemmte sich mit den Vorderbeinen hoch, richtete den Blick der gelben Augen auf Victor und brummte: »Eins möchte ich klarstellen. Ich liege nicht etwa wegen dem Treuer-Hund-schützt-sein-Herrchen-Unsinn vor deiner Tür. Es ist nur, als ich hierher zurückkehrte ...«

»Sei still, Gaspode.«

Tugelbend öffnete die zweite, nach draußen führende Tür. Nebel wallte herein. Er schien nur auf diese Gelegenheit gewartet zu haben, um das Innere des Hauses zu erforschen.

»Nebel ist einfach Nebel«, sagte Victor laut. »Komm. Wir wollten heute nach Ankh-Morpork, weißt du noch?«

»Mein Kopf«, stöhnte Gaspode. »Mein Kopf fühlt sich an wie der untere Teil eines Katzenkorbs.«

»Du kannst in der Kutsche schlafen. Da fällt mir ein: *Ich* kann ebenfalls in der Kutsche schlafen.«

Victor trat einige Schritte weit ins silbrige Glühen – und verirrte sich fast sofort. Hier und dort sah er die vagen Konturen von Gebäuden in der naßkalten grauen Luft.

»Gaspode?« fragte er unsicher. Nebel ist Nebel, wiederholte er in Gedanken. Aber er vermittelt den Eindruck von Enge. Wenn er sich jetzt plötzlich auflösen würde ... Vielleicht sähe ich dann viele Leute, die mich beobachten. Von draußen. Was natürlich lächerlich ist, denn ich *bin* draußen, und wenn man sich draußen aufhält, kann man nicht von draußen beobachtet werden, oder? Außerdem flackert hier was.

»Du möchtest sicher, daß ich dir den Weg zeige, wie?« ertönte eine selbstgefällige Stimme neben seinem Knie.

»Es ist ziemlich still, nicht wahr?« erwiderte Victor wie beiläufig. »Ich schätze, der Nebel dämpft alle Geräusche.«

»Oder schauderhaft-gräßliche Wesen sind aus dem Meer gekrochen und haben alle Sterblichen umgebracht, bis auf uns«, sagte Gaspode im Plauderton.

»Sei still!«

Etwas zeichnete sich im hellen Grau ab. Als es näher kam, wurde es kleiner, und die imaginären Tentakel und Fühler verwandelten sich in die mehr oder weniger normalen Arme und Beine von Soll Schnapper.

»Victor?« fragte er nervös.

»Soll?«

Der Neffe seufzte erleichtert. »Kann in diesem Nebel überhaupt nichts sehen. Wir dachten schon, du hättest dich verirrt. Komm jetzt. Es ist fast Mittag. Wir sind mehr oder weniger zum Aufbruch bereit.«

»Ich bin soweit.«

»Gut.« Kleine Tropfen glitzerten in Solls Haar und an seiner Kleidung. »Äh«, sagte er. »Wo sind wir eigentlich?«

Victor drehte sich um. Seine Unterkunft hatte sich *hinter* ihm befunden.

»Der Nebel verändert alles, nicht wahr?« fragte Soll kummervoll. »Äh, glaubst du, dein kleiner Hund findet den Weg zum Studio? Er scheint recht intelligent zu sein.«

»Knurr, knurr«, kommentierte Gaspode. Er setzte sich und machte Männchen, eine Geste, deren Sarkasmus Victor nicht entging.

»Man könnte glauben, er versteht jedes Wort«, meinte Soll.

Gaspode bellte, und nach einigen Sekunden bekam er eine gebellte Antwort.

»Oh, das ist Laddie«, stellte Ruins Neffe fest. »Was für ein gescheiter Hund!«

Gaspode wirkte mit sich selbst zufrieden.

»Tja, Laddie steht natürlich auf einem ganz anderen Blatt«, fuhr Soll fort, als sie in die Richtung gingen, aus der das aufgeregte Bellen kam. »Er könnte deinem Hund bestimmt den einen oder anderen Trick beibringen.«

Victor wagte es nicht, nach unten zu sehen.

Mehrmals schritten sie durch falsche Gassen, aber schließlich fanden sie das Tor des Flughund-Jahrhunderts. Dort begegneten sie weiteren Personen: Offenbar waren die Studios das Ziel vieler Wanderer, die nicht wußten, wohin sie sich sonst wenden sollten.

Vor Schnappers Büro stand eine Kutsche. Treibe-mich-selbst-in-den-Ruin stand daneben und stampfte mit den Füßen.

»Beeilt euch«, sagte er. »Gaffer ist schon mit dem Streifen unterwegs. Na los, steigt ein.«

»Wäre es nicht besser zu warten, bis wir die Umgebung etwas deutlicher erkennen können?« fragte Victor.

»Warum denn?« erwiderte Schnapper. »Es gibt ja nur die eine Straße nach Ankh-Morpork. Außerdem wird die dicke Suppe sicher dünner, wenn wir uns von der Küste entfernen. Ich verstehe gar nicht, warum ihr alle so unruhig seid. Nebel ist Nebel.«

»Genau meine Meinung«, sagte Victor, als er in der Kutsche Platz nahm.

»Zum Glück haben wir die Dreharbeiten an *Vom Winde weggeweht* gestern beendet«, fügte Schnapper hinzu. »Wahrscheinlich steckt irgend etwas Jahreszeitliches dahinter. Kein Grund, besorgt zu sein.«

»Das hast du schon einmal gesagt«, erinnerte ihn Soll. »An diesem Morgen hab ich's mindestens fünfmal von dir gehört.«

Ginger hockte steif auf ihrem Sitz, und Laddie lag darunter. Victor schob sich etwas näher an sie heran.

»Hast du geschlafen?« flüsterte er.

»Nur ein oder zwei Stunden, glaube ich«, antwortete die junge Frau. »Und es ist nichts passiert. Ich hatte keinen Traum oder so.«

Tugelbend entspannte sich.

»Dann haben wir es wirklich überstanden. Ich war mir nicht so sicher.«

»Und der Nebel?« erkundigte sich Ginger.

»Bitte?« entgegnete Victor schuldbewußt.

»Was verursacht den *Nebel*?«

»Nun...«, begann Victor. »Wenn kühle Luft über warmen Boden streicht, dann kondensiert die in ihr enthaltene Feuchtigkeit und...«

»Du weißt, was ich meine! Es ist kein normaler Nebel! Er... er wogt hin und her. Und... und man kann fast Stimmen hören.«

»Man kann nicht *fast* Stimmen hören«, sagte Victor im Tonfall der Vernunft und hoffte, daß es ihm gelang, sich selbst zu überzeugen. »Entweder hört man sie, oder man hört sie nicht. Wir sind beide müde. Das ist alles. Wir haben hart gearbeitet und, äh, kaum geschlafen. Kein Wunder, daß wir glauben, fast Dinge zu hören und zu sehen.«

»Oh, du siehst also fast Dinge, wie?« erwiderte Ginger triumphierend. »Und sprich nicht dauernd so ruhig und vernünftig mit mir. Ich hasse Leute, die ruhig und vernünftig mit mir sprechen.«

»Haben die beiden Turteltauben einen Krach?«

Victor und Ginger erstarrten. Schnapper kletterte herein und warf ihnen einen aufmunternden Blick zu. Soll folgte ihm, und der Kutscher schloß die Tür.

»Auf halbem Wege nach Ankh-Morpork halten wir an, um etwas zu essen«, sagte Ruin, als sich das Gefährt mit einem Ruck in Bewegung setzte. Er zögerte und schnüffelte argwöhnisch.

»Was riecht hier so?«

»Ich glaube, mein Hund liegt unter deinem Sitz«, sagte Victor.

»Leidet er an einer Krankheit?« fragte Schnapper.

»Nein, ich fürchte, es ist ganz normal für ihn.«

»Was hältst du von der Idee, ihn mal zu baden?«

Niemand vernahm Gaspodes leises Brummen: »Was hältst du von der Idee, daß ich dir die Füße abbeiße, hm?«

Unterdessen verdichtete sich der Nebel über Holy Wood...

Die Plakate für *Vom Winde weggeweht* hingen schon seit einigen Tagen an den Mauern von Ankh-Morpork, und das allgemeine Interesse an dem Streifen erreichte seinen Höhepunkt.

Diesmal blieb nicht einmal die Unsichtbare Universität davon verschont. Der Bibliothekar hatte ein Bild an die Wand seines stinkenden, mit vielen Büchern ausgestatteten Nestes geklebt, das er als sein Heim* bezeichnete, und einige andere waren insgeheim bei den Zauberern im Umlauf.

Es handelte sich um ein wahres Kunstwerk. Victor hielt Ginger in den Armen, vor dem Hintergrund einer brennenden Stadt. Die junge Frau zeigte nicht nur alles, was sie hatte, sondern auch noch etwas mehr.

Die Wirkung ging weit über das hinaus, was sich Schnapper erhoffen konnte. Im Ungemeinschaftsraum wurde das Plakat von einer Hand zur anderen gereicht, so vorsichtig, als drohe eine Explosion.

»Diese junge Dame hat es, das steht fest«, sagte der Professor für unbestimmte Studien. Er war einer der dicksten Zauberer und trug so üppige Fettpolster mit sich herum, daß er wie ein wandelnder, zweibeiniger Sessel wirkte. Wer ihn beobachtete, rechnete unwillkürlich damit, daß Roßhaar aus abgescheuerten Stellen quoll. In seiner Nähe spürte man den Wunsch, sich zurückzulehnen und die Füße auf einen Hocker zu legen.

»Was meinst du mit ›es‹?« fragte ein anderer Zauberer.

»Oh, du *weißt* schon. Es. Umpf. Das alte He-*heh*.«

Seine Kollegen sahen ihn höflich an und schienen auf die Pointe zu warten.

* Er nannte es »Ugh«, was übersetzt vermutlich »Heim« bedeutete.

»Meine Güte, muß ich mich denn *noch* deutlicher ausdrücken?« stieß der Professor hervor.

»Er meint sexuelle Ausstrahlungskraft«, erklärte der Dozent für neue Runen und lächelte fröhlich. »Die Verlockung großer, fester Brüste und weicher, pulsierender Schenkel, außerdem die verbotenen Früchte der Leidenschaft...«

Zwei Zauberer rückten diskret ihre Stühle von ihm fort.

»Oh, *Sex*«, sagte der Pentagramm-Dekan und unterbrach den Dozenten für neue Runen bei einem hingebungsvollen Seufzer. »Davon gibt's heutzutage zuviel, wenn ihr meine Meinung hören wollt.«

»Oh, ich weiß nicht«, erwiderte der Dozent für neue Runen. Sein sehnsüchtiger Blick schweifte in die Ferne.

Die Stimmen weckten Windle Poons, der in seinem Rollstuhl am Kamin geschlafen hatte. Im Ungemeinschaftsraum brannte immer ein Feuer, ob Sommer oder Winter.

»Wasnlos?« fragte er.

Der Dekan beugte sich zu einem Ohr hinab.

»Ich habe gerade gesagt, daß wir von Sex keine Ahnung hatten, als wir jung waren!« rief er.

»Wie wahr, wie wahr«, erwiderte Poons. Er starrte nachdenklich in die Flammen. »Weißt du noch, ob wir, ähm, mehr darüber herausgefunden haben?«

Kurze Stille folgte.

»*Ich* bin der Ansicht, daß diese junge Frau eine ausgezeichnete Figur hat«, sagte der Dozent für neue Runen trotzig.

»Ihre weiblichen Attribute genügen, um mehreren jungen Frauen eine ausgezeichnete Figur zu geben«, fügte der Dekan hinzu.

Windle Poons betrachtete das Plakat aus zusammengekniffenen Augen.

»Und der junge Bursche?«

»Welcher Bursche?« fragten die Zauberer wie aus einem Mund.

»In der Mitte des Bilds«, sagte Poons. »Hält die Frau in den Armen.«

Die Magier sahen genauer hin. »Ach, er«, brummte der Professor und winkte ab.

»Kommt mir irgendwie, ähm, bekannt vor«, murmelte Windle Poons.

»Mein lieber Poons...«, begann der Dekan und zwinkerte den

anderen zu. »Ich hoffe, du hast dich nicht fortgeschlichen, um dir bewegliche Bilder anzusehen. Es gehört sich nicht für Zauberer, gewöhnlicher Unterhaltung zu frönen. Der Erzkanzler wäre sicher sehr ungehalten.«

»Wie bitte?« Poons wölbte eine Hand hinterm Ohr.

»Er macht tatsächlich einen vertrauten Eindruck«, sagte der Dekan und starrte auf das Plakat.

Der Dozent für neue Runen neigte den Kopf zur Seite.

»Es ist der junge Victor, oder?«

»Häh?« machte Poons.

»Vielleicht hast du recht«, sagte der Professor für unbestimmte Studien. »Hatte ebenfalls so einen dünnen Schnurrbart.«

»Wer?« fragte Poons.

»Aber er war Student«, ließ sich der Dekan vernehmen. »Und er hätte Zauberer werden können. Warum sollte er fortgehen, um mit jungen Frauen zu schmusen?«

»Es ist *ein* Victor, aber nicht *unser* Victor«, stellte der Professor fest. »Hier steht's geschrieben. Er heißt Victor Maraschino.«

»Oh, das bedeutet überhaupt nichts«, sagte der Dozent für neue Runen hochtrabend. »Bei den beweglichen Bildern haben alle seltsam klingende Namen. Zum Beispiel Delores De Syn und Blanche Hinreißend und Rock Kliff und so weiter ...« Er sah stummen Tadel in den Gesichtern der anderen Zauberer und fügte hastig hinzu: »Das habe ich gehört. Vom Pförtner. Geht abends immer ins Kino.«

»Wovon redet ihr da?« Poons winkte mit seinem Spazierstock.

»Das gilt auch für den Koch«, sagte der Professor. »Und für die anderen Angestellten in der Küche. Versucht mal, nach neun Uhr auch nur ein Schinkenbrötchen zu bekommen.«

»Praktisch alle sehen sich die beweglichen Bilder an«, meinte der Dozent. »Wir bilden die einzige Ausnahme.«

Einer der Zauberer spähte zum unteren Bereich des Plakats.

»Hier heißt es: ›Eine Sahga der Leidenschaft und breiten Träppen in Ankh-Morporks thurbolenter Geschichte!‹«

»Ah, es handelt sich also um historische bewegliche Bilder?« fragte der Dozent.

»Und es heißt: ›Eine ehpische Liebesgeschichte, die verblüffet Götter und Menschen!‹«

»Ach? Es mangelt auch nicht an Religiösem.«

»*Und* es heißt: ›Mit 1000 Elefanten!‹«

»Oh. Tierwelt. Ist immer sehr lehrreich, die Tierwelt.« Der Professor wandte sich erwartungsvoll an den Dekan, und die anderen Magier folgten seinem Beispiel.

Der Dozent räusperte sich. »Mir scheint, niemand kann Einwände erheben, wenn sich Zauberer wie wir ein kinematographisches Werk von historischem, religiösem und, äh, tierweltlichem Interesse ansehen.«

»Ihr kennt die strengen Vorschriften der Universität«, sagte der Dekan ohne besonderen Nachdruck.

»Natürlich kennen wir sie«, bestätigte der Dozent. »Sind sehr streng, die strengen Vorschriften. Und für die Studenten bestimmt. Ich verstehe durchaus, warum den Studenten nicht erlaubt sein sollte, sich so etwas anzusehen. Vermutlich würden sie pfeifen und Dinge an die Leinwand werfen. Aber ehrwürdige Zauberer wie wir müssen die Möglichkeit bekommen, populäre Phänomene zu untersuchen, oder?«

Poons winkte erneut mit dem Spazierstock.

»Ich will wissen, worüber ihr redet, ähm!« keifte er.

»Wir sehen nicht ein, warum es für ehrwürdige Zauberer wie uns verboten sein sollte, sich bewegliche Bilder anzusehen!« rief der Professor.

»Das finde ich auch«, erwiderte Poons. »Jeder findet Gefallen an hübschen jungen Frauen.«

»Niemand hat hübsche junge Frauen erwähnt«, sagte der Professor. »Wir sind weitaus mehr an der Untersuchung von populären Phänomenen interessiert.«

»So nennt man das heute?« Windle Poons gackerte.

»Wenn die Leute sehen, wie Zauberer durchs Tor schlendern, um ein ganz gewöhnliches Kino zu besuchen, so verlieren sie jeden Respekt vor uns«, mahnte der Dekan. »Das ist nicht einmal richtige, ordentliche Magie. Besteht nur aus Tricks und so.«

»Wißt ihr...«, sagte einer der anderen Zauberer. »Ich habe mich immer gefragt, was es mit den beweglichen Bildern auf sich hat. Eine Art Marionettentheater? Leute auf der Bühne? Schattenspiel?«

»Na bitte«, brummte der Professor. »Wir sollen weise sein, aber wie ist das möglich, wenn wir nicht *Bescheid* wissen?«

Alle Blicke wanderten zum Dekan, der nach den richtigen Worten suchte.

»Wer interessiert sich schon für junge Frauen, die in Strumpfhosen umherhüpfen?« fragte er verzweifelt.

Ponder Stibbons, ehemals besorgter thaumaturgischer Student und nun glücklichster Zauberer in der Universitätsgeschichte, bummelte zu der Mauerstelle, wo lockere Ziegelsteine selbst dem ungeübten Kletterer Gelegenheit geben, auf die andere Seite zu gelangen. In seinem Kopf war nur Platz für sehr angenehme Gedanken. Sie betrafen Bier, einen Kinobesuch, anschließend vielleicht ein leckeres Curry-Gericht in einem klatschianischen Restaurant, um den Abend abzurunden, und dann...

Plötzlich sah er sich mit der zweitschlimmsten Überraschung seines Lebens konfrontiert.

Sie waren *alle* da. Alle alten Zauberer. Sogar der Dekan. Und der greise Poons in seinem Rollstuhl. Sie standen im Schatten und beobachteten ihn streng. Paranoia explodierte wie ein dunkles Feuerwerk in der Mülltonne von Ponders Geist. *Sie haben auf mich gewartet!*

Er verharrte abrupt.

Der Dekan sprach.

»Oh, oh, oh, äh, ah, ähm, ähm«, begann er. Nach einigen Sekunden brachte er seine Zunge unter Kontrolle. »*Oh.* Wer ist da? Wer ist da? Zeig dich, und zwar sofort!«

Ponder zögerte. Er traf eine Entscheidung. Er wirbelte um die eigene Achse und rannte.

Nach einer Weile sagte der Dozent für neue Runen: »Das war der junge Stibbons, nicht wahr? Ist er weg?«

»Ich glaube schon.«

»Vielleicht redet er mit jemandem. Über uns.«

»Das glaube ich nicht«, sagte der Dekan.

»Glaubst du, er hat gesehen, wo die Ziegelsteine in der Mauer fehlen?«

»Nein. Ich habe vor den Löchern gestanden.«

»Also los. Worauf warten wir noch?«

»Hört mal...«, murmelte der Dekan. »Laßt uns vernünftig sein und...«

»Sei still, alter Knabe. Und halt diesen Stein.«

»Na schön. Aber wie wollt ihr den Rollstuhl über die Mauer schaffen, wenn ich fragen darf?«

Die Zauberer betrachteten Poons Rollstuhl.

Manche Rollstühle sind leicht und so konstruiert, daß sie es ihren Benutzern gestatten, sich in der modernen Gesellschaft unabhängig zu bewegen. Im Vergleich mit der von Poons bewohnten Vorrichtung waren sie wie Gazellen neben einem Nilpferd. Windle Poons legte nicht den geringsten Wert auf Unabhängigkeit in der modernen Gesellschaft; er zog es vor, geschoben zu werden und seine Wünsche von anderen Leuten erfüllen zu lassen.

Das Ding war breit und lang. Gesteuert wurde es mit Hilfe eines kleinen Rads ganz vorn und einer langen gußeisernen Stange. Gußeisen bildete überhaupt den primären Bestandteil dieses Rollstuhls. Barocke Verzierungen aus Eisen schmückten ein Gestell, das aus zusammengeschweißten eisernen Abflußrohren hergestellt zu sein schien, und zwei massive Stahlscheiben bildeten die Hinterräder. Hier und dort ragten seltsame Hebel auf, deren Zweck nur Poons kannte. Innerhalb weniger Stunden konnte ein großes Verdeck aus Ölzeug nach vorn geschoben werden, um den Passagier vor Regen und Hagel zu schützen, vermutlich auch vor Meteoriten und einstürzenden Gebäuden. Am vorderen Griff waren mehrere Tröten, Hupen, Sirenen und Pfeifen angebracht, und Poons benutzte sie, um seinen Kurs durch die Korridore und Flure der Unsichtbaren Universität akustisch zu markieren. Zwar konnte der Rollstuhl nur von einem besonders kräftigen Mann in Bewegung gesetzt werden, aber wenn er erst einmal rollte, zeichnete er sich durch eine Art schwerfälliger Unaufhaltsamkeit aus – vielleicht verfügte er über Bremsen, doch Windle Poons hatte nie versucht, sie zu benutzen. Das Lehrpersonal sowie die Studenten wußten: Wenn sie in der Nähe lautes Hupen hörten, so konnten sie sich nur dann eine Überlebenschance erhoffen, wenn sie sich so dicht wie möglich an die Wand preßten, während das gräßliche Etwas vorbeidonnerte.

»Wir kriegen den Apparat nie auf die andere Seite«, sagte der Dekan fest. »Wiegt mindestens eine Tonne. Wir sollten Poons ohnehin hierlassen. Er ist zu alt für so etwas.«

»Als junger Bursche bin ich jeden Abend über die Mauer, ähm, geklettert«, erwiderte Windle Poons verärgert. Dann kicherte er.

»Manchmal gerieten wir ganz schön in die Klemme. Häufig hat uns die Nachtwache bis zur Universität, ähm, verfolgt. Wenn ich jeweils, äh, einen Cent dafür bekäme...« Seine Lippen bewegten sich stumm, als er rasch rechnete. »Dann hätte ich fünfeinhalb Cents.«

»Vielleicht könnten wir...«, begann der Professor und unterbrach sich. »Wieso fünf*einhalb* Cents?«

»Einmal gab die Nachtwache auf halbem Wege auf«, erklärte Poons gutgelaunt. »Ach, das waren noch Zeiten... Erinnere mich genau daran. Numeri Riktor, Tudgy Spold und ich sind einmal auf den Tempel der Geringen Götter geklettert, während einer Andacht, und Tudgy hatte ein Ferkel im Sack, und er...«

»Na bitte«, klagte der Dozent für neue Runen. »Jetzt hast du dafür gesorgt, daß er zu *erzählen* anfängt.«

»Wir könnten versuchen, das Ding mit Magie auf die andere Seite zu bringen«, schlug der Professor vor. »Gindels Müheloser Heber sollte dazu in der Lage sein.«

»... und dann drehte sich der Hohepriester um, und sein Gesichtsausdruck – haha! Und dann meinte Numeri...«

»Unter würdevollem Einsatz von Magie stelle ich mir eigentlich etwas anderes vor«, schniefte der Dekan.

»Ich finde es immer noch würdevoller, als den verdammten Rollstuhl mit Muskelkraft über die Mauer zu bringen«, erwiderte der Dozent für neue Runen. Er rollte sich die Ärmel hoch. »Also los, Jungs.«

»... und dann klopfte Pickel an die Tür der Assassinengilde, und der alte Niedertracht arbeitete dort als Pförtner, haha, alle hatten Angst vor ihm, und er trat nach draußen, ähm, und dann kam die Nachtwache um die Ecke...«

»Alles klar? In *Ord*nung!«

»... was mich an jene Gelegenheit erinnert, als Gurke Framer Leim holte, und dann gingen wir...«

»Jetzt bist du dran, Dekan!«

Die Zauberer stöhnten vor Anstrengung.

»... meine Güte, ähm, mir kommt es vor wie gestern, ihr hättet sein Gesicht sehen sollen, als...«

»Und jetzt vorsichtig nach unten!«

Die stählernen Räder berührten das Kopfsteinpflaster der Gasse.

Poons nickte und grinste. »Eine tolle Zeit, eine tolle Zeit«, murmelte er und schlief ein.

Die Zauberer kletterten langsam und unsicher über die Mauer, wobei sich ihre breiten Hinterteile deutlich im Mondlicht abzeichneten. Man hörte lautes Schnaufen und Keuchen, als sie wieder festen Boden unter den Füßen hatten.

Der Dozent lehnte sich an die Wand und hielt inne, um das Zittern in seinen Knien zu beruhigen. »Äh, Dekan... Ist die Mauer während der letzten fünfzig Jahre höher geworden?«

»Ich... glaube... nicht.«

»Komisch. Früher bin ich wie eine Gazelle darüber hinweggehüpft. Ist noch gar nicht so lange her. Nur ein paar Jahre oder so.«

Die Zauberer wischten sich Schweiß von der Stirn und wechselten verlegene Blicke.

»Bin an fast jedem Abend hinübergehuscht, um das eine oder andere Bier zu kippen«, sagte der Professor.

»*Ich* habe jeden Abend damit verbracht, Bücher zu lesen und zu studieren«, betonte der Dekan stolz.

Der Professor kniff die Augen zusammen.

»Ja, stimmt«, bestätigte er. »Ich erinnere mich daran.«

Den Zauberern wurde allmählich klar, daß sie sich zum erstenmal seit Jahrzehnten außerhalb der Universität befanden, in der Nacht und ohne Erlaubnis. Unterdrückte Aufregung knisterte zwischen ihnen. Ein aufmerksamer Beobachter, der die subtilen Hinweise der Körpersprache zu deuten verstand, mußte zu folgendem Schluß gelangen: Nach dem Streifen würde jemand vorschlagen, etwas zu trinken, und dann mochte jemand anders Appetit verspüren, und anschließend gab es noch Platz genug für weitere Drinks, und gegen fünf Uhr morgens mußte man damit rechnen, daß die Nachtwache respektvoll ans Tor der Universität klopfte und den Erzkanzler darum bat, sie zu den Zellen zu begleiten, um dort einige angebliche Zauberer zu identifizieren, die sechsstimmig zotige Lieder sangen. Und ob er etwas Geld mitbringen könnte, um den angerichteten Schaden zu bezahlen?

In jedem alten Menschen wohnt ein junger, der sich fragt, was geschehen ist.

Der Professor hob die Hand zu seinem großen und breiten Hut, desen Krempe schlaff herunterhing.

»Also gut, Jungs«, sagte er. »Weg mit den Hüten.«

Seine Begleiter nahmen ihre Kopfbedeckungen ab, wenn auch widerstrebend. Zauberer hängen an ihren Hüten – weil sie ihnen das Gefühl geben, Zauberer zu sein. Doch der Professor hatte deutlich darauf hingewiesen: Wenn die Leute aufgrund des spitzen Hutes wußten, daß sie es mit einem Zauberer zu tun hatten – dann brauchte man ihn nur abzunehmen, um für einen reichen Kaufmann oder etwas in der Art gehalten zu werden.

Der Dekan schauderte. »Ich komme mir völlig nackt vor.«

»Wir verstauen sie unter Poons Decke«, sagte der Professor. »Dann weiß niemand, daß wir, äh, wir sind.«

»Ja«, entgegnete der Dozent für neue Runen skeptisch. »Hoffentlich vergessen *wir* nicht, wer wir sind.«

»Bestimmt halten uns die Leute für, äh, ganz normale Bürger.«

»So fühle ich mich«, sagte der Dekan. »Wie ein ganz normaler Bürger.« Er schauderte erneut.

»Oder für Kaufleute«, fügte der Professor hinzu und strich sein weißes Haar glatt.

»Denkt immer daran«, ermahnte er die anderen. »Ganz gleich, was jemand sagt: Wir sind *keine* Zauberer, sondern ehrliche, rechtschaffene Kaufleute, die einen angenehmen Abend verbringen wollen. Kapiert?«

»Wie sehen ehrliche, rechtschaffene Kaufleute aus?« fragte jemand.

»Woher soll ich das wissen?« erwiderte der Professor. »Niemand darf Magie beschwören. Ich muß wohl nicht extra darauf hinweisen, was passiert, wenn der Erzkanzler erfährt, daß sein Lehrpersonal dem Laster gewöhnlicher Unterhaltung frönt.«

»Noch schrecklicher wär's, wenn die Studenten dahinterkämen«, brachte der Dekan mit zittriger Stimme hervor.

»Falsche Bärte«, meinte der Dozent für neue Runen triumphierend. »Wir könnten falsche Bärte tragen.«

Der Professor rollte mit den Augen.

»Wir *haben* bereits Bärte«, betonte er. »*Falsche* Bärte wären wohl kaum eine geeignete Verkleidung.«

»Das ist ja gerade das Schlaue daran«, beharrte der Dozent. »Wenn jemand einen falschen Bart trägt... Wer würde vermuten, daß er darunter einen *richtigen* Bart hat?«

Der Professor setzte zu einem Einwand an und zögerte.

»Nun...«, sagte er.

»Aber wo sollen wir uns um diese Zeit falsche Bärte beschaffen?« erkundigte sich ein Zauberer.

Der Dozent strahlte und griff in seine Tasche. »Das ist überhaupt nicht nötig. Hehe, jetzt wird's *noch* schlauer. Ich habe ein wenig Draht mitgebracht. Man braucht nur zwei Stücke davon abzubrechen, zurechtzubiegen, in die Koteletten zu stecken und dann auf eine eher ungeschickte Weise um die Ohren zu schlingen, etwa so.« Er zeigte es seinen Kollegen.

Der Professor starrte ungläubig.

»Unheimlich«, kommentierte er schließlich. »Es stimmt! Jetzt siehst du wie jemand aus, der einen ziemlich schlechten falschen Bart trägt.«

»Erstaunlich, nicht wahr?« meinte der Dozent fröhlich und verteilte den Draht. »Man nennt so was Pschükologie.«

Einige Minuten lang waren die Zauberer damit beschäftigt, Drähte abzubrechen und zu biegen. Gelegentlich erklang leises, schmerzerfülltes Wimmern, wenn sich einer der alten Männer piekste, doch schließlich hatten sich alle echten Bärte in vermeintliche falsche verwandelt. Die Magier musterten sich scheu.

»Wenn wir einen Kopfkissenbezug ohne Kissen drin nehmen und ihn so unter den Umhang des Professors stecken, daß sich oben ein Zipfel zeigt...«, sagte ein Zauberer voller Enthusiasmus. »Dann sähe er wie ein dünner Mann aus, der versucht, mit einem Kissen sehr dick zu wirken.« Er fing den Blick des Professors ein und schwieg.

Zwei Thaumaturgen traten von hinten an Poons gräßlichen Rollstuhl heran und setzten ihn in Bewegung. Das Kopfsteinpflaster unter den Rädern beschwerte sich mit einem lauten Knirschen.

Poons erwachte plötzlich. »Wasnlos? Wo sind wir?«

»Wir spielen die Rolle von ganz normalen Bürgern«, erklärte der Dekan.

»Ein interessantes Spiel«, erwiderte Poons.

»Hörst du mich, alter Knabe?«

Der Quästor öffnete die Augen.

Die Krankenabteilung der Universität war nicht sehr groß und wurde nur selten benutzt – Zauberer waren entweder kerngesund oder tot. Die übliche Behandlungsmethode bestand aus einem Mittel, das gegen Magensäure wirkte, und einem dunklen Zimmer bis zur nächsten Mahlzeit.

»Hab dir was zu lesen mitgebracht«, fügte die Stimme zaghaft hinzu.

Der Quästor starrte auf einen Buchrücken, der ihm folgenden Titel präsentierte: *Abenteuer mit Armbrust und Angel.*

»Hast dir eine scheußliche Beule geholt, Quästor. Bist den ganzen Tag über im Reich der Träume gewesen.«

Der Patient blickte benommen durch den rosaroten und orangefarbenen Dunst, der sich allmählich lichtete, um ihm das rosarote und orangefarbene Gesicht des Erzkanzlers zu zeigen.

Mal überlegen, dachte er. Was ist eigentlich gesch...

Ruckartig setzte er sich auf, griff nach dem Umhang des Erzkanzlers und schrie in das große, rosarote und orangefarbene Gesicht: »Etwas Unheilvolles bahnt sich an!«

Die Zauberer schlenderten durch halbdunkle Straßen. Bisher funktionierte die Verkleidungt tadellos. Die Leute rempelten sie sogar an. Niemand hatte es jemals gewagt, einen Zauberer anzurempeln – es handelte sich um eine ganz neue Erfahrung.

Vor dem Eingang des *Odium* wartete eine große Menge, und die Schlange reichte bis auf die Straße. Der Dekan führte seine Kollegen geradewegs zur Tür, woraufhin jemand »He!« rief.

Er sah auf und in das rote Gesicht eines Trolls, der schlecht sitzende und militärisch wirkende Kleidung trug, die unter anderem aus kesselpaukengroßen Epauletten bestand. Eine Hose fehlte.

»Ja?«

»Hier *sein* eine Schlange«, sagte der Troll.

Der Dekan nickte freundlich. In den Warteschlangen Ankh-Morporks standen Zauberer immer ganz vorn. »Ja, ich habe sie gesehen. Eine hübsche Schlange. Wenn du jetzt bitte beiseite treten würdest... Wir möchten zu unseren Plätzen.«

Der Troll bohrte ihm einen dicken Zeigefinger in den Bauch.

»Für was du dich halten?« fragte er. »Etwa für Zauberer oder so?« Einige Leute in der Nähe lachten.

Der Dekan beugte sich vor.

»Wir sind *tatsächlich* Zauberer«, zischte er.

Der Troll grinste.

»Hältst mich vielleicht für dumme Amöbe? Ich deutlich sehen können falschen Bart!«

»Jetzt hör mal...«, begann der Dekan. Seine Stimme wurde zu einem erschrockenen Quieken, als ihn der Troll am Kragen packte und auf die Straße warf.

»Du dich anstellen müssen wie alle anderen«, sagte er. Höhnisches Gelächter erklang in der Menge.

Der Dekan knurrte. Er hob die Hand. Er spreizte die Finger...

Der Professor drückte seinen Arm nach unten.

»Wir wollen darauf verzichten, Magie zu beschwören, erinnerst du dich?« flüsterte er. »Komm.«

»Wohin?«

»Zum Ende der Schlange!«

»Aber wir sind *Zauberer!* Und Zauberer stellen sich nie für etwas an!«

»Wir sind ehrliche, rechtschaffene Kaufleute«, stellte der Professor fest. Er sah zu den umstehenden Kinobesuchern, in deren Augen Argwohn glänzte. »Wir sind ehrliche, rechtschaffene Kaufleute«, wiederholte er laut und stieß den Dekan in die Rippen. »Na los!« raunte er.

»Na los was?«

»Sag was Kaufmannartiges.«

»Was sagen Kaufleute?« erwiderte der Dekan verwirrt.

»Sag *irgend etwas!* Alle starren uns an!«

»Oh.« Panik bildete tiefe Falten im Gesicht des Dekan, und dann hatte er den rettenden Einfall. »Knackige Äpfel«, verkündete er. »Kauf sie, solange sie noch heiß sind. Leckere knackige Äpfel... Genügt das?«

»Ich glaube schon. Und jetzt begleite mich zum Ende...«

Unruhe kam am Ende der Schlange auf. Wartende drängten nach vorn. Die Leute gaben ihre Plätze auf und stürmten los. Die Kaufleute befanden sich plötzlich mitten im dichtesten Gedränge.

»Ach, auf einmal stellt sich niemand mehr an, wie?« grummelte der ehrliche Kaufmann für neue Runen, als man ihn zur Seite schob.

Der Dekan hielt einen Jungen fest, der sich mit den Ellenbogen Platz zu schaffen versuchte.

»Was ist los, junger Mann?« fragte er.

»Sie kommen!« rief der Knabe.
»Wer?«
»Die Stars!«
Die Zauberer blickten nach oben. »Die Stare?«
»Die Stare fliegen doch immer noch durch die Luft?« fragte der Dekan. Der Junge hörte ihm nicht zu, löste sich aus dem Griff und verschwand in der aufgeregten Menge.
»Primitives Volk«, brummte der Dekan. Die Zauberer reckten den Hals, um zu sehen, was nun geschah. Poons bildete die einzige Ausnahme, keifte und schlug mit seinem Stock um sich.

Der Quästor begegnete dem Erzkanzler im Flur.
»Im Ungemeinschaftsraum hält sich niemand auf!« rief er.
»Die Bibliothek ist leer!« donnerte Ridcully.
»Ich habe von diesem Phänomen gehört«, jammerte der Quästor. »Ein spontanes Soundso. Sie sind spontan verschwunden!«
»Beruhig dich, Mann. Nur weil...«
»Selbst nach den Dienern habe ich vergeblich gesucht! Du weißt sicher, was passiert, wenn Löcher in der Wirklichkeit entstehen! Wahrscheinlich tasten schon jetzt gewaltige Tentakel...«
In der Ferne erklang ein dumpfes *Wumm-wumm,* und Bleikugeln prallten von einer Wand ab.
»Immer die gleiche Richtung«, murmelte der Quästor.
»Und welche?«
»Die Richtung, aus der *sie* kommen werden! Ich glaube, ich verliere den Verstand!«
»Na, na.« Der Erzkanzler klopfte dem Quästor auf die Schulter. »So etwas solltest du nicht sagen. Es klingt verrückt.«

Ginger starrte erschrocken aus dem Fenster der Kutsche.
»Wer sind all die Leute?« fragte sie.
»Fans«, erwiderte Schnapper.
»Das klingt dämonisch.«
»Leute, die euch gern in den Streifen sehen«, erklärte Soll. »Äh. Sie mögen euch *sehr*.«
»Es sind auch Frauen dabei.« Victor winkte vorsichtig, und eine der Damen fiel in Ohnmacht.

»Du bist berühmt«, wandte er sich an Ginger. »Und du wolltest doch immer berühmt sein, oder?«

Ginger sah erneut aus dem Fenster. »So hätte ich mir das nie vorgestellt. Alle rufen unsere Namen!«

»Wir haben überall Plakate an Mauern geklebt, um für *Vom Winde weggeweht* zu werben«, sagte Soll.

»Ja, genau«, bestätigte Schnapper. »Und wir haben immer wieder darauf hingewiesen, es sei der beste Streifen in der ganzen Geschichte von Holy Wood.«

»Aber die beweglichen Bilder gibt es doch erst seit einigen Monaten«, meinte Ginger.

»Na und? Geschichte muß doch nicht unbedingt lang sein, oder?«

Victor bemerkte die Nachdenklichkeit in Gingers Zügen. Wie lang ist die wahre Geschichte von Holy Wood? überlegte er. Vielleicht lag ein uralter Steinkalender auf dem Meeresgrund, zwischen den Hummern. Vielleicht gab es gar keine Möglichkeit, die verstrichene Zeit zu messen. Wie maß man das Alter einer Idee?

»Bestimmt sind auch viele Würdenträger und Honoratioren hier«, sagte Schnapper. »Der Patrizier und der Adel und die Oberhäupter der Gilden und die Hohepriester. Die Zauberer natürlich nicht. Hochnäsige Idioten. Wie dem auch sei: Uns steht ein unvergeßlicher Abend bevor.«

»Wird man uns ihnen allen vorstellen?« erkundigte sich Victor.

»Nein, *sie* werden *euch* vorgestellt«, antwortete Schnapper. »Ein einzigartiges Erlebnis für sie. Die werden noch ihren Enkeln davon erzählen.«

Victor starrte zur Menge.

»Bilde ich es mir nur ein, oder wird's tatsächlich neblig?« fragte er.

Poons Stock traf die Beine des Professors.

»Was geht hier vor?« zeterte er. »Warum jubeln alle?«

»Der Patrizier hat gerade seine Kutsche verlassen«, sagte der Professor.

»Was soll daran so wundervoll sein?« brummte Poons. »Ich bin mindestens hundertmal aus irgendwelchen Kutschen geklettert. Ist überhaupt nicht schwer.«

»Eine seltsame Angelegenheit«, erwiderte der Professor. »Die Leute jubeln auch dem Oberhaupt der Assassinengilde zu. Und dem Hohepriester des Blinden Io. Und jetzt rollt jemand einen roten Teppich aus.«

»Was, auf der Straße? In Ankh-*Morpork*?«

»Ja.«

»*Die* Reinigungsrechnung möchte ich nicht bekommen«, sagte Poons.

Der Dozent für neue Runen stieß den Professor in die Rippen, beziehungsweise dorthin, wo sich Rippen unter jenen Sedimenten verbargen, die sich im Lauf von fünfzig Jahren durch ebenso gute wie üppige Mahlzeiten angesammelt hatten.

»Ruhe!« zischte er. »Da kommen sie!«

»Wer?«

»Wichtige Personen, wie's scheint.«

Jähes Entsetzen zitterte hinter dem falschen Bart des Professors. »Glaubt ihr, man hat vielleicht den Erzkanzler hierher eingeladen?«

Die Zauberer versuchten, sich in ihren Umhängen zu verkriechen.

Die Kutsche war jedoch weitaus eindrucksvoller als ihre altersschwachen Geschwister in der Universität. Die Menge drängte der abschirmenden Reihe aus Trollen und Wächtern entgegen, starrte erwartungsvoll zur Kutschentür. Anspannung knisterte wie statische Elektrizität.

Bezam – er schien vor Aufgeblasenheit zu schweben – trat zu dem Gefährt, um die Tür zu öffnen.

Das Publikum hielt kollektiv den Atem an, abgesehen von einem ziemlich alten Mann, der nichts sah und einen Spazierstock schwang. »Was passiert? Was geschieht jetzt? Warum sagt mir niemand, was *geschieht*? Ich verlange, daß mir, ähm, jemand sagt, was *geschieht*!«

Die Tür blieb geschlossen. Ginger hielt die Klinke mit solcher Entschlossenheit fest, als hinge ihr Leben davon ab.

»Das sind *Tausende*!« hauchte sie. »Ich... ich bleibe hier drin.«

»Leute, die eure Streifen gesehen haben«, erwiderte Soll. »Euer Publikum.«

»Ich steige trotzdem nicht aus!«

Soll gestikulierte verzweifelt und sah Victor an. »Kannst du sie zur Vernunft bringen?«

»Ich weiß nicht einmal, ob ich in der Lage bin, mich selbst zur Vernunft zu bringen.«

»Aber du hast viele Tage vor diesen Leuten verbracht«, meinte Schnapper.

»Nein, das stimmt nicht«, widersprach Ginger. »Wir haben nur vor dem Bilderkasten gestanden. Dabei war alles anders. Außerdem ... In den beweglichen Bildern bin ich gar nicht ich selbst, sondern Delores De Syn.«

Victor schürzte nachdenklich die Lippen.

»Vielleicht solltest du Delores De Syn nach draußen schicken«, schlug er vor.

»Wie denn?« fragte die junge Frau.

»Nun, wenn wir so tun, als wären es Dreharbeiten ...«

Onkel und Neffe Schnapper wechselten einen Blick. Soll nickte und wölbte die Hände vor dem Gesicht, formte aus ihnen die imaginäre runde Öffnung eines Bilderkastens. Schnapper zögerte zunächst, legte seinem Neffen dann die Hand auf den Kopf und drehte eine unsichtbare Kurbel am Ohr.

»Action!« sagte er.

Die Kutschentür schwang auf.

Die Menge schnappte nach Luft, wie ein einatmender Berg. Victor trat nach draußen und nahm Gingers Hand ...

Ohrenbetäubender Jubel ertönte.

Der Dozent für neue Runen biß sich vor lauter Aufregung in die Finger. Der Professor gab ein seltsames Geräusch von sich;es klang fast wie ein leises Ächzen.

»Du hast einmal gefragt, ob es für einen jungen Mann etwas Erstrebenswerteres gäbe, als Zauberer zu sein, erinnerst du dich?« meinte er.

»Ein wahrer Zauberer sollte nur eins im Sinn haben«, brummte der Dekan. »Das weißt du doch.«

»Oh, ja, ich *weiß* es.«

»Ich meine Magie.«

Der Professor sah zu den näher kommenden Gestalten.

»Das *ist* unser Victor«, sagte er. »Ich bin ganz sicher.«

»Ich verstehe das nicht«, erwiderte der Dekan. »Wieso zieht er die Gesellschaft junger Frauen vor, obgleich er Zauberer sein könnte?«

»Was für ein Narr«, kommentierte der Dozent für neue Runen. Es klang atemlos.

Die Zauberer seufzten leise.

»Sie hat echt was drauf, das muß man zugeben«, stellte der Professor fest.

»Ich bin ein alter Mann«, krächzte eine Stimme hinter ihnen. »Und wenn man mir nicht *bald* die Möglichkeit gibt, etwas zu sehen, so bekommt jemand meinen, ähm, Stock zu spüren, klar?«

Zwei Zauberer wichen beiseite und schoben den Rollstuhl nach vorn. Das Ding rollte direkt bis zum Rand des Teppichs, und bahnte sich dabei den Weg durch diverse Knie und Schienbeine.

Poons Kinnlade klappte nach unten.

Gingers Finger schlossen sich fester um Victors Hand.

»Da drüben stehen einige dicke Alte mit falschen Bärten, und sie winken dir zu«, preßte sie zwischen zusammengebissenen und lächelnden Zähnen hervor.

»Ja.« Victor lächelte ebenfalls. »Ich glaube, es sind Zauberer.«

»Einer von ihnen wackelt in seinem Rollstuhl und ruft etwas, das wie ›He-heh!‹ und ›Hu-huih!‹ und ›Hubba-bubba!‹ klingt.«

»Der älteste aller alten Zauberer«, sagte Victor. Er sah eine wohlbeleibte Frau in der Menge an und lächelte noch strahlender – die Namenlose wurde prompt ohnmächtig.

»Meine Güte! Wie war er vor fünfzig Jahren?«

»Nun, vor fünfzig Jahren hat er seinen achtzigsten Geburtstag gefeiert.* *Wirf ihm bloß keinen Kuß zu*!«

Applaus donnerte.

»Scheint ein netter Kerl zu sein.«

»Denk nur daran, zu winken und zu lächeln.«

»Oh, bei den *Göttern!* Sieh nur, so viele Leute ... Und sie alle warten darauf, uns vorgestellt zu werden!«

»Ich sehe sie ganz deutlich«, erwiderte Victor.

»Und sie sind *wichtig!*«

»Wir auch. Nehme ich an.«

»Warum?«

* Wenn ein Zauberer der ehrgeizigen Aufmerksamkeit anderer Zauberer entgeht, darf er mit einem recht langen Leben rechnen. Ihm selbst erscheint es sogar noch länger.

»Weil wir wir sind. Erinnerst du dich daran, was du damals gesagt hast, am Strand? Wir sind wir und so groß, wie wir nur sein können. Dein Wunsch geht jetzt in Erfüllung. Wir...«

Victor unterbrach sich.

Der Troll am Eingang des *Odium* grüßte ihn, indem er unsicher salutierte. Die Hand schmetterte ans Ohr, und das laute Krachen übertönte selbst den Jubel aus Tausenden von Kehlen...

Gaspode watschelte mit für ihn recht hoher Geschwindigkeit durch eine Gasse, und hinter ihm lief Laddie im ersten Gang. Niemand hatte auf sie geachtet, als sie aus der Kutsche sprangen oder, wie in Gaspodes Fall, herausplumpsten.

»In einem muffigen Kino zu hocken...«, sagte der kleinere Hund abfällig. »Unter einem angenehmen Abend stelle ich mir etwas anderes vor. Dies ist nicht Holy Wood, sondern eine richtige, große Stadt. Bleib bei mir, Kumpel, wenn du was erleben willst. Unser erstes Ziel: die Hintertür von Hargas Rippenstube. Dort kennt man mich. Alles klar?«

»Braver Laddie!«

»Ja«, sagte Gaspode.

»Sieh dir nur die Kleidung des Trolls an!« flüsterte Victor.

»Eine rote Samtjacke mit goldenem Schnurbesatz«, entgegnete Ginger aus dem Mundwinkel. »Na und? Eine Hose wäre keine schlechte Idee gewesen.«

Victor stöhnte.

Sie traten ins hell erleuchtete Foyer des *Odium.*

Bezam hatte keine Kosten gescheut. Trolle und Zwerge hatten rund um die Uhr gearbeitet, um die Vorbereitungen rechtzeitig zu beenden.

Victor sah Vorhänge aus rotem Plüsch, Säulen und Spiegel.

In jeder Ecke zeigten sich dickliche Engelchen und verschiedene Obstsorten, mit goldener Farbe bemalt.

Tugelbend gewann den Eindruck, daß sich eine große Pralinenschachtel vor ihm öffnete.

Oder daß ein Alptraum begann. Er rechnete fast damit, das Rauschen des Meers zu hören und zu beobachten, wie die Vorhänge zu Boden fielen, sich in schwarzen Schleim verwandelten.

»Bei den Göttern«, hauchte er.

»Was ist los mit dir?« fragte Ginger und blickte mit erstarrtem Grinsen zu den Würdenträgern, die darauf warteten, ihnen vorgestellt zu werden.

»Sieh dich um«, erwiderte Victor heiser. »Es ist Holy Wood! Man hat Holy Wood nach Ankh-Morpork gebracht!«

»Ja, aber...«

»Erinnerst du dich nicht? An die Nacht im Hügel? Bevor du aufgewacht bist?«

»Nein. Ich habe dir doch *gesagt,* daß ich mich nicht daran erinnere.«

»Es geht wieder los«, sagte Victor dumpf und blickte zu dem verzierten Schild an der einen Wand.

Darauf stand: »Drei Vorstellungen pro Tag!«

Tugelbend dachte an Dünen, uralte Mythen und Hummer.

Das Zeichnen von Karten ist auf der Scheibenwelt nie eine sehr präzise Kunst gewesen. Die meisten Kartenzeichner begannen mit den besten Absichten, doch dann begeisterten sie sich so sehr für spritzende Wale, Ungeheuer, Wellen und andere kartographische Dekorationen, daß sie die langweiligen Berge und Flüsse ganz vergaßen.

Der Erzkanzler stellte einen gut gefüllten Aschenbecher auf jene Ecke, die das hartnäckige Bestreben zeigte, sich immer wieder einzurollen. Dann strich sein Zeigefinger über fleckiges Pergament.

»Hier steht ›Achtung, Drachen‹«, sagte er. »Direkt im Innern der Stadt. Seltsam.«

»Das ist nur Lady Käsedicks Sonnenscheinheim für kranke Drachen«, erwiderte der Quästor geistesabwesend.

»Und hier heißt es ›Terra incognita‹«, las der Erzkanzler. »Was hat es damit auf sich?«

Der Quästor beugte sich vor. »Nun, das klingt interessanter als ein Hinweis auf weite Kohlfelder.«

»Und ist *erneut* von Drachen die Rede.«

»Wahrscheinlich eine Lüge.«

Ridcullys schwieliger Finger glitt in der zuvor festgestellten Richtung weiter und wischte Fliegenschmutz beiseite.

»Da gibt's überhaupt nichts«, brummte er und sah genauer hin.

»Nur Meer. Und ...« Er kniff die Augen zusammen. »Holy Wood. Bedeutet das irgend etwas?«

»So heißt der Ort, an den die Alchimisten gezogen sind, nicht?« fragte der Quästor.

»Ach, die *Alchimisten.*«

»Nun«, sagte der Quästor langsam, »wenn sie sich dort mit Magie beschäftigen ...«

»Die Alchimisten? Mit *Magie*?«

»Entschuldigung. Eine absurde Vorstellung, ich weiß. Der Pförtner erzählte mir, daß sie eine neue Art von, äh, Schattenspiel erfunden haben. Oder ein neues Marionettentheater. Etwas in der Art. Hab nicht richtig zugehört. Ich meine... *Alchimisten!* Ich bitte dich! Ich meine, Assassinen... *ja.* Diebe... *ja.* Sogar Kaufleute. Manchmal können Kaufleute richtig verschlagen sein. Aber Alchimisten... Man zeige mir weltfremdere, stümperhaftere und dümmere Leute ...«

Seine Stimme verklang, als sich die Ohren mit dem Mund synchronisierten.

»Sie würden es nicht wagen, oder?« fragte er.

»Und wenn doch?«

Der Quästor lachte hohl. »Neinneinnein. Sie würden es gewiß nicht wagen! Weil sie wissen, daß wir ihnen eine ordentliche Abreibung verpassen, wenn sie auch nur auf den Gedanken kämen, mit Magie herumzupfuschen ...«

Er zögerte.

»Nein, ausgeschlossen«, fügte er hinzu.

»Ich meine, Holy Wood ist zwar weit entfernt, aber ...«, sagte er.

»Sie würden es nicht wagen«, betonte er noch einmal.

»Alchimisten, die mit Magie experimentieren?« fragte er den Rest der Welt. »Unmöglich!«

»Man traue niemals Leuten mit Chemikalienflecken an den Händen«, fuhr er fort. »Das ist meine Meinung. Sie sind nicht wie wir. Sie haben keine Ahnung, was Würde bedeutet!«

Die Menge vor der Kinokasse wurde von Sekunde zu Sekunde ungeduldiger.

»Hast du in *allen* Taschen nachgesehen?« fragte der Professor.

»Ja!« brummte der Dekan.

»Dann sieh noch einmal nach.«

Für gewöhnlich vertraten Zauberer den Standpunkt, daß nur andere Leute für etwas bezahlen mußten. Wer einen spitzen Hut trug, brauchte normalerweise kein Geld.

Der Professor schenkte der jungen Dame, die Eintrittskarten verkaufte, ein gewinnendes Lächeln. »Ich versichere dir, werte Dame: Wir *sind* Zauberer.«

»Ich kann eure falschen Bärte ganz deutlich erkennen«, entgegnete die Frau und schniefte. »Immer wieder versucht jemand, das Eintrittsgeld zu sparen. Woher soll ich wissen, daß nicht drei kleine Jungen im Mantel ihres Vaters vor mir stehen?«

»Madam!«

»Ich habe zwei Dollar und fünfzehn Cents«, sagte der Dekan. Er zog die Münzen zwischen Flaumbüscheln und einem Durcheinander aus diversen okkulten Objekten hervor.

»Zweimal Parkett«, sagte die Frau und löste widerstrebend zwei Karten von der Rolle. Der Professor griff sofort danach.

»Ich nehme Windle mit«, wandte er sich an seine Kollegen. »Ich fürchte, die anderen müssen zu ihrer ehrlichen, rechtschaffenen Kaufmannstätigkeit zu*rück*kehren.« Er hob und senkte die Brauen.

»Ich sehe nicht ein, warum...«, begann der Dekan.

»Sonst geraten wir mit unseren Geschäften in den *Rück*stand«, fuhr der Professor fort und schnitt eine bedeutungsvolle Grimasse. »Wenn ihr nicht zu*rück*kehrt.«

»He, das war mein Geld, und...«, klagte der Dekan. Der Dozent für neue Runen zog an seinem Arm.

»Komm mit.« Er zwinkerte langsam. »Laß uns keine Zeit verlieren. Sonst bleiben wir *hinter* der Konkurrenz anderer ehrlicher Kaufleute *zurück*.«

»Ich verstehe nicht, warum...«, sagte der Dekan. Die anderen zerrten ihn einfach mit sich.

Graue Wolken wogten im magischen Spiegel des Erzkanzlers. Viele Zauberer besaßen solche Spiegel, aber selten benutzte sie jemand. Sie waren unzuverlässig und kaum als Rasierhilfe zu gebrauchen.

Wie sich herausstellte, konnte Ridcully erstaunlich gut damit umgehen.

»Habe das Ding für die Pirsch verwendet«, erklärte er knapp. »Um zu vermeiden, stundenlang im feuchten Gebüsch zu hocken, bei den Göttern. Trink was, Mann. Und ein Glas für mich. Kann jetzt ebenfalls einen ordentlichen Schluck vertragen.«

Es flackerte im Spiegel.

»Überhaupt nichts zu erkennen«, knurrte Ridcully. »Nur Nebel. Komisch: flackernder Nebel.«

Der Erzkanzler hüstelte, und dem Quästor wurde allmählich klar, daß Ridcully entgegen allen Erwartungen ziemlich gescheit war.

»Hast du jemals die beweglichen Schattenspiel- und Marionettentheater-Bilder gesehen?« fragte der Erzkanzler.

»Die Diener sind begeistert davon«, erwiderte der Quästor. Ridcully interpretierte diese Antwort als ein »nein«.

»Ich glaube, wir sollten uns eingehender damit befassen«, sagte er.

»Wie du meinst, Erzkanzler.« Der Quästor seufzte still.

Für Gebäude, in denen bewegliche Bilder gezeigt werden, gilt überall im Multiversum eine heilige, unverletzliche Regel: Die Schauderhaftigkeit der rückwärtigen Architektur ist umgekehrt proportional zur Pracht an der vorderen Seite. Vorn: Säulen, Bögen, Blattgold, helles Licht. Hinten: sonderbare Röhren, geheimnisvolle Rohrleitungen, schmutzige Wände und dunkle Gassen voller Müll.

Und das Fenster der Toilette.

»So etwas ist unser durch und durch unwürdig«, stöhnte der Dekan, als die Zauberer in der Dunkelheit schnauften.

»Sei still und schieb«, brummte der Dozent für neue Runen. Seine Stimme kam von der anderen Seite des Fensters.

»Wir hätten etwas in Geld verwandeln können«, sagte der Dekan. »Mit ein bißchen Magie. Was wäre so schlimm daran gewesen?«

»Damit wird die Währung verwässert«, erklärte der Dozent für neue Runen. »Es fördert die Inflation. Für so etwas wird man in die Skorpiongrube geworfen. Was berührt mein Fuß? Ich möchte wissen, was mein *Fuß* berührt.«

»Es ist alles in Ordnung«, behauptete ein Zauberer. »Du hast es praktisch hinter dir.«

»Oh, oh«, ächzte der Dekan, als man ihn durchs schmale Fenster in die Dunkelheit zog. »Ich bin sicher, dies nimmt ein böses Ende.«

»Paß nur auf, wo du hintrittst. Ach, *sieh* nur! Ich habe dir doch gesagt, du sollst aufpassen, wo du hintrittst. Ach, was soll's, komm jetzt.«

Die Zauberer schlichen – beziehungsweise platschten, was den Dekan betraf – durch einen finsteren Flur und erreichten kurz darauf den Saal, wo Windle Poons einige Plätze für sie freihielt, indem er mit seinem Stock nach allen Leuten schlug, die sich ihm zu nähern wagten. Sie stolperten über ihre eigenen Beine, als sie an dem Rollstuhl vorbeikletterten und sich schließlich setzten.

Eine Zeitlang starrten sie zu dem grauen Rechteck am anderen Ende des Saals.

»Weiß gar nicht, was die Leute so toll daran finden«, murmelte der Professor nach einer Weile.

»Hat schon jemand versucht, ›mißgestaltetes Kaninchen‹ zu zeigen?« erkundigte sich der Dozent für neue Runen.

»Die Vorstellung hat wohl noch nicht begonnen«, flüsterte der Dekan.

»Ich habe Hunger«, jammerte Poons. »Ich bin ein alter Mann, ähm, und ich habe Hunger.«

»Wißt ihr, was er angestellt hat?« ließ sich der Professor vernehmen. »Wißt ihr, was der alte Narr angestellt hat? Eine junge Frau führte uns mit einer Fackel hierher, und er... er kniff sie in den Hin... in den Allerwertesten!«

Poons kicherte. »Hubba-bubba!« gackerte er. »Weiß deine Mutter, daß du dich hier herumtreibst?«

»Es ist einfach zuviel für ihn«, meinte der Professor. »Wir hätten ihn nicht mitnehmen dürfen.«

»Ist euch eigentlich klar, daß wir eine Mahlzeit versäumen?« sagte der Dekan.

Die Zauberer schwiegen nachdenklich. Eine füllige Frau zwängte sich an Poons Rollstuhl vorbei, zuckte plötzlich zusammen und blickte sich mißtrauisch um. Doch sie sah nur einen netten alten Mann, der fest zu schlafen schien.

»Und dienstags gibt's Gänsebraten«, erinnerte sich der Dekan.

Poons öffnete ein Auge und betätigte die Hupe.

»Tröt-tröt, trallala!« triumphierte er leise. »Wann geht deine Oma Seife kaufen?«

»Genau das meine ich«, sagte der Professor. »Er weiß nicht einmal, in welchem Jahrhundert wir sind.«

Poons bedachte ihn mit einem durchdringenden Blick.

»Ich bin alt, ähm, und vielleicht auch verkalkt«, erwiderte er. »Aber ich beabsichtige nicht, auch weiterhin Hunger zu haben.« Er kramte in den unergründlichen Tiefen seines Rollstuhls und holte einen schmierigen schwarzen Beutel hervor. Darin klirrte es. »Im Foyer habe ich eine Frau gesehen, die spezielle Kino-Speisen verkauft«, teilte er den übrigen Zauberern mit.

»Soll das heißen, du hattest die ganze Zeit über Geld dabei?« fragte der Dekan. »Ohne es uns darauf mitzuteilen?«

»Ihr habt mich ja nicht danach gefragt«, verteidigte sich Poons.

Die Magier starrten hungrig auf den Beutel.

»Das hiesige Angebot besteht aus Knallkörpern mit Butter, heißen Würstchen und Schokoladendingern mit Dingern drauf«, sagte Poons. Er warf seinen Kollegen einen zahnlosen und listigen Blick zu. »Ich gebe euch was ab«, versprach er großzügig.

Der Dekan zählte die Anschaffungen. »Wir haben hier sechs Patrizier-Portionen Knallkörner mit extra viel Butter, acht heiße Würstchen, einen Jumbo-Becher mit Prickelwasser und eine Tüte mit schokoladenüberzogenen Rosinen.« Er reichte der Verkäuferin das Geld.

»Stimmt«, sagte der Professor und sammelte alles ein. »Äh. Glaubst du, wir sollten nicht auch etwas für die anderen besorgen?«

Bezam fluchte im Vorführraum, als er die große Spule mit *Vom Winde weggeweht* in den Projektor für die beweglichen Bilder einlegte.

Einige Meter entfernt, in einem mit Seilen abgetrennten Bereich des Balkons, saß Lord Vetinari, Patrizier von Ankh-Morpork. Er empfand vages Unbehagen.

Eigentlich bildeten die beiden jungen Leute ein hübsches Paar. Lord Vetinari wußte nur nicht, warum er neben ihnen saß und weshalb sie so wichtig sein sollten.

Der Patrizier war an den Umgang mit wichtigen Leuten – oder solchen Personen, die sich dafür hielten – gewöhnt. Zauberer wurden wichtig, wenn sie bemerkenswerte magische Leistungen vollbrachten. Diebe wurden aufgrund wagemutiger Diebstähle wichtig, und in gewisser Weise galt das auch für Kaufleute. Krieger wurden wichtig, wenn sie eine Schlacht gewannen und überlebten. Assassinen wurden durch geschickte Inhumierungen wichtig. Viele Straßen führten zur Prominenz, und man konnte sie alle ganz deutlich sehen. Sie ergaben einen *Sinn*.

Doch diese beiden Personen hatten sich nur vor einem der neumodischen Bilderkästen bewegt. Im Vergleich mit ihnen war der schlechteste Theaterschauspieler von Ankh-Morpork ein überaus begabter Thespisjünger, aber es käme der Bevölkerung sicher nicht in den Sinn, an den Straßen auf ihn zu warten und seinen Namen zu rufen.

Lord Vetinari saß nun zum erstenmal in einem Kino. Soweit er wußte, bestand Victor Maraschinos Spezialität darin, mit glühender Leidenschaft in den Augen dreinzuschauen, wodurch Damen in mittleren Jahren, die es eigentlich besser wissen sollten, in Ohnmacht fielen. Delores de Syns Stärke war es, lässig zu wirken, Ohrfeigen zu verteilen und phantastisch auszusehen, wenn sie zwischen seidenen Kissen lag.

Wohingegen *er*, der Patrizier von Ankh-Morpork, die Stadt regierte, die Stadt verwaltete, die Stadt liebte, die Stadt haßte und sein ganzes Leben in den Diensten der Stadt verbracht hatte...

Als die Repräsentanten des gemeinen Volks ihre Plätze im Parkett einnahmen, lauschte Lord Vetinari einem Gespräch, das zwei von ihnen führten:

»Wer ist das da oben?«

»Victor Maraschino und Delores De Syn. Hast du denn *überhaupt* keine Ahnung?«

»Ich meine den großen Burschen in der schwarzen Kleidung.«

»Oh, weiß nicht, wie *er* heißt. Vermutlich irgendein hohes Tier.«

Ja, es war faszinierend. Man konnte berühmt werden, indem man einfach... berühmt war. Der Patrizier hielt dieses Phänomen für außerordentlich gefährlich, und er dachte daran, daß er deswegen vielleicht jemanden umbringen mußte, irgendwann einmal, natürlich nur widerstrebend.* Doch bis dahin... Es gab eine Art Ruhm aus zweiter Hand, den man in der Gesellschaft wahrer Berühmtheiten genießen

* Wobei sich das Widerstreben auf ihn selbst bezog. Was die Opfer betrifft, dürfte der Mangel an Begeisterung selbstverständlich sein.

konnte, und zu seinem großen Erstaunen fand Lord Vetinari Gefallen daran.

Darüber hinaus saß er neben Delores De Syn, und der Neid des Publikums, der eine fast greifbare Qualität zu gewinnen schien, schmeckte köstlich. Im Gegensatz zu den seltsamen weißen Dingen, die man ihm in einer Tüte als Imbiß gegeben hatte.

Auf der anderen Seite des Patriziers plapperte ein gewisser Schnapper und erklärte die technischen Hintergründe der beweglichen Bilder, in dem irrigen Glauben, daß ihm Lord Vetinari aufmerksam zuhörte.

Plötzlich toste Applaus.

Der Patrizier neigte den Kopf zur Seite.

»Warum wird jetzt das Licht gelöscht?« fragte er Schnapper.

»Damit man die Bilder besser sehen kann, Herr«, erwiderte Treibe-mich-selbst-in-den-Ruin.

»Ach«, erwiderte Lord Vetinari. »Man sollte eigentlich meinen, daß man Licht braucht, um sie zu erkennen.«

»Bei den *beweglichen* Bildern ist das anders, Herr«, sagte Schnapper.

»Sehr interessant.«

Der Patrizier drehte nun den Kopf, sah zu Ginger und Victor. Es überraschte ihn ein wenig, daß sie angespannt wirkten. Das war ihm bereits aufgefallen, als sie das *Odium* betreten hatten. Der junge Mann starrte so zu den lächerlichen Verzierungen, als fühlte er sich von ihnen bedroht, und was Delores De Syn anging... Lord Vetinari hatte gehört, wie sie nach Luft schnappte, als sie den Saal erreichten.

Beide erweckten den Eindruck, an einem profunden Schock zu leiden.

»Ich schätze, dies alles ist euch längst vertraut«, sagte der Patrizier.

»Nein«, erwiderte Victor. »Eigentlich nicht. Wir sind noch nie zuvor in einem Kino gewesen.«

»Mit einer Ausnahme«, fügte Ginger grimmig hinzu.

»Ja. Mit einer Ausnahme.«

»Nun, ihr tretet doch in den beweglichen Bildern auf«, sagte der Patrizier freundlich.

»Das stimmt«, bestätigte Victor. »Aber wir sehen nie das ganze Werk, nur immer Teile davon, bevor der Kurbeldreher die einzelnen Aufnahmen und Szenen zusammenklebt. Bisher hatte ich nur einmal Gelegenheit, einen vollständigen Streifen zu betrachten, und man zeigte ihn draußen, auf einem zwischen Pfählen gespannten Bettlaken.«

»Dies ist also neu für euch?« vergewisserte sich der Patrizier.

»Nicht unbedingt«, schränkte Victor ein. Sein Gesicht war aschgrau.

»Faszinierend«, sagte Lord Vetinari und fuhr damit fort, Schnappers Ausführungen zu ignorieren. Er war nicht deshalb zum Patrizier geworden, weil er herausfand, wie *Dinge* funktionierten. Seiner Ansicht nach kam der Frage, warum sich Leute auf eine ganz bestimmte Weise verhielten, wesentlich größere Bedeutung zu.

Soll saß in der gleichen Sitzreihe, beugte sich zu seinem Onkel vor und legte ihm eine kleine Spule auf den Schoß.

»Das gehört dir«, sagte er zuckersüß.

»Was ist es?« fragte Schnapper.

»Nun, ich dachte mir: Sieh dir den Streifen noch einmal an, bevor er gezeigt wird...«

»Tatsächlich?«

»Und was fand ich dabei, mitten in der Szene der brennenden Stadt? Ein einzelnes Bild, so oft hintereinandergeklebt, daß es *fünf* Minuten lang auf der Leinwand erschienen wäre: ein Teller mit Rippchen in Hargas spezieller Erdnußbuttersoße. Ich weiß natürlich *warum.* Aber ich würde gern wissen: Warum *dies*?«

Schnapper lächelte schuldbewußt. »So wie ich die Sache sehe... Wenn ein schnelles Bild Leute dazu veranlaßt, sich bestimmte Dinge zu wünschen – stell dir vor, was mit ihnen passiert, wenn sie das Bild fünf Minuten lang betrachten.«

Soll starrte ihn an.

»Du hast meine Gefühle verletzt«, sagte Schnapper. »Mit Mißtrauen. Deinem eigenem Onkel gegenüber. Ich habe dir hoch und heilig versprochen, darauf zu verzichten, in diesem Fall für Hargas Rippenstube zu werben, und du *vertraust* mir nicht? Das tut weh, Soll. Sehr weh. Was ist bloß mit der Moral passiert?«

»Vielleicht hast du sie jemandem verkauft, Onkel.«

»Ich bin *zutiefst* verletzt«, behauptete Schnapper.

»Du hast dein Versprechen *nicht gehalten,* Onkel.«

»Was spielt das für eine Rolle? Geschäft ist Geschäft. Wir sprechen hier von einer *Familien*angelegenheit. Du mußt lernen, deinen Verwandten zu vertrauen, Soll. Insbesondere mir.«

Der Neffe zuckte mit den Schultern. »Schon gut. Schon gut.«

»Versprichst du's mir?«

»Ja, Onkel.« Soll lächelte. »Ich verspreche es dir hoch und heilig.«

»Braver Junge!«

Am anderen Ende der Reihe starrten Victor und Ginger entsetzt auf die leere Leinwand.

»Du weißt, was gleich geschehen wird, nicht wahr?« fragte die junge Frau.

»Ja. Sicher erklingt Musik aus einem Loch im Boden.«

»War jene Höhle *wirklich* ein Kino?«

»Ich glaube schon«, erwiderte Victor kummervoll.

»Aber hier ist die Leinwand nur eine Leinwand. Wie eine Art Laken. Und in der Höhle ...«

Im vorderen Bereich des Saals dröhnte es. Lautes Klirren folgte, dann das Pfeifen verzweifelt fliehender Luft – eine Plattform trug Bezams Tochter Kalliope nach oben. Sie hämmerte auf die Tasten einer Orgel, offenbarte dabei einen Elan, der auf stundenlanges Üben hinwies. Hinter dem geplagten Musikinstrument arbeiteten zwei Trolle an den Blasebälgen. Kalliope war eine recht kräftig gebaute Frau, und mit welchem Musikstück auch immer sie rang – es verlor.

Im Parkett griff der Dekan nach einer Tüte und reichte sie dem Professor.

»Mit Schokolade überzogene Rosinen gefällig?« fragte er.

»Sieht wie Rattenkot aus«, sagte der Professor.

Der Dekan nahm es näher in Augenschein. Gnädiges Zwielicht verhüllte Einzelheiten.

»Das ist also der Grund«, brummte er. »Eben fiel die Tüte hin, und als ich sie aufhob, schien sie plötzlich voller zu sein.«

»Pscht!« zischte eine Frau hinter ihnen. Windle Poons knochiger Schädel drehte sich wie von einem Magneten angezogen.

»Hutschie-kutschie!« kicherte er. »Soll ich zu dir rüberrutschie?«

Das Licht im Saal trübte sich weiter. Auf der Leinwand flackerte es. Zahlen erschienen dort und begannen mit einem raschen Countdown.

Kalliope spähte auf ihr Notenblatt, rollte die Ärmel hoch, strich sich das Haar aus den Augen und hieb erneut auf die Tasten der Orgel. Eine

Melodie erklang, und mit etwas Phantasie konnte man sie als Hymne von Ankh-Morpork erkennen.*

Dann wurde es dunkel.

Der Himmel flackerte. Der Nebel war gar kein richtiger Nebel. Ein silbriges, schiefergraues Glühen ging von ihm aus, und das Flackern in seinem Innern erschien wie eine Kreuzung zwischen der Aurora Coriolis und dem Wetterleuchten im Sommer.

Etwa dreißig Meilen von Ankh-Morpork entfernt, im Bereich von Holy Wood, gleißte das Firmament. Der Glanz war selbst in der Gasse hinter Sham Hargas Rippenstube zu sehen, wo sich zwei Hunde an einer Alles-was-man-aus-dem-Müll-zerren-kann-und-noch-dazu-gratis-Spezialität erfreuten.

Laddie blickte auf und knurrte.

»Ganz meine Meinung«, pflichtete ihm Gaspode bei. »Ich habe ja *gesagt,* es sei kein gutes Zeichen, nicht wahr? Konnte mich wohl kaum deutlicher ausdrücken, oder?«

Funken stoben ihm vom Fell.

»Komm«, forderte er seinen Begleiter auf. »Wir sollten die Leute warnen. Dafür bist *du* zuständig.«

Klickaklickaklicka . . .

Es war das einzige Geräusch im *Odium.* Kalliope spielte nicht mehr, sie starrte zur Leinwand.

Münder standen offen und schlossen sich nur, um auf eine Handvoll Knallkörner zu beißen.

Zuerst versuchte Victor, dagegen anzukämpfen. Er wollte den Blick abwenden. Eine leise Stimme irgendwo in seinem Hinterkopf flüsterte, es sei alles falsch und verkehrt, aber er achtete nicht darauf. Die Dinge schienen *richtig* zu sein. Er seufzte mit dem Publikum, als die Heldin versuchte, das alte Bergwerk der Familie in einer verrückt gewordenen Welt vor dem Ruin zu bewahren. Er schauderte bei den Kriegsszenen. Er beobachtete das Geschehen im Ballsaal durch einen romantischen Schleier. Er . . .

* »Wir beherrschen en gros.«

...spürte Kälte am Bein, wie von einem halb geschmolzenen Eiswürfel. Er versuchte, dem unangenehmen Gefühl keine Beachtung zu schenken, aber es drängte mit immer mehr Nachdruck ins Zentrum seiner Aufmerksamkeit. Schließlich senkte er den Kopf.

»Tschuldigung«, sagte Gaspode.

Das Trübe verschwand aus Tugelbends Augen, doch einige Sekunden später wanderte sein Blick erneut zur Leinwand zurück, wo ein großer Victor Maraschino eine große Delores De Syn küßte.

Das Empfinden klebriger Kühle wiederholte sich und rief die Wirklichkeit zurück.

»Soll ich dir vielleicht ins Bein beißen?« fragte Gaspode.

»Ich, äh, ich...«, begann Victor.

»Ich kann ganz fest zubeißen«, fügte Gaspode hinzu. »Brauchst es mir nur zu sagen.«

»Nein, äh...«

»Ich habe mehrmals betont, daß es kein gutes Zeichen ist. Mit anderen Worten: Unheil bahnt sich an. Unheil. Unheil. Unheil. Laddie hat gebellt, bis er heiser wurde, aber niemand hört ihn. Deshalb habe ich die Kalte-Nase-Methode verwendet. Funktioniert immer.«

Victor sah sich um. Die übrigen Zuschauer starrten so zur Leinwand, als wollten sie für... für...

...für *immer und ewig* auf ihren Sitzen verweilen.

Als er die Arme hob, lösten sich Funken von den Fingern, und die Luft hatte jene zähe, schmierige Konsistenz, die jeder thaumaturgische Student als Zeichen für ein großes magisches Potential zu deuten weiß. Hinzu kam Nebel. In einem Kino? Lächerlich und absurd. Aber der Nebel kümmerte sich nicht um Lächerliches und Absurdes; er existierte einfach, kroch träge und silbergrau über den Boden.

Victor rüttelte an Gingers Schulter. Er winkte mit einer Hand vor ihren Augen. Er schrie ihr ins Ohr.

Dann wandte er sich an den Patrizier und Schnapper. Sie gaben dem Druck nach, neigten sich jedoch sofort wieder in ihre ursprüngliche Position zurück.

»Der Streifen stellt etwas mit ihnen an«, sagte er. »Ja, es muß an den beweglichen Bildern liegen. Aber *wieso?* Es ist ein ganz normaler Streifen. In Holy Wood benutzen wir keine Magie. Wenigstens keine normale...«

Er kletterte über erstarrte Knie hinweg, erreichte den Mittelgang und eilte dort durch Dunstwolken. Er pochte an die Tür des Vorführraums, und als niemand antwortete, riß er sie auf.

Bezam saß völlig reglos und blickte durch eine kleine quadratische Öffnung in der Wand. Der Projektionskasten klickte munter vor sich hin, und niemand drehte die Kurbel. Zumindest konnte Victor niemanden sehen...

In der Ferne grollte es, und der Boden erzitterte.

Wieder starrte er zur Leinwand und erkannte die Szene. Jetzt dauerte es nicht mehr lange, bis Ankh-Morpork in Flammen aufging.

Seine Gedanken rasten. Was sagten die Leute immer über die Götter? Angeblich existierten sie nur deshalb, weil man an sie glaubte. Das galt auch für alles andere. Wirklichkeit war das, was Leute dafür hielten. Und im Saal saßen Hunderte von Personen, die *ganz fest* an das glaubten, was ihnen die Leinwand zeigte...

Victor wühlte in dem Durcheinander auf Bezams Tisch, suchte vergeblich nach Schere oder Messer. Der Apparat klickte vor sich hin, spulte Wirklichkeit von der Zukunft in die Vergangenheit.

Hinter Tugelbend erklang Gaspodes Stimme. »Ich schätze, ich habe die Welt gerettet, wie?«

Normalerweise beschäftigt sich das Gehirn zu jedem Zeitpunkt mit Dutzenden von belanglosen Gedanken, die alle vom Bewußtsein verlangen, sich eingehender mit ihnen zu befassen. Ein echter Notfall ist nötig, um sie in den mentalen Hintergrund zu verbannen. Das geschah jetzt. Ein klarer Gedanke, der schon seit einer ganzen Weile versuchte, sich Gehör zu verschaffen, erklang nun in plötzlicher geistiger Stille.

Angenommen, es gab einen Ort, wo die Wirklichkeit dünner war als woanders. Und angenommen, dort wurde sie noch weiter geschwächt. Bücher kamen dafür nicht in Frage. Auch kein gewöhnliches Theater – eigentlich wußte man, daß auf der Bühne nur verkleidete Schauspieler standen. Aber Holy Woods Botschaften gelangten vom Auge auf direktem Weg ins Gehirn. Mußte das die Wirklichkeit nicht beeinträchtigen?

Das verbarg sich im Hügel von Holy Wood. Die Bewohner der alten Stadt hatten ein Loch in der Wirklichkeit für *Unterhaltungszwecke* verwendet. Und dann hatten die *Dinge* sie entdeckt...

Jetzt wiederholte sich alles. Ebensogut hätte man versuchen können, mit Fackeln in einer Fabrik für Feuerwerkskörper zu jonglieren. Die *Dinge* warteten...

Aber warum ging das immer noch weiter? Ich habe Ginger daran gehindert, den Schlafenden in der Höhle zu wecken, dachte Victor.

Der Streifen klickte. Nebel schien den Projektionskasten zu umhüllen – seine Konturen wurden undeutlich.

Victor griff nach der sich drehenden Kurbel. Ein oder zwei Sekunden lang leistete sie Widerstand, dann brach sie ab. Er schob Bezam sanft beiseite, hob den Stuhl und schmetterte ihn auf den Kasten. Holzsplitter flogen umher. Er öffnete die rückwärtige Klappe und nahm die Salamander heraus – doch die Bilder flackerten weiter über die Leinwand.

Das Gebäude erbebte.

Man bekommt nur eine Chance, entsann sich Victor. Und dann stirbt man.

Er zog das Hemd aus, wickelte es sich um die Hand, griff nach dem Streifen und zerrte daran.

Die Okto-Zellulose riß, und der Projektionskasten ruckte nach hinten. *Vom Winde weggeweht* glitt in Form einer langen, flachen Schlange daraus hervor, zuckte Victor entgegen und sank dann zu Boden.

Klickaklick... a... klick.

Die Spulen drehten sich nicht mehr.

Tugelbend stieß den Streifen vorsichtig mit dem Fuß an. Überraschenderweise formte er kein Maul, das nach ihm schnappte.

»Haben wir die Welt gerettet?« fragte Gaspode. »Ich würde es gern wissen.«

Victor spähte zur Leinwand.

»Nein«, antwortete er.

Noch immer glühten Bilder auf dem weißen Rechteck. Sie waren nicht sehr deutlich, aber er konnte die vagen Gestalten von Ginger und sich selbst erkennen – sie klammerten sich an ihrer Existenz fest. Und die Leinwand geriet nun in Bewegung. Hier und dort wölbte und kräuselte sie sich. Wie Wellen in einem aufrecht stehenden Becken mit Quecksilber. Welch schrecklich vertrauter Anblick...

»Sie haben uns gefunden«, sagte Victor.

»Wer?« erkundigte sich Gaspode.

»Erinnerst du dich an die gräßlichen Wesen, von denen du mehrmals gesprochen hast?«

Gaspode runzelte die Stirn. »Meinst du die Ungeheuer aus grauer Vorzeit?«

»Nun, in *ihrer* Heimat gibt es gar keine Zeit«, erwiderte Victor. Die Zuschauer rührten sich.

»Wir müssen die Leute nach draußen bringen«, fuhr er fort. »Ohne daß eine Panik entsteht...«

Schreie erklangen. Das Publikum erwachte.

Ginger kam von der Leinwand herunter. Sie war dreimal so groß wie ihr Original und flackerte. Darüber hinaus wirkte sie halb transparent. Aber ganz offensichtlich mangelte es ihr nicht an Gewicht, denn die Bodendielen gaben unter ihr nach und splitterten.

Die Zuschauer hatten es so eilig, den Saal zu verlassen, daß sie übereinander hinwegkletterten. Victor bahnte sich einen Weg durch den Mittelgang, und ein riesiger Rollstuhl rasselte ihm entgegen. Der Greis darin schwang seinen Spazierstock und rief: »He! He! Es wurde gerade interessant!«

Der Professor hielt Tugelbend am Arm fest.

»Gehört das dazu?« fragte er und deutete zur Leinwand.

»Nein!«

»Handelt es sich vielleicht um einen speziellen kinematographischen Effekt?« fragte der Professor hoffnungsvoll.

»Das bezweifle ich«, entgegnete Victor. »Es sei denn, die Tricktechnik hat sich in den vergangenen vierundzwanzig Stunden enorm weiterentwickelt. Ich glaube, wir bekommen es jetzt mit den Kerkerdimensionen zu tun.«

Der Professor maß ihn mit einem durchdringenden Blick.

»Du *bist* der junge Victor, nicht wahr?«

»Ja«, bestätigte Tugelbend. »Entschuldige bitte.« Er hastete an dem erstaunten Zauberer vorbei, stieg über mehrere Sitze und näherte sich Ginger, die noch immer dasaß und wie gebannt ihr Abbild beobachtete. Die riesige Ginger drehte den Kopf und blinzelte so langsam wie eine Eidechse.

»Das bin *ich*?«

»Nein!« wiedersprach Victor. »Ich meine, ja. Vielleicht. Eigentlich nicht. In gewisser Weise. Komm!«

»Aber sie sieht genauso aus wie ich!« brachte Ginger hervor. Hysterie brachte ihre Stimme zum Vibrieren.

»Weil die *Dinge* auf Holy-Wood-Magie angewiesen sind!« sagte Victor hastig. »Dadurch wird festgelegt, auf welche Weise *sie* erscheinen können. Glaube ich.« Er hob die junge Frau aus ihrem Sessel, trat durch den Dunst und hörte das Knirschen von Knallkörnern unter seinen Füßen. Ginger folgte ihm unsicher und sah sich mehrmals über die Schulter.

»Es versucht noch jemand, sich aus der Leinwand zu lösen«, sagte sie.

»Komm!«

»Ich meine *dich*!«

»Ich bin *hier*! Das Etwas ist ... etwas anderes! Es benutzt nur meine Gestalt!«

»Und welche Gestalt hat es normalerweise?«

»Das möchtest du bestimmt nicht wissen!«

»Doch! Warum habe ich sonst gefragt?« Sie stolperten durch das Durcheinander aus umgekippten und auseinandergebrochenen Stühlen.

»Es sieht schlimmer aus, als du dir vorstellen kannst!«

»Ich kann mir ziemlich schreckliche Dinge vorstellen!«

»Deshalb habe ich ja gesagt, daß es noch *schlimmer* aussieht!«

»Oh.«

Die riesige geisterhafte Ginger stapfte an ihnen vorbei, flackerte stroboskopartig und schritt geradewegs durch die Wand. Draußen ertönten Schreie.

»Sie scheint noch größer zu werden«, hauchte Ginger.

»Geh hinaus«, sagte Victor. »Zu den Zauberern. Sie sollen irgendwie versuchen, das ... Etwas aufzuhalten.«

»Und was hast du vor?«

Victor straffte die Schultern. »Es gibt Dinge, die muß ein Mann allein erledigen«, verkündete er.

Gingers Blick zeigte eine Mischung aus Ärger und Verwirrung.

»Was? *Was?* Willst du auf die Toilette oder so?«

»Geh nach draußen!«

Er schob sie zur Tür, drehte sich dann um und sah zwei erwartungsvolle Hunde.

»Das gilt auch für euch«, sagte Victor.

Laddie bellte.

»Hund muß bei seinem Herrchen bleiben«, übersetzte Gaspode beschämt. »Das meint *er.*«

Tugelbend sah sich verzweifelt um, griff nach einem Stuhlbein, öffnete die Tür und warf das Holzstück so weit wie möglich fort. »Faß!«

Beide Hunde stürmten, vom Instinkt getrieben, los. Gaspode bewahrte sich gerade genug Selbstbeherrschung, um ein »Du Mistkerl!« hervorzustoßen, bevor er nach draußen rannte.

Victor kehrte in den Vorführraum zurück und verließ ihn mit einer Handvoll *Vom Winde weggeweht.*

Dem riesigen Victor Maraschino fiel es offenbar schwer, die Leinwand zu verlassen. Er hatte den Kopf sowie einen Arm daraus befreit, und die beiden Körperteile waren dreidimensional. Der Arm neigte sich träge hin und her, als der echte Victor ihn mit Okto-Zellulose umwickelte. Noch einmal suchte er den Vorführraum auf und holte Spulen mit anderen Filmen, die Bezam entgegen aller Vernunft in einer Vitrine aufbewahrte.

Er arbeitete mit der methodischen Ruhe abgrundtiefen Entsetzens, brachte die Spulen zur Leinwand und stapelte sie dort auf. Das *Ding* entriß einen weiteren Arm der Zweidimensionalität und tastete nach den Streifen, aber was auch immer die Bewegungen kontrollierte: Es fehlte an Koordination. Wahrscheinlich ist es nicht daran gewöhnt, nur zwei Arme zu haben, dachte Victor.

Er warf die letzte Spule auf den Haufen.

»In unserer Welt mußt du dich an unsere Regeln halten«, sagte er. »Und ich schätze, du brennst so gut wie alles andere, nicht wahr?«

Das *Ding* bemühte sich, ein Bein aus der Leinwand zu ziehen.

Victor klopfte auf seine Hosentaschen. Er eilte zum dritten Mal innerhalb kurzer Zeit zum Vorführraum und suchte dort.

Streichhölzer. Er brauchte Streichhölzer!

Er lief ins Foyer und nach draußen, wo die Menge mit fasziniertem Entsetzen eine fünfzehn Meter große Ginger beobachtete – sie streifte gerade die Trümmer eines Gebäudes ab.

Victor vernahm ein Klicken in unmittelbarer Nähe. Der Kurbeldreher Gaffer stand hinter einem Bilderkasten und hielt die Szene fest.

Der Professor und Schnapper schrien sich gegenseitig an.

»Wir *können* keine Magie verwenden! Solche Wesen *verbrauchen* Magie! Sie werden dadurch noch stärker!«

»Aber ihr müßt doch in der Lage sein, *irgend etwas* dagegen zu unternehmen!« ereiferte sich Treibe-mich-selbst-in-den-Ruin.

»Mein lieber Herr, *wir* haben nicht mit Dingen herumgepfuscht, die ...« Der Professor unterbrach sein zorniges Knurren. »Mit denen man besser nicht herumpfuschen sollte«, fügte er unbeholfen hinzu.

»Streichhölzer!« rief Victor. »Streichhölzer! Schnell!«

Alle starrten ihn an.

Dann nickte der Professor für unbestimmte Studien. »Gewöhnliches Feuer«, sagte er. »Du hast recht. Es müßte klappen. Gute Idee, Junge.« Er kramte in einer Tasche und holte ein Bündel Streichhölzer hervor – die kettenrauchenden Zauberer hatten immer welche dabei.

»Es wäre sehr dumm, das *Odium* in Brand zu stecken«, wandte Schnapper ein. »Dort drin liegen jede Menge Streifen!«

Victor riß ein Plakat von der Wand, knüllte es zu einer Art Fackel zusammen und entzündete das eine Ende.

»Genau darauf kommt's mir an«, erwiderte er. »Sie sollen alle verbrennen.«

»Tschuldigung ...«

»Ist denn die ganze Welt verrückt geworden?« fragte Schnapper. »Die beweglichen Bilder brennen *schnell!*«

»Tschuldigung ...«

»Und wenn schon«, brummte Victor. »Ich wollte ohnehin nicht in der Nähe bleiben.«

»Ich meine wirklich *schnell!*«

»Tschuldigung«, wiederholte Gaspode geduldig. Sie sahen auf ihn hinab.

»Laddie und ich könnten das übernehmen«, sagte der Hund. »Vier Beine sind besser als zwei und so. Wenn's darum geht, die Welt zu retten.«

Victor blickte zu Schnapper und zog die Brauen hoch.

»Vielleicht schaffen sie's tatsächlich«, räumte Treibe-mich-selbst-in-den-Ruin ein. Tugelbend nickte. Laddie sprang elegant, nahm die Papierfackel ins Maul und kehrte ins Gebäude zurück. Gaspode folgte ihm etwas langsamer und wackelte dabei von einer Seite zur anderen.

»Habe ich mir das nur eingebildet, oder kann der kleine Hund wirklich sprechen?« fragte Schnapper.

»Er behauptet, nicht dazu imstande zu sein«, erwiderte Victor.

Schnapper zögerte. Die allgemeine Aufregung verstörte ihn ein wenig. »Nun...«, sagte er schließlich, »ich schätze, er muß es am besten wissen.«

Die Hunde liefen zur Leinwand. Das Victor-Ding hatte sich jetzt fast ganz daraus gelöst und lag zwischen den Spulen.

»Darf ich das Feuer entzünden?« fragte Gaspode. »Eigentlich steht's mir zu.«

Laddie bellte gehorsam und ließ das brennende Papier fallen. Gaspode hob es auf und näherte sich vorsichtig dem *Etwas*.

»Ich rette jetzt die Welt«, sagte er undeutlich und legte die improvisierte Fackel zur Okto-Zellulose. Sie gleißte sofort und brannte weiß wie Magnesium.

»Na schön«, sagte er. »Und jetzt sollten wir diesen Ort verlassen...«

Das *Ding* schrie und verlor jede Ähnlichkeit mit Victor. Zwischen den Flammen geschah etwas, das wie die Explosion in einem Aquarium anmutete. Ein Tentakel zuckte aus der Glut und wickelte sich Gaspode ums Bein.

Er drehte den Kopf und versuchte hineinzubeißen.

Laddie hatte fast den Ausgang erreicht, doch nun raste er durch den Saal zurück und stürzte sich auf den hin und her schlagenden Arm. Er zuckte zur Seite und stieß den größeren Hund fort. Gaspode wurde über den Boden geschleudert.

Er richtete sich auf, trippelte unsicher und fiel.

»Das verdammte Bein ist hin«, knurrte er. Laddie warf ihm einen kummervollen Blick zu. Flammen leckten nach den Spulen.

»Verschwinde von hier, du dummer Köter«, sagte Gaspode. »Hier fliegt gleich alles in die Luft. *Nein!* Pack mich nicht am Nacken! Setz mich ab! Dir bleiben nur noch wenige Sekunden...«

Die Mauern des *Odium* schienen langsam anzuschwellen. Alle Bretter und Steine hielten zusammen, während sie sich nach außen wölbten.

Dann holte die Zeit das Geschehen ein.

Victor warf sich zu Boden und preßte das Gesicht ans Kopfsteinpflaster.

Bumm.

Ein orangefarbener Feuerball hob das Dach und wuchs in den dunstigen Himmel. Halb geschmolzene Ziegelsteine regneten auf die anderen Häuser herab. Eine rotglühende Spule jagte über die liegenden Zauberer hinweg, sang dabei ein drohendes *Fippfippfipp* und explodierte an einer Wand.

Ein lautes, schrilles Pfeifen erklang und verhallte nach einigen Sekunden.

Das Ginger-*Ding* schwankte in der Hitze. Heißer Aufwind erfaßte seinen Rock und ließ ihn an den Hüften flattern. Das Wesen flackerte, während ein Hagel aus Schutt niederging.

Schließlich drehte er sich ungelenk und stapfte weiter.

Victor sah zur Original-Ginger. Sie starrte zu den dünner werdenden Rauchwolken, die dort wogten, wo eben noch das *Odium* gewesen war.

»Es ist falsch«, sagte sie. »So darf es nicht geschehen. So geschieht es *nie.* Wenn man glaubt, es sei schon zu spät, kommen sie plötzlich aus dem Qualm hervor.« Sie blickte Victor aus trüben Augen an. »Das stimmt doch, oder?« fragte sie in einem flehentlichen Tonfall.

»Du meinst die beweglichen Bilder«, erwiderte er. »Dies ist die Wirklichkeit.«

»Wo liegt der Unterschied?«

Der Professor griff nach Victors Schulter und drehte ihn um.

»Das Wesen will zur Bibliothek!« keifte er. »Du mußt es aufhalten! Wenn es sein Ziel erreicht, wird es durch all die Magie unbesiegbar! Dann sind wir ihm hilflos ausgeliefert! Dann holt es noch andere *Dinge* hierher!«

»Ihr seid Zauberer«, betonte Ginger. »Warum unternehmt ihr nichts dagegen?«

Victor schüttelte den Kopf. »Die *Dinge* ... Sie *mögen* unsere Magie. Wenn man in ihrer Nähe Gebrauch davon macht, werden sie noch stärker.« Er zögerte kurz und erinnerte sich an die Bemerkungen des Professors. »Wie soll ausgerechnet *ich* es aufhal ...?«

Er unterbrach sich, als er die erwartungsvollen Blicke der Menge spürte.

Die Leute sahen ihn nicht so an, als sei er ihre letzte Hoffnung. Sie schienen ihn vielmehr für eine Gewißheit zu halten.

Ein kleines Kind fragte: »Was geschieht jetzt, Mama?«

Die dicke Frau, die den Knaben in ihren Armen hielt, antwortete: »Ganz einfach. Er läuft los und besiegt das Ungeheuer im letzten Augenblick. So ist das immer. Hab' ich schon oft gesehen.«

»Ich bin noch nie losgelaufen, um irgendwelche Ungeheuer im letzten Augenblick zu besiegen!« erwiderte Victor.

»Ich hab's aber *gesehen*«, sagte die Dicke und lächelte zuversichtlich. »In *Söhne der Wüste.* Die junge Dame hier...« Sie knickste vor Ginger. »Sie saß auf einem Pferd, das über den Rand der Klippe springen wollte, und *du* bist zu ihr geritten und hast sie im letzten Augenblick gerettet. Hat mich sehr beeindruckt.«

»Das war nicht in *Söhne der Wüste*«, warf ein älterer, pedantischer Mann ein. Er stopfte seine Pfeife. »Du meinst *Tal der Trolle.*«

»Nein, es handelt sich tatsächlich um eine Szene in *Die Söhne der Wüste*«, ließ sich eine dünne Frau hinter ihm vernehmen. »Ich irre mich bestimmt nicht. Weil ich den Streifen siebenundzwanzigmal gesehen habe.«

»Ja, und es war eine *tolle* Szene«, sagte die erste Frau. »Als sie ihn verläßt, und er sich zu ihr umdreht, und als er ihr dann aus glühenden Augen nachsieht... Dabei breche ich immer in Tränen aus.«

»Entschuldigung, aber mit *Söhne der Wüste* hat das überhaupt nichts zu tun.« Der Pfeifenraucher sprach jetzt sehr langsam. »Du denkst dabei an die berühmte Szene auf dem Platz in *Brennende Leidenschaft.*«

Die Dicke nahm Gingers schlaffe Hand und betatschte sie ausgiebig.

»Du hast einen guten Mann«, sagte sie. »Rettet dich dauernd und so. Wenn wahnsinnige Trolle auf den Gedanken kämen, *mich* zu entführen... Mein Alter würde keinen Finger rühren und höchstens fragen, wohin er die Koffer schicken soll.«

»*Mein* Mann bliebe selbst im Sessel sitzen, wenn hungrige Drachen über mich herfielen«, fügte die dünne Frau hinzu und gab Ginger einen freundlichen Klaps auf die Schulter. »Aber du solltest dich besser anziehen. Wenn du das nächste Mal gerettet werden mußt... Besteh darauf, dir vorher einen warmen Mantel überzustreifen. Wenn ich dich auf der Leinwand sehen, denke ich immer: Sie holt sich bestimmt die Grippe, wenn sie weiterhin so herumläuft.«

»Wo ist sein Schwert?« fragte der Knabe und trat an Mamas Schienbein.

»Sicher holt er es gleich«, sagte die Dicke und bedachte Victor mit einem ermutigenden Lächeln.

»Äh, ja«, entgegnete Tugelbend. »Komm, Ginger.« Er griff nach ihrer Hand.

»Platz für den jungen Mann!« rief der Pfeifenraucher gebieterisch.

»Sie halten uns für Delores De Syn und Victor Maraschino«, stöhnte Ginger. »Alle warten einfach nur ab, weil sie glauben, daß du ein Held bist! Und wir können überhaupt nichts gegen das *Ding* unternehmen! Es ist größer als wir beide zusammen!«

Victor starrte aufs feuchte Kopfsteinpflaster. Ich weiß, wie man Magie beschwört, dachte er. Aber gewöhnliche Zauberei nützt nichts gegen die Kerkerdimensionen. Außerdem: Wahre Helden verplempern ihre Zeit nicht damit, in einer Menge zu stehen und sich von ihren Verehrern bejubeln zu lassen. Sie sind vielmehr damit beschäftigt, Heldentaten zu vollbringen. Wahre Helden gleichen dem armen Gaspode. Man bemerkt sie erst nachher. Das ist die Wirklichkeit.

Zögernd hob er den Kopf.

Oder ist *dies* die Wirklichkeit?

Die Luft knisterte. Es gab auch noch eine andere Art von Magie, und sie zuckte wie ein gerissener Streifen hin und her. Wenn es ihm gelang, sie zu packen...

Die Wirklichkeit mußte nicht unbedingt *wirklich* sein. Unter gewissen Umständen genügte es, wenn die Leute an etwas glaubten...

»Tritt zurück«, flüsterte Victor.

»Was hast du vor?« fragte Ginger.

»Ich versuche jetzt, die Magie von Holy Wood zu verwenden.«

»Holy Wood besitzt gar keine Magie!«

»Vielleicht doch. Eine andere *Art* von Magie. Wir haben sie gespürt. Magie ist dort, wo man sie findet.«

Victor holte mehrmals tief Luft und ließ seine Gedanken treiben. Das war das Geheimnis: Man schlüpfte einfach in eine Rolle, ohne darüber nachzudenken. Man empfing Anweisungen und führte sie aus. Es war nur ein Job. Man sah das Auge des Bilderkastens, und daraufhin veränderte sich die Welt – eine Welt, die nur aus dem Flackern auf einer Leinwand bestand.

Das Geheimnis: Flimmern und Flackern.

Gewöhnliche Magie bewegte die Dinge nur und konnte nichts *erschaffen,* das länger als höchstens eine Sekunde existierte. So etwas erforderte zuviel Energie.

Aber Holy Wood erschuf immer wieder etwas, viele Male innerhalb einer einzigen Sekunde. Holy Woods Dinge brauchten nicht lange zu existieren, nur lange genug.

Doch wenn jene Magie funktionieren sollte, mußte man die Regeln von Holy Wood beachten...

Er streckte eine ruhige Hand gen Himmel.

»Licht!«

Blitze zuckten und erhellten die ganze Stadt...

»Bilderkasten!«

Gaffer drehte energisch die Kurbel.

»Action!«

Niemand sah, woher das Pferd kam. Plötzlich war es einfach *da* und galoppierte über die Menge hinweg: ein weißes Roß mit eindrucksvoll silberbeschlagenem Zaumzeug. Victor schwang sich in den Sattel, und es bäumte sich auf, trat mit den Vorderläufen. Er zog ein Schwert, das bis eben nicht existiert hatte.

Schwert und Pferd flackerten kaum merklich.

Victor lächelte, und Licht reflektierte an einem Zahn. *Ping.* Ein kurzes Aufleuchten, aber ohne Ton. Ton gab es noch nicht bei den beweglichen Bildern.

Daran glauben. Darauf kam es an. Man durfte nicht aufhören, daran zu glauben. Augen und Gehirn einen Streich spielen...

An jubelnden Zuschauern vorbei ritt er zur Universität, zum Schauplatz der großen Szene.

Gaffer entspannte sich. Ginger tippte ihm auf die Schulter.

»Wenn du aufhörst, die Kurbel zu drehen, breche ich dir das verdammte Genick«, sagte sie freundlich.

»Aber er ist schon so weit entfernt, daß man ihn kaum mehr sieht!«

Ginger zerrte ihn zu Windle Poons' Rollstuhl und warf dem Greis darin ein Lächeln zu, das das Schmalz in seinen Ohren verdampfen ließ.

»Entschuldige bitte«, sagte sie mit einer Stimme, die bei den anderen Zauberern dafür sorgte, daß sich die Zehennägel aufrollten. »Könnten wir uns deinen Rollstuhl ausleihen?«

»He-heh! Na klar, Teuerste! Aufsteigen und ab geht's!«

... Wumm ... wumm ...

Ponder Stibbons wußte natürlich von der Vase. Alle Studenten hatten sie sich angesehen.

Er achtete nicht auf das Gefäß, als er durch den Flur schlich, einmal mehr in der Absicht, sich einen Abend in Freiheit zu genehmigen.

... Wumm*wumm*WUMM*WUMM*WUMMMM*wummm.*

Jetzt brauchte er nur noch den Kreuzgang hinter sich zu bringen und ...

PLIB.

Alle acht tönernen Elefanten spuckten Bleikugeln. Der Resograph explodierte und verwandelte die Decke in etwas, das einem Pfefferstreuer ähnelte.

Nach einer Weile stand Ponder langsam und vorsichtig auf. Sein Hut war nur noch eine Sammlung von Löchern, die einige dünne Stoffstreifen zusammenhielten. Dem rechten Ohr des jungen Zauberers fehlte ein kleines Stück.

»Ich wollte nur *ein* Bier trinken«, klagte er benommen. »Was ist daran so schlimm?«

Der Bibliothekar hockte auf dem Kuppeldach der Bibliothek und beobachtete, wie ein interessiertes Publikum durch die Straßen eilte, als sich die riesige Gestalt näherte.

Überrascht stellte er fest, daß dem Wesen ein flimmerndes Pferd folgte, dessen Hufe auf den Kopfsteinen gar keine Geräusche verursachten.

Und *da*hinter donnerte ein mit drei Rädern ausgestatteter Rollstuhl, der sich in der Kurve gefährlich weit zur Seite neigte. Funken stoben von seinen Achsen. Zauberer klammerten sich daran fest und schrien aus vollem Hals. Gelegentlich verlor einer von ihnen den Halt und mußte rennen, um zu dem quietschenden Gefährt aufzuholen und wieder an Bord zu springen.

Drei von ihnen hatten es nicht geschafft. Besser gesagt: Einem von ihnen war es gelungen, sich an einem Teil des hin und her flatternden Verdecks festzuhalten, und die beiden anderen gruben ihre Finger tief in den Saum seines Umhangs. Wenn der Rollstuhl durch eine Kurve sauste, schwang hinter ihm ein Schweif »Whaaaah!« rufender Zauberer zur Seite.

Der Bibliothekar bemerkte auch einige Zivilisten, und sie schienen bestrebt zu sein, noch lauter zu schreien als die Zauberer.

In seinem langen Leben hatte er viele seltsame Dinge gesehen, und dieser Anblick kam zweifellos an siebenundfünfzigster Stelle.*

Die Stimmen erreichten ihn sogar auf dem hohen Dach der Bibliothek.

»... immer die Kurbel drehen! Es klappt nur, wenn du immerzu die Kurbel drehst! Es ist die Magie von *Holy Wood!* Victor sorgt dafür, daß sie auch in der wirklichen Welt funktioniert!« Diese Worte stammten von einer jungen Frau.

»Na schön, aber die Kobolde werden sauer, wenn ...« Die Stimme eines Mannes, der sich erheblichem Streß ausgesetzt sah.

»Die Kobolde sind mir völlig schnurz!«

»Wie ist es ihm gelungen, ein Pferd zu erschaffen?« Der Bibliothekar erkannte das Wimmern des Dekans. »Das ist äußerst komplexe Magie! Nur ein Zauberer der achten Stufe ...«

»Es handelt sich nicht um ein echtes Pferd, sondern um ein Roß aus den beweglichen Bildern.« Erneut die junge Frau. »He, du wirst langsamer!«

»Nein, das stimmt nicht! Sieh nur! Ich drehe die Kurbel! Ich drehe die Kurbel!«

»Er kann unmöglich auf einem Pferd reiten, das eigentlich gar nicht existiert!«

»*Das* glaubst du? Obwohl du Magier bist?«

»Ich bin ein *Zauberer*.«

»Nun, was auch immer. Diese Art von Magie ist euch fremd.«

Der Bibliothekar nickte und hörte nicht mehr zu. Etwas anderes erforderte seine Aufmerksamkeit.

Das *Ding* hatte jetzt fast den Kunstturm erreicht, und sicher wandte es sich gleich der Bibliothek zu. Solche Wesen versuchten immer, zur

* Er hatte einen ausgeprägten Sinn für Ordnung.

nächsten Quelle von Magie zu gelangen. Weil sie thaumaturgische Kraft benötigten.

In einem staubigen Lagerraum hatte der Bibliothekar einen langen eisernen Spieß gefunden. Er hielt ihn nun mit einem Fuß, während er das am Wetterhahn festgebundene Seil löste. Es reichte bis zum oberen Teil des Kunstturms – der Affe hatte die ganze Nacht damit verbracht, diese Vorbereitungen zu treffen.

Er sah auf die Stadt hinab, klopfte sich dann an die Brust und brüllte: »AaaaAAAaaaAAA – hngh, hngh.«

Vielleicht ist es nicht unbedingt notwendig, sich an die eigene Brust zu hämmern, dachte er, als er darauf wartete, daß die blitzenden Lichter verblaßten und das Rauschen in den Ohren nachließ.

Er nahm den Spieß in die eine Hand, das Seil in die andere – und sprang.

Um auf eine möglichst anschauliche Weise zu beschreiben, wie der Bibliothekar über die Gebäude der Unsichtbaren Universität hinwegschwang, sollen hier die dabei entstehenden Geräusche erwähnt werden.

Zunächst einmal: »AaaAAAaaaAAAaaa.« Nun, das war nicht anders zu erwarten. Dieser Ruf bezog sich auf den ersten Teil des Weges durch die Luft, als alles nach Plan zu laufen schien.

Dann: »Aaaarghhh.« Einen solchen Schrei stieß der Bibliothekar aus, als er das *Ding* um mehrere Meter verfehlte und sich folgender Erkenntnis stellte: Wenn man ein Seil an einem sehr hohen sowie ausgesprochen massiven Turm festgebunden hat und ihm entgegenfliegt, so ist es keine besonders gute Idee, unterwegs etwas zu verfehlen. Darüber hinaus bleibt nur wenig Zeit, Reue zu empfinden.

Das Seil trug den Orang-Utan zum Kunstturm, und dort ertönte ein spezielles Geräusch. Es hörte sich genau so an, als klatsche ein mit Butter gefüllter Gummisack an festen Stein. Eine kurze Pause schloß sich an, und ihr folgte ein recht leises »UUUGH«.

Die Lanze klapperte durch tiefe Dunkelheit. Der Bibliothekar streckte alle viere von sich, klebte wie ein Seestern an der Wand, preßte Zehen und Finger in winzige Risse.

Vielleicht wäre er in der Lage gewesen, bis ganz nach unten zu klettern, aber diese Möglichkeit stellte sich ihm nicht zur Auswahl. Das *Ding* streckte eine flackernde Hand aus und pflückte ihn von

Mauer. Es klang wie eine Saugglocke, die einen Schmutzpfropfen aus einem verstopften Abflußrohr zieht.

Die Menge strömte auf den Platz vor der Unsichtbaren Universität. Onkel und Neffe Schnapper standen ganz vorn.

»Sieh nur.« Treibe-mich-selbst-in-den-Ruin seufzte. »Es müssen Tausende sein, und niemand versucht, ihnen was zu verkaufen.«

Der Rollstuhl hielt in einem Funkenregen.

Victor hatte auf ihn gewartet, und das weiße Roß flimmerte unter ihm. Nein, es war kein einzelnes Pferd, sondern viele Pferde, die schnell hintereinander einen Platz in der Wirklichkeit fanden. Es bewegte sich nicht, sondern wechselte von Bild zu Bild.

Erneut zuckten Blitze.

»Was macht er da?« fragte der Professor.

»Er versucht, *es* daran zu hindern, die Bibliothek zu erreichen«, antwortete der Dekan und spähte durch den Regen, der aufs Kopfsteinpflaster zu prasseln begann. »Wenn die *Dinge* in der Wirklichkeit überleben wollen, brauchen sie Magie, um sich zusammenzuhalten. Sie haben kein natürliches morphogenes Feld, und deshalb ...«

»Unternimm etwas!« rief Ginger. »Bring *es* mit Magie um! Oh, der arme Affe!«

»Wir dürfen keine Magie einsetzen!« erwiderte der Dekan scharf. »Ebensogut könnte man Öl ins Feuer gießen. Außerdem ... Ich weiß nicht,wie man eine fünfzehn Meter große Frau umbringt. Ich hatte noch nie Gelegenheit, diesbezügliche Erfahrungen zu sammeln.«

»Das ist keine Frau, sondern ein ... ein Geschöpf aus den beweglichen Bildern, du Idiot!« schrillte Ginger. »Hältst du mich etwa für so groß? Das Ungeheuer benutzt Holy-Wood-Magie! Es ist ein verdammtes Holy-Wood-Monster! Aus dem Reich der beweglichen Bilder.«

»Steuern! Du sollst steuern, verdammt!«

»Wie denn?«

»Indem du dein Gewicht verlagerst!«

Der Quästor schloß die Hände nervös um den Besenstiel. Für dich ist das leicht gesagt, dachte er. Du bist an so was gewöhnt.

Er erinnerte sich ...

Als sie aus dem Großen Saal traten, kam eine riesige Frau am Tor vorbei, mit einem schnatternden Affen in der Hand.

Jetzt bemühte sich der Quästor, einen uralten Besen aus dem Museum der Universität zu fliegen, während der Irre hinter ihm fieberhaft danach trachtete, eine Armbrust zu laden.

In die Luft, hatte der Erzkanzler gesagt. Wir müssen unbedingt in die Luft.

»Kannst du den Besen nicht ruhig halten?« fragte Ridcully.

»Er ist nur für einen Passagier bestimmt, Erzkanzler!«

»Wie soll ich zielen, wenn du dauernd Schleifen am Himmel fliegst, Mann?«

Der ansteckende Geist von Holy Wood zuckte wie eine durchtrennte Stahltrosse durch Ankh-Morpork und kratzte erneut an Ridcullys Bewußtsein.

»Wir lassen unsere Jungs nicht im Stich«, brummte er.

»Unsere Affen, Erzkanzler«, sagte der Quästor automatisch.

Das *Ding* wankte heran, torkelte und taumelte, stemmte sich den an ihm zerrenden Kräften der Wirklichkeit entgegen. Es flackerte und versuchte, die Form zu behalten, mit der es in die Wirklichkeit gekommen war. Zwischen den Bildern von Ginger erhaschte Tugelbend dann und wann einen Blick auf etwas, das zitterte, sich hin und her wand.

Das *Etwas* gierte nach Magie.

Es starrte auf Victor und sein Schwert hinab. Wenn es imstande war, Erkenntnisse zu sammeln und sich etwas zu merken, so begriff es nun, daß Unverwundbarkeit nicht zu seinen Fähigkeiten gehörte.

Es drehte sich um, näherte sich Ginger. Und den Zauberern, die in Flammen aufgingen.

Der Dekan brannte in einem prächtigen Blau.

»Keine Sorge, junge Dame«, klang die Stimme des Professors aus dem Feuer. »Es ist nur ein Trugbild. Wir brennen nicht wirklich.«

»Darauf braucht ihr mich nicht extra hinzuweisen«, erwiderte Ginger. »Also los!«

Die Zauberer traten vor.

Ginger hörte Schritte, drehte sich um und sah die beiden Schnappers.

»Warum fürchtet es sich vor den Flammen?« fragte Soll, als das *Ding* zurückwich. »Sie sind doch gar nicht echt. Es müßte doch spüren, daß keine Hitze davon ausgeht.«

Ginger schüttelte den Kopf. Sie wirkte wie jemand, der auf den Wellen der Hysterie reitet. Nun, es geschah natürlich nicht jeden Tag, daß sie auf ein gewaltiges, durch die Stadt trampelndes Abbild ihrer selbst stieß.

»Es benutzt die Magie von Holy Wood«, betonte sie noch einmal. »Und deshalb muß es sich an die Regeln von Holy Wood halten. Es hört nichts und fühlt nichts. Es kann nur sehen. Was es sieht, wird zur Wirklichkeit. Und Okto-Zellulose fürchtet in erster Linie Feuer.«

Die riesige Ginger stand nun mit dem Rücken zum Kunstturm.

»Das wär's«, meinte Schnapper. »Jetzt sitzt das Biest in der Falle.«

Das *Ding* blinzelte und starrte zu den heranrückenden Flammen.

Es drehte sich um. Es hob die freie Hand. Und es kletterte am Turm empor.

Victor stieg ab und konzentrierte sich nicht mehr. Das Pferd verschwand.

Trotz der Panik blieb in seinem emotionalen Kosmos genug Platz für hämische Freude. Wenn sich die Zauberer mehr Streifen angesehen hätten – dann wüßten sie nun, worauf es ankam.

Die minimale Bildfrequenz. Selbst die Wirklichkeit hatte eine. Wenn man etwas erschaffen konnte, das nur für einen Sekundenbruchteil von Bestand blieb, bedeutete das nicht, daß man versagt hatte. Es bedeutete nur, daß man es wieder und immer wieder erschaffen mußte.

Victor huschte an der Mauer des Turms entlang, blickte zum kletternden Ungeheuer hoch – und stolperte über einen Gegenstand aus Metall. Das Objekt stellte sich als der Spieß des Bibliothekars heraus. Einige Metern dahinter lag das Ende eines langen Seils in einer Pfütze.

Tugelbend überlegte kurz, nahm dann die Lanze, schnitt ein Stück vom Seil ab und befestigte es so am Spieß, daß er ihn sich über die Schulter schlingen konnte.

Anschließend griff er nach dem Seil, zog versuchsweise daran und...

Victor spürte einen auffallenden Mangel an Widerstand und wich gerade noch rechtzeitig beiseite. Mehrere Dutzend Meter nasses Seil knallten neben ihm aufs feuchte Pflaster.

Verzweifelt hielt er nach einem anderen Weg zur Turmspitze Ausschau.

Onkel und Neffe Schnapper beobachteten mit offenem Mund, wie das *Ding* kletterte. Es bewegte sich nicht sehr schnell, und gelegentlich klemmte es den Bibliothekar zwischen zwei Streben, um nach dem nächsten Halt zu tasten.

»Oh, ja«, hauchte Soll.»Ja. Ja. Was für ein Streifen! Das nenne ich wahre Kinematographie!«

»Eine riesige Frau, die mit einem schreienden Affen in der Hand an einem großen Gebäude emporkraxelt«, seufzte Schnapper. »Und wir brauchen nicht einmal Honorar für die Schauspieler zu bezahlen!«

»Ja«, bestätigte Soll.

»Ja . . .«, sagte Schnapper. Ungewißheit schlich sich in seine Stimme.

Solls Gesicht offenbarte so etwas wie Sehnsucht.

»Ja«, wiederholte er. »Äh.«

»Ich weiß, was du meinst«, murmelte Schnapper.

»Es ist... Ich meine, es ist großartig, aber... Nun, ich habe das Gefühl...«

»Etwas stimmt nicht«, sagte Schnapper schlicht.

»Nein, nein«, widersprach Soll und ruderte mit den Armen. »Es ist alles in Ordnung. Zumindest in gewisser Weise. Ich meine nur, etwas fehlt...« Er suchte vergeblich nach den richtigen Worten.

Der Neffe seufzte. Der Onkel seufzte ebenfalls.

Donner grollte.

Und vom Himmel raste ein Besen herab, auf dem zwei schreiende Zauberer hockten.

Victor öffnete die Tür des Kunstturms.

Dunkelheit erwartete ihn, und er hörte Regenwasser, das vom hohen Dach tropfte.

Es hieß, der Kunstturm sei das älteste Gebäude der ganzen Scheibenwelt. So sah er auch aus. Er diente längst keinem besonderen Zweck mehr, und die Holzböden der einzelnen Etagen waren verfault und verrottet. Das Innere enthielt praktisch nur noch die Treppe.

Sie formte eine lange Spirale und bestand aus in den Mauern eingelassenen Steinplatten. Einige von ihnen hatten sich dem allgemeinen Schutt im Erdgeschoß hinzugesellt. Der Aufstieg war selbst im hellen Tageslicht gefährlich.

In der Finsternis... Unmöglich.

Hinter Victor ging die Tür auf, und Ginger kam herein, gefolgt vom Kurbeldreher Gaffer.

»Nun?« fragte sie scharf. »Beeil dich. Du mußt das arme Tier retten.«

»Den Affen«, sagte Tugelbend geistesabwesend.

»Meinetwegen.«

»Es ist zu dunkel«, fügte Victor hinzu.

»In den beweglichen Bildern ist es nie zu dunkel«, erwiderte Ginger kategorisch. »Denk darüber nach.«

Sie bohrte dem Kurbeldreher den Ellenbogen in die Rippen, und daraufhin sagte Gaffer hastig: »Sie hat recht. Da ist es nie zu dunkel. Kein Wunder: Man braucht genug Licht, um die Dunkelheit zu sehen.«

Victor starrte in die Finsternis, drehte dann den Kopf und sah Ginger an.

»Wenn mir, äh, was zustößt...«, begann er. »Erzähl den Zauberern von... Du weißt schon. Von dem Höhlen-Kino. Vielleicht versuchen die *Dinge* auch dort, in die Wirklichkeit zu gelangen.«

»Ich kehre nicht in den Hügel zurück!«

Erneut grollte Donner.

»Na los!« rief Ginger. »Licht! Bilderkasten! Action! Und so weiter!«

Victor biß die Zähne zusamen und sprintete. Das Licht reichte gerade aus, um der Dunkelheit Form zu verleihen. Während er von einer Stufe zur nächsten sprang, wiederholte er in Gedanken die Litanei von Holy Wood.

»Das Licht muß genügen, um in der Dunkelheit zu sehen«, schnaufte er.

Er taumelte weiter.

»Und in Holy Wood mangelt es mir nie an Kraft», fügte er hinzu und hoffte, daß ihm seine Beine glaubten.

Damit schaffte er es bis zum nächsten Treppenabsatz.

»Außerdem erfolgt eine richtige Holy-Wood-Rettung immer erst im letzten Augenblick«, keuchte er, lehnte sich an die Wand und schnappte nach Luft.

»Im letzten Augenblick«, murmelte Victor.

Er setzte den Weg nach oben fort.

Die Steinplatten unter seinen Füßen fühlten sich wie ein Traum an, wie einzelne bewegliche Bilder, die durch einen Bilderkasten klickten.

Er kam immer im letzten Augenblick. Tausende von Zuschauern wußten das.

Wenn Helden nicht im letzten Augenblick eintrafen – dann hatten heldenhafte Rettungen überhaupt keinen Sinn. Und...

Vor Victors sich senkendem Fuß fand sich keine Stufe.

Der andere Fuß schickte sich bereits an, die andere Stufe zu verlassen.

Tugelbend sammelte seine ganze Kraft für einen sehnenzerrenden Sprung. Er fühlte, wie seine Zehen an die nächste Platte stießen, warf sich nach vorn und sprang erneut – ihm blieb gar nichts anderes übrig, wenn er sich kein Bein brechen wollte.

»Der reinste Wahnsinn!«

Er lief weiter und versuchte, andere fehlende Stufen rechtzeitig zu erkennen.

»Immer im letzten Augenblick«, brummte er.

Bedeutete das, er konnte für ein oder zwei Minuten verharren und sich ausruhen? Um anschließend genau im letzten Augenblick zu erscheinen? Das war schließlich der Clou der ganzen Sache, oder? Er durfte nicht im *vor*letzten Augenblick eintreffen...

Nein. Er mußte sich an die Regeln halten.

Vor ihm fehlte wieder eine Platte.

Victor starrte ins Leere.

Und die Treppe war noch *lang*.

Er konzentrierte sich kurz und trat auf... nichts. Das Nichts verwandelte sich in eine Stufe, nur für jenen Sekundenbruchteil, den Tugelbend brauchte, um die nächste zu erreichen.

Er lächelte im Dunkeln, und Licht reflektierte von einem Zahn.

Was von der Magie Holy Woods geschaffen wurde, existierte nie lange.

Aber lange genug, um einen Platz in der Wirklichkeit zu finden.

Hurra, Holy Wood.

Das *Ding* flackerte nun langsamer. Es verbrachte weniger Zeit damit, wie eine riesige Version von Ginger auszusehen, wirkte immer mehr wie der Inhalt des Mülleimers im Arbeitszimmer eines Tierpräparators. Es zog seinen nassen Leib auf die Plattform am Ende des Turms und blieb dort liegen. Atem zischte durch seine Luftröhren. Fester Stein zerbröckelte unter Tentakeln, als Magie forttropfte und dem Hunger der Zeit wich.

Ein verwirrter Blick schweifte umher. Wo befanden sich die anderen? Das Wesen war allein an einem seltsamen Ort...

Und es wurde zornig, streckte ein Auge aus und beobachtete den Affen, der in einer ehemaligen Hand zappelte. Lautes Donnern ließ den Turm erzittern. Regen strömte übers Mauerwerk.

Das *Ding* wickelte einen Arm um die Taille des Bibliothekars...

...und bemerkte eine andere, lächerlich kleine Gestalt. Sie kam durch die Tür des Treppenhauses.

Victor streifte den improvisierten Riemen von der Schulter und nahm den Spieß in die Hand. Was jetzt? Wenn man es mit Menschen zu tun hatte, standen einem gewisse Möglichkeiten offen. Man konnte sagen: »He, gib den Affen frei und heb die Greifer.« Man konnte...

Ein mit Klauen ausgerüsteter und armdicker Tentakel schmetterte auf die Steine herab und zermalmte einige von ihnen.

Tugelbend sprang zurück und holte mit der Lanze aus – sie hinterließ einen tiefen gelben Riß im Fleisch des *Dings*. Es heulte und drehte sich erschreckend schnell, um mit weiteren Tentakeln nach dem jungen Mann zu schlagen.

Es mangelt ihnen an Gestalt, dachte Victor. In dieser Welt haben sie keine richtige Form. Dieses *Etwas* hat zuviel Zeit damit verbracht, sich zusammenzuhalten. Je mehr es sich auf mich konzentrieren muß, desto größer wird die Wahrscheinlichkeit, daß es einfach auseinanderfällt.

Ein Durcheinander aus Augen in verschiedenen Größen wölbte sich aus diversen Teilen des *Dings*.

Sie starrten zu Victor, und dünne rote Adern glühten in ihnen.

Na schön, fuhr es ihm durch den Sinn. Ich habe jetzt seine Aufmerksamkeit. Und nun?

Er stach nach einer Klaue und zog die Knie bis dicht unters Kinn, als ein weiterer Tentakel versuchte, ihm die Beine vom Rest seines Körpers zu trennen. Noch ein Tentakel schlich heran.

Ein Pfeil traf ihn und erzielte die gleiche Wirkung wie eine Stahlkugel, die eine mit Vanillesoße gefüllte Socke durchschlug. Das *Ding* heulte.

Ein Besen raste über den Turm hinweg, und hinter dem Quästor versuchte der Erzkanzler, erneut seine Armbrust zu laden.

»Wenn's blutet, können wir es töten!« hörte Victor, und dann: »Was meinst du mit *wir?*«

Victor trat vor und schlug auf alles ein, das ihm verwundbar erschien. Das Wesen wechselte die Gestalt und versuchte, sich dort ein dickes Fell oder einen Panzer wachsen zu lassen, wo es die Lanze spürte, aber es war nicht schnell genug. Die Zauberer auf dem Besen haben recht, dachte Victor. Es kann tatsächlich getötet werden. Vielleicht dauert es Stunden, um dieses Geschöpf umzubringen, aber es ist nicht unbesiegbar.

Und dann stand Ginger vor ihm, zeigte ihm ein Gesicht, das Schmerz und Verzweiflung zum Ausdruck brachte.

Tugelbend zögerte.

Ein Pfeil bohrte sich in den Leib der vermeintlichen Frau.

»Halali! Und noch einmal zum Sturzflug, Quästor!«

Ginger floß auseinander. Das *Ding* kreischte, warf den Bibliothekar wie eine Puppe beiseite und wankte Victor entgegen, alle Tentakel voll ausgestreckt. Einer von ihnen warf ihn zu Boden, und drei andere zerrten ihm den Spieß aus der Hand. Das *Etwas* sah aus wie ein gewaltiger Blutegel, als es sich aufrichtete, die Lanze hob und damit nach dem Besen und seinen beiden Passagieren zielte.

Victor blickte auf und konzentrierte sich.

Lange genug, um einen Platz in der Wirklichkeit zu finden.

Ein Blitz flackerte, zeigte die Konturen des *Dings* in blauweißem Licht. Nach dem lauten Donnern schwankte das Wesen benommen, während dünne Ranken aus Elektrizität knisternd über seinen Körper tasteten. Einige Gliedmaßen qualmten.

Es versuchte, dem inneren Druck Widerstand zu leisten und eine stabile Gestalt zu wahren. Es torkelte über die Plattform, wimmerte und grunzte, starrte Victor aus einem wütend glänzenden Auge an – und kippte ins Leere.

Tugelbend kroch auf Händen und Knien zum Rand.

Das *Ding* gab, auch während es fiel, nicht auf. Es trachtete voller Verzweiflung danach, sich mit einer beschleunigten Evolution zu retten, Flügel, Schwingen und Membranen zu entwickeln, um den Sturz in die Tiefe zu überleben...

Die Zeit verstrich langsamer. Purpurner Dunst erfüllte die Luft. Der Tod schwang seine Sense.

DU GEHÖRST MIR, sagte er.

Dann erklang ein Geräusch wie von nasser Wäsche, die jemand an die Wand schlug, und es stellte sich heraus: Diesen Sturz in die Tiefe konnte man nur als Leiche überleben.

Die Menschenmenge drängte im strömenden Regen nach vorn.

Das *Ding* hatte nun keine Möglichkeit mehr, irgendeine Art von Kontrolle auf die Beschaffenheit seines Körpers auszuüben. Der Leib zerfiel in seine molekularen Komponenten: Sie flossen durch den Rinnstein, erreichten den Fluß und schließlich die kalten Tiefen des Ozeans.

»Es schmilzt«, sagte der Dozent für neue Runen.

»Wußte gar nicht, daß es aus Schnee besteht«, erwiderte der Professor für unbestimmte Studien.

Er stieß das *Ding* mit der Stiefelspitze an.

»Sei vorsichtig», mahnte der Dekan. »Vielleicht stellt es sich nur tot.«

Der Professor sah genauer hin.

»Kann nirgends eine Spur von Leben erkennen«, meinte er. »He, warte mal! Da bewegt sich was...«

Ein Tentakel rutschte zur Seite.

»Liegt etwas darunter?« fragte der Dekan.

Das war tatsächlich der Fall. Die Zauberer zogen einen zuckenden und leise stöhnenden Ponder Stibbons aus der sich langsam auflösenden Masse. Mehr oder weniger (eher weniger) behutsam patschten sie ihm auf die Wangen, bis er die Augen öffnete.

»Was ist passiert?« fragte er.

»Ein fünfzehn Meter großes Ungeheuer landete auf dir«, erklärte der Dekan. »Wie, äh, fühlst du dich?«

»Ich wollte nur ein Bier trinken«, ächzte Ponder. »Anschließend wäre ich sofort zurückgekommen. Ganz ehrlich.«

»Wovon redest du da, Junge?«

Ponder hörte überhaupt nicht zu. Er stand auf, schwankte, taumelte in Richtung Unsichtbare Universität und verließ sie nie, nie wieder.

»Komischer Kerl«, murmelte der Professor. Sie sahen erneut zum *Ding*, von dem jetzt nur noch einige Reste übrig waren.

»Der Schöne hat die Bestie getötet«, sagte der Dekan. Er mochte solche Bemerkungen.

»Nein«, widersprach der Professor. »Es lag an dem *langen* Sturz in die Tiefe, dem ein *harter* Aufprall folgte.«

Der Bibliothekar setzte sich auf und hob die Hände zum Kopf.

Victor hielt ihm das Buch vor die Augen.

»Lies!« befahl er.

»Ugh.«

»Bitte!«

Der Affe starrte auf Dutzende von Piktogrammen und blinzelte mehrmals. Dann wanderte sein Zeigefinger zur rechten unteren Ecke der Seite und strich von rechts nach links.

Von rechts nach links.

So muß man die Symbole lesen, dachte Victor.

Es bedeutete, daß er alles falsch verstanden hatte.

Der Kurbeldreher Gaffer schwenkte den Bilderkasten erst zu den Zauberern und dann zum Monstrum, das sich immer mehr auflöste.

Nach einer Weile ließ er die Kurbel los, hob den Kopf und lächelte strahlend.

»Etwas dichter zusammen, meine Herren«, sagte er. Die Zauberer kamen der Aufforderung sofort nach. »Das Licht ist hier nicht sehr gut.«

Soll nahm ein Stück Pappe und schrieb: »Zauberer sehen sich den Kadahwa an, Aufnahme 3.«

»Wirklich schade, daß du den Sturz nicht drauf hast«, sagte er, wobei sich seine Stimme überschlug. »Vielleicht können wir ihn mit einer großen Puppe oder so wiederholen.«

Ginger saß im Schatten des Turms und hatte die Arme um ihre zitternden Knie geschlungen. Während des langen Falls in die Tiefe hatte das *Ding* verschiedene Gestalten angenommen, darunter auch die der jungen Frau.

Sie stand auf, stützte sich an die Mauer und ging mit unsicheren Schritten fort. Ginger wußte nicht, was die Zukunft für sie bereithielt, aber ihrer Meinung nach mußte als nächstes ein starker Kaffee dazugehören.

Sie hörte Schritte, als sie an der Tür des Turms vorbeikam, und Victor wankte nach draußen, gefolgt vom Bibliothekar.

Er öffnete den Mund, um etwas zu sagen, schnappte statt dessen nach Luft. Der Orang-Utan schob ihn beiseite und schloß die eine Hand um Gingers Arm. Es war ein warmer, sanfter Griff, aber er deutete gleichzeitig darauf hin, daß der Bibliothekar jeden beliebigen Arm in eine Tube mit Gelee und Knochensplittern drin verwandeln konnte.

»Ugh!«

»He, wir haben es überstanden«, sagte Ginger. »Das Ungeheuer ist tot. Zum Schluß sterben die Monster immer. Und jetzt möchte ich etwas trinken.«

»Ugh!«

»Ugh dir selbst was.«

Victor sah auf.

»Es ist... noch nicht vorbei«, sagte er.

»Für mich schon. Ich mußte beobachten, wie ich mich in ein... ein DING mit Tentakeln verwandelte. So etwas bleibt nicht ohne Wirkung auf eine sensible junge Frau, weißt du.«

»Das spielt keine Rolle!« stieß Victor hervor. »Wir haben die ganze Zeit das Falsche geglaubt! Wenn wir nicht rasch handeln, kommen noch weitere *Dinge!* Du mußt nach Holy Wood zurückkehren! Dort existiert noch immer ein Loch in der Wirklichkeit!«

»Soll es jemand anders stopfen«, erwiderte Ginger.

»Das ist nicht möglich! Ich meine, selbst wenn es jemand stopft – die *Dinge* gelangen trotzdem in unsere Welt! Nur du kannst sie daran hindern! Ach, sieh mich nicht so an!« Victor gab dem Bibliothekar einen Stoß. »Sag's ihr.«

»Ugh«, erklärte der Affe geduldig. »Ugh.«

»Ich verstehe ihn nicht«, jammerte Ginger.

Tugelbend runzelte die Stirn. »Du verstehst ihn nicht?«

»Ich höre nur das Grunzen eines Tiers!«

Das T-Wort, dachte Victor entsetzt, und sein Blick glitt zur Seite. »Äh ...«

Einige Sekunden lang stand der Bibliothekar so still wie eine prähistorische Statue. Dann nahm er Gingers Hand und tätschelte sie behutsam.

»Ugh«, sagte er gnädig.

»Entschuldigung«, murmelte Ginger.

»Hör zu!« Victor holte tief Luft. »Ich habe nicht begriffen, worum es wirklich geht. Du hast nicht versucht, *ihnen* zu helfen. Ganz im Gegenteil: Du wolltest sie aufhalten! Man muß die Symbole von rechts nach links lesen! Es ist kein Mann hinter der Tür, sondern ein Mann *davor*! Und ein Mann vor der Tür *hält Wache*«, fügte er bedeutungsvoll hinzu.

»Uns trennen dreißig Meilen von Holy Wood«, wandte Ginger ein. »Die Reise dauert Stunden!«

Victor zuckte mit den Schultern. »Kommt darauf an«, sagte er. »Hol den Kurbeldreher.«

Das Land in unmittelbarer Nähe von Ankh-Morpork ist fruchtbar, und man baut dort hauptsächlich Kohl an, was zum charakteristischen Geruch der Stadt beiträgt.

Das erste graue Licht der Morgendämmerung kroch über blaugrüne Felder und erreichte zwei Bauern, die schon früh damit begannen, Spinat zu ernten.

Sie sahen auf und beobachteten erstaunt ein dahinschnellendes Etwas, das keine Geräusche von sich gab, obgleich man sie erwartete.

Folgendes bot sich den verblüfften bäuerlichen Blicken dar: ein Mann und eine Frau, in Gesellschaft einer Gestalt, die einen um mehrere Nummern zu großen rostbraunen Pelzmantel zu tragen schien. Sie saßen in einem Streitwagen, der immerzu flackerte. Das Ding raste über die nach Holy Wood führende Straße und geriet bald außer Sicht.

In einem Abstand von ein oder zwei Minuten folgte ihm ein Rollstuhl, dessen Achsen rot glühten und in dem Männer hockten, die sich gegenseitig anschrien. Einer von ihnen drehte die Kurbel eines Kastens.

Der Rollstuhl war so mit Zauberern überladen, daß gelegentlich jemand herausfiel und hinterherrennen mußte, bis er nahe genug herankam, um wieder aufzuspringen und zu schreien.

Wer auch immer versuchte, das monströse Gefährt zu steuern – er hatte keinen Erfolg. Es sauste auf der Straße hin und her, kam schließlich von ihr ab und donnerte durch die Seitenwand einer Scheune.

Der erste Bauer stieß den zweiten an.

»Das habe ich in den beweglichen Bildern gesehen«, sagte er. »So was geschieht häufig. Die Leute rasen durch eine Scheune, und auf der anderen Seite kommen sie wieder zum Vorschein, in einer Wolke aus gackernden Hühnern.«

Der zweite Bauer stützte sich nachdenklich auf seine Hacke.

»Wäre ein interessanter Anblick«, kommentierte er.

»Und wie.«

»Weil sich da drin nur zwanzig Tonnen Kohl befinden.«

Es krachte. Der Rollstuhl kam hinter der Scheune in einer Wolke aus gackernden Hühnern zum Vorschein und schleuderte zur Straße zurück.

Die beiden Bauern sahen sich an.

»Na da soll mich doch...«, sagte der eine.

Holy Wood glühte am Horizont. Der Boden bebte immer häufiger und stärker.

Ein flackernder Streitwagen rollte an einigen Bäumen vorbei und verharrte an der höchsten Stelle des Abhangs, der sich zum Ort hinabneigte.

Nebel umhüllte Holy Wood. Speere aus Licht stachen daraus hervor und zuckten gen Himmel.

»Kommen wir zu spät?« fragte Ginger hoffnungsvoll.

»Fast«, antwortete Victor.

»Ugh«, fügte der Bibliothekar hinzu. Sein Zeigefinger huschte immer wieder von rechts nach links, als er die uralten Piktogramme las.

»Ich wußte, daß etwas nicht stimmte«, sagte Victor. »Der Schlafende – ein Wächter. Die alten Priester sangen Lieder und hielten ihn mit Zeremonien wach. Sie erinnerten sich an Holy Wood, so gut sie konnten.«

»Aber ich weiß überhaupt nichts von einem Wächter!«

»Da irrst du dich. Du *weißt* über ihn Bescheid, tief in dir drinnen.«

»Ugh«, brummte der Bibliothekar und deutete auf eine Seite. »Ugh!«

»Er meint, du stammst wahrscheinlich von der ersten Hohepriesterin ab. Er glaubt, alle Leute in Holy Wood stammen von ihr ab. Äh. Ich meine, als die *Dinge* zum erstenmal in diese Welt gelangten, wurde die ganze Stadt zerstört, und die Überlebenden flohen in alle Richtungen, ja, und ihre Nachkommen erinnern sich irgendwie daran, was den Vorfahren widerfuhr, ich meine, man denke dabei an ein Meer, das aus Erinnerungen besteht, und wir sind damit verbunden, und als alles noch einmal begann, wurden wir zum Hügel gerufen, und du hast versucht, die Sache in Ordnung zu bringen, doch du konntest dich nicht *bewußt* erinnern, nur im Schlaf...«

Victor unterbrach sich hilflos.

»›Ugh‹?« fragte Ginger argwöhnisch. »Ein ›ugh‹ genügt, um dir soviel mitzuteilen?«

»Nun, er hat mehrmals ›ugh‹ gesagt«, verteidigte sich Tugelbend.

»Noch nie zuvor habe ich einen solchen Unsinn...«, begann Ginger und verstummte.

Eine Hand, die noch weicher war als das weichste Leder, berührte ihre Finger. Die junge Frau starrte in ein Gesicht, das wie ein verschrumpelter Fußball wirkte.

»Ugh«, sagte der Bibliothekar.

Ginger blickte ihm tief in die Augen.

»Aber ich habe mich nie wie eine Hohepriesterin gefühlt«, wandte sie schließlich ein.

»Der Traum, von dem du mir erzählt hast«, murmelte Victor. »Klang ziemlich hohepriesterlich, wenn du mich fragst. Sehr...«

»Ugh.«

»Sazerdotal, genau«, übersetzte Victor.

»Sa...?« Ginger schüttelte den Kopf. »Es ist nur ein Traum. Ich habe ihn immer wieder geträumt, soweit ich mich zurückerinnern kann.«

»Ugh ugh.«

»Was hat er gesagt?« erkundigte sich Ginger.

»Er meint, vermutlich kannst du dich noch weiter zurückerinnern, als du glaubst.«

Vor ihnen glitzerte Holy Wood wie im Rauhreif, wie eine Stadt aus gefrorenem Sternenlicht.

»Victor?« fragte Ginger.

»Ja?«

»Wo sind die anderen Leute?«

Tugelbend sah über die Straße. Wo sich verzweifelt fliehende Personen befinden sollten, erstreckte sich nur ... Leere.

Von Stille und sonderbarem Licht gefülltes Nichts.

»Wo sind sie?« wiederholte Ginger.

Victor bemerkte ihren Gesichtsausdruck.

»Aber der Tunnel ist eingestürzt!« sagte er laut, in der Hoffnung, damit die Wirklichkeit zu überzeugen. »Niemand konnte in die Höhle gelangen!«

»Trollen fiele es bestimmt leicht, sich bis dorthin zu graben«, kam es von Gingers Lippen.

Victor dachte an das ... das Chtino im Hügel. An die erste Vorstellung, die schon seit Jahrtausenden andauerte. All jene Leute, die er kannte ... Sie hockten nun vor der lebenden Leinwand, und dort würden sie auch weiterhin sitzen, tausend Jahre lang, während weit über ihnen Sterne neue Konstellationen bildeten.

»Es wäre natürlich auch möglich, daß sie, äh, woanders sind«, log Tugelbend.

»Nein«, erwiderte Ginger. »Wir beide wissen, wo sie sich aufhalten.«

Victor blickte hilflos zu den glitzernden Lichtern.

»Warum wir?« fragte er. »Warum muß das ausgerechnet uns passieren?«

»Alles muß *jemandem* passieren«, entgegnete Ginger.

Victor zuckte mit den Achseln. »Und man bekommt nur eine Chance, stimmt's?«

»Seltsam«, sagte die junge Frau. »Wenn man eine Welt braucht, um sie zu retten – plötzlich ist sie da.«

»Ja. Wir haben Glück, nicht wahr?«

Die beiden Bauern spähten durch die Tür der Scheune. Kohl wartete phlegmatisch im Zwielicht.

»Hab dir doch gesagt, dasses hier nur Kohl gibt«, sagte der eine.

»Wußte genau, daß in dieser Scheune keine Hühner nich' herumlaufen. Ich erkenne Kohl, wenn ich welchen sehe, und ich glaube an das, was mir meine Augen zeigen, jawohl.«

Weit oben erklangen Stimmen, die rasch lauter wurden:

»Um Himmels willen, Mann, kannst du nicht steuern?«

»Es fällt mir deshalb so schwer, weil du dauernd zappelst, Erzkanzler!«

»Beidengöttern, wo sind wir eigentlich? In diesem Nebel sieht man überhaupt nichts!«

»Nun, vielleicht gelingt es mir, den Besen ... Lehn dich nicht zur Seite! Nein, auch nicht zur anderen! Ich habe gesagt, du sollst dich nicht ...«

Die Bauern warfen sich zu Boden, als ein Besen korkenzieherartig durch die offene Tür flog und im Kohl verschwand. Ein lautes Rascheln war zu hören.

Schließlich ertönte eine dumpfe Stimme. »Du hast dich zur Seite gelehnt.«

»Unsinn. Wir haben es allein dir zu verdanken, daß wir jetzt im Schlamassel stecken. Was ist das hier?«

»Kohl, Erzkanzler.«

»Eine Art Gemüse?«

»Ja.«

»Kann Gemüse nicht ausstehen. Verwässert das Blut.«

Kurze Stille folgte, und dann brummte die zweite Stimme: »Es tut mir sehr leid, du blutgieriger, arroganter Haufen Schweineschmalz!«

Erneut blieb es einige Sekunden lang still.

»Kann ich dich entlassen, Quästor?«

»Nein, Erzkanzler. Bekleide mein Amt auf Lebenszeit.«

»Nun, wenn das so ist ... Ich schlage vor, wir kriechen jetzt aus diesem Zeug und besorgen uns was zu trinken.«

Die beiden Bauern schlichen fort.

»Na da soll mich doch ...«, meinte jener, der nicht an Hühner-in-der-Scheune glaubte. »Es sind Zauberer. Wir mischen uns besser nicht in die Angelegenheiten von Zauberern ein.«

»Da bin ich ganz deiner Meinung«, antwortete der andere Bauer. »Äh ... Was soll dich eigentlich?«

Stille.

Nichts bewegte sich in Holy Wood, abgesehen von dem Licht. Es flackerte langsam. Das Licht von Holy Wood, dachte Victor.

Die allgemeine Atmosphäre kündete von erwartungsvoller Anspannung. Wenn Drehorte Träumen gleichkamen, die sich Wirklichkeit erhofften, so beanspruchte die Hüttenstadt einen höheren Platz auf deren Skala: ein wirklicher Ort, der auf etwas Neues wartete, auf etwas, für das es in der gewöhnlichen Sprache keinen geeigneten Ausdruck gab.

»   «, sagte Victor und unterbrach sich.

»   ?« fragte Ginger.

»   ?«

»   !«

Sie starrten sich groß an. Dann griff Victor nach Gingers Hand und zog die junge Frau ins nächste Gebäude. Es stellte sich als Borgels Fütterungsfabrik heraus.

Die Szene darin war unbeschreiblich und blieb es auch, bis Victor eine Tafel fand. Normalerweise diente sie dazu, die Gäste auf etwas hinzuweisen, das man großzügig als aktuelles kulinarisches Angebot bezeichnen könnte.

Tugelbend nahm ein Stück Kreide.

»ICH SPRECHE, ABER ICH KANN MICH NICHT HÖREN«, schrieb er und reichte die Kreide Ginger.

»ICH AUCH. WAHRUM?«

Victor warf das Kreidestück nachdenklich hoch, fing es wieder und schrieb: «ICH GLAUBE, ES LIEKT DARAN, DASS WIR NIE BEWEGLICHE TONBILDER ERFUNDEN HABEN. WENN ES KEINE KOBOLDE GÄBE, DIE FARBIG MALEN KÖNNEN ... DANN WÄRE JETZT ALLES SCHWARZWAISS.«

Sie blickten sich um. Auf fast jedem Tisch standen nur zum Teil verspeiste Mahlzeiten. Das war nicht unbedingt ungewöhnlich bei Borgel, aber normalerweise saßen Personen vor den Tellern – Leute, die sich bitter beklagten.

Ginger hielt vorsichtig den Finger in eine suppenartige Masse.

Ihr Mund formte lautlose Worte. *»Noch warm.«*

»Gehen wir«, sagte Victor stumm und deutete zur Tür.

Die junge Frau versuchte, ihm etwas Kompliziertes mitzuteilen. Sie verzog das Gesicht, als sie die Verwirrungsfalten in Tugelbends Stirn sah, griff nach der Kreide und schrieb: »WIR SOLLTEN AUF DIE ZAUBERER WAHRTEN.«

Victor erstarrte. Dann deuteten seine Lippen einige Worte an, die Ginger sofort wieder aus ihrem Vokabular strich. Er stürmte nach draußen.

Der Rollstuhl rumpelte über die Straße, und seine Achsen qualmten. Tugelbend verharrte davor und ruderte mit den Armen.

Ein langes stummes Gespräch fand statt, und immer wieder wurde etwas mit Kreide an die nächste Wand gekritzelt. Schließlich konnte sich Ginger nicht länger gedulden und eilte herbei.

»IHR MÜSST OICH VON DIESEM ORT FERNHALTEN. WENN DIE *DINGE* HIERHERGELANGEN, SEID IHR IM WAHRSTEN SINNE DES WORTES EIN GEFUNDENES FRESSEN FÜR SIE.«

»DAS GILT AUCH FÜR EUCH.« Eine recht säuberliche Handschrift – sie stammte vom Dekan.

»ABER ICH WEISS WAS HIER VOR SICH GEHT«, schrieb Victor. »WIE DEM AUCH SEI: WIR BRAUCHEN EUCH WENNS SCHIEFGEHT.«

Er sah den Dekan an und nickte, bevor er zu Ginger und dem Bibliothekar hastete. Dort zögerte er kurz und musterte den Affen besorgt. Als Mensch war der jetzige Orang-Utan ein Zauberer gewesen, und Tugelbend vermutete, daß sich daran nichts geändert hatte. Andererseits: Seine derzeitige Gestalt bot gewisse Vorteile, auf die Victor nicht verzichten wollte.

»Kommt«, formten seine Lippen.

Es fiel ihnen nicht schwer, den Weg zum Hügel zu finden. Unübersehbare Spuren zeigten sich auf dem Pfad und ließen allgemeine Eile vermuten: eine Sandale; ein beiseite geworfener Bilderkasten; eine rote Federboa.

Das Portal war aus den Angeln gerissen, und im Tunnel glühte es matt. Victor zuckte mit den Schultern und trat hinein.

Es lagen noch immer Steine und Felsen in der Passage, aber jemand hatte sie zur Seite geschoben. Die Decke war nicht eingestürzt, was keineswegs an irgendwelchen verkanteten Platten lag. Der Grund hieß vielmehr Detritus.

Er stützte sie.

Und offenbar schon seit einer ganzen Welt. Eins seiner beiden massiven Knie berührte den Boden.

Victor und der Bibliothekar zerrten große Felsen heran, bis der Troll nicht mehr das enorme Gewicht der Decke tragen mußte. Er stöhnte – es sah jedenfalls wie ein Stöhnen aus – und kippte nach vorn. Ginger half ihm auf.

»Was ist geschehen?« fragte sie lautlos.

» ? ?« Der Mangel an Geräuschen schien Detritus sehr zu verwirren, und er schielte nach seinem Mund.

Victor seufzte. Vor seinem inneren Auge sah er Dutzende von Personen, die blindlings durch den Tunnel stolperten, während weiter vorn Trolle im Geröll wühlten. Detritus war der stärkste von ihnen, und deshalb leistete er den größten Teil der Arbeit. Und da die einzige Funktion seines Gehirns darin bestand, die Schädelplatte daran zu hindern, in den Kopf hineinzufallen... Er blieb zurück, mit dem Gewicht des Hügels auf seinen Schultern. Victor stellte sich vor, wie er immer wieder rief, als Menschen, Zwerge und so weiter an ihm vorbeieilten, ohne daß ihn jemand hörte.

Er überlegte, ob er einige aufmunternde Worte schreiben sollte, aber in Detritus' Fall war das mit ziemlicher Sicherheit Zeitverschwendung. Außerdem: Der Troll hatte sich sofort umgewandt und marschierte mit grimmigem Gesicht fort, einzig und allein darauf konzentriert, ein bestimmtes Ziel zu erreichen. Seine Fingerknöchel hinterließen zwei tiefe Furchen im Sand.

Victor folgte dem Verlauf des Tunnels und gelangte zur ersten Höhle, die er nun als eine Art Foyer des unterirdischen Kinos identifizierte.

Vor Jahrtausenden mochten Bittsteller hierhergekommen sein, um... etwas zu kaufen. Vielleicht heilige heiße Würstchen und sakrale Knallkörner.

Geisterhaftes Licht erstrahlte, und wohin Tugelbend auch blickte: Überall sah er uralte verrottete Gegenstände. Doch aus den Augenwinkeln... Er glaubte, eine palastartige Einrichtung zu erkennen: Vorhänge aus rotem Plüsch, hier und dort barocke Goldverzierungen. Mehrmals drehte er ruckartig den Kopf, um diese kurzlebigen, gespenstischen Eindrücke einzufangen.

Er bemerkte, wie der Bibliothekar besorgt die Stirn runzelte, und daraufhin schrieb er an die Wand: »MITEINANDER VERSCHMELZENDE WIRKLICHKEITEN?«

Der Orang-Utan nickte.

Victor schnitt eine Grimasse und führte seine kleine Gruppe aus Holy-Wood-Guerillas – besser gesagt: zwei Guerillas und ein Affe – über ausgetretene Treppenstufen ins Kino.

Später begriff Tugelbend, daß sie ihre Rettung Detritus verdankten. Sie starrten zu den Bildern auf der lebenden Leinwand, und...

Traum. Realität. Glauben.

Warten...

...und der Troll versuchte, über sie hinwegzustapfen. Bilder, die dazu bestimmt waren, intelligente Wesen in ihren Bann zu schlagen, prallten wirkungslos an Detritus' hartem Kopf ab. Er schenkte ihnen überhaupt keine Beachtung und hatte Wichtigeres zu tun.*

Von einem geistesabwesenden Troll fast zu Tode getrampelt zu werden – das ist ein ideales Heilmittel für Leute, die an akuter Wirklichkeitsentfremdung leiden. Wenn man etwas Schweres auf dem Rükken fühlt, kann es keinen Zweifel mehr daran geben, woraus die Wirklichkeit besteht.

Victor stand wieder auf, zog seine Begleiter näher, deutete zu dem flackernden, sich hier und dort vorwölbenden Rechteck am anderen Ende des Saals und warnte stumm: »Seht nicht hin!«

Die anderen nickten.

Ginger hielt sich an seinem Arm fest, als sie langsam durch den Mittelgang schritten.

Ganz Holy Wood war hier versammelt. Sie sahen viele Bekannte in den Sitzreihen: Doch im flimmernden Licht rührte sich niemand, und die Gesichter wirkten wie festgenagelt.

Victor spürte, wie sich ihm Gingers spitze Fingernägel in die Haut bohrten. Er erkannte Rock und Mory, Fruntkin aus Borgels Freßfabrik, Frau Kosmopilit, Vizepräsidentin der Garderobe. Er erkannte Silberfisch und viele andere Alchimisten. Er erkannte Tischler, Kurbeldreher und all die ungeborenen Stars, Leute, die Pferdezügel gehal-

* Die entsprechende Redensart auf Trollisch lautet: »Er mußte andere tollwütige Grizzlybären betäuben.«

ten, Tische abgewischt und in Schlangen auf ihre große Chance gewartet hatten...

Hummer, dachte er. Einst gab es eine große Stadt, und ihre Bürger starben, und jetzt wohnen dort Hummer.

Der Bibliothekar streckte die Hand aus.

Detritus hatte Rubin gefunden, die in der ersten Reihe saß, und er versuchte nun, sie von ihrem Sitz zu ziehen. Ganz gleich, wohin er sie schob – ihr Blick kehrte immer wieder zu den tanzenden Bildern zurück. Als er direkt vor ihr stand, blinzelte sie kurz, und ihre Miene zeigte einen Anflug von Ärger; sie hob den Arm und stieß den Troll beiseite. Dann kehrte die Leere in ihre Züge zurück, und sie starrte wieder zur Leinwand.

Victor legte Detritus die Hand auf die Schulter und versuchte, ihn mit einigen Gesten zu trösten – sein Gesicht war ein Fresko des Kummers.

Die Rüstung lag nach wie vor auf der Steinplatte, hinter der Leinwand und vor der rostigen Scheibe.

Hoffnungslos betrachteten sie die reglose Gestalt.

Victor strich versuchsweise mit dem Finger durch dicken Staub. Darunter zeigte sich golden glänzendes Metall.

Er sah zu Ginger. »Und jetzt?« fragten seine Lippen.

Sie zuckte mit den Schultern: Woher soll ich das wissen? Ich habe diesen Ort nur im Schlaf aufgesucht.

Die Leinwand offenbarte nun größere Auswölbungen. Wie lange dauerte es noch, bis die ersten *Dinge* herauskamen?

Victor bemühte sich, den... nun, den Mann zu schütteln. Es war ein sehr großer Mann, und seine goldene Rüstung schien aus einem Stück zu bestehen. Ebensogut hätte Tugelbend versuchen können, einen Berg wachzurütteln.

Er beugte sich vor und griff nach dem mehr als zwei Meter langen Schwert. Selbst wenn er imstande gewesen wäre, es zu heben – es war mindestens so unhandlich wie ein Frachtkahn.

Das Heft löste sich nicht aus den Fingern des Schlafenden.

Der Bibliothekar las das Buch im Licht der Leinwand und blätterte fieberhaft.

»FÄLLT DIR IRGEND ETWAS WIEDER EIN?« schrieb Victor an die Seite der Steinplatte.

Ginger antwortete: »NEIN! DU HAST MICH GEWECKT!! ICH WEISS NICHT, WIE MAN VORGEHEN MUSS!!! WOBEI AUCH IMMER!!!.«

Das vierte Ausrufezeichen blieb nur deshalb unvollständig, weil die Kreide brach. Ein leises »Ping« erklang, als ein Stück davon auf etwas fiel.

Victor griff nach dem Rest.

»VIELLEICHT SOLLTEST DU DIR DAS BUCH ANSEHEN«, schlug er vor.

Der Bibliothekar nickte und wollte ihr das Buch in die Hände drücken. Die junge Frau winkte erst ab und starrte in die Schatten.

Dann nahm sie das Buch.

Ihr Blick wanderte vom Affen zum Troll, dann auch zu dem Mann.

Sie holte aus und warf das Buch fort.

Diesmal ertönte kein »Ping«, sondern ein viel deutlicheres, volltönendes »Booonnng«. Irgend etwas verursachte Geräusche an diesem lautlosen Ort.

Victor eilte um die Steinplatte herum.

Die große Scheibe war ein Gong. Er klopfte daran. Rostplacken lösten sich, darunter schimmerte Metall, und es machte »Piong«, als er vorsichtig an die glänzende Fläche pochte. Instinktiv hielt er nach einem bestimmten Gegenstand Ausschau und fand ihn nach kurzer Suche. Es handelte sich um eine mehr als anderthalb Meter lange Stange mit einer gepolsterten Kugel am einen Ende.

Er hob sie von ihrem Gestell – oder versuchte es zumindest. Sie war festgerostet.

Der Bibliothekar trat näher, fing Victors Blick ein und nickte. Sie zerrten gemeinsam an der Stange, und Rostsplitter bohrten sich in Tugelbends Hände.

Das Objekt trotzte ihren Bemühungen. Zeit und salzige Luft hatten Klöppel und Gestell zu einem Ganzen werden lassen.

Plötzlich schienen sich die Sekunden zu dehnen, verwandelten sich im flackernden Licht. Zu einer Reihe von einzelnen Ereignissen – wie bewegliche Bilder, die durch einen Bilderkasten glitten.

Klick.

Detritus griff über Victors Kopf hinweg, packte die Stange in der Mitte, zog und riß das Gestell aus seiner Verankerung im Fels.

Klick.

Victor, Ginger und der Bibliothekar warfen sich zu Boden, als der Troll beide Pranken um den Klöppel schloß, die Muskeln spannte und ausholte.

Klick.

Klick.

Klick.

Klick.

Die einzelnen Bilder zeigten einen Detritus, der sich – *Klick* – ruckartig bewegte und unterschiedliche, aber miteinander in Zusammenhang stehende Haltungen einnahm. Er drehte sich auf einem hornigen Fuß, und die Kugel an der langen Metallstange – *Klick* – beschrieb einen hellen Bogen durch die Finsternis.

Klick.

Der wuchtige Hieb schleuderte die Scheibe so weit nach hinten, daß ihre Kette riß. Sie prallte an die Wand der großen Kaverne.

Die Geräusche kehrten zurück und überfluteten das Kino unter dem Hügel, als wären sie zuvor irgendwo gestaut gewesen und als öffne sich nun ein riesiges Schleusentor. Lärm spülte fröhlich in die Welt, um alle Trommelfelle in Schwingung zu versetzen.

Booonnng.

Klick.

Die Gestalt auf der Steinplatte stemmte sich hoch, und Staub rieselte von ihr herab. Darunter glänzte – selbst nach Jahrtausenden, noch fleckenlos – Gold.

Sie bewegte sich mit langsamer Zielstrebigkeit, wie von einem inneren Mechanismus angetrieben. Eine Hand griff nach dem langen Schwert, die andere nach dem Rand der Steinplatte. Dort stützte sich der Erwachte ab, als er die Beine zur Seite schwang.

Er richtete sich zu seiner vollen Größe von drei Metern auf, umfaßte das Heft des Schwerts mit beiden Händen und zögerte. An seinem Erscheinungsbild hatte sich kaum etwas geändert, doch jetzt umgab ihn eine Aura der Wachsamkeit – Victor hatte das Gefühl, als warte eine gewaltige Kraft darauf, freigesetzt zu werden. Der Goldene schenkte den vier Personen, die ihn geweckt hatten, überhaupt keine Beachtung.

Die Leinwand pulsierte nun nicht mehr. Etwas spürte die Präsenz des

Wächters und rückte ihn ins Zentrum der Aufmerksamkeit – was bedeutete, daß *es* sich um andere Sachen nicht mehr kümmern konnte.

Die Zuschauer saßen jetzt nicht mehr stocksteif da. Sie erwachten.

Victor wandte sich an den Bibliothekar und Detritus.

»Führt sie hinaus«, wies er sie an. »Bringt die Leute so *schnell* wie möglich fort von hier!«

»Ugh!«

Es war nicht nötig, das Publikum aufzufordern, den Saal zu räumen. Die Bürger von Holy Wood sahen die Bilder auf der Leinwand nun ganz deutlich, ohne den Filter der Hypnose, und wer auch nur etwas mehr Intelligenz besaß als Detritus, spürte den jähen Wunsch, den Ort rasch zu verlassen. Victor beobachtete, wie sie hastig über die Sitze kletterten, um aus dem Kino herauszukommen.

Ginger wollte ihnen folgen, doch Tugelbend hielt sie fest.

»Noch nicht«, sagte er ruhig. »Wir bleiben hier.«

»Warum?« erwiderte sie.

Victor gestikulierte vage. »Wir können die Höhle erst verlassen, wenn alle anderen fort sind. So verlangt es die Magie von Holy Wood. Wir benutzen sie, aber sie benutzt auch uns. Außerdem: Möchtest du nicht sehen, wie alles endet?«

»Ja. Aber nicht aus unmittelbarer Nähe.«

»Nun, laß es mich anders ausdrücken: Es dauert einige Minuten, bis alle draußen sind. Wenn wir uns bis dahin gedulden, versperrt uns bei der Flucht niemand den Weg.«

Sie hörten Schreie im Foyer, als sich die ehemaligen Zuschauer in den Tunnel drängten.

Victor ging durch den jetzt leeren Mittelgang zur hintersten Sitzreihe und nahm dort Platz.

»Ich hoffe, der gute alte Detritus hat Grips genug, um sich diesmal nicht damit aufzuhalten, die Decke zu stützen.«

Ginger seufzte und setzte sich neben ihn.

Tugelbend legte die Füße auf den Stuhl vor sich und kramte in den Taschen.

»Möchtest du ein paar Knallkörner?« fragte er.

Der Goldene stand unter der Leinwand und hielt den Kopf gesenkt.

»Weißt du, er sieht *tatsächlich* wie mein Onkel Oswald aus«, murmelte Ginger.

Das weiße Rechteck wurde so plötzlich dunkel, daß die heranströmende Finsternis zu rauschen schien.

Auf diese Weise ist es sicher oft geschehen, dachte Victor. In vielen anderen Universen. Die wilde Idee kommt, und dann erwacht der goldene Mann namens Oswald. Um sie unter Kontrolle zu bringen. Oder so. Ganz gleich, wo ein Holy Wood entsteht – Osric ist immer in der Nähe.

Ein Punkt aus purpurnem Licht erschien und dehnte sich aus. Victor glaubte, in einen Strudel zu stürzen.

Die goldene Gestalt hob den Kopf.

Der düstere Glanz zitterte, und es *wogte* darin. Die Leinwand existierte nicht mehr. Etwas versuchte, ins Diesseits zu gelangen. Es war kein Bild am anderen Ende des Saals, sondern ein *Ding*, das sich verzweifelt bemühte, in die Wirklichkeit zu wechseln.

Der Goldene holte mit seinem Schwert aus.

Victor berührte Gingers Schulter.

»Jetzt sollten wir besser gehen«, sagte er.

Die Klinge des Wächters traf das Ziel. Goldenes Gleißen füllte die Höhle.

Victor und seine Begleiterin stürmten bereits die Treppe zum Foyer hinunter, als es zur ersten Erschütterung kam. Sie starrten zur dunklen Tunnelöffnung.

»Dort bringen mich keine zehn Pferde hinein!« sagte Ginger. »Ich möchte nicht noch einmal da drin festsitzen.«

Vor ihnen führten andere Stufen ins Meer. Bestimmt brauchte man nur wenige Meter zurückzulegen, um jenseits des Hügels aufzutauchen, aber das Wasser war schwarz wie Tinte und wirkte ausgesprochen unheimlich.

»Kannst du schwimmen?« erkundigte sich Victor. Hinter ihnen kippte eine Säule und schmetterte auf den Boden. Schrilles Heulen drang aus der Kino-Höhle.

»Nicht sehr gut«, antwortete Ginger.

»Ich auch nicht.« Das Heulen wurde zu einem ohrenbetäubenden Kreischen, und irgendwo donnerte es.

»Wie dem auch sei...« Victor griff nach Gingers Hand. »Dies ist eine gute Gelegenheit, um *schnell* zu lernen, besser zu schwimmen.«

Sie sprangen.

Fünfzig Meter vor dem Strand kehrte Victor an die Wasseroberfläche zurück und schnappte nach Luft. Dicht neben ihm prustete Ginger. Sie schwammen und sahen zum Land.

Die Erde bebte.

Man hatte Holy Woods Gebäude mit Hilfe von nicht abgelagertem Holz und kurzen Nägeln errichtet. Sie stürzten nun wie Kartenhäuser ein. Hier und dort wiesen kleine Explosionen auf Vorräte an Okto-Zellulose hin. Die Städte aus bemaltem Leinen und Berge aus Gips zeigten nur wenig Stabilität, als der Boden unter ihnen zitterte.

In dem Chaos liefen die Bürger von Holy Wood um ihr Leben. Sie wichen Planken aus, sprangen über Balken hinweg und ließen sich durch nichts aufhalten. Kurbeldreher, Schauspieler, Alchimisten, Kobolde, Trolle und Zwerge... Sie rannten wie Ameisen, deren Haufen in Flammen steht, hielten den Kopf gesenkt, während die Beine wie Kolben stampften und der Blick am Horizont festklebte.

Ein Teil des Hügels gab nach.

Zwei oder drei Sekunden lang glaubte Victor, die riesige goldene Gestalt von Osbert zu sehen, so substanzlos wie Staubkörner in einem Lichtstrahl. Der Wächter schwang weitausholend sein Schwert...

Und verschwand.

Victor half Ginger an Land.

Kurze Zeit später erreichten sie die Hauptstraße. Stille herrschte dort, abgesehen von einem gelegentlichen Krachen und Knirschen, wenn lockere Bretter von Gebäuderesten herabfielen.

Sie traten an zerfetzten Kulissen und auseinandergebrochenen Bilderkästen vorbei.

Hinter ihnen polterte es, als das Schild mit der Aufschrift »Studios des Flughund-Jahrhunderts« aus seiner Halterung rutschte und sich in den Sand bohrte.

Sie sahen die Reste von Borgels »Restaurant«, dessen Zerstörung die durchschnittliche Nahrungsqualität auf der Scheibenwelt beträchtlich verbessert hatte.

Sie wateten durch zahlreiche Streifen von beweglichen Bildern, die im Wind flatterten.

Sie kletterten zwischen zerbrochenen Träumen herum.

Am Rand des Trümmerfelds, das einst Holy Wood gewesen war, blieb Victor stehen und blickte noch einmal zurück.

»Nun, jetzt ist es keine leere Drohung mehr«, sagte er. »In *dieser* Stadt arbeiten wir nie wieder.«

Er hörte ein Schluchzen und stellte überrascht fest, daß Ginger weinte.

Er legte ihr den Arm um die Schultern.

»Komm«, fügte er hinzu. »Ich bringe dich nach Hause.«

Holy Woods Magie hatte nun keine Wurzeln mehr. Sie verlor allmählich an Kraft, knisterte über die Landschaft hinweg, hier und dort...

Klick...

Früher Abend. Das rötliche Licht der untergehenden Sonne fiel durch die Fenster von Hargas Rippenstube, in der es um diese Zeit recht ruhig zuging.

Detritus und Rubin saßen steif auf Stühlen, die für Menschen bestimmt waren.

Die einzige andere anwesende Person hieß Sham Harga. Mit einem Lappen wischte er über die Tische, verteilte den Schmutz gleichmäßig auf ihnen und pfiff leise vor sich hin.

»Äh«, sagte Detritus vorsichtig.

»Ja?« fragte Rubin erwartungsvoll.

»Oh, nichts«, knirschte Detritus. Er fühlte sich an diesem Ort nicht sonderlich wohl, aber Rubin hatte darauf bestanden, sich hier mit ihm zu treffen. Immer wieder hatte er den Eindruck, daß sie ihm etwas mitteilen wollte, doch was ihn selbst betraf – er dachte dauernd daran, sie mit einem Ziegelstein zu schlagen.

Harga verstummte plötzlich.

Detritus spürte, wie er den Kopf drehte. Sein Mund klappte auf.

»Pfeif's noch einmal, Sam«, sagte Holy Wood.

Ein lauter Akkord erklang, und die Rückwand der Rippenstube wich zurück, verschwand in einer für Architektur reservierten Dimension. Ein Orchester nahm den Platz ein, der normalerweise von Hargas Küche und der schauderhaften Gasse dahinter beansprucht wurde.

An Rubins Kleid glänzten Hunderte von Pailletten. Die anderen Tische lösten sich in Luft auf.

Detritus rückte die Jacke eines ihn sehr überraschenden Smokings zurecht und räusperte sich.

»Wir rechnen müssen mit Schwierigkeiten…«, begann er. Die Worte kamen von woanders und zupften an seinen Stimmbändern.

Er nahm Rubins Hand. Ein Spazierstock mit goldenem Knauf stieß an sein linkes Ohr. Unmittelbar darauf materialisierte sich ein Hut aus schwarzer Seide, raste heran und prallte an dem Ellenbogen des Trolls ab. Er ignorierte beide Gegenstände.

»Aber während es geben Mondschein und Musik…«

Er zögerte, als die herrlichen Silben fortwichen. Die Wände kehrten zurück, ebenso wie die Tische. Pailletten funkelten ein letztes Mal und verblaßten.

»Äh«, stieß Detritus hervor.

Rubin bedachte ihn mit einem durchdringenden Blick.

»Äh, entschuldige«, fuhr er fort. »Gar nicht wissen, was eben über mich gekommen sein.«

Harga trat an den Tisch heran.

»Was hatte das zu bedeu…« Er konnte den Satz nicht beenden. Rubin sah auch weiterhin den Troll an, als sie einen baumstammdicken Arm ausstreckte, Harga geschickt drehte und ihn durch die nächste Wand schleuderte.

»Küß mich, du verrückter Narr«, sagte sie.

Tiefe Furchen entstanden in Detritus' Stirn. »Was?« erwiderte er.

Rubin seufzte. Die Methode der Menschen funktionierte eben nur bei den Menschen.

Sie hob einen Stuhl, zielte kurz und schmetterte ihn auf Detritus' Kopf. Ihre Lippen verzogen sich zu einem breiten Lächeln, als er nach vorn sank.

Sie griff zu und warf sich den Troll-Mann mühelos über die Schulter. Wenn Rubin in Holy Wood eins gelernt hatte, so dies: Es hatte keinen Sinn, darauf zu warten, daß der Auserwählte mit einem Ziegelstein zuschlug. Man mußte sich seine eigenen Steine besorgen.

Klick…

In einem viele Meilen von Ankh-Morporks Leben entfernten Zwergen-Bergwerk klopfte der verärgerte Vorarbeiter mit seiner Schippe an die Wand und sagte:

»Eins möchte ich klarstellen: Wenn ich von euch blöden Gartenzwergen nur noch ein einziges Mal – und ich meine wirklich *ein einziges Mal,* kapiert? – das Haihihaiho-Lied höre, dann bekommt ihr meine Axt zu spüren! Wir sind *Zwerge,* verdammt. Und deshalb sollten wir uns wie Zwerge benehmen. Das gilt auch für dich, Dösig!«

Klick...

Wagt-es-bloß-nicht-mich-Kuschelweich-zu-nennen hüpfte zur höchsten Stelle der Düne und spähte darüber hinweg. Anschließend kehrte er zurück.

»Alles klar«, berichtete er. »Keine Menschen. Nur Ruinen.«

»Ein Platf nur für unf«, sagte Katze fröhlich. »Ein Platf, wo alle Tiere – ungeachtet ihrer Geftalt und Fpezief – in Frieden fufammenleben können...«

Ente schnatterte.

Wer-mich-Kuschelweich-nennt-kann-was-erleben übersetzte. »Die Ente meint, es sei einen Versuch wert. Wenn wir schon intelligent sind, sollten wir auch etwas mit unserer Intelligenz anfangen. Kommt.«

Das Kaninchen zögerte und schauderte. Es fühlte ein Prickeln, wie von statischer Elektrizität. Die Dünen schienen hinter einem Vorhang aus heißer Luft zu zittern.

Ente quakte erneut.

Nicht-Kuschelweich rümpfte die Nase. Es fiel ihm plötzlich schwer, sich zu konzentrieren.

»Die Ente sagt...« Eine unsichere Pause. »Die Ente sagt... sagt... die Ente... sagt... sagt... quak...?«

Katze blickte zu Maus.

»Miau?« fragte sie.

Maus zuckte mit schmalen Schultern. »Quiek«, antwortete sie.

Das Kaninchen blinzelte verwirrt.

Die Ente blickte zu Katze. Die Katze starrte zum Kaninchen. Die Maus sah zur Ente.

Die Ente raste wie ein Senkrechtstarter gen Himmel. Das Kaninchen wurde zu einer sich schnell entfernenden Wolke aus aufgewirbeltem Sand. Die Maus sauste fort. Die Katze folgte ihr und fühlte sich so glücklich wie nie während der vergangenen Wochen.

Klick...

Ginger und Victor saßen an einem Ecktisch in der Geflickten Trommel. Schließlich sagte die junge Frau: »Es waren gute Hunde.«

»Ja«, murmelte Victor geistesabwesend.

»Mory und Rock haben eine *Ewigkeit* lang im Schutt gegraben. Sie meinten, dort unten gibt's viele Keller und so.«

»Ja.«

»Vielleicht sollten wir ihnen eine Art Denkmal errichten.«

»Ich weiß nicht«, erwiderte Victor. »Ich meine, denk nur daran, was Hunde mit Denkmälern und Statuen anstellen. Möglicherweise gehört es zu Holy Wood, daß Hunde sterben. Keine Ahnung.«

Gingers Zeigefinger folgte den Konturen eines Astlochs im Tisch.

»Jetzt ist alles vorbei«, meinte sie. »Das stimmt doch, oder? Es gibt kein Holy Wood mehr. Es ist alles vorbei.«

»Ja.«

»Der Patrizier und die Zauberer lassen nicht zu, daß weitere Streifen gedreht werden. In dieser Hinsicht hat sich Lord Vetinari ziemlich klar ausgedrückt.«

»Ich bezweifle, ob jetzt noch jemand auf den Gedanken käme, bewegliche Bilder an eine Leinwand zu werfen«, entgegnete Victor. »Wer wird sich nun an Holy Wood erinnern?«

»Wie bitte?«

»Jene alten Priester kleideten die ganze Angelegenheit ins Gewand einer Religion. Sie vergaßen, worum es wirklich ging. Wie dem auch sei: Feuer und Gesänge sind überhaupt nicht nötig. Man muß sich nur an Holy Wood erinnern. Wir brauchen jemanden, der sich *gut* an Holy Wood erinnert.«

»Ja.« Ginger lächelte. »Wir brauchen tausend Elefanten.«

Victor lachte. »Armer alter Schnapper. Er hat sie nie bekommen...«

Ginger schob ein Stück Kartoffel auf ihrem Teller hin und her. Sie dachte an etwas, und ihre Gedanken drehten sich jedenfalls um nichts Kulinarisches.

»Aber es war etwas Großartiges, nicht?« entfuhr es ihr plötzlich. »Waren wir nicht an einer herrlichen Sache beteiligt?«

»Ja.«

»Die Leute fanden Gefallen daran, stimmt's?«

»Oh, ja«, bestätigte Victor ernst.

»Ich meine, wir haben etwas Einzigartiges in die Welt gebracht.«

»Und ob.«

»*Das* meine ich *nicht*«, betonte Ginger. Und: »Eigentlich steckt gar nicht soviel dahinter, eine Leinwandgöttin zu sein. Ich habe es mir immer anders vorgestellt.«

»Ja.«

Ginger seufzte. »Keine Holy-Wood-Magie mehr.«

»Vielleicht ist noch etwas von ihr übrig.«

»Wo?«

»Hier und dort. Sucht vermutlich nach Möglichkeiten, sich zu verbrauchen.«

Ginger starrte in ihr Glas. »Was hast du jetzt vor?« fragte sie.

»Weiß nicht. Und du?«

»Ich schätze, mich erwartet wieder das Leben auf dem Bauernhof.«

»Wieso?«

»Holy Wood war meine große Chance. In Ankh-Morpork gibt es nicht viele Jobs für Frauen. Zumindest keine, die mich interessieren«, fügte sie hinzu. »Nun, ich habe drei Heiratsanträge bekommen. Von ziemlich wichtigen Männern.«

»Tatsächlich? Warum?«

Ginger runzelte die Stirn. »He, ich bin keineswegs unattraktiv ...«

»Das wollte ich damit nicht sagen«, versicherte Victor hastig.

»Ich schätze, wenn man ein reicher Kaufmann ist, so möchte man gern eine berühmte Gattin. Um sich mit ihr zu ... zu schmücken.« Ginger senkte den Kopf. »Frau Kosmopilit hat mich gefragt, ob sie einen von denen bekommen kann, die ich nicht möchte. Ich habe mich bereit erklärt, ihr alle drei zu überlassen.«

»Mir ist es auch immer so ergangen, wenn ich eine Wahl treffen mußte«, sagte Victor und wirkte nicht mehr ganz so kummervoll.

»Ja? Nun, wenn ich vor einer solchen Wahl stehe, dann verzichte ich lieber darauf, irgend etwas zu wählen. Was kann man schon sein, nachdem man *alles* gewesen ist, und zwar in maximaler Größe?«

»Nichts«, brummte Victor.

»Werweißschon, was das für ein Gefühl ist?«

»Abgesehen von uns beiden.«

»Ja.«

»Ja.«

Ginger lächelte. Victor musterte sie erstaunt: Zum erstenmal hielt er in ihrem Gesicht vergeblich nach Trotz, Ärger, Sorge oder Holy-Wood-Schminke Ausschau.

»Kopf hoch«, sagte sie. »Morgen beginnt ein neuer Tag.«

Klick...

Dumpfes Donnern in der Ferne weckte Feldwebel Colon von Ankh-Morporks Stadtwache aus seinem friedlichen Schlummer im Wachhaus am Haupttor.

Eine Staubwolke reichte von Horizont zu Horizont, und eine Zeitlang beobachtete er sie nachdenklich. Sie wuchs, und schließlich spie sie einen dunkelhäutigen jungen Mann aus, der auf einem Elefanten ritt.

Das Tier trabte über die Straße zum Tor und verharrte vor der Stadtmauer. Unterdessen stellte Colon fest, daß die Staubwolke am Horizont auch weiterhin anschwoll.

Der Junge auf dem Elefanten hob die Hände trichterförmig vor den Mund und rief: »Kannst du mir den Weg nach Holy Wood zeigen?«

»Holy Wood gibt's nicht mehr, wie ich gehört habe«, antwortete der Feldwebel.

Der Junge überlegte und blickte auf einen Zettel. Dann sagte er: »Kennst du einen gewissen T.M.S.I.D.R. Schnapper?«

Colon wiederholte die Initialen leise.

»Meinst du Ruin?« vergewisserte er sich. »Treibe-mich-selbst-in-den-Ruin Schnapper?«

»Ist er da?«

Feldwebel Colon drehte den Kopf und starrte über die Stadt hinweg. »Ich sehe mal nach«, bot er sich an. »Wen soll ich melden?«

»Wir haben eine Lieferung für ihn. Per Nachnahme.«

»Per Nachnahme?« Colon beobachtete die riesige Wolke. »Bringst du Pakete?«

»Nein, keine Pakete.«

Breite graue Stirnen zeigten sich im wogenden Staub. Darüber hinaus nahm Colon nun jenen charakteristischen Geruch wahr, der entsteht, wenn tausend Elefanten tagelang ihr Futter auf Kohlfeldern gesucht hatten.

»Warte hier«, wandte er sich an den Jungen. »Bin gleich wieder da.«

Colon kehrte ins Wachhaus zurück und rüttelte an Korporal Nobbs' Schulter – derzeit bildete er die zweite Hälfte jener tapferen Streitmacht, die unablässig die Sicherheit der Stadt gewährleistete.

»Wasnlos?«

»Hast du heute morgen schon Ruin Schnapper gesehen, Nobby?«

»Ja, auf der Leichten Straße. Habe eins seiner Jumbo-Überraschungswürstchen probiert.«

»Er verkauft wieder Würstchen?«

»Bleibt ihm wohl keine andere Wahl. Hat sein ganzes Geld verloren. Worum geht's?«

»Wirf mal einen Blick nach draußen«, sagte Colon im Plauderton.

Nobby *warf* einen Blick nach draußen.

»Sieht nach ... etwa tausend Elefanten aus, nicht wahr, Feldwebel?«

»Ja. Etwa tausend.«

»Ich habe mich also nicht verschätzt.«

»Der Bursche dort unten meint, Schnapper hat sie bestellt«, sagte Colon.

»Meine Güte! Offenbar will Ruin ganz groß ins Geschäft mit den Jumbo-Würstchen einsteigen.«

Die beiden Stadtwächter sahen sich an. Nobby grinste hämisch.

»Oh, ich *bitte* dich: Darf ich es ihm sagen?«

Klick ...

Thomas Silberfisch, Alchimist und gescheiterter Produzent von beweglichen Bildern, rührte im Inhalt eines Schmelztiegels und seufzte wehmütig.

Viel Gold war in Holy Wood zurückgeblieben, für jene, die den Mut hatten, danach zu graben. Wem es an solcher Kühnheit mangelte – und Silberfisch zögerte nicht, sich selbst auf die Liste dieser Personen zu setzen –, mußte zu den üblichen Methoden greifen, um Reichtum anzustreben. Gemeint ist hier das Versuch-und-Irrtum-Verfahren, beziehungsweise die Immer-wieder-ohne-das-erhoffte-Ergebnis-ausprobieren-Technik. Silberfisch war zu Hause und setzte die experimentelle Arbeit an der Stelle fort, wo er sie unterbrochen hatte.

»Nun?« fragte Peavie, der dem Alchimisten verständnisvoll Gesellschaft leistete.

»Das Zeug glänzt silbrig«, sagte Silberfisch skeptisch. »Es ist eine

Art Metall. Und schwerer als Blei. Um es zu erhalten, muß man eine Tonne Erz schmelzen. Komisch. Diesmal dachte ich, auf dem richtigen Weg zu sein. Ich bin davon überzeugt gewesen, daß uns allen eine neue, wundervolle Zukunft bevorsteht...«

»Wie willst du es nennen?« fragte Peavie.

»Keine Ahnung«, erwiderte der Alchimist. »Wahrscheinlich lohnt es sich nicht einmal, diesem Etwas einen Namen zu geben.«

»Ankhmorporkstoff?« schluf Peavie vor. »Silberfischium? Keinbleium?«

»Zunichtsnutzium wäre besser geeignet«, murmelte Silberfisch. »Ich habe bereits beschlossen, die gegenwärtigen Versuche einzustellen und mich mit vernünftigeren Dingen zu befassen.«

Peavie spähte in den Schmelztiegel.

»Es macht doch nicht *Bumm*, oder?« erkundigte er sich.

Silberfisch bedachte ihn mit einem bitterbösen Blick.

»Dies hier? Wie kommst du denn darauf?«

Klick...

Es war stockfinster unter dem Schutt.

Die stockfinstere Finsternis dauerte schon seit einer ganzen Weile.

Gaspode spürte viele Tonnen Gestein über dem kleinen Hohlraum, in dem er sich befand. Er benötigte keine mysteriösen animalischen Sinne, um sie zu fühlen.

Laddie hob mühsam den Kopf, leckte Gaspodes Gesicht ab und brachte ein leises Bellen hervor.

»Braver Laddie... Braver Gaspode...«

»Braver Laddie«, flüsterte der kleinere Hund.

Laddies Schwanz schlug ein- oder zweimal gegen die Steine. Dann jaulte er, und die Pausen zwischen seinem Wimmern wurden immer länger. Irgendwann ertönte ein anderes Geräusch. Es klang wie Knochen, die über Granit schabten.

Gaspodes Ohren zuckten. Er beobachtete die näher kommende Gestalt, die selbst in völliger Finsternis sichtbar war – weil es gewöhnlicher Dunkelheit nie gelingen konnte, *so* dunkel zu sein.

Er knurrte. Sein Nackenfell bildete einen steilen Kamm.

»Noch ein Schritt und ich beiße dir das Bein ab, um es irgendwo zu vergraben«, drohte er.

Eine knöchernde Hand senkte sich herab und kraulte ihn hinter den Ohren.

Der Hauch eines Bellens tönte aus der Schwärze.

»Braver Laddie!«

Tränen strömten aus Gaspodes Augen, als er den Tod mit einem verlegenen Grinsen musterte.

»Es ist zum Heulen, nicht wahr?« fragte er heiser.

KEINE AHNUNG, antworete der Tod. MIT HUNDEN KENNE ICH MICH NICHT BESONDERS GUT AUS.

»Ach?« Gaspode überlegte. »Da fällt mir ein: Ich hatte nie große Lust, einfach so zu sterben. Wir *sterben* doch, oder?«

JA.

»Eigentlich kein Wunder«, brummte Gaspode. »Mein ganzes Leben war wie ein langsames Sterben. Allerdings habe ich immer *gedacht*, daß es für Hunde einen besonderen Tod gibt«, fügte er hoffnungsvoll hinzu. »Vielleicht einen großen schwarzen Hund ...«

NEIN, sagte der Tod.

»Komisch«, fuhr Gaspode fort. »Habe Geschichten gehört, weißt du. Angeblich hat jede Tiergattung ihr eigenes Schreckgespenst. Womit ich dir natürlich nicht zu nahe treten will«, fügte er rasch hinzu. »Ich dachte immer, schließlich kommt ein großer schwarzer Hund und sagt zu mir: ›Na schön, Gaspode, dein Werk ist vollbracht und so. Leg nun die schwere Last des Lebens ab und folge mir in ein Land, wo es dir nie an Steaks und Innereien mangeln wird.‹«

TUT MIR LEID, entgegnete der Tod. ES GIBT NUR MICH: ICH BIN DIE *LETZTE* GRENZE.

»Wieso sehe ich dich, obgleich ich noch nicht tot bin?«

DU LEIDEST AN HALLUZINATIONEN.

Gaspode wirkte plötzlich wachsam. »Tatsächlich? Potzblitz.«

»Braver Laddie!« Diesmal war das Bellen etwas lauter.

Der Tod griff in die geheimnisvollen Tiefen unter seinem Umhang und holte eine kleine Sanduhr hervor. Die obere Hälfte war fast leer. Gaspode sah, wie die letzten Sekunden seines Lebens von der Zukunft in die Vergangenheit rieselten.

Und dann blieben keine mehr übrig.

Der Tod straffte die Schultern.

KOMM, GASPODE.

Der kleine Hund vernahm etwas – das akustische Äquivalent eines Glitzerns.

Goldene Funken füllten das Stundenglas.

Der Sand rieselte von unten nach oben.

Der Tod lächelte.

Und verschwand in einem Dreieck aus strahlendem Licht.

»Braver Laddie!«

»Dort er sein!« erklang Rocks Stimme. »Habe doch gesagt, daß ich hören Bellen. Braver Laddie! Wir kommen!«

»Meine Güte, bin ich froh, euch zu sehen...«, begann Gaspode. Die Trolle an der Öffnung schenkten ihm überhaupt keine Beachtung. Rock schob einen Balken beiseite und hob Laddie behutsam hoch.

»Die Zeit heilt alle Wunden«, sagte er bemerkenswert deutlich. »Und diese ganz bestimmt.«

»Können wir jetzt ihn essen?« fragte jemand.

»Du unterentwickelter Troll oder was? Dies heroischer Hund!«

»Tschuldigung...«

»Braver Laddie!«

Rock trug den Hund durchs Loch.

»Tschuldigung...«, krächzte Gaspode.

In der Ferne jubelte eine Menge.

Er wartete eine Zeitlang, doch niemand kam, um ihn zu holen. Nach einer Weile schob er sich über die schief liegende Säule und durch die Öffnung nach draußen.

Gaspode erreichte eine leere Straße.

Er trank aus einer Pfütze.

Er richtete sich auf und belastete vorsichtig das verletzte Bein.

Es trug sein Gewicht.

Dann fluchte er.

»Wuff, wuff, wuff.«

Er zögerte. Irgend etwas stimmte nicht.

Er versuchte es noch einmal.

»Wuff!«

Er sah sich um...

...und die Farbe tropfte aus der Welt, ließ nur gnädige Schwarzweiß-Schattierungen zurück.

Gaspode dachte daran, daß Harga etwa um diese Zeit Eimer mit

Küchenabfällen in die Gasse hinter seiner Rippenstube stellte, und anschließend suchte er sich irgendwo einen warmen Stall. Was brauchte ein kleiner Hund mehr?

Wölfe heulten in den fernen Bergen. In manchen Häusern bückten sich Herrchen, um Hunde hinter den Ohren zu kraulen, die Halsbänder trugen und Näpfe mit ihren Namen hatten.

Gaspode der Wunderhund wußte sich vage zwischen diesen beiden Extremen und empfand deshalb eine seltsame Freude, als er in einen herrlich monochromen Sonnenuntergang hinkte.

Etwa dreißig Meilen drehwärts von Ankh-Morpork donnerte die Brandung an eine windumtoste Landzunge, die nur aus wogendem Seegras und langen Sanddünen zu bestehen schien. Sie erstreckte sich dort, wo das Runde Meer in den Randozean überging.

Meerschwalben sausten dicht über die Wellen hinweg. Die trockenen, verwelkten Blüten von Mohnblumen neigten sich in der ewigen Brise, die Wolken vom Himmel scheuerte und sonderbare Muster im Sand schuf.

Man konnte den Hügel über viele Meilen hinweg sehen. Er war nicht besonders hoch, lag wie ein umgedrehtes Boot oder ein gestrandeter Wal zwischen den Dünen. Büsche und kleine Bäume wuchsen an seinen Hängen. Der Regen vermied es, an dieser Stelle zu fallen.

Der Wind wehte und schob die Dünen näher an das rissige, gebleichte Holz der ehemaligen Hüttenstadt von Holy Wood heran.

Er heulte Hörproben in leeren Hinterhöfen.

Er fegte Papierfetzen durch die zerbröckelten Gipswunder der Welt.

Er zerrte an den Brettern, bis sie in den Sand fielen und darin verschwanden.

Klickaklickaklicka.

Der Wind seufzte an den Resten eines Projektionskastens, der wie betrunken auf einem schiefen Stativ schwankte.

Er zupfte an einem Streifen, zog ihn von der Spule und wie eine glänzende Schlange durch den Staub.

Im gläsernen Auge des Projektors tanzten winzige Gestalten, lebendig nur für einen Augenblick...

Klickaklicka.

Der Streifen löste sich ganz und flatterte über die Dünen.
Klicka . . . Klick . . .
Die Kurbel schwang noch einmal vor und zurück, verharrte dann.
Klick.
Holy Wood träumt.